Graham Greene

Que Graham Greene (1904-1991) ait été l'un des plus grands romanciers de son siècle, voire de toute l'histoire de la littérature anglaise pourtant riche en talents, voilà ce qu'aucun de ses lecteurs ne voudra contester.

Né à Berkhamsted, il fit ses études au Balliol College d'Oxford puis entama une carrière de journaliste au *Times*. Son premier roman *L'Homme et lui-même* paraît en 1929, bientôt suivi par *Orient Express* (1932), *C'est un champ de bataille* et *Mère Angleterre* ; mais c'est avec *Rocher de Brighton* (1938) et *La Puissance et la Gloire* (1940) qu'il conquiert la notoriété. Son œuvre, considérable, est marquée par de purs chefs-d'œuvre tels *Notre agent à La Havane*, *Un Américain bien tranquille*, *Les Comédiens*, *Le Fond du problème* et, dans un genre plus léger, *Voyages avec ma tante*. C'est une œuvre puissante et ambitieuse par les thèmes abordés (la condition humaine à travers des personnages de tous bords et de tous horizons) et à ce titre sans doute inégalée, mais aussi par la façon dont ils sont traités. Car Greene était surtout un prodigieux raconteur d'histoires, un de ces « story-tellers » de génie dont les livres résonnent dans la mémoire du lecteur longtemps après qu'il en a achevé la lecture. Ce fut aussi un homme de passion resté jusqu'en ses derniers jours à la recherche de l'humain, du vrai, du bien, et prompt à pourfendre l'injustice. Il est mort en Suisse en 1991.

Rocher de Brighton

Graham Greene
Rocher de Brighton

Traduit de l'anglais
par Marcelle Sibon

PAVILLONS POCHE

Robert Laffont

Titre original : BRIGHTON ROCK
© Graham Greene, 1938
Traduction française : Éditions Robert Laffont, S.A., Paris, 1947, 2009, 2015

ISBN 978-2-221-19207-8

Le Rocher de Brighton est une sorte de sucre d'orge très populaire, qu'on peut comparer aux spécialités de certaines de nos plages : « cailloux » ou « galets » de Dieppe ou du Tréport... Le nom de Brighton *apparaît au bout du bâton de sucre, quel que soit l'endroit où on le casse.*

Introduction

Rocher de Brighton commença d'exister sous la forme d'un roman policier et devint ensuite, je suis parfois tenté de le penser, une erreur de jugement. Avant de publier ce roman, j'avais parfois été complimenté comme n'importe quel autre romancier, et parfois critiqué à juste titre, car j'apprenais mon métier à tâtons ; mais voilà que l'on découvrit en moi – épithète détestable ! – un écrivain catholique. Les catholiques se mirent à traiter mes fautes avec trop de bienveillance, comme si, étant membre d'un clan, je ne saurais être désavoué, tandis que plusieurs critiques non catholiques semblaient considérer que ma foi me donnait – je ne sais comment – un avantage injuste sur mes contemporains. J'étais devenu catholique en 1926 et tous mes livres, à part l'unique et lamentable volume de poèmes composés à Oxford, avaient été écrits en tant que catholique, mais avant la publication de *Rocher de Brighton*, personne n'avait remarqué à quelle communion j'appartenais. Aujourd'hui même, certains critiques (et les critiques – considérés comme une classe – sont rarement plus soucieux que les journalistes de vérifier leurs informations) parlent des romans que j'ai écrits *après* ma conversion, en faisant une distinction entre les livres précédents et les suivants. Maintes fois, depuis *Rocher de Brighton*, j'ai été forcé de déclarer que je n'étais pas un écrivain catholique, mais un écrivain qui se trouve être catholique. Le cardinal Newman a écrit le mot final sur la « littérature catholique » dans *The Idea of a University* :

Je dis, d'après la nature du cas, que si l'on doit faire de la littérature l'étude de la nature humaine, on ne saurait avoir de littérature chrétienne. C'est une contradiction dans les termes que de viser à une littérature sans péché traitant de l'homme pécheur. Vous pouvez obtenir quelque chose de très grand et de très élevé, quelque chose de plus élevé qu'aucune littérature ne le fut jamais, et quand vous l'aurez fait, vous découvrirez que ce n'est pas du tout de la littérature.

Il est néanmoins vrai de dire qu'en 1937 le moment était venu pour moi d'introduire des personnages catholiques dans mes romans. Il faut plus longtemps pour se familiariser avec une région de l'esprit qu'avec un pays, mais les idées de mes personnages catholiques, même leurs idées catholiques, n'étaient pas nécessairement les miennes.

Plus de dix années s'étaient écoulées depuis que j'avais été admis dans l'Église catholique. À ce moment-là, ainsi que je l'ai écrit ailleurs, je n'avais pas été émotionnellement ébranlé, mais seulement intellectuellement convaincu ; j'avais pris l'habitude des pratiques formelles de ma religion : j'allais à la messe tous les dimanches, je me confessais à peu près une fois par mois, et à mes heures de loisir je lisais beaucoup de théologie, parfois avec fascination, parfois avec répulsion, presque toujours avec intérêt.

Mes livres ne rapportaient pas encore assez d'argent pour faire vivre ma femme et mes enfants (après le succès de mon premier roman et la vente brève d'*Orient Express* dont le rendement fut illusoire, chacun de mes livres augmentait légèrement la dette contractée envers mon éditeur), mais en faisant pour *The Spectator* la critique régulière des films et une fois tous les quinze jours celle des romans, j'arrivais à joindre les deux bouts. J'avais eu, quelque temps avant, deux coups de chance qui me permettaient de voir un peu plus clairement venir les choses : j'avais signé un contrat pour mon second scénario de film (et il était très mauvais, fondé sur une nouvelle de Galsworthy, *The First and the Last* – Laurence Olivier et Vivien Leigh, qui ont beaucoup à me pardonner, souffrirent ensemble dans les rôles principaux –, et pendant six mois j'occupai, avec John Marks, le poste de codirecteur d'un nouvel hebdomadaire, *Night and Day*, entreprise qui se termina de façon comique, mais désagréable, par un procès en diffamation qui me fut intenté par Shirley Temple, alors âgée de six ans. Ma vie professionnelle et ma religion étaient contenues dans des compartiments bien séparés et je n'avais aucune intention de les confondre. Ce fut « la vie maladroite agissant sottement une fois de plus[1] » qui accomplit ce rapprochement ; d'une part, la persécution socialiste de la religion au Mexique, et, de l'autre, l'attaque du général Franco contre l'Espagne républicaine firent inextricablement pénétrer la religion dans la vie contemporaine.

Je crois que ce fut sous ces deux influences – et cédant au mouvement de balancier de mes sympathies – que je me mis à examiner de plus près les effets de la foi sur l'action. Le catholicisme n'était plus une cérémonie essentiellement symbolique, célébrée à un autel orné du nombre correct de cierges canoniques, au milieu des femmes de ma paroisse de Chelsea coiffées de leurs chapeaux les plus élégants, pas plus que ce n'était une page philosophique de la *Nature de la Foi* du Père d'Arcy. Il se rapprochait maintenant de la mort dans l'après-midi.

Une agitation me saisit alors, qui ne s'est jamais complètement apaisée : le désir d'être un spectateur de l'histoire, histoire qui, je le découvrais, me concernait personnellement. J'essayai de gagner Bilbao par Toulouse en avion, car ma sympathie allait davantage à la lutte des catholiques contre Franco qu'aux querelles sectaires de Madrid. J'emportais une lettre de

---

1. « *Clumsy life again at her stupid work* » (Henry James).

recommandation de la délégation basque de Londres au propriétaire d'un petit café de Toulouse qui avait forcé le blocus de Bilbao à bord d'un avion biplace. Je le trouvai en train de se raser dans un coin de son café, à six heures du matin, et lui tendis la lettre de la délégation très officiellement scellée d'un cachet de cire rouge, mais toute la cire à cacheter officielle n'aurait pu le convaincre de faire refaire à son avion le voyage de Bilbao : à son dernier vol, le tir des canons de Franco s'était révélé trop précis pour sa tranquillité d'esprit. J'eus plus de chance du côté du Mexique. Une avance sur les droits d'un livre que j'allais écrire, au sujet de la persécution religieuse (et qui parut sous le titre de *Routes sans Lois*) me permit de partir pour le Tabasco et le Chiapas, où les persécutions se poursuivaient bien en dehors de la zone visitée par les touristes, et ce fut au Mexique que je corrigeai les épreuves de *Rocher de Brighton*.

Ce fut au Mexique aussi que je découvris en moi-même une certaine foi émotionnelle, à la vue des églises vides et en ruine d'où les prêtres avaient été chassés, aux messes secrètes de Las Casas célébrées sans clochette du Sanctus à cause de la présence proche des pistoleros à l'air conquérant, mais sans doute mon émotion était-elle déjà éveillée, sans quoi comment un livre dont j'avais projeté de faire une simple histoire policière se serait-il compliqué d'une discussion, beaucoup trop évidente et trop ouverte pour un roman, de la distinction entre le bien et le mal, le juste et l'injuste, et le mystère de « la terrifiante étrangeté de la miséricorde divine », mystère qui devint ensuite le sujet de trois autres de mes romans ? Les cinquante premières pages de *Rocher de Brighton* sont tout ce qui reste du roman policier ; elles m'irriteraient si j'osais les regarder maintenant, car je sais que j'aurais dû avoir assez de force de caractère pour les supprimer et faire repartir l'histoire – si difficiles que puissent se révéler ces révisions – à l'endroit qui porte actuellement le titre de Deuxième partie. « Je n'ai jamais pu retrouver un objet perdu ou réparer une chose brisée[1]. »

Certains critiques ont fait allusion à une contrée de l'esprit, étrange, violente, *seedy*[2] (pourquoi ai-je rendu populaire ce dernier adjectif ?) qu'ils appellent le Greeneland[3], et je me suis demandé parfois s'ils parcouraient le monde en portant des œillères. « Ceci est l'Indochine, aurais-je voulu m'écrier, ceci est le Mexique et ceci est la Sierra Leone, décrits avec soin et exactitude. J'ai été correspondant de presse autant que romancier. Je vous assure que, dans le fossé,

---

1. « *A lost thing could I never find, nor a broken thing mend.* » (Poème par Hilaire Belloc.)
2. *Seedy* : pauvre, miteuse et triste.
3. Le « pays de Greene », en facétieuse parodie de *Greenland*, qui est le Groenland.

l'enfant mort avait exactement cette pose. Les cadavres qui emplissaient le canal de Phat Diem dépassaient vraiment la surface de l'eau... » Mais je sais que de tels arguments ne servent à rien. Ils ne croiront jamais que le monde, qu'ils n'ont pas vu ainsi, soit ainsi.

Cependant, le décor où l'on situe un livre peut appartenir, en partie, à une région géographique imaginaire. Bien que Nelson Place soit déblayé depuis la guerre, que les gangs des courses considérés comme une dangereuse menace aient été virtuellement anéantis à jamais, aux Assises de Lewes, un peu avant la date où se place mon roman, et que le dancing de Sherry lui-même ait disparu, ils ont tous existé en réalité : il y avait vraiment un quartier de taudis appelé Nelson Place, et – bien que les circonstances ne soient pas les mêmes que dans le cas de Hale – un homme fut vraiment enlevé en plein jour sur le front de mer à Brighton, et son cadavre, qui avait été lancé d'une voiture, retrouvé quelque part sur le chemin des Dunes. Colleoni, le chef de bande, avait dans la vie son prototype retiré des affaires en 1938 et qui menait, en bon catholique, une vie pleine de grâce dans une rue élégante de Brighton, tandis que son nom avait encore force de loi, ainsi que je m'en aperçus quand je pénétrai, grâce à ce seul nom, dans une petite boîte de nuit de Londres située derrière Regent Street appelé « Le Nid ». (Je pense quelquefois à lui quand je vois circuler le beau gangster américain aux cheveux blancs, un des hommes de Lucky Luciano, qui passe tranquillement le soir de sa vie entre la piazza de Capri et l'élégante piscine du restaurant la Canzone del Mare, à Marina Piccola.)

Je dois cependant plaider coupable d'avoir fabriqué ce Brighton qui m'est propre, comme je n'ai jamais fabriqué le Mexique, l'Afrique ou l'Indochine. Mes gangsters n'ont pas eu de modèles vivants, non plus que la serveuse de bar qui refusa obstinément de devenir vivante. Je n'avais passé qu'une nuit en compagnie de quelqu'un qui aurait pu appartenir au gang de Pinkie, un homme qui venait du cynodrome de Wandsworth et dont le visage avait été tailladé parce qu'il était soupçonné d'avoir donné des copains aux mouches en civil après un règlement de comptes au stade. (Il m'enseigna le seul argot professionnel que j'aie possédé, mais l'on ne peut apprendre une langue étrangère en une seule nuit, fût-elle longue.)

Les autorités de Brighton se montrèrent un peu ombrageuses à l'endroit du tableau que j'avais fait de leur ville, et elles durent être exaspérées par l'inconsciente publicité que faisaient à mon livre tous les marchands de sucre d'orge : « Achetez le Rocher de Brighton », mais le succès populaire du roman fut beaucoup plus limité qu'ils ne s'en rendirent compte. Environ huit mille exemplaires furent vendus à l'époque et me permirent tout juste de m'acquitter de ma dette envers mes éditeurs.

Ces notables en auraient-ils voulu encore plus profondément à ce roman s'ils avaient su qu'en réalité décrire Brighton avait été pour moi une tâche d'amour et non de haine ? Nulle cité, ni Londres ou Paris ou Oxford n'avait avant la guerre acquis tant de titres à mon affection. J'avais vu Brighton pour la première fois à l'âge de six ans, en compagnie d'une de mes tantes; on m'y avait envoyé en convalescence après une maladie, la jaunisse, je crois. C'est alors que je vis mon premier film, un film muet naturellement et dont l'histoire me ravit à jamais : « Sophie de Cravonie » où Anthony Hope retraçait l'histoire d'une fille de cuisine devenue reine. Quand la servante conduisait son armée à travers les montagnes pour attaquer le général rebelle qui avait tenté d'arracher le trône à son enfant au berceau, sa chevauchée était accompagnée d'une marche que jouait seule au piano une vieille dame; mais tandis que d'autres mélodies se sont effacées de mon souvenir, le toc, toc, toc de l'instrument désaccordé y est demeuré, ainsi que l'amazone grise portée par la jeune reine. Depuis, les Balkans ont toujours été la Cravonie, la terre de possibilités infinies, et ce sont les montagnes de la Cravonie et non les Karpates de mon atlas que j'ai traversées il y a plusieurs étés. Voilà le genre de livre que j'ai toujours désiré écrire : la grande histoire romanesque fascinant notre jeunesse par ses espérances qui se révèlent illusoires, et à laquelle nous retournons en vieillissant, afin d'échapper à la triste réalité. *Rocher de Brighton* fut un fort médiocre substitut pour la Cravonie, comme tous mes autres livres, et c'est peut-être le meilleur de tous ceux que j'ai écrits : triste pensée après plus de trente ans.

Pourquoi ai-je écarté de ce Brighton imaginaire autant d'aspects du Brighton que je connaissais ? J'avais l'intention bien arrêtée de le décrire, mais l'on aurait pu croire que mes personnages s'étaient emparés du Brighton que je connaissais et qu'ils avaient transformé tout le décor dans leur être conscient (jamais je ne me suis senti depuis aussi totalement victime de mes inventions). Peut-être leur Brighton existait-il en fait, mais du mien ne demeura qu'un seul personnage, cette pauvre épave qu'est Mr Prewitt, suivant des yeux avec une envieuse désolation « les petites dactylos qui passent en portant leurs petites valises ». (Je crois que personne n'a remarqué dans cette phrase l'écho de la voix de Beatrix Potter.) Ce fut Mr Prewitt, à peu de chose près, qui me parla une nuit de décembre dans un abri du front de mer d'où l'on voyait la mince ligne phosphorescente des brisants qu'aplanissait le vent glacé (c'était plus de dix ans avant) : « Savez-vous qui je suis ? interrogea la voix triste (mais je ne m'étais même pas aperçu dans l'obscurité que l'abri avait un autre occupant). Je suis le Vieux Moore[1] » dit la voix. Elle ajouta : « J'habite tout seul dans un sous-sol. Je cuis mon pain moi-même. » Et puis, humblement parce que je n'avais pas compris : « L'Almanach, vous savez, j'écris l'Almanach. »

G. G. 1970

---

1. *Old Moore* : Francis Moore (1657-1715), maître d'école, astrologue et médecin, créa en 1699 un almanach contenant des prévisions météorologiques. L'almanach, devenu annuel, paraît encore et fournit toutes sortes de prédictions.

Première partie

I

Hale n'avait pas passé trois heures à Brighton qu'il savait que les autres avaient décidé de le tuer. Avec ses doigts tachés d'encre et ses ongles rongés, son air à la fois cynique et inquiet, il était facile de voir qu'il n'était pas à sa place à Brighton, pas à sa place dans ce soleil de début d'été, ce vent frais de la Pentecôte qui venait de la mer, pas chez lui au milieu de cette foule de gens en goguette. Toutes les cinq minutes, ils émergeaient des trains en provenance de la gare de Victoria. Ils descendaient Queen's Road, debout sur l'impériale brimbalante des petits tramways d'intérêt local que leurs multitudes ahuries quittaient pour se plonger dans l'air frais et éblouissant ; les jetées dont la peinture couleur argent était toute fraîche luisaient au soleil, les maisons d'un jaune crème s'estompaient à l'ouest comme une aquarelle délavée de l'époque victorienne : un manège d'autos de course en miniature, les flonflons d'un orchestre, les jardins pleins de fleurs juste au-dessous du front de mer, l'avion traçant dans le ciel, en pâles nuages qui se fondaient, une réclame pour un produit pharmaceutique.

Hale avait cru qu'il était très facile de se perdre dans Brighton. En plus de lui-même, cinquante mille personnes étaient venues y passer le dimanche, et pendant un bon moment il se livra complètement à la douceur de cette journée ; il but des « gin-and-tonics » partout où son itinéraire le lui permettait. Car il était forcé de s'en tenir strictement à son itinéraire : de dix à onze, Queen's Road et Castle Square ; de onze heures à midi, l'Aquarium et Palace Pier ; de midi à une heure, la partie du front de mer entre le Vieux-Navire et la West Pier[1], déjeuner entre une heure et deux heures dans le restaurant qui lui plairait, pas loin de Castle Square, et après cela descendre à pied toute l'esplanade jusqu'à la West Pier et regagner la gare par les rues de Hove. Telles étaient les limites forcées de sa marche absurde de sentinelle dont chaque pas avait été annoncé au public.

Annoncé par tous les panneaux de publicité du *Messager* : « Kolley Kibber à Brighton aujourd'hui. » Dans sa poche, il avait un paquet de cartes à distribuer dans des cachettes, le long de sa route : ceux qui les trouveraient recevraient dix shillings du journal *Le Messager*, mais le gros lot était réservé à celui qui aborderait Hale un numéro du *Messager* à la main, en disant la phrase convenue : « Vous êtes M. Kolley Kibber. Je réclame le prix du *Messager*. »

---

1. Jetée-promenade.

Le boulot de Hale, c'était ces allées et venues, jusqu'à ce que quelqu'un, en revendiquant le prix, vînt le délivrer de sa faction, et ceci dans toutes les plages, l'une après l'autre, hier Southend, aujourd'hui Brighton, demain...

Il avala prestement son « gin-and-tonic », car onze heures venaient de sonner à une horloge, et il quitta la place du Château. Kolley Kibber jouait toujours franc jeu, portait toujours la même forme de chapeau que dans la photo publiée par *Le Messager* et il était toujours à l'heure. Hier, à Southend, personne ne l'avait reconnu : le journal était bien content d'économiser ses guinées de temps en temps, mais pas trop souvent. Son devoir était de se faire repérer – et c'était aussi son désir. Il avait des raisons pour ne pas se sentir très en sécurité à Brighton, même dans la foule du jour de la Pentecôte.

Il s'appuya au parapet, près de Palace Pier, et montra son visage à la foule qui, devant lui, déroulait ses anneaux interminablement comme un fil de fer bobiné, couple par couple, tous avec un air de gaieté froide et résolue. Ils avaient fait le voyage debout depuis Victoria dans des compartiments bondés, il leur faudrait faire la queue pour déjeuner et, à minuit, endormis à moitié, ils se feraient ballotter par des trains pour retrouver les rues étroites, les bistrots fermés, et rentreraient chez eux à pied, n'en pouvant plus. Par un immense labeur, avec une immense patience, ils arrachaient à la longue journée leur moisson de plaisir : ce soleil, cette musique, le cliquetis des autos miniatures, le train fantôme qui plonge à travers le squelette grimaçant sous la promenade de l'Aquarium, les bâtons de Rocher de Brighton, les calots de marin en papier...

Personne ne faisait attention à Hale ; personne ne semblait porter à la main un seul *Messager*. Avec précaution, il déposa l'une de ses cartes sur le haut d'une petite corbeille et continua son chemin, avec ses ongles rongés et ses doigts tachés d'encre, tout seul. Il ne sentait sa solitude qu'après le troisième gin ; jusque-là, il méprisait la foule, mais après, il savait qu'il en était proche. Il était sorti des mêmes pavés, mais il était condamné par son salaire supérieur à prétendre qu'il aspirait à d'autres choses, et les jetées-promenades, les petites baraques lui tiraient sans cesse sur le cœur. Il aurait voulu retourner en arrière, mais tout ce qu'il pouvait faire, c'était promener le long de l'esplanade son sourire de mépris, insigne de solitude. Quelque part, une femme invisible chantait : *Quand je revenais à Brighton par le train* d'une voix alourdie par la bière, une voix chaude de bar public. En entrant dans le café, Hale put apercevoir, à deux comptoirs plus loin, par une cloison de verre, les charmes opulents de la chanteuse.

Elle n'était pas vieille, la fin de la trentaine ou le commencement de la quarantaine ; et elle n'était soûle qu'un peu, d'une façon accommodante, affectueuse. On pensait en la regardant à des bébés qui tètent, mais si jamais elle en avait porté, elle ne leur avait pas permis de la détériorer : elle se soignait bien. On voyait ça à son rouge à lèvres, à l'assurance de son grand corps. Elle était rembourrée, mais ne se laissait pas aller. Elle conservait sa ligne, pour ceux qui aiment une ligne.

Par exemple, Hale. Il n'était pas grand et il l'examinait avec convoitise, par-dessus les verres vides empilés dans le bac de plomb, au-delà des robinets à bière, entre les épaules des deux garçons qui servaient dans le bar.

— Pousses-en encore une, Lily, dit quelqu'un.

Et elle commença :

— *Un soir – dans une ruelle – lord Rothschild me disait...*

Elle ne dépassa pas les premiers mots. Elle avait beaucoup trop envie de rire pour que sa voix pût sortir, mais sa mémoire était inépuisable pour les romances. Hale ne connaissait pas un seul de ces airs, mais, son verre aux lèvres, il la regardait avec nostalgie : elle s'était lancée dans une chanson qui devait dater de la ruée vers l'or en Australie.

— Fred, dit une voix derrière lui, Fred.

Le gin coula du verre de Hale jusque sur le comptoir. Du seuil du café, un jeune garçon d'environ dix-sept ans le regardait – costume bon marché, d'une élégance vulgaire, étoffe vite défraîchie, visage d'une intensité affamée, avec une espèce d'orgueil hideux et anormal.

— Qui appelez-vous Fred ? dit Hale, je ne suis pas Fred.

— Cause toujours, dit le gamin.

Il se retourna vers la porte en surveillant Hale du coin de l'œil par-dessus son épaule.

— Où allez-vous ?

— Faut que j'avertisse tes amis, répondit le gamin.

Ils étaient seuls dans le bar, sauf un vieux commissionnaire qui dormait sur un grand verre de bière légère.

— Attendez, dit Hale, venez donc boire quelque chose. Allons nous asseoir là-bas et prenons quelque chose.

— Faut que j'parte, dit le gamin, tu sais bien que je ne bois pas, Fred, il me semble que tu oublies bien des choses, hein ?

— Ça ne changera rien de prendre un verre, quelque chose de doux.

— Faudra qu'il soit rapide, dit le gamin.

Il ne cessait pas de regarder Hale, de près et avec étonnement : on imagine qu'un chasseur poursuivant à travers la jungle une bête à demi fabuleuse doit examiner ainsi – avant de l'abattre – le lion moucheté ou l'éléphant pygmée.

— Un jus de pamplemousse, dit-il.

— Continue, Lily, imploraient les voix dans le bar public. Donne-nous-en une autre, Lily.

Et pour la première fois le gamin détacha ses yeux du visage de Hale pour contempler, à travers la vitre, les gros seins et les charmes épanouis.

— Un double whisky et un jus de pamplemousse, dit Hale.

Il les porta jusqu'à une table, mais le gamin ne le suivit pas. Il fixait la femme avec une expression de coléreux dégoût. Hale eut la sensation que la haine se détachait de lui momentanément, comme des menottes qui s'ouvrent pour aller se fixer autour d'autres poignets.

Il essaya de plaisanter :

— Elle a l'âme joyeuse.

— L'âme, dit le gamin, tu n'as pas le droit de parler d'âme.

Il restitua sa haine à Hale, et but d'un seul trait le jus de pamplemousse.

Hale dit :

— Je suis ici uniquement pour mon boulot, rien que pour la journée. Je suis Kolley Kibber.

— Tu es Fred, dit le gamin.

— Très bien, dit Hale, je suis Fred. Mais j'ai dans ma poche une carte qui vous rapportera dix bobs[1].

— J'connais le truc des cartes, répliqua le gamin.

---

1. Bob : shilling (argot).

Il avait une peau blonde et lisse, le plus léger des duvets, et ses yeux gris donnaient une impression de totale indifférence, comme ceux d'un vieillard chez qui tout sentiment humain est mort.

— Nous avons tous lu ta machine dans le journal de ce matin, dit-il.

Et il se mit brusquement à ricaner comme s'il venait de saisir le sens d'une histoire obscène.

— Vous pouvez avoir un prix, dit Hale. Tenez, prenez ce *Messager*. Lisez ce que ça dit là. Vous pouvez même toucher le gros lot, dix guinées, ajouta-t-il, vous n'avez qu'à envoyer cette formule au *Messager*.

— Ils ne te confient donc pas le fric ? dit le gamin.

Et dans l'autre bar, Lily se mit à chanter :

— *Nous nous rencontrâmes – c'était dans la foule – j'ai pensé qu'il me dédaignerait.*

— Bon Dieu ! dit le gamin, personne ne fera-t-il taire cette pouffiasse ?

— Je vous donne cinq livres, dit Hale, c'est tout ce que j'ai sur moi. Ça et mon billet de retour.

— Tu n'auras pas besoin de ton billet de retour, dit le gamin.

— *Je portais ma robe de mariée, et j'étais aussi blanche qu'elle...*

Furibond, le gamin se leva et cédant à un petit spasme de haine – contre la romance ? contre l'homme ? – il laissa tomber son verre vide sur le sol.

— Ce monsieur paiera, dit-il au barman.

Et il sortit en faisant valser la porte de la salle privée. C'est alors que Hale comprit qu'ils étaient décidés à l'assassiner.

> *... Lorsque je revis son visage,*
> *Sous la couronne d'oranger*
> *Elle avait l'air plus pensif...*

Le commissionnaire dormait toujours. De la partie élégante du bar où il restait seul, Hale regardait la femme. Ses seins volumineux tendaient l'étoffe mince, camelote, de sa robe d'été, et il pensait : « Il faut que je m'en aille d'ici, il faut que je m'en aille », en la regardant tristement, désespérément, comme si dans ce bar public c'était la vie elle-même qui lui était apparue. Mais il ne pouvait pas partir, il fallait qu'il travaille ; ils étaient stricts, au *Messager*. C'était une bonne place qu'il avait dans ce grand journal-là. Hale sentit une petite bouffée d'orgueil monter jusqu'à son cœur en pensant au long pèlerinage qu'il avait accompli : marchand de journaux au coin des rues, puis un emploi de reporter à trente bobs par semaine pendant ses cinq années de Sheffield. Du diable, se dit-il avec un courage temporaire puisé dans un whisky de supplément, s'il allait laisser cette bande lui faire peur au point de compromettre son boulot. Que pouvaient-ils faire tant qu'il y avait des gens autour de lui ? Ils n'auraient pas le cran de le tuer au grand jour, devant témoins ; il était en sécurité au milieu des cinquante mille visiteurs.

— Rapplique par ici, cœur solitaire !

Il ne comprit pas tout de suite que c'était à lui qu'elle s'adressait, mais il vit dans le bar public toutes les figures qui rigolaient en le regardant. Il pensa brusquement que la bande du gamin pourrait l'avoir facilement tant que son unique compagnon était le commissionnaire endormi. Il n'avait pas besoin de passer par la rue pour gagner l'autre bar, il n'avait qu'à tourner en demi-cercle en poussant trois portes, par la salle privée, celle des « dames seules ».

— Qu'est-ce que vous prendrez ? dit-il en s'approchant de la grosse femme avec la reconnaissance du désespoir.

« Elle pourrait me sauver la vie, pensa-t-il, si elle me permettait de ne pas la quitter. »

— Ce sera un porto, dit-elle.

— Un porto, dit Hale.

— Vous n'en prenez pas ?

— Non, répondit Hale, j'ai assez bu, il ne faut pas que je m'endorme.

— Pourquoi pas, un jour de vacances ? Je vous offre une Bass[1].

— Je n'aime pas la Bass.

---

1. Marque de bière brune anglaise.

Il regarda sa montre. Il était une heure. L'idée de son itinéraire le tourmentait. Il devait déposer ses cartes dans tous les quartiers : c'est de cette manière que le journal pouvait toujours le surveiller ; s'il négligeait son travail on s'en apercevrait facilement.

— Venez casser la croûte, supplia-t-il.

— Écoutez-le, cria-t-elle à ses amis.

Son chaud rire alourdi de vin emplit tous les bars.

— Il devient entreprenant, ma parole. Je ne suis pas tranquille.

— N'y va pas, Lily, lui dirent-ils. C'est risqué avec lui.

— Je ne suis pas tranquille, répéta-t-elle, en fermant amicalement son œil qui était doux comme celui d'une vache.

« Il doit y avoir, pensait Hale, un moyen de la faire venir. » Jadis, il aurait su. Au temps où il gagnait trente bobs par semaine, il aurait été à l'aise avec elle : il aurait trouvé la phrase, la plaisanterie qu'il fallait pour l'isoler de ses amis, pour entrer en relations avec elle devant le bar automatique. Mais ce contact, il l'avait perdu. Il ne trouvait plus rien à lui dire. Il se contentait de répéter :

— Venez casser la croûte.

— Où irons-nous, m'sieur le baron ? Au Vieux-Navire ?

— Oui, dit Hale, si vous voulez, au Vieux-Navire.

— Écoutez-moi ça ! cria-t-elle à tous ceux qui étaient dans les bars, aux deux vieilles dames en capotes noires dans les « dames seules », au commissionnaire endormi et abandonné dans la salle, à sa demi-douzaine de copains personnels. Ce gentleman vient de m'inviter au Vieux-Navire, dit-elle d'un ton de distinction affectée. Demain, je serais enchantée, mais aujourd'hui j'ai un engagement antérieur, au Chien-Sale.

Hale se retourna désespérément vers la porte. Le gamin, pensait-il, n'aurait pas encore eu le temps d'avertir les autres. Il pourrait déjeuner en sécurité. C'est l'heure qui allait suivre le déjeuner qui lui faisait le plus peur.

La femme dit :

— Alors quoi, ça ne va pas, la santé ?

Il tourna son regard vers l'ample poitrine ; elle était pour lui comme l'ombre, le refuge, la science, le bon sens ; à cette vue, son cœur se déchirait ; mais sous sa petite carcasse cynique tachée d'encre, l'orgueil se dressa de nouveau, pour tourner ce cœur en ridicule « retour à la matrice... d'un amour maternel... ne plus être son maître ».

— Non, répondit-il, je ne suis pas malade, je vais très bien.

— Vous avez l'air drôle, dit-elle d'un air amical et inquiet.

— Je vais très bien, dit-il. Faim, c'est tout.

— Pourquoi ne pas manger un morceau ici ? dit la femme. Tu pourrais lui faire un sandwich au jambon, n'est-ce pas, Bill ?

Et le barman répondit que oui, il pourrait faire un sandwich au jambon.

— Non, dit Hale, il faut que je m'en aille.

S'en aller. Descendre l'esplanade, se mêler aussi vite que possible au flot de la foule, en regardant à droite et à gauche et tour à tour par-dessus chaque épaule. Il ne put apercevoir aucun visage familier, mais n'en fut pas soulagé. Il avait cru qu'il pouvait se perdre dans la foule, et s'y sentir en sécurité, mais à présent les gens qui l'entouraient lui semblaient n'être qu'une forêt épaisse dans laquelle il est facile à un sauvage de préparer son embuscade empoisonnée. Il ne voyait pas plus loin que l'homme en costume de flanelle qui marchait devant lui et, lorsqu'il se retourna, sa vision fut bouchée par un corsage d'un rouge éclatant. Trois vieilles dames passèrent dans une voiture à cheval découverte : le doux bruit des sabots s'éloigna très paisiblement. Il y avait encore des gens qui vivaient comme ça !

Hale traversa la route pour s'éloigner de la mer. Ici, il y avait moins de monde ; il pouvait marcher plus vite et aller plus loin. On buvait des cocktails à la terrasse du Grand-Hôtel, une délicate imitation d'ombrelle victorienne tressait au soleil ses rubans et ses fleurs, un monsieur qui ressemblait à un homme d'État retraité, cheveux argentés, peau poudrée, binocle démodé, laissait dignement, simplement, s'écouler la vie, un verre de sherry devant lui. Deux juives en jaquette d'hermine, cheveux violemment cuivrés, descendaient le large perron du Cosmopolitain ; leurs têtes rapprochées comme des perruches, elles échangeaient des confidences métalliques.

— Mon cher, lui ai-je dit froidement, si vous n'avez pas appris la permanente Del Rey, tout ce que je peux vous dire...

Et elles se lançaient l'une à l'autre, tout en caquetant, les éclairs de leurs ongles peints et pointus. Pour la première fois depuis cinq ans, Kolley Kibber était en retard sur son horaire. Au pied des marches du Cosmopolitain, dans l'ombre projetée par l'énorme et étrange construction, il se rappela que la bande avait acheté son journal. Ils n'avaient pas besoin de surveiller le café : ils connaissaient les endroits où il ne manquerait pas d'aller.

Un agent de police à cheval remontait la rue. Sa ravissante bête, au poil bien soigné couleur de châtaigne, marchait délicatement sur le macadam brûlant comme le jouet précieux qu'un millionnaire achète pour ses enfants ; on en admirerait le fini, le cuir aussi bien astiqué qu'une vieille table d'acajou, l'insigne d'argent étincelant : il ne venait pas à l'idée que ce jouet pût servir à quelque chose. Cela ne vint pas à l'idée de Hale qui regardait passer l'agent de police : il ne pouvait pas l'appeler à son aide. Un homme, au bord du trottoir, vendait toutes sortes de choses sur un plateau, il avait perdu un côté entier du corps : jambe, bras, épaule ; et le beau cheval, quand il le dépassa au pas, détourna la tête avec la délicatesse d'une vieille marquise.

— Lacets de souliers, dit l'homme sans espoir. Allumettes.

Hale ne l'entendit pas.

— Lames de rasoir.

Hale continua son chemin, les mots logés solidement dans son cerveau, avec la pensée de la fine entaille et de la douleur aiguë. C'est comme ça que Kite avait été tué.

À vingt mètres de là, sur la route, il vit Cubitt. Cubitt était un gros homme avec des cheveux roux coupés *en brosse*[1], et des taches de rousseur. Il vit Hale, mais n'eut pas l'air de le reconnaître ; appuyé nonchalamment contre une boîte aux lettres, il regardait Hale. Un facteur vint faire la levée et Cubitt s'écarta. Hale put voir qu'il échangeait une plaisanterie avec le facteur, le facteur riait et remplissait son sac, et pendant ce temps Cubitt, au lieu de le regarder, surveillait la rue et attendait Hale. Hale savait exactement ce que l'autre allait faire ; il connaissait toute la clique. Cubitt était lent et semblait plutôt bon

---

1. En français dans le texte.

type. Il passerait tout simplement son bras sous celui de Hale et l'emmènerait où il voulait aller.

Mais le vieil orgueil désespéré persistait : un orgueil intellectuel. Il était raide de peur, mais il se disait : « Je ne vais pas mourir. » Il se forçait à plaisanter : « Je ne suis pas une vedette de la une. » Ce qui était réel, c'était les deux juives qui montaient dans un taxi, l'orchestre qui jouait sur la Palace Pier, le mot « comprimés » qui s'effaçait en fumée blanche sur le ciel pâle et pur : ce n'était pas ce Cubitt à cheveux roux qui attendait près de la boîte aux lettres. Hale se retourna une fois encore et traversa la route. À pas rapides, il revint vers la West Pier. Ce n'était pas une fuite : il avait son idée.

La seule chose à faire, se disait-il, c'est de trouver une fille. Un jour de Pentecôte, il devait y en avoir des centaines à ramasser ; on pouvait leur payer à boire, les faire danser chez Sherry et les ramener ensuite jusque chez elles, ivres et tendres, dans le couloir du wagon. C'était le meilleur procédé : transporter avec soi un témoin. Il ne lui servirait à rien, même si son orgueil le lui permettait, de courir en ce moment jusqu'à la gare. Ils le guettaient sans aucun doute et c'était toujours facile de tuer un homme isolé dans une gare de chemin de fer : il suffisait de se presser autour d'une portière de wagon ou de vous régler votre compte dans la ruée vers le portillon d'entrée ; c'était dans une gare que la bande de Colleoni avait tué Kite.

Tout le long de la promenade, les filles étaient assises sur des fauteuils de toile à dix sous. Elles attendaient qu'on les ramasse, celles qui n'avaient pas amené leurs hommes : dactylos, vendeuses de magasin, coiffeuses – on pouvait reconnaître les coiffeuses à leurs permanentes récentes, leurs mises en plis audacieuses, leurs ongles admirablement faits ; elles étaient toutes restées après la fermeture du magasin, le soir, pour se pomponner l'une l'autre, jusqu'à minuit. Maintenant, tirées à quatre épingles, elles somnolaient au soleil.

Devant les fauteuils défilaient les hommes, deux par deux, trois par trois, portant pour la première fois leurs costumes d'été, pantalons gris argent au pli tranchant comme une lame, chemises élégantes ; ils avaient l'air de se foutre complètement des filles qu'ils ramasseraient ou non. Hale se faufila parmi eux, dans son complet râpé, sa cravate en ficelle, sa chemise rayée et ses taches d'encre, leur aîné de dix ans, cherchant une fille désespérément. Il leur offrait des cigarettes et elles le regardaient fixement, comme des duchesses, avec d'immenses yeux glacés, en disant : « Merci, je ne fume pas » ; et sans tourner la tête il savait que vingt mètres derrière lui, Cubitt rôdait.

Cela donnait une drôle d'allure à Hale. Il ne pouvait s'empêcher de montrer sa panique. Il entendait rire les filles sur son passage ; elles se moquaient de ses vêtements et de sa façon de parler. Il y avait en

Hale une humilité profonde. Tout son orgueil était dans son métier. Devant un miroir, il lui venait de la haine pour ses jambes décharnées, pour sa poitrine de pigeon ; et il s'habillait n'importe comment, exprès – pour montrer qu'il ne s'attendait pas à attirer l'attention d'une femme. Maintenant, il avait renoncé aux jolies, aux élégantes, et parcourait du regard la rangée de chaises avec désespoir, afin d'y trouver une fille assez déshéritée pour ne pas repousser ses avances.

« Sûrement, pensa-t-il, celle-ci », et il fit un sourire d'espoir avide à une grosse créature aux joues rouges, en robe rose, dont les pieds touchaient à peine le sol. Il s'assit sur une chaise vide à côté d'elle et regarda au loin la mer oubliée qui s'enroulait autour des piles de la West Pier.

— Cigarette ? dit-il au bout d'un instant.
— Je ne dis pas non, dit la fille.

Les mots lui furent doux, comme l'annonce d'un sursis.

— C'est gentil ici, dit la grosse fille.
— Vous venez de Londres ?
— Oui.
— Dites-moi, dit Hale, vous n'allez pas rester assise ici toute seule toute la journée ?
— Oh ! j'sais pas, dit la fille.
— Je pensais aller manger quelque chose, et puis après, nous pourrions…
— Nous, dit la fille. Vous en avez du toupet.

— Voyons, vous n'allez tout de même pas rester ici toute seule toute la journée ?

— Qui est-ce qui parle de ça ? répliqua la grosse fille. Ça veut pas dire que je vais aller avec *vous*.

— Venez boire quelque chose, en tout cas, on pourra causer.

— Oh ! pourquoi pas ? dit la fille, ouvrant un poudrier et recouvrant le rouge de ses joues d'une couche plus épaisse.

— Alors, venez, dit Hale.

— Z'avez un copain ? dit la fille.

— Je suis tout seul, dit Hale.

— Oh ! alors, je ne peux pas, dit-elle. Pas possible, je n'peux pas laisser mon amie seule.

Et, pour la première fois, Hale remarqua sur la chaise voisine une pâle créature exsangue qui attendait avidement sa réponse.

— Mais ça vous ferait plaisir de venir ? implora Hale.

— Oh ! oui, mais je peux vraiment pas.

— Ça lui est égal, à votre amie. Elle trouvera quelqu'un d'autre.

— Oh ! non, je peux pas la laisser seule.

Elle regardait la mer d'un œil vitreux et impassible.

— N'est-ce pas que ça vous serait égal ?

Hale se pencha en avant et supplia l'image exsangue qui poussa vers lui les petits piaillements aigus d'un rire intimidé.

— Elle ne connaît personne, dit la grosse fille.

— Elle trouvera quelqu'un.
— Tu crois, Delia ?

La fille en papier mâché rapprocha sa tête de celle de son amie et elles tinrent conseil. De temps en temps, Delia poussait un cri de souris.

— C'est entendu, dit Hale, vous venez.
— Est-ce que vous ne pouvez pas trouver un copain ?
— Je ne connais personne ici, dit Hale. Venez donc. Je vous emmènerai où vous voudrez pour déjeuner. Tout ce que je vous demande (il sourit d'un air pitoyable) c'est de rester tout près de moi.
— Non ! dit la grosse fille. Je ne peux pas sans mon amie.
— Alors, venez toutes les deux, dit Hale.
— Ça ne serait pas bien folichon pour Delia, dit la grosse fille.

Une voix d'homme jeune les interrompit.

— Tiens, tu es là, Fred ? disait cette voix.

Hale leva les yeux pour rencontrer le regard gris, inhumain, des yeux de dix-sept ans.

— Eh ben ! glapit la grosse fille, il vient de dire qu'il n'avait pas d'ami !
— Il ne faut jamais croire ce que dit Fred, dit la voix.
— Maintenant, nous pouvons faire une partie carrée, dit la grosse fille, voici mon amie Delia. Moi, je suis Molly.

— Charmé de vous connaître, dit le gamin. Où allons-nous, Fred ?

— J'ai faim, dit la grosse fille, je suis sûre que t'as faim aussi, Delia.

Et Delia se contorsionna en glapissant.

— Je connais un endroit très bien, dit le gamin.

— Il y a des glaces ?

— Les meilleures glaces, répondit-il pour la rassurer, de sa voix grave et morte.

— C'est ça qu'j'ai envie, une glace. Delia aime surtout les panachées.

— Partons, Fred, dit le gamin.

Hale se leva. Ses mains tremblaient. Ceci était devenu réel : le gamin, les entailles au rasoir, la vie qui s'écoule dans la souffrance avec le sang ; ce n'était plus les transats et les cheveux permanentés, les autos du manège prenant le virage à toute allure sur la Jetée-Palace. Le sol cédait sous ses pieds et seule la pensée de l'endroit où on le transporterait s'il était inconscient le retint de s'évanouir. Pourtant, même en cet instant, l'orgueil banal, l'instinct de ne pas faire de scène restaient plus puissants que tout ; la pudeur était plus forte que la terreur, c'est elle qui l'empêcha de clamer tout haut son épouvante ; elle lui suggéra même de s'en aller tranquillement. Si le gamin ne s'était pas remis à parler, il serait parti.

— Ce serait le moment de partir, Fred, dit le gamin.

— Non, dit Hale, je n'y vais pas. Je ne le connais pas. Mon nom n'est pas Fred. Je ne l'ai jamais vu. Il fait le malin, pas autre chose.

Et il s'éloigna d'un pas rapide, la tête basse, désormais sans espoir – faute de temps – anxieux seulement de continuer d'avancer, de se tenir à la lumière du clair soleil ; quand, montant du bout de l'esplanade, il entendit la voix avinée de la femme qui chantait, des chansons de bouquets de fleurs et de mariées, de lis et de linceuls, une romance victorienne ; et Hale se dirigea vers la voix comme un homme qui, ayant perdu son chemin depuis longtemps dans le désert, marche vers la lueur d'un feu.

— Tiens, dit-elle, mais c'est notre cœur solitaire.

À la grande surprise de Hale, elle était toute seule au milieu d'un océan de chaises vides.

— Ils sont partis aux « messieurs », dit-elle.

— Puis-je m'asseoir ? demanda Hale.

De soulagement sa voix défaillait.

— Si vous avez cinq sous, dit-elle. Je ne les ai pas.

Elle se mit à rire et ses gros seins tendirent sa robe.

— Quelqu'un m'a fauché mon sac, dit-elle. Jusqu'à mon dernier sou.

Il la regardait avec étonnement.

— Ah ! ajouta-t-elle, et ce n'est pas le plus drôle. C'est les lettres. Il va pouvoir lire toutes les lettres de

Tom. Et qu'est-ce qu'elles étaient passionnées ! Tom va être fou quand il le saura.

— Vous allez avoir besoin d'argent, dit Hale.

— Oh ! je ne m'en fais pas, dit-elle. Y aura bien un brave type qui me prêtera dix balles quand ils sortiront des lavabos.

— Des amis à vous ? demanda Hale.

— J'les ai rencontrés au bistrot.

— Vous êtes sûre, dit Hale, qu'ils vont revenir des lavabos ?

— Tout de même, vous n'pensez pas… (Elle regarda rêveusement la Promenade et se mit à rire.) C'est vous le gagnant, s'écria-t-elle, ils m'ont drôlement mise en boîte. Mais il n'y avait que dix balles et les lettres de Tom.

— Voulez-vous déjeuner avec moi, maintenant ? dit Hale.

— J'ai cassé la croûte au bistrot, répondit-elle, c'est eux qui ont payé, c'est toujours ça de repris sur mes dix balles.

— Venez manger autre chose.

— Non, je n'ai pas envie d'autre chose, dit-elle.

Et, se renversant en arrière sur le dossier de son fauteuil, sa jupe relevée jusqu'aux genoux, exposant ses belles jambes avec un air d'abandon voluptueux, elle ajouta : « Quelle journée ! » reflétant par son propre éclat le rayonnement de la mer.

— Tout de même, dit-elle encore, ils le regretteront, je ne vous dis qu'ça. J'suis collante, moi, quand il s'agit de justice.

— Vous vous appelez Lily ? demanda-t-il.

Il ne voyait plus le gamin. Il était parti. Cubitt était parti. À perte de vue, il ne se trouvait personne qu'il pût reconnaître.

— C'est comme ça qu'on m'appelle, répondit-elle. Mon vrai nom, c'est Ida.

Le vieux nom grec vulgarisé retrouva un peu de dignité. Elle dit :

— Vous avez l'air vaseux. Vous devriez aller manger quelque part.

— Pas si vous ne venez pas, dit Hale. Tout ce que je demande, c'est de rester ici avec vous.

— Ça, alors, c'est gentil de dire ça. Je voudrais bien que Tom vous entende. Il écrit dans le genre passionné, mais quand il s'agit de parler...

— Est-ce qu'il veut vous épouser ? demanda Hale.

Elle sentait le savon et le vin ; le bien-être, la paix, une longue et somnolente jouissance physique, le léger relent maternel et nourricier émanant de la grande bouche un peu ivre, des jambes splendides et des beaux seins parvenaient jusqu'au petit cerveau amer, rabougri, épouvanté de Hale.

— Il l'a été, marié avec moi, répondit-elle. Mais il ne connaissait pas son bonheur. Maintenant il voudrait revenir. Si vous voyiez ses lettres ! Je vous les aurais montrées si on ne me les avait pas volées. Il devrait avoir honte, dit-elle en riant de plaisir, d'écrire des choses pareilles. C'est incroyable. Et de la part d'un type tellement tranquille ! Moi, je dis toujours que c'est amusant d'être sur la terre.

— Est-ce que vous le reprendrez ? dit Hale, son regard émergeant du fond de la vallée ténébreuse avec amertume et envie.

— Pour sûr que non ! dit Ida, je le connais trop bien, y aurait pas de surprise. Si je voulais un homme, je pourrais faire mieux à présent. (Elle n'avait pas de vanité, mais elle était un peu ivre et très heureuse.) Si je voulais, je pourrais épouser le sac.

— Et comment vivez-vous en ce moment ? demanda Hale.

— Au jour le jour, dit-elle en lui clignant de l'œil. Comment vous appelez-vous ?

— Fred.

Il l'avait dit automatiquement : c'était le nom qu'il donnait toujours aux gens de rencontre ; par un obscur amour du mystère, il cachait son vrai nom : Charles ; dès l'enfance, il avait recherché le secret, les cachettes, l'ombre ; mais c'était dans l'ombre qu'il avait rencontré Kite, le gamin, Cubitt et toute la bande.

— Et vous, de quoi vivez-vous ? demanda-t-elle d'un ton joyeux.

Les hommes aiment toujours raconter et elle aimait écouter. Elle collectionnait un stock immense d'expériences masculines.

— Courses, dit-il prestement pour dresser sa barrière de défense.

— Moi aussi, j'aime bien le petit frisson. Je me demande si vous pourriez me donner un tuyau, pour Brighton, samedi ?

— *Black Boy*, dit Hale. Dans la course de quatre heures.

— C'est du vingt contre un.

Hale la regarda avec respect.

— À prendre ou à laisser.

— Oh ! je prends, dit Ida. Je prends toujours un tuyau.

— Sans vous soucier de celui qui le donne ?

— C'est mon système. Est-ce que vous y serez ?

— Non, dit Hale. Ça ne peut guère s'arranger.

Il posa sa main sur le poignet d'Ida. Il n'allait plus courir de risques. Il allait dire au secrétaire de rédaction qu'il était tombé malade. Il donnerait sa démission. Il ferait n'importe quoi. La vie était ici, à côté de lui. Il ne s'en irait pas jouer avec la mort.

— Venez à la gare avec moi, dit-il. Revenez à Londres avec moi.

— Une belle journée comme ça ! dit Ida. Pas moi. Vous vivez déjà trop à Londres, vous avez l'air empaillé. Ça vous fera du bien de prendre l'air sur l'Esplanade. En plus, y a un tas de choses que j'ai envie de voir. Je veux voir l'Aquarium, le Rocher-Noir et, d'aujourd'hui, je n'ai pas encore été sur la Palace Pier. Il y a toujours quelque chose de nouveau sur la Palace Pier. J'ai envie de rigoler un peu…

— Nous ferons tout ça, et puis…

— Quand je suis partie pour la journée, je veux que ça soit une vraie journée. Je vous l'ai déjà dit : j'ai une tête de mule.

— Peu importe, dit Hale. Pourvu que vous restiez avec moi.

— En tout cas, vous, vous ne pourrez pas me voler mon sac, dit Ida. Mais je vous en avertis : j'aime la dépense. Je ne me contente pas d'un manège par-ci par-là, il me faut toutes les baraques.

— C'est loin à pied, dit Hale, d'ici à la Palace Pier, sous ce soleil. Il vaut mieux prendre un taxi.

Pourtant, au début, il n'essaya même pas de peloter Ida dans le taxi : il était assis là, tassé comme un sac d'os, les yeux fixés sur la Promenade ; aucun vestige du gamin, ni de Cubitt, dans le jour éclatant qui balayait la vitre du taxi. Il se retourna à regret et, dans la promiscuité de la vaste poitrine hospitalière et douce, il colla sa bouche à celle d'Ida, reçut sur sa langue le goût du porto et vit, dans le rétroviseur, la vieille Morris 1925 qui les suivait, avec sa capote fendue qui battait au vent, son garde-boue tordu, son pare-brise fêlé et décoloré. Il voyait tout cela, sa bouche rivée à la bouche d'Ida, tremblant contre son corps, tandis que le taxi ronronnait en longeant lentement l'Esplanade.

— Laissez-moi respirer, dit-elle à la fin, en le repoussant et en redressant son chapeau. Vous n'y allez pas de main morte. Y a rien de tel qu'un petit homme...

Elle sentait sous sa main la pulsation de ses nerfs et, très vite, elle cria au chauffeur par le tube acoustique :

— Ne vous arrêtez pas. Retournez sur vos pas et revenez.

Hale avait l'air d'avoir la fièvre.

— Vous êtes malade, dit-elle. Il ne faut pas rester tout seul. Qu'est-ce que vous avez ?

Il ne put pas se retenir :

— Je vais mourir, j'ai horriblement peur.

— Avez-vous vu un docteur ?

— Ils ne servent à rien. Ils ne peuvent rien faire.

— Vous ne devriez pas rester seul. Est-ce qu'ils vous l'ont dit – les docteurs, je veux dire ?

— Oui, dit-il.

Et il remit sa bouche sur celle d'Ida parce qu'en l'embrassant il pouvait surveiller dans le miroir la vieille Morris qui bourdonnait derrière eux le long de la Promenade.

Elle le repoussa, mais en laissant ses bras autour de lui.

— Ils sont timbrés. Vous n'êtes pas malade à ce point-là. Vous n'allez pas me dire que je ne m'en apercevrais pas si vous étiez aussi malade que ça, dit-elle. Je n'aime pas voir un type lâcher prise comme ça ; la vie est belle tant qu'on se raccroche.

— Tout va bien, dit-il, pourvu que vous restiez là.

— J'aime mieux ça, dit-elle. Soyez naturel.

Et, descendant vivement la vitre pour faire entrer l'air, elle passa son bras sous celui de Hale et dit d'une façon gentille et apeurée :

— Vous blaguiez, hein, tout à l'heure, en disant ça sur les médecins ? C'était pas vrai, dites ?

— Non, répondit Hale avec lassitude, ce n'était pas vrai.

— Bien sage, dit Ida. Vous m'avez fait presque peur, pendant un moment. Voyez comme c'était agréable pour moi si vous aviez passé dans ce taxi. Quelque chose que Tom aurait pu lire dans le journal, en somme. Mais les hommes me jouent tous des tours bizarres comme ça, prétendent toujours qu'il y a quelque chose qui ne va pas, leur argent, leur femme, leur cœur. Vous n'êtes pas le premier qui me raconte qu'il est mourant. Jamais rien de contagieux pourtant. Veulent profiter de leurs dernières heures et tout le reste. Je suppose que ça vient de ce que je suis grosse. Ils pensent que je vais les dorloter, comme une mère. Je ne dis pas que je n'ai pas marché la première fois. « Les docteurs ne me donnent plus qu'un mois », il m'a dit, il y a cinq ans de ça. Je le vois encore régulièrement chez Henneky. Je lui dis toujours : « Bonsoir, vieux revenant », et il me paie des huîtres et un demi.

— Non, je ne suis pas malade, dit Hale. Vous n'avez pas besoin d'avoir peur.

Il n'allait pas sacrifier son orgueil à ce point-là, même au prix de cette étreinte paisible et naturelle. Le Grand-Hôtel passa à côté d'eux, avec le vieux politicien endormi qui laissait couler la journée, puis le Métropole.

— Nous y voilà, dit Hale, vous allez rester avec moi, n'est-ce pas, bien que je ne sois pas malade ?

— Bien sûr, répondit Ida avec un léger hoquet, en descendant du taxi. Je vous aime bien, Fred, je vous ai trouvé sympathique dès que je vous ai vu. Vous êtes un brave type, Fred. Qu'est-ce que c'est que cette foule là-bas ? demanda-t-elle avec une joyeuse curiosité, en montrant un rassemblement de pantalons pimpants et nets, de corsages brillants, de bras nus, de cheveux parfumés et blondis.

— Avec chaque montre que je vends, criait un homme au milieu d'un groupe, je donne gratuitement un objet qui vaut vingt fois la valeur de la montre. Ce n'est qu'un shilling, messieurs-dames, un shilling seulement. Avec chaque montre que je vends…

— Achetez-moi une montre, Fred, dit Ida en le poussant doucement, et d'abord, donnez-moi dix sous. Il faut que j'aille me laver.

Ils étaient sur le trottoir, à l'entrée de la Palace Pier ; la foule était dense autour d'eux, les gens allaient et venaient dans les tourniquets, et regardaient le camelot ; il n'y avait plus aucun signe de la Morris.

— Vous n'avez pas besoin de vous laver, Ida, implora Hale. Vous êtes très bien.

— Il faut que je me lave, dit-elle, je suis toute en sueur. Attendez-moi ici. J'en ai pour deux minutes.

— Vous ne serez pas bien ici pour vous laver, dit Hale. Venez dans un hôtel boire quelque chose.

— Je ne peux pas attendre, vraiment. Soyez gentil, Fred.

Hale dit :

— Ces dix shillings, il vaut mieux que je vous les donne aussi, pendant que j'y pense.

— C'est vraiment chic de votre part, Fred. Ça ne vous gênera pas ?

— Dépêchez-vous, Ida, dit Hale. Vous me retrouverez ici. Ici exactement. À côté de ce tourniquet. Vous ne resterez pas longtemps, n'est-ce pas ? Je serai ici... répéta-t-il en mettant sa main sur la barre du tourniquet.

— Dirait-on pas, dit Ida, que vous êtes amoureux ?

Et lorsqu'elle descendit les marches qui conduisaient aux lavabos des dames, elle emportait très tendrement dans son esprit l'image d'un petit homme assez informe, aux ongles rongés de près, car rien n'échappait à Ida, même pas les taches d'encre sur la main qui étreignait la rampe.

« C'est un chic type, se dit-elle, il m'a plu au premier coup d'œil, même quand je me payais sa tête dans ce bar. »

Et elle se remit à chanter tout doucement cette fois, de sa chaude voix avinée :

> *Une nuit, dans une ruelle,*
> *Lord Rothschild me disait...*

Il y avait bien longtemps qu'elle ne s'était dépêchée ainsi pour un homme et moins de quatre minutes après, fraîche, poudrée et sereine, elle reparut dans ce brillant après-midi de la Pentecôte, et dut constater qu'il était parti. Il n'était pas à côté du tourniquet, il n'était pas parmi les gens qui se pressaient autour du camelot ; elle s'introduisit dans la foule pour s'en assurer et se trouva nez à nez avec le marchand congestionné, perpétuellement irrité :

— Comment ! Vous ne donnez pas un shilling pour une montre, avec un cadeau absolument gratuit d'une valeur vingt fois supérieure à celle de la montre ! Je ne dis pas que la montre vaut beaucoup plus qu'un shilling, quoique rien qu'à l'œil elle vaut ça, mais avec un cadeau de vingt fois...

Elle tendit le billet de dix shillings et reçut son petit paquet avec la monnaie ; elle pensait : « Il doit être allé aux "messieurs", il va revenir » ; et prenant son poste à côté du tourniquet, elle ouvrit la petite enveloppe qui entourait la montre : « *Black Boy*, lut-elle, dans la course de quatre heures à Brighton » et pensa avec tendresse et fierté : « C'est son tuyau. C'est un garçon qui sait des choses. » Et elle se prépara patiemment, avec joie, à attendre son retour. Elle était tenace. En ville, au loin, une horloge sonna la demie d'une heure.

II

Le Gamin donna ses trois pence et franchit le tourniquet. Il traversa d'un pas raide les quatre rangées de transats où les gens attendaient que l'orchestre se mit à jouer. De dos, il paraissait plus jeune que son âge, dans son léger costume foncé de confection, un peu trop grand pour lui aux hanches, mais lorsqu'on le rencontrait face à face, il avait l'air plus vieux, les yeux gris ardoise portaient la marque anéantissante de l'éternité d'où il était sorti et vers laquelle il retournait. L'orchestre se mit à jouer : il sentit la musique bouger jusque dans son ventre, les violons gémir dans ses entrailles. Il ne regardait ni à droite ni à gauche, mais continuait d'avancer.

Dans le Palais des Plaisirs, il passa sans s'arrêter devant les kinéramas, les distributeurs automatiques, et les palets, jusqu'à une baraque de tir. Les poupées des étagères le fixaient de l'innocence vitreuse de leurs yeux, comme des saintes vierges dans le débarras d'une église. Le Gamin leva les yeux : bouclettes de cheveux châtains, prunelles bleues, joues peintes ; il pensa : « Je vous salue, Marie... à l'heure de notre mort. »

— Je vais tirer six coups, dit-il.

— Ah ! tiens, c'est vous ! dit le patron du tir en le regardant avec une antipathie inquiète.

— Oui, c'est moi, dit le Gamin, avez-vous l'heure sur vous, Bill ?

— Pourquoi voulez-vous que je vous dise l'heure ? Il y a une pendule dans l'entrée, vous la voyez pas ?

— Elle marque près de deux heures moins le quart. Je ne pensais pas qu'il était si tard.

— Cette pendule marche toujours bien, dit l'homme.

Il vint jusqu'au bout de la baraque, un pistolet à la main.

— Elle est toujours à l'heure, compris ? dit-il, elle peut pas servir à fournir des alibis à la noix. Deux heures moins le quart, voilà ce qu'il est.

— Ça va, Bill, répondit le Gamin. Deux heures moins le quart. C'est ce que je voulais savoir. Donnez-moi ce pistolet.

Il se leva ; la jeune main osseuse était ferme comme un roc ; il mit ses six coups à l'intérieur du carton.

— Ça vaut un prix, dit-il.

— Prenez-le, vot'fumier d'prix, dit Bill, et puis filez. Qu'est-ce que vous voulez ? Chocolat ?

— Je ne mange jamais de chocolat, dit le Gamin.

— Paquet de Players ?

— Je ne fume pas.

— Alors il faudra prendre une poupée ou un vase à fleurs.

— Va pour la poupée, dit le Gamin. Donnez-moi celle-là, celle qui a les cheveux bruns.

— Vous allez fonder une famille ? dit l'homme.

Mais le Gamin ne répondit pas et s'éloigna de sa marche raide en longeant les autres baraques, l'odeur de la poudre aux doigts, tenant la Mère de Dieu par les cheveux. L'eau qui clapotait autour des pilotis, au bout de la Jetée, était d'un vert bouteille foncé, mouchetée d'algues, et le vent salé lui brûlait les lèvres. Il grimpa par l'échelle jusqu'au salon de thé en terrasse et regarda autour de lui ; presque toutes les tables étaient occupées. Il entra dans l'abri vitré et tourna pour aller dans le salon étroit et long exposé au couchant et dominant d'une quinzaine de mètres le flot qui baissait lentement ; une table était libre, il s'y assit de façon à pouvoir surveiller toute la salle et, par-dessus l'eau, l'Esplanade pâle.

— J'attends, dit-il à la serveuse qui vint prendre la commande. J'ai des amis qui vont venir.

La fenêtre était ouverte ; il pouvait entendre les vagues basses contre la Jetée et la musique de l'orchestre, faible et triste, que le vent portait vers le rivage. Il ajouta d'un air absent :

— Ils sont en retard. Quelle heure est-il ?

Ses doigts cardaient la perruque de la poupée, en détachaient la laine brune.

— Il est presque deux heures moins dix, dit la fille.

— Toutes les pendules de cette Jetée avancent, dit-il.

— Oh ! non, dit la serveuse, c'est exactement l'heure de Londres.

— Prenez cette poupée, dit le Gamin, elle ne me sert à rien. Je viens de la gagner dans une de ces baraques de tir. Elle ne me sert à rien.

— Sans blague ? dit la fille.

— Allez-y. Prenez-la. Collez-la dans votre chambre et priez.

Il la lui lança tout en surveillant la porte avec impatience. Il dominait son corps par la raideur. Le seul signe de nervosité qu'il montrât était un léger frémissement de la joue, sous le doux duvet de poussin, là où l'on se serait attendu à voir une fossette. Ce frémissement s'accentua quand Cubitt apparut et avec lui Dallow, un gros homme musclé, au nez cassé, avec une expression de simplicité brutale.

— Alors ? dit le Gamin.

— Tout va bien, dit Cubitt.

— Où est Spicer ?

— Il arrive, dit Dallow, il est allé se laver aux lavabos.

— Il aurait dû venir directement, dit le Gamin. Vous êtes en retard. J'avais dit deux heures moins le quart tapant.

— T'agite pas comme ça ! dit Cubitt. Tout ce que tu avais à faire, c'était de venir directement.

— Il a fallu que je mette de l'ordre, dit le Gamin.

Il fit signe à la serveuse.

— Quatre poissons avec frites et du thé. Il y a quelqu'un d'autre qui va venir.

— Spicer ne voudra pas de poisson avec frites, il n'a pas faim, dit Dallow.

— Je lui conseille d'avoir faim, dit le Gamin.

Et appuyant sa figure sur ses mains, il regarda Spicer à la pâle figure s'avancer à travers le salon de thé ; il sentait la colère lui mordre les entrailles comme la mer rongeait au-dessous d'eux les pilotis.

— Il est deux heures moins cinq, dit-il, c'est ça, n'est-ce pas ? Il est deux heures moins cinq ? cria-t-il à la serveuse.

— Ça a pris plus longtemps que nous ne pensions, dit Spicer, qui se laissa tomber sur une chaise, sombre, blême, le teint brouillé.

Il regarda avec un haut-le-cœur la tranche de poisson d'un brun croustillant que la fille posait devant lui.

— Je n'ai pas faim, dit-il. Je ne peux pas manger ça. Qu'est-ce que vous croyez donc que je suis ?

Et tous trois laissèrent leur poisson intact et regardèrent fixement le Gamin – ils avaient l'air d'enfants devant ses yeux sans âge.

Le Gamin versa de la sauce aux anchois sur ses frites.

— Mangez, dit-il. Allons, mangez.

Dallow ricana brusquement.

— L'appétit ne va pas, dit-il en se bourrant la bouche de poisson.

Tous parlaient bas ; pour les gens qui les entouraient, leurs paroles se perdaient dans le brouhaha des assiettes, des voix, et le bruit régulier de la houle. Cubitt suivit leur exemple et se mit à chipoter son poisson ; seul Spicer refusa de manger. Il resta là, obstinément, avec ses cheveux gris, et son mal de mer.

— Donne-moi un coup à boire, Pinkie, dit-il. Je ne peux pas avaler ce truc-là !

— Tu n'auras rien à boire, pas aujourd'hui ! répondit le Gamin. Allez, mange.

Spicer se mit un peu de poisson dans la bouche.

— Si je mange, dit-il, je vais vomir.

— Eh bien ! dégueule ! dit le Gamin. Dégueule si tu veux. Tu n'as pas grand-chose dans le ventre, de toute façon.

Puis, s'adressant à Dallow :

— Ça s'est bien passé ?

— Magnifique, dit Dallow. Moi et Cubitt on l'a expédié. On a donné les cartes à Spicer !

— Tu les as distribuées comme il faut ?

— Bien sûr que je les ai distribuées, dit Spicer.

— Tout le long de l'Esplanade ?

— Bien sûr que je les ai distribuées. Je ne vois pas pourquoi tu t'agites à cause de ces cartes.

— Tu ne vois pas grand-chose, dit le Gamin. Elles sont un alibi, est-ce que tu le comprends ?

Il baissa la voix et chuchota par-dessus les assiettes de poisson :

— Elles prouvent qu'il a suivi son programme. Elles montrent qu'il est mort plus tard que deux heures.

Il éleva la voix de nouveau :

— Écoutez, vous entendez ?

Très faiblement, en ville, le carillon d'une horloge fut suivi de deux coups.

— Et s'ils l'avaient déjà trouvé ? dit Spicer.

— Alors, ça irait mal pour nous, dit le Gamin.

— Et la gonzesse qu'était avec lui ?

— Elle ne compte pas. Ça n'est qu'une grue. Il lui a refilé un demi-billet, je l'ai vu qui le lui passait.

— Y a pas grand-chose qui t'échappe, dit Dallow avec admiration.

Il se versa une tasse de thé noir et prit cinq morceaux de sucre.

— Rien du tout dans ce que je fais moi-même, dit le Gamin. Où as-tu mis les cartes ? demanda-t-il à Spicer.

— J'en ai mis une chez Snow.

— Comment, chez Snow ?

— Naturellement. Fallait bien qu'il déjeune, n'est-ce pas ? Le journal l'annonçait. Tu m'as dit qu'il fallait que je suive le journal. Ça aurait l'air bizarre, en somme, qu'il n'ait pas déjeuné.

— Ça aura l'air encore plus bizarre, dit le Gamin, si la serveuse du restaurant s'aperçoit que ta figure n'est pas la bonne et si elle a trouvé la carte juste après ton départ. Où l'as-tu mise, chez Snow ?

— Sous la nappe, répondit Spicer. C'est ce qu'il fait toujours. Il aura passé bien des gens à cette table après moi. Elle ne saura pas que ce n'était pas lui. Je ne suppose pas qu'elle la trouvera avant ce soir en enlevant la nappe. Peut-être même que ce sera une autre serveuse.

— Retournes-y, dit le Gamin. Et rapporte cette carte ici. Je ne veux pas courir de risques.

— Je n'y retournerai pas.

La voix de Spicer monta au-dessus du murmure et de nouveau leurs trois regards se fixèrent sur le Gamin en silence.

— Vas-y, toi, Cubitt, dit le Gamin, peut-être qu'il vaut mieux qu'il ne se montre pas une seconde fois.

— Jamais de la vie ! Imagine qu'ils aient trouvé la carte et qu'ils me surprennent en train de regarder. Vaut mieux courir un risque et laisser tomber.

Il parlait à voix basse, avec violence.

— Parle naturellement, dit le Gamin, naturellement.

La serveuse revenait vers la table.

— Messieurs, voulez-vous autre chose ? demanda-t-elle.

— Oui, dit le Gamin, donnez-nous des glaces.

— La ferme, Pinkie, protesta Dallow quand la fille les eut quittés. Nous ne voulons pas de glaces, on n'est pas des filles, Pinkie.

— Si tu ne veux pas manger de glace, Dallow, dit le Gamin, tu n'as qu'à aller chez Snow chercher cette carte. Tu as quelque chose dans les tripes, oui ou non ?

— Je pensais que c'était fini et bien fini, dit Dallow, j'en ai fait assez. J'ai quelque chose dans le ventre et tu le sais, mais j'peux dire que j'ai eu les foies... Tu penses, s'ils l'ont retrouvé avant l'heure, faudrait être fou pour aller chez Snow.

— Parle pas si fort. Si personne ne veut y aller, moi, j'irai. Moi j'ai pas peur. Seulement, il y a des moments où j'en ai assez de travailler avec une bande comme vous. Il m'arrive de penser que je serais mieux tout seul.

L'après-midi s'avançait sur l'eau. Il ajouta :

— Kite était très bien, mais Kite est mort. Quelle table avais-tu ? demanda-t-il à Spicer.

— À droite de la porte. Tout de suite en entrant. Table pour une personne. Y avait des fleurs sur la mienne.

— Quelles fleurs ?

— Je n'sais pas quelles fleurs, des fleurs jaunes.

— N'y va pas, Pinkie, dit Dallow. Il vaut mieux laisser ça tranquille. Qui sait ce qui peut arriver ?

Mais le Gamin était déjà debout et de son pas raide traversait la longue et étroite pièce construite au-dessus de la mer. Il était impossible de savoir s'il avait peur ; son jeune et très vieux visage hermétique ne trahissait rien.

Chez Snow, le moment de la presse passé, la table était libre. La radio bourdonnait un programme de morne musique, émis par un orgue de cinéma – une grande *vox humana* traversait en tremblotant le désert de serviettes souillées de taches et de miettes ; la bouche humide du monde pleurant sur la vie. Dès que les tables étaient libres, les serveuses secouaient les nappes et mettaient le couvert pour le thé. Personne ne fit attention au Gamin ; elles tournaient le dos quand il les regardait. Il glissa sa main sous la nappe et n'y trouva rien. Brusquement le petit spasme de colère rageuse monta de nouveau dans la cervelle du Gamin ; il frappa une salière sur la table si fort que le fond se brisa. Une serveuse se détacha d'un groupe qui papotait et vint vers lui, les yeux froids, impérieux, les cheveux blond cendré.

— Eh bien ? dit-elle en toisant le costume usagé et le visage trop jeune.

— Je veux être servi, dit le Gamin.

— Trop tard pour déjeuner.

— Je ne veux pas déjeuner, je veux une tasse de thé et une assiette de biscuits.

— Voulez-vous vous asseoir à une table servie pour le thé, s'il vous plaît ?

— Non ! Cette table me convient.

Majestueuse, elle s'en retourna, avec un air de dédain désapprobateur, et il la rappela :

— Voulez-vous prendre cette commande ?

— La serveuse qui s'occupe de votre table sera là dans une minute, dit-elle.

Et elle rejoignit le groupe de serveuses qui papotaient près de la porte de service.

Le Gamin déplaça sa chaise, le nerf de sa joue frémit, et de nouveau il glissa sa main sous la nappe. C'était un tout petit geste, mais cela pouvait le faire pendre, si on le remarquait. Il ne trouva rien et pensa à Spicer avec fureur : « Un jour, il gaffera une fois de trop : nous serions mieux sans lui. »

— C'est du thé que vous voulez, monsieur ?

Il leva vivement les yeux, la main toujours sous la nappe : « Une de ces filles qui glissent, pensa-t-il, comme si elles avaient peur du bruit de leurs pas » ; une fille pâle et mince plus jeune que lui.

Il répondit :

— J'ai déjà passé ma commande.

Elle s'excusa avec servilité :

— Il y a eu une telle foule ! Et c'est seulement mon second jour. Voilà le premier moment où je peux respirer. Est-ce que vous avez perdu quelque chose ?

Il retira sa main en lançant à la fille un regard dangereux, vidé de tout sentiment ; sa joue se crispa une fois de plus : ce sont les petites choses qui vous font trébucher, il ne put trouver aucune raison pour avoir mis la main sous la nappe. Elle continua pour l'encourager :

— Il faut que je change encore la nappe pour le thé, alors si vous avez perdu quelque chose...

En un clin d'œil, elle avait desservi la table, enlevé le poivre, le sel, la moutarde, le couvert, la sauce O K et les fleurs jaunes, avait cueilli les coins de la nappe et, d'un seul mouvement, l'avait enlevée de la table avec les miettes et tout.

— Il n'y a rien, monsieur, dit-elle.

Il regarda la table nue et dit :

— Je n'avais rien perdu.

Elle se mit à dresser le couvert pour le thé. Elle avait l'air de trouver au Gamin quelque chose de plaisant qui la faisait parler, peut-être tout ce qu'ils avaient en commun – la jeunesse, la médiocrité des vêtements et une sorte d'ignorance, au milieu de ce restaurant clinquant. Déjà, elle semblait avoir oublié les explorations de sa main. Mais si, plus tard, des gens l'interrogeaient, se les rappellerait-elle ? pensa-t-il... Il la méprisait pour son calme, sa pâleur, son désir de plaire : est-ce qu'en même temps elle observait, se rappelait ?...

— Vous ne devineriez pas, dit-elle, ce que j'ai trouvé là, moi, il y a dix minutes, quand j'ai changé la nappe ?

— Est-ce que vous changez tout le temps la nappe ? demanda le Gamin.

— Oh ! non, dit-elle, en installant les accessoires pour le thé, mais un client a renversé son verre, et quand j'ai changé, il y avait une des cartes de Kolley Kibber, qui vaut dix shillings. Quel choc ça m'a fait ! ajouta-t-elle, s'attardant avec complaisance, son plateau à la main. Mais les autres sont furieuses. Vous comprenez, ça n'est que mon second jour ici. Elles disent que j'ai été idiote de ne pas lui réclamer le grand prix.

— Pourquoi ne le lui avez-vous pas réclamé ?

— Parce que je n'y ai même pas pensé. Il ne ressemblait pas du tout à la photo.

— Peut-être que la carte est restée là toute la matinée ?

— Oh ! non, c'est impossible. Il a été le premier client à cette table.

— Eh bien ! ce qui est sûr, c'est que c'est *vous* qui avez la carte.

— Oh ! oui, c'est moi. Seulement ça n'a pas l'air tout à fait correct – vous voyez ce que je veux dire – de penser qu'il est si différent. J'aurais pu gagner le prix. Tout ce que je peux vous dire, c'est que j'ai couru jusqu'à la porte quand j'ai vu la carte. Sans attendre.

— Et vous l'avez vu ?

Elle secoua la tête.

— Je suppose, dit le Gamin, que vous ne l'aviez pas regardé de très près. Sans ça, vous l'auriez reconnu.

— Je vous regarde toujours de très près, dit la petite... Le client, je veux dire ; parce que je suis nouvelle, n'est-ce pas. J'ai un peu peur. Je ne veux rien faire de pas joli. Oh ! s'écria-t-elle, épouvantée – comme de rester là, à bavarder, quand vous voulez une tasse de thé.

— Ça va ! dit le Gamin.

Il lui fit un sourire raide : il ne savait pas se servir de ces muscles-là avec le moindre naturel.

— Vous êtes le genre de fille qui me plaît.

Les mots n'étaient pas ceux qu'il aurait fallu, il le sentit tout de suite et les corrigea :

— Je veux dire que j'aime les filles qui vous parlent gentiment. Il y en a ici... elles vous glacent.

— Elles me glacent, moi aussi.

— Vous êtes sensible, voilà ce qu'il en est, comme moi.

Puis, à brûle-pourpoint :

— Je suppose que vous ne le reconnaîtriez plus, ce type du journal ? Je veux dire qu'il doit encore se promener par là.

— Oh ! mais si, je le reconnaîtrais. J'ai la mémoire des figures.

La joue du Gamin se contracta. Il dit :

— Je vois que vous et moi nous avons pas mal de ressemblance. Nous devrions sortir ensemble un soir. Comment vous appelez-vous ?

— Rose.

Il mit une pièce sur la table et se leva.

— Mais votre thé ? dit-elle.

— Nous avons trop bavardé tous les deux et j'avais un rendez-vous à deux heures précises.

— Oh ! je vous demande pardon, dit Rose, vous auriez dû me faire taire.

— Pas du tout, j'ai passé un bon moment. Il n'est que deux heures dix à votre pendule. Quel soir êtes-vous libre ?

— Nous ne fermons pas avant dix heures et demie, sauf le dimanche.

— On se reverra, dit le Gamin. Nous avons des tas de choses en commun, vous et moi.

III

Ida Arnold se frayait un chemin à travers le Strand ; elle ne se donnait pas la peine d'attendre les coups de sifflet, et les signaux lumineux ne lui inspiraient aucune confiance. Elle se créait une route à elle sous le nez des radiateurs d'autobus ; les conducteurs faisaient grincer leurs freins et lui lançaient des regards furibonds auxquels elle répondait par un sourire. Quand, à onze heures tapant, elle arriva chez Henneky, elle était encore un peu congestionnée, comme si elle venait de se tirer d'une aventure qui lui donnait une meilleure opinion d'elle-même. Mais elle n'était pas la première chez Henneky.

— Allô ! mon vieux revenant, dit-elle.

Et l'homme maigre et sombre, vêtu de noir et en chapeau melon qui était assis à côté d'un baril de vin, répondit :

— Oh ! change de disque, Ida, change de disque.

— C'est de toi que tu es en deuil ? demanda Ida, redressant son chapeau devant une glace qui portait en réclame : « Le Cheval-Blanc. »

Elle paraissait trente-cinq ans, pas un jour de plus.

— Ma femme est morte. Un demi, Ida ?
— Oui, je vais prendre un demi. Je ne savais même pas que tu avais une femme.
— Nous ne savons pas grand-chose l'un de l'autre, voilà ce qui en est, Ida, dit-il. Moi, je ne sais même pas comment tu vis, ou combien de maris tu as eus.
— Oh ! il n'y a eu qu'un seul Tom, dit Ida.
— Il y a eu plus d'un Tom dans ta vie.
— Tu le sais mieux que personne.
— Donnez-moi un verre de Ruby[1], dit l'homme sombre. J'étais en train de penser quand tu es arrivée, Ida, pourquoi ne nous remettons-nous pas ensemble, toi et moi ?
— Toi et Tom, vous avez toujours envie de recommencer, pourquoi est-ce que vous ne vous raccrochez pas à une femme pendant que vous la tenez ?
— En réunissant mon petit magot et le tien...
— Quand je repars, c'est avec du tout frais. J'aime pas quitter du neuf pour reprendre du vieux.
— Mais tu as bon cœur, Ida.
— Appelle ça comme tu voudras, répliqua Ida.

Et des profondeurs sombres de son verre de Guinness, la bonté lui lança un petit regard en coulisse, un peu rusé, un peu sensuel, trouvant la vie bonne.

— Est-ce que tu joues aux courses de temps en temps ? demanda-t-elle.

---

1. Marque de porto.

— Je n'aime pas parier. C'est un jeu d'idiots.

— C'est ça, un jeu d'idiots. On ne sait jamais si on va gagner ou perdre. J'adore ça, dit-elle avec passion, en lançant par-dessus le tonneau un regard à l'homme mince et pâle.

Elle avait la figure plus animée que jamais, plus jeune, plus empreinte de bonté.

— *Black Boy !* dit-elle doucement.

— Hein, quoi ? sursauta le fantôme, apercevant brusquement son visage dans le miroir au Cheval-Blanc.

— C'est le nom d'un cheval, dit-elle, c'est tout. Un type m'a donné le tuyau à Brighton. Je me demande si peut-être je ne le retrouverai pas aux courses. Il s'est perdu je me demande comment. Il m'était sympathique. On ne savait jamais d'avance ce qu'il allait dire. Je lui dois de l'argent, en plus.

— Tu as vu ce qui est arrivé à Kolley Kibber, à Brighton l'autre jour ?

— On l'a trouvé mort, hein ? J'ai vu un placard du journal.

— Il y a eu une enquête.

— Est-ce qu'il s'est tué ?

— Oh ! non. Son cœur. La chaleur l'a assommé, mais le journal a payé la prime à celui qui l'a trouvé... Dix guinées, dit le fantôme, pour avoir trouvé un cadavre... (Avec amertume, il posa le journal sur le tonneau.) Donnez-moi un autre porto...

— Comment ! s'écria Ida. C'est ça le portrait de l'homme qui l'a trouvé ? Quel petit cafard !... Voilà où il était allé. Ça ne m'étonne pas qu'il ne soit pas revenu chercher son fric.

— Non, non, ce n'est pas lui, dit le fantôme. Ça, c'est Kolley Kibber.

Il sortit un petit cure-dent d'un papier et se mit à se nettoyer les dents.

— Oh ! fit Ida, comme si elle avait reçu un coup. Alors, il ne jouait pas la comédie, il était vraiment malade.

Elle se rappela que sa main tremblait dans le taxi, et qu'il la suppliait de ne pas le quitter, comme s'il avait su qu'il allait mourir avant qu'elle revînt. Mais il n'avait pas fait le moindre esclandre.

— C'était un homme bien, ajouta-t-elle doucement.

Il avait dû tomber là, à côté du tourniquet, dès qu'elle avait eu tourné le dos, et sans le savoir elle était descendue dans les « dames ». Elle sentit des larmes lui monter aux yeux, même ici, chez Henneky ; elle mesura les marches blanches, polies, qui descendaient jusqu'aux lavabos, comme si elles marquaient les lents degrés d'une tragédie.

— Ah bien ! dit le fantôme avec mélancolie, nous mourrons tous.

— Oui, mais il n'avait pas plus envie de mourir que moi, dit Ida.

Elle commença de lire l'article et presque aussitôt s'écria :

— Pourquoi a-t-il fait tout ce trajet en pleine chaleur ?

Car il n'était pas tombé au tourniquet : il avait refait tout le chemin qu'ils avaient parcouru ensemble, s'était assis sous un abri...

— Il avait son travail à faire.

— Il ne m'a pas parlé de son travail. Il a dit : « Je serai ici, je reste ici à côté de ce tourniquet. » Il a dit : « Dépêchez-vous, Ida. Vous me retrouverez ici. »

Et tout en répétant ce qu'elle pouvait se rappeler de ses paroles, elle sentait bien que, plus tard, dans une heure ou deux, quand les choses reprendraient leur place, elle éprouverait le besoin de pleurer un peu sur la mort de ce paquet d'os, passionné, épouvanté, qui s'appelait...

— Comment, comment ? dit-elle. Qu'est-ce qu'ils veulent dire ? Lis ça.

— Et puis ? dit l'homme.

— Les petites garces ! dit Ida. Pourquoi diable racontent-elles un mensonge comme ça ?

— Quel mensonge ? Prends une autre Guinness ! Tu n'as pas besoin de t'agiter pour cette histoire !

— C'est pas de refus, dit-elle.

Mais, lorsqu'elle eut bu un bon coup, elle revint à son journal. Elle était instinctive, et en ce moment son instinct lui disait qu'il y avait là quelque chose d'étrange, quelque chose qui sentait mauvais.

— Ces filles qu'il a essayé de raccrocher, dit-elle, elles ont déclaré qu'il était venu un homme qui l'appelait Fred, et qu'il a dit qu'il n'était pas Fred, et qu'il ne connaissait pas cet homme.

— Et puis après ? Écoute, Ida, si on allait au cinéma ?

— Mais il s'appelait vraiment Fred ; il me l'a dit qu'il s'appelait Fred.

— Il s'appelait Charles. Tu peux le lire ici. Charles Hale.

— Ça ne signifie rien, dit Ida. Un homme a toujours un autre nom pour les étrangers. Tu ne vas pas me faire croire que ton vrai nom est Clarence ! Et un homme ne change pas de nom à chaque fille. Il finirait par se tromper. Tu sais bien que tu t'en tiens toujours à Clarence. Tu ne peux pas m'apprendre grand-chose de nouveau sur les hommes.

— Oh ! ça ne veut rien dire. Tu peux voir comment ça s'est passé. Elles ont parlé de ça par hasard. Personne ne s'en est inquiété.

Elle dit tristement :

— Personne ne s'est inquiété de rien. Tu peux lire ce qu'ils écrivent là. Il n'avait personne pour faire du raffut. « Le coroner a demandé si aucun parent du défunt ne se trouvait présent, et le témoin cité par la police a répondu qu'on n'avait pu retrouver qu'un

cousin issu de germain, habitant Middlesborough. »
Ce que ça fait abandonné ! dit-elle. Personne qui soit
venu poser une seule question.

— Je sais ce que c'est que la solitude, Ida, dit
l'homme sombre. Il y a un mois que je suis tout seul.

Elle ne s'occupait plus du tout de lui : elle était
revenue à Brighton, le lundi de la Pentecôte ; elle pensait que, pendant qu'elle l'attendait, il était sûrement
en train de mourir, qu'il suivait le front de mer en
direction de Hove et qu'il était mourant, et tout ce
que cette pensée contenait de drame, de pathétique à
bon marché, lui ramollissait le cœur. Ida était une fille
du peuple, elle pleurait au cinéma en regardant David
Copperfield ; quand elle était ivre, toutes les vieilles
romances que sa mère avait chantées lui remontaient
aux lèvres, son cœur simple était touché par le mot
« tragédie ».

— Le cousin de Middlesborough, il s'est fait
représenter par son conseil, dit-elle. Qu'est-ce que ça
veut dire ?

— Je suppose que si ce Kolley Kibber n'a pas
laissé de testament, le cousin aura l'argent, s'il y en
a. Il ne voudrait pas qu'on parle de suicide à cause de
l'assurance sur la vie.

— Il n'a même pas posé de questions.

— Ce n'était pas la peine. Personne n'a essayé de
dire qu'il s'était tué.

— Peut-être qu'il l'a fait quand même. Il avait quelque chose de bizarre. Moi, j'aurais volontiers posé quelques questions.

— À propos de quoi ? C'est assez clair.

Un homme en culotte de golf et portant une cravate rayée s'approcha du bar.

— Hello, Ida ! cria-t-il.

— Hello, Harry ! répondit-elle tristement, les yeux rivés sur le journal.

— Prends quelque chose.

— J'ai déjà quelque chose, merci.

— Avale-le et prends autre chose.

— Non, j'en veux plus, merci, dit-elle. Si j'avais été là…

— À quoi ça aurait-il servi ? dit l'homme sombre.

— J'aurais pu poser des questions.

— Questions, questions, dit-il, agacé, tu ne cesses pas de dire : questions. À propos de quoi, je me le demande.

— Pourquoi a-t-il dit qu'il n'était pas Fred ?

— Il s'appelait pas Fred, il s'appelait Charles.

— C'est pas naturel.

Plus elle y pensait, plus elle regrettait de ne pas avoir été là ; c'était comme une douleur au cœur, cette pensée qu'à l'enquête personne ne s'était intéressé à rien, le cousin issu de germain était resté à Middlesborough, son conseil n'avait pas posé de questions et le propre journal de Fred ne lui consacrait qu'une demi-colonne. À la première page, il y avait une autre photo, celle du nouveau Kolley Kibber ; il serait demain à Bournemouth. « Ils auraient pu attendre une semaine, pensa-t-elle. Ça aurait montré un peu de respect. »

— J'aurais bien voulu leur demander pourquoi il m'a quittée comme ça pour cavalcader sur le front de mer sous ce soleil.

— Il avait son boulot à faire. Il fallait qu'il laisse ces fameuses cartes.

— Alors pourquoi m'a-t-il dit qu'il m'attendait ?

— Ah ! dit l'homme sombre, c'est à *lui* qu'il faut demander ça.

Et avec ces paroles, c'était presque comme si *lui-même* avait essayé de répondre à Ida, de lui répondre en sa propre langue hiéroglyphique, au moyen de l'obscure souffrance qui lui tordait les nerfs, comme doit s'exprimer un fantôme. Ida croyait aux fantômes.

— Il en dirait long s'il pouvait parler, dit-elle.

Elle reprit le journal et lut lentement :

— Il a fait son boulot jusqu'au bout, ajouta-t-elle avec tendresse.

Elle aimait les hommes qui faisaient leur boulot : c'était une façon de montrer de la vitalité. Il avait déposé ses cartes tout le long de la promenade. Elles étaient revenues au bureau du journal : de sous un bateau, d'une corbeille à papier, d'un petit seau d'enfant. Il ne lui en restait que quelques-unes lorsque

« M. Alfred Jefferson, de Clapham, qui déclare exercer la profession de clerc principal, le retrouva ».

— Même s'il s'est vraiment suicidé, dit-elle (elle était le seul avocat qui plaidât la cause du mort), il avait d'abord fait son travail.

— Mais il ne s'est pas suicidé, dit Clarence, tu ne lis pas les détails. On a ouvert son corps et on a dit : mort naturelle.

— C'est rudement bizarre, dit Ida. Il est allé en déposer une dans un restaurant. Je savais qu'il avait faim. Il m'a répété qu'il voulait manger ; mais pourquoi est-ce qu'il s'est esquivé comme ça tout seul en me laissant attendre ! Ça a l'air insensé.

— Je suppose qu'il a changé d'idée sur toi, Ida.

— Je n'aime pas ça. Ça me paraît louche. J'aurais bien voulu y être, j'aurais posé quelques questions.

— Si toi et moi on allait passer un moment au ciné, Ida ?

— Je n'en ai pas envie. C'est pas tous les jours qu'on perd un ami. Et toi, tu ne devrais pas en avoir envie non plus, que ta femme vient de mourir.

— Il y a un mois qu'elle n'est plus là. On ne peut pas exiger d'un homme qu'il porte le deuil toute sa vie.

— Un mois, ça n'est pas si longtemps, dit tristement Ida en rêvassant sur le journal.

« Un jour, pensa-t-elle, un jour, pas plus, qu'il est mort, et je suppose qu'à part moi il n'y a pas un seul être vivant qui pense à lui : rien de plus qu'une femme qu'il a ramassée pour la peloter un peu et boire un verre. » Et de nouveau un émoi facile emplit son cœur tendre, son cœur peuple. Elle ne lui aurait pas accordé une pensée de plus s'il avait eu d'autres parents, en plus du cousin au second degré resté à Middlesborough, s'il n'avait pas été aussi solitaire en même temps que mort. Mais cette affaire ne lui semblait pas sentir bon, bien qu'elle ne pût parvenir à mettre le doigt sur autre chose que ce « Fred », et tout le monde allait lui dire : « Il ne s'appelait pas Fred. Vous n'avez qu'à lire : Charles Hale. »

— Tu devrais pas t'agiter pour ça, Ida. Ça ne te regarde pas !

— Je sais bien, dit-elle, ça ne me regarde pas.

Mais son cœur lui répétait : « Ça ne regarde personne » ; et c'était bien là le chiendent. Personne, sauf elle, ne posait de questions. Elle avait connu une femme à qui son mari mort était apparu. Elle l'avait vu debout à côté du poste de T S F, qui essayait de tourner le bouton ; elle l'avait tourné dans le sens qu'il voulait et la vision avait disparu ; au même instant, elle avait entendu le speaker du poste Midland Regional annoncer : « Attention, attention, tempête sur la Manche. » Elle avait projeté de faire une de ces excursions d'une journée à Calais ; voilà l'histoire. Ça montre qu'on ne doit pas se moquer de ceux qui croient aux fantômes. « Et Fred, pensait-elle, s'il voulait dire quelque chose à quelqu'un, ce ne serait pas son cousin issu de germain qu'il irait trouver à Middlesborough. Pourquoi ne viendrait-il pas vers moi ? » Il l'avait laissée là à attendre ; elle avait attendu près d'une demi-heure ; peut-être avait-il envie de lui expliquer pourquoi.

— C'était un vrai monsieur, dit-elle tout haut.

Et, d'un cœur plus ferme, elle assura l'angle de son chapeau, se lissa les cheveux et quitta le tonneau à vin.

— Faut que je m'en aille. Au plaisir, Clarence !

— Où vas-tu ? Je ne t'ai jamais vue aussi pressée, Ida, se plaignit-il avec amertume en s'adressant à son demi de bière brune.

Ida posa son doigt sur le journal :

— Il faut que quelqu'un y soit, dit-elle, même si les cousins n'y sont pas.

— Qu'est-ce que tu veux que ça lui fasse, les gens qui vont le mettre en terre ?

— On ne sait jamais, dit Ida, qui se rappelait le fantôme à côté du poste de T S F. C'est une marque de respect. En plus, j'aime les enterrements.

Mais il ne fut pas exactement mis en terre dans le faubourg neuf et fleuri qu'il avait habité. C'était un endroit où l'on ne faisait pas d'enterrements parce qu'ils sont contraires à la salubrité. Deux tours de briques, qui ressemblaient à celles d'un hôtel de ville scandinave, des cloîtres avec, le long des murs, de petites inscriptions qui avaient l'air de plaques commémoratives de la guerre, une chapelle froide et nue, à l'air profane, qui pouvait s'adapter facilement et sans histoires à n'importe quelle profession de foi : pas de cimetière, pas de couronnes en cire, ni pots de confitures sordides emplis de fleurs sauvages qui se fanent. Ida était en retard. Hésitant un moment à la porte, de peur de trouver là tous les amis de Fred, elle crut que quelqu'un avait ouvert la radio au programme national. Cette voix cultivée et sans expression lui était familière ; mais quand elle ouvrit la porte, elle trouva non une machine, mais un homme qui, debout, en soutane noire, disait : « Le Ciel. » Il n'y avait personne, sauf une femme qui paraissait être une logeuse, une servante, qui avait garé sa voiture d'enfant à l'extérieur, et deux hommes impatients qui chuchotaient.

— Nous n'en croyons pas moins au Ciel, continua le pasteur, parce que nous refusons de croire au vieil enfer médiéval. Nous croyons, dit-il, en suivant d'un coup d'œil rapide la glissière lisse et polie qui descendait vers les portes Art Nouveau par lesquelles le cercueil allait être précipité dans les flammes, nous croyons que notre frère ne fait maintenant plus qu'un avec l'Unique. (Il imprimait sur ses paroles, comme sur de petites mottes de beurre, sa marque personnelle.) Il a atteint l'Unité. Nous ne savons pas qui est ou ce qu'est cet Unique avec qui (ou avec quoi) il ne fait plus qu'un. Nous avons rejeté la vieille croyance médiévale aux océans de miroir et aux couronnes d'or. Vérité est beauté, et il existe plus de beauté pour nous en cet âge épris de vérité, dans la certitude que notre frère est en ce moment réabsorbé dans l'Âme universelle.

Il toucha un petit timbre ; les portes Art Nouveau s'ouvrirent, les flammes claquèrent et le cercueil glissa sans heurt jusque dans l'océan de flammes. Les portes se fermèrent, la nourrice se releva et se dirigea vers la porte ; derrière la glissière, le pasteur sourit avec douceur comme un prestidigitateur qui vient de faire apparaître sans accroc son neuf cent quarantième lapin.

Tout était terminé. Ida parvint avec difficulté à produire une dernière larme qu'elle recueillit dans un mouchoir parfumé au pavot de Californie. Elle aimait les enterrements – mais avec horreur – comme d'autres gens aiment les histoires de fantômes. La mort la choquait, la vie était si importante ! Elle n'était pas du tout pieuse. Elle ne croyait ni au ciel ni à l'enfer. Elle ne croyait qu'aux fantômes, aux tablettes, aux guéridons qui frappent des coups et aux petites voix ineptes qui, sur un ton plaintif, vous parlent de fleurs. Que les papistes, s'ils veulent, traitent la mort avec légèreté ; la vie, pour eux, est peut-être moins importante que ce qui vient après, mais pour Ida la mort était la fin de tout. Confondu avec l'Unique, ces mots n'avaient aucun sens en comparaison d'un verre de bière fraîche par un jour de soleil. Elle croyait aux fantômes, mais l'on ne peut vraiment pas appeler vie éternelle cette mince existence transparente ; le craquement d'une planche, un morceau d'ectoplasme dans une vitrine, un centre de recherches psychiques, une voix qu'elle avait entendue une fois pendant une séance et qui disait : « Tout est très beau sur le plan supérieur. Il y a des fleurs partout. »

Des fleurs, pensa Ida avec mépris, ce n'est pas la vie. La vie, c'est le soleil sur le montant de cuivre du lit, le porto d'origine, le bond que fait votre cœur quand l'outsider sur lequel vous avez misé passe le poteau et que les couleurs montent. La vie, c'était la bouche du pauvre Fred écrasée sur la sienne dans le taxi, vibrant en même temps que le moteur tout au long de l'Esplanade. À quoi bon mourir si cela n'aboutit qu'à parler niaisement de fleurs ? Fred n'avait pas besoin de fleurs, il avait besoin... Et la délectable détresse qu'elle avait éprouvée chez Henneky lui revint. Elle prenait la vie mortellement au sérieux : elle était prête à causer n'importe quelle somme d'ennuis à n'importe qui pour défendre la seule chose à laquelle elle crût. Perdre son amant (les cœurs brisés, dirait-elle, se réparent toujours) ; devenir infirme ou aveugle (bien heureux, vous dirait-elle, d'être encore vivant). Il y avait dans son optimisme exempt de remords quelque chose de dangereux, qu'elle fût en train de rire chez Henneky ou de pleurer à un enterrement ou à un mariage.

Elle quitta le four crématoire. Là-haut, sortant des tours jumelles au-dessus de sa tête, s'en allait la dernière trace de Fred, mince filet de fumée grise montant des fours. Les gens qui passaient sur la route fleurie de ce faubourg levaient la tête et remarquaient la fumée ; la journée avait été très occupée dans les fours. Sous forme d'invisible cendre grise, Fred retomba sur les fleurs roses ; il faisait partie du problème urbain de la fumée à Londres, et Ida pleura.

Mais, tandis qu'elle pleurait, une résolution grandissait en elle. Elle continua de grandir sur tout le trajet que fit Ida pour retrouver les lignes de tramway qui devaient la ramener vers ses territoires familiers, vers les bars, les enseignes lumineuses et les spectacles de music-hall. L'homme est formé par les endroits où il vit, et l'esprit d'Ida fonctionnait avec la simplicité et la régularité d'une enseigne lumineuse automatique : le verre qui bascule sans arrêt, la roue qui tourne sans arrêt, la question simple qui s'éclaire et s'éteint : « Employez-vous le dentifrice Forham pour vos gencives ? »

« J'en ferais autant pour Tom, pensa-t-elle, pour Clarence, ce vieux fumiste de fantôme de chez Henneky, ou pour Harry. » C'est le moins qu'on puisse faire pour n'importe qui : poser des questions, des questions aux enquêtes, des questions aux séances.

Quelqu'un avait rendu Fred malheureux et quelqu'un allait être rendu malheureux en retour. Œil pour œil. Quand on croyait en Dieu, on pouvait lui abandonner la vengeance, mais comment se fier à l'Unique, à l'Esprit universel ? La vengeance appartenait à Ida, de même que lui appartenait la récompense : la douce bouche qui se colle à la vôtre dans les taxis, les mains chaudes qui se serrent dans les cinémas, la seule récompense qui fût. La vengeance aussi bien que la récompense – toutes les deux l'amusaient.

Le tram descendit l'Embankment au milieu des cliquetis et des étincelles. Si c'était une femme qui avait rendu Fred malheureux, Ida lui dirait ce qu'elle en pensait. Si Fred s'était suicidé, elle le découvrirait, les journaux imprimeraient l'information, quelqu'un en souffrirait. Ida allait commencer par le commencement et travailler méthodiquement. Elle était tenace.

Le premier échelon (elle n'avait pas lâché le journal pendant toute la cérémonie), c'était Molly Pink, « se disant secrétaire privée, employée chez MM. Carter et Galloway ».

Ida sortit de la gare de Charing Cross et pénétra dans la lumière chaude que le vent secouait sur le Strand et dont les reflets vacillaient dans les carburateurs ; devant la fenêtre d'une chambre, à un étage supérieur, un homme à la longue moustache grise édouardienne était assis et examinait un timbre-poste à la loupe ; un grand fourgon de barils passa lourdement, les fontaines jouaient dans Trafalgar Square, fleur fraîche et translucide qui s'épanouissait, puis retombait dans les bassins noirâtres de suie. « Ça coûtera de l'argent, se répétait Ida. Ça coûte toujours cher quand on veut savoir la vérité. » Et elle remonta lentement Saint Martin's Lane en faisant des calculs, tandis que tout le temps, au-dessous de la mélancolie et de la détermination, son cœur battait plus vite au rythme du refrain : c'est amusant, c'est emballant, c'est de la vie ! Aux Sept-Cadrans, les nègres traînaient aux portes des bistrots dans des costumes étroits et voyants, avec de vieilles cravates aux couleurs universitaires ; Ida en reconnut un et lui lança quelques mots en passant :

— Comment vont les affaires, Joe ?

Au-dessus de la chemise aux larges raies criardes, ses grandes dents blanches s'allumèrent comme une rampe qui perce les ténèbres :

— T'es bien, Ida, t'es bien !
— Et le rhume des foins ?
— Te'ible, Ida, te'ible !
— Au plaisir, Joe.
— Au plaisi', Ida.

Il y avait un quart d'heure de marche pour arriver chez MM. Carter et Galloway, qui occupaient le tout dernier étage d'une haute bâtisse aux limites de Gray's Inn. Il lui fallait désormais faire des économies, elle ne voulait même pas prendre l'autobus, et quand elle se trouva dans l'immeuble antique et poussiéreux il n'y avait pas d'ascenseur. Les longs étages de pierre lui parurent épuisants. Sa journée avait été longue et elle n'avait mangé qu'une brioche à la gare. Elle s'assit sur le rebord d'une fenêtre et enleva ses chaussures. Ses pieds étaient brûlants, elle remua les orteils. Un vieux monsieur descendait l'escalier. Il avait une longue moustache et un regard de côté du genre canaille. Il portait un veston à carreaux, un gilet jaune et un melon gris. Il ôta le melon :

— En détresse, madame, dit-il, abaissant sur Ida le regard de ses petits yeux chassieux. Puis-je venir à votre secours ?

— Je ne permets à personne de me gratter les doigts de pied, répondit Ida.

— Ha ! ha ! dit le vieux monsieur, femme originale. Comme je les aime. Montée ou descente ?

— Montée. Jusqu'en haut.

— Carter et Galloway. Bonne maison. Dites que vous venez de ma part.

— Comment vous appelez-vous ?

— Moyne. Charlie Moyne. Vous ai déjà vue ici.

— Jamais.

— Ailleurs. N'oublie jamais un beau corps de femme. Dites que Moyne vous envoie. Vous feront des prix.

— Pourquoi n'ont-ils pas d'ascenseur dans cette cambuse ?

— Gens démodés. Démodé moi-même. Vous ai-je vue à Epsom ?

— Ça se pourrait.

— Reconnais toujours une femme sportive. Vous emmènerais au coin de la rue pour zigouiller une bouteille de mousseux, si ces voleurs ne m'avaient raflé les cinq dernières livres que j'avais sur moi. Voulais aller en miser deux. Faut que je rentre chez moi. Pendant que j'y serai la chance va tourner. Vous verrez. Pourriez pas me rendre service, par hasard ? Deux livres. Charlie Moyne.

Les yeux injectés de sang la surveillèrent sans espoir, un peu hautains, un peu indifférents ; les boutons du gilet jaune tremblaient sous les battements violents du vieux cœur.

— Tenez, dit Ida, je vous passe une livre, et puis décampez !

— Très chic de votre part. Donnez-moi votre carte. Vous mettrai un chèque à la poste ce soir.

— Je n'ai pas de carte, dit Ida.

— Suis sorti sans, moi aussi. Peu importe. Charlie Moyne. Bons soins de Carter et Galloway. Me connaissent tous.

— Ça va, répondit Ida, je vous reverrai. Il faut que je commence à monter.

— Prenez mon bras. (Il l'aida à se relever.) Dites : de la part de Moyne. Prix spéciaux.

Au tournant de l'escalier, elle regarda en arrière. Il enfonçait le billet d'une livre dans la poche de son gilet, lissait sa moustache, qui était encore dorée aux bouts comme les doigts d'un fumeur de cigarettes, installait son melon à un certain angle.

« Pauvre vieille baderne, pensa Ida, il n'avait pas espéré obtenir ça ! » et elle le regarda descendre l'escalier, emportant avec lui son très vieux et frivole désespoir.

Il n'y avait que deux portes sur le dernier palier. Elle ouvrit celle où le mot « Renseignements » était écrit, et là trouva Molly Pink en personne. Dans une petite pièce, à peine plus grande qu'un placard à balais, elle était assise à côté d'un réchaud à gaz et suçait un bonbon. Une bouilloire siffla pour saluer l'entrée d'Ida. Une figure brouillée et boursouflée la regarda fixement sans un mot.

— Excusez, dit Ida.

— Les associés sont absents.

— C'est vous que je viens voir.

La bouche s'entrouvrit, une boule de caramel trembla sur la langue, la bouilloire chanta.

— Moi ?

— Oui, dit Ida. Faites attention : la bouilloire va déborder. Vous êtes bien Molly Pink ?

— Vous en voulez une tasse ?

Du plafond au plancher, la pièce était tapissée de fichiers. À travers la poussière, que rien n'avait troublée depuis bien des années, une petite fenêtre laissait découvrir une autre bâtisse avec la même disposition de fenêtres qui semblait être une image envoyée par un miroir poussiéreux. Une mouche morte pendait dans une toile d'araignée.

— Je n'aime pas le thé, dit Ida.

— Tant mieux. Il n'y a qu'une tasse, dit Molly en remplissant une épaisse théière brune au bec ébréché.

— Un ami à moi qui s'appelle Moyne... commença Ida.

— Oh ! lui ! dit Molly. Nous venons de le faire expulser de son logement.

Un numéro de *Femme et Beauté* était ouvert et dressé contre sa machine à écrire et ses yeux y revenaient continuellement.

— Expulsé ?

— Expulsé. Il est venu pour voir les patrons. Il a essayé de raconter des boniments.

— Est-ce qu'il les a vus ?

— Les patrons n'y sont pas. Voulez-vous un caramel ?

— Mauvais pour la ligne, dit Ida.

— Je rattrape ça en ne déjeunant pas le matin.

Par-dessus la tête de Molly, Ida pouvait voir les étiquettes sur les fichiers : « Loyers 1 – 6 Muddy Lane, Loyers de propriété Wainage, Balham. Loyers de... » Elles étaient environnées par l'orgueil de la possession, des biens matériels...

— Je suis venue, dit Ida, parce que vous avez rencontré un de mes amis.

— Asseyez-vous, dit Molly. Là, c'est la chaise des clients. C'est moi que je m'occupe d'eux. Mr Moyne n'est pas un ami...

— Pas Moyne. Quelqu'un du nom de Hale.

— Je ne veux plus entendre parler de cette histoire-là. Si vous aviez vu les patrons ! Ils étaient fous furieux. Il m'a fallu un jour de congé pour l'enquête. Ils m'ont fait faire des tas d'heures supplémentaires le lendemain soir.

— Dites-moi simplement ce qui s'est passé.

— Ce qui s'est passé ? Oh bien ! les patrons sont terribles quand ils se fâchent.

— Je veux parler de Fred Hale.

— Je ne le connaissais pas vraiment.

— Cet homme qui est venu vers vous, d'après ce que vous avez dit à l'enquête...

— Ce n'était pas un homme. Ce n'était qu'un gamin. Il connaissait Mr Hale.

— Mais, dans le journal, ça dit...

— Oh ! Mr Hale a *dit* qu'il ne le connaissait pas. Je leur ai dit pareil. Ils ne m'ont rien demandé. Sauf s'il y avait quelque chose d'étrange dans ses façons. Eh bien ! y avait rien qu'on pourrait appeler étrange. Il avait peur, c'est tout. Ici, nous en voyons des tas comme ça.

— Mais vous ne leur avez pas dit ça ?

— Ça n'a rien d'extraordinaire. J'ai compris tout de suite ce qui en était. Il devait de l'argent au Gamin. Nous en voyons des tas comme ça. Comme Charlie Moyne.

— Il avait peur réellement ? Pauvre vieux Fred !

— Il a dit : « Je ne suis pas Fred », clair et net, mais j'ai très bien vu, mon amie aussi.

— Comment était le Gamin ?

— Oh ! un gamin, c'est tout.

— Grand ?

— Pas particulièrement.

— Blond ?

— Je ne saurais pas dire.

— Quel âge ?

— Le mien à peu près.

— C'est-à-dire ?

— Dix-huit ans, dit Molly, qui, sans cesser de sucer son caramel, lança un regard de défi par-dessus la machine à écrire et la bouilloire fumante.

— A-t-il demandé de l'argent ?

— Il n'a pas eu le temps de demander de l'argent.

— Vous n'avez rien remarqué d'autre ?

— Il avait très envie que j'aille avec lui, mais je ne pouvais pas. Tant que ma copine était là, je ne pouvais pas.

— Merci, dit Ida. J'ai appris quelque chose.

— Vous êtes une femme détective ? demanda Molly.

— Oh ! non, rien qu'une amie à lui.

Il y avait quelque chose de louche. Elle en était maintenant convaincue. Une fois de plus, elle se rappela combien il était terrorisé dans le taxi, et tout en redescendant Holborn pour rentrer chez elle, derrière Russel Square, sous ce soleil de fin d'après-midi, elle pensa aussi qu'il avait tenu à lui donner les dix shillings avant qu'elle descendît aux « dames ». C'était un vrai monsieur : peut-être étaient-ce les derniers shillings qu'il possédait ; et ces gens – ce gamin – qui le relançaient pour lui soutirer de l'argent... ou peut-être était-il un décavé du genre de Charlie Moyne ! Et maintenant que le souvenir de son visage devenait un peu indistinct, elle ne pouvait s'empêcher de lui prêter certains traits de Charlie Moyne, tout au moins les yeux injectés de sang. Des messieurs qui jouent, des messieurs qui dépensent, des vrais messieurs. Les voyageurs de commerce aux corps avachis se reposaient dans le salon de l'Impérial, le soleil horizontal rasait les platanes, et une sonnette sonnait sans interruption pour annoncer l'heure du thé dans une pension de famille de Coram Street.

« Je vais essayer la planchette, pensa Ida, comme ça je saurai. »

Quand elle entra chez elle, il y avait sur la table du vestibule une carte, une carte postale qui représentait la jetée de Brighton : « Si j'étais superstitieuse, pensa-t-elle, si j'étais superstitieuse... » Elle la retourna. Ce n'était que Phil Corkery qui lui demandait de venir le rejoindre. Elle avait reçu la même carte chaque année de Eastbourne, Hastings et une fois d'Aberystwyth. Mais elle n'y allait jamais. Il n'était pas quelqu'un qu'elle aimait à encourager. Trop indolent. Pas ce qu'elle appelait un homme.

Elle alla jusqu'à l'escalier du sous-sol et appela le vieux Crowe. Elle avait besoin de deux séries de doigts pour la planchette et elle savait que ça ferait plaisir au vieux bonhomme.

— Vieux Crowe ! cria-t-elle en regardant tout en bas de l'escalier de pierre, vieux Crowe !

— Qu'est-ce qu'y a, Ida ?

— Je vais m'essayer un peu la main sur la planchette.

Sans l'attendre, elle monta dans sa chambre-salon pour tout préparer. La chambre était orientée à l'est et le soleil avait disparu. Il faisait froid et sombre. Ida alluma le chauffage au gaz et tira les vieux rideaux de velours rouge pour cacher le ciel gris et les tuyaux de cheminée. Puis elle bourra le divan de petits coups de poing et tira deux chaises près de la table. Dans une vitrine, sa vie se reflétait, une bonne vie : des objets de porcelaine achetés dans des plages, une photo de Tom, un Edgar Wallace, un Netta Syrett venus d'une baraque de revendeur, quelques morceaux de musique, *Les Bons Compagnons*, la photographie de sa mère, d'autres porcelaines, quelques animaux articulés, en bois, avec des élastiques, des bibelots que lui avaient donnés Un tel, Un tel, ou quelqu'un d'autre, *Sorrel and son*, la planchette.

Elle sortit la planchette avec précaution et referma à clé l'armoire vitrée. C'était un morceau de bois poli, ovale, monté sur de petites roulettes ; on aurait dit qu'il venait de s'échapper du placard d'une cuisine, au sous-sol. Mais, en fait, c'est le vieux Crowe qui venait de s'en échapper ; il frappa doucement à la porte, entra de biais, cheveux blancs, visage gris, yeux myopes de cheval de mine qui clignotaient devant le globe nu de la lampe de chevet d'Ida. Ida posa une écharpe en filet rose sur la lumière et, pour le vieux Crowe, en atténua l'éclat.

— Vous avez quelque chose à demander, Ida ? dit le vieux Crowe.

Il frissonnait un peu, à la fois effrayé et fasciné. Ida tailla un crayon et l'inséra dans la proue de la planchette.

— Asseyez-vous, vieux Crowe. Qu'est-ce que vous avez fait de toute la journée ?

— Y avait un enterrement au 27. Un de ces étudiants indiens.

— Moi aussi, je suis allée à l'enterrement. Il était beau, le vôtre ?

— On ne fait plus de beaux enterrements de nos jours. Plus de panaches de plumes.

Ida poussa un peu la planchette. Elle traversa en diagonale la table cirée, avec un glissement de plus en plus semblable à celui d'un hanneton.

— Le crayon est trop long, dit le vieux Crowe.

Il était assis, les mains jointes entre les genoux, penché en avant, les yeux fixés sur la planchette. Ida vissa le crayon un peu plus haut.

— Passé ou avenir ? dit le vieux Crowe qui haletait un peu.

— Je veux entrer en contact, aujourd'hui, dit Ida.

— Mort ou vivant ? demanda le vieux Crowe.

— Mort, je l'ai vu brûler tantôt. Incinéré. Allez, vieux Crowe, posez les doigts.

— Feriez mieux d'ôter vos bagues, l'or la trouble.

Ida dévêtit ses doigts et en posa les bouts sur la planche qui s'échappa en grinçant sur la grande feuille de papier.

— Allez-y, vieux Crowe, dit-elle.

Le vieux Crowe ricana.

— C'est un péché, dit-il, et il plaça ses phalanges osseuses bien au bord, où elles se mirent à tambouriner nerveusement à tout petits coups. Qu'est-ce que vous allez lui demander, Ida ?

— Fred, êtes-vous là ?

Avec des craquements, la planchette s'évada de leurs doigts en traçant en tous sens de longues lignes sur le papier.

— Elle sait ce qu'elle veut, dit Ida.

— Chut ! dit le vieux Crowe.

La planchette se cabra un peu sur sa roulette arrière et s'arrêta.

— On pourrait regarder maintenant, dit Ida.

Elle poussa de côté la planchette et tous les deux examinèrent attentivement le fin réseau de traits de crayon.

— On pourrait voir E S là, dit encore Ida.

— Ça pourrait aussi être C S.

— En tout cas, il y a quelque chose. Essayons encore une fois.

Elle remit avec fermeté ses doigts sur la planchette.

— Que vous est-il arrivé, Fred ?

Et, immédiatement, la planchette prit la fuite.

Toute l'indomptable volonté d'Ida passa dans ses doigts ; elle n'allait pas supporter de bêtises cette fois-ci ; et, de l'autre côté de la planchette, le visage du vieux Crowe se fronça à force de concentration.

— Elle écrit de vraies lettres, déclara Ida triomphalement.

Et, tandis que ses doigts relâchaient momentanément leur pression, elle pouvait sentir la planchette glisser fermement comme sur l'ordre de quelqu'un d'autre.

— Chut ! dit le vieux Crowe.

Mais la planche se cabra et s'arrêta. Ils l'écartèrent et là, indiscutablement, en grandes lettres, se trouvait un mot, mais pas un mot qu'ils connussent : TUSSUI.

— On dirait un nom, dit le vieux Crowe.

— Ça doit vouloir dire quelque chose, répondit Ida. La planchette veut toujours dire quelque chose. On va encore essayer.

Et, de nouveau, le petit hanneton noir détala en laissant un tortueux sillage. La lampe ronde brûlait d'une lueur rouge sous l'écharpe, et le vieux Crowe sifflotait entre ses dents.

— Là, dit Ida, qui souleva la planchette.

Un long mot échevelé traversait le papier en diagonale : F R E S U I C I N Œ I L.

— Eh bien ! dit le vieux Crowe, on en a plein la bouche. Vous ne pouvez rien tirer de ça, Ida.

— Pourquoi pas ! C'est clair comme de l'eau de roche. F R E c'est Fred, S U I C I c'est suicide, et Œ I L... C'est ce que je dis toujours : œil pour œil, dent pour dent.

— Et cet N ?

— Je ne sais pas encore, mais je vais y réfléchir.

Elle se laissa aller en arrière dans son fauteuil avec un sentiment de puissance et de triomphe :

— Je ne suis pas superstitieuse, dit-elle, mais on ne peut pas le nier : la planchette *sait*.

— Elle sait, dit le vieux Crowe en suçant ses dents.

— On essaie encore ?

La planchette glissa, grinça et stoppa brusquement. Aussi clair que possible, un nom leur crevait les yeux : P H I L.

— Ça alors ! dit Ida. Ça, alors !... (Elle rougit un peu.) Voulez-vous que je vous offre un biscuit sucré ?
— Merci, Ida, merci.

Ida sortit une boîte de fer-blanc du tiroir de la commode et la poussa vers le vieux Crowe.

— Ils l'ont forcé à mourir, dit-elle d'un air heureux. Je savais bien qu'il y avait quelque chose de louche. Voyez cet ŒIL. C'est exactement comme si ça me disait ce qu'il faut faire. (Son regard s'attacha sur PHIL.) Ces gens, je vais leur faire regretter d'être venus au monde !

Elle aspira l'air profondément, avec volupté, en étirant ses jambes sculpturales.

— Le juste et l'injuste, dit-elle ; je crois à ce qui est juste et injuste.

Et, respirant plus longuement encore, avec un soupir d'heureuse satiété, elle ajouta :

— Ce que ça va m'amuser, ce que ça va m'intéresser, ce que ça va me faire vivre, mon vieux Crowe ! Pendant que le vieillard se suçait les dents et que la lumière rose jouait sur le Warwick Deeping, et c'était la plus belle louange qu'elle pût faire de quoi que ce fût.

Deuxième partie

I

Le Gamin tournait le dos à Spicer et regardait fixement la vaste et sombre étendue liquide de la mer. Ils avaient le bout de la jetée à eux tout seuls : à cette heure et par ce mauvais temps, tous les gens étaient dans la salle de concerts. Des éclairs s'allumaient et s'éteignaient sur la ligne d'horizon, et des gouttes de pluie tombaient.

— Où as-tu été ? demanda le Gamin.
— Faire un tour, dit Spicer.
— Tu as été là-bas ?
— Je voulais voir si tout était en ordre, si vous n'aviez rien oublié.

Le Gamin, penché sur la balustrade, plongé dans la pluie indécise, dit lentement :

— J'ai lu que, quand on commet un meurtre, on est quelquefois forcé d'en faire un second... pour mettre de l'ordre.

Le mot « meurtre » n'évoquait pour lui rien de plus que les mots : boîte, col, girafe. Il ajouta :

— Spicer, n'y remets plus les pieds.

Son imagination ne s'était jamais éveillée. C'était là sa force. Il ne pouvait pas voir avec les yeux des autres, ou sentir avec leurs nerfs. Seule la musique le mettait mal à l'aise, les boyaux de chat lui vibraient dans le cœur ; c'était comme des nerfs qui perdent leur fraîcheur, c'était comme l'âge qui vient, l'expérience des autres, qui martèle le cerveau.

— Où est le reste de la bande ? demanda-t-il.

— Chez Sam. Ils boivent.

— Pourquoi ne bois-tu pas aussi ?

— Je n'ai pas soif, Pinkie. Je voulais prendre l'air. Ce tonnerre vous rend tout drôle.

— Si seulement ils arrêtaient ce raffut infernal là-dedans ! s'écria le Gamin.

— Tu ne vas pas chez Sam ?

— J'ai à faire, dit le Gamin.

— Tout va bien, Pinkie, n'est-ce pas ? Après ce verdict, tout va bien ? Personne n'a posé de questions.

— Je veux en être sûr, dit le Gamin.

— Les copains ne veulent plus tuer.

— Qui leur a dit qu'on allait tuer ? (Un éclair jaillissant éclaira son veston étroit et râpé, la touffe de cheveux légers sur sa nuque.) J'ai un rancart, c'est tout. Fais bien attention à ce que tu racontes, Spicer. T'as pas les foies, hein ?

— J'ai pas les foies. Tu me juges mal, Pinkie. Je ne veux pas tuer, c'est tout. Ce verdict nous a fait un coup. Qu'est-ce que ça peut bien vouloir dire ? Nous l'avons pourtant bien tué, Pinkie ?

— Faut continuer à être prudents, c'est tout.

— Tout de même, qu'est-ce que ça veut dire ? Je me méfie des docteurs. Une bonne nouvelle comme ça, y a de l'abus.

— Il faut être prudents.

— Qu'est-ce que t'as dans ta poche, Pinkie ?

— J'ai jamais d'arme sur moi, dit le Gamin. Tu imagines des choses.

Dans la ville, une pendule sonna onze heures : trois coups se perdirent dans le tonnerre qui descendait le long de la Manche.

— Tu ferais mieux de partir, dit le Gamin ; elle est déjà en retard.

— C'est un rasoir que tu as là, Pinkie ?

— J'ai pas besoin de rasoir avec une poule. Si tu veux savoir ce que c'est, c'est une bouteille.

— Tu ne bois pas, Pinkie ?

— Je ne vois pas qui voudrait boire ce qu'il y a là-dedans.

— Qu'est-ce que c'est, Pinkie ?

— Du vitriol. Ça fait beaucoup plus peur à une poule qu'un couteau.

Horripilé, il se détourna de la mer et se plaignit de nouveau :

— Cette musique !

Elle venait gémir dans sa tête en traversant la chaude nuit électrique, et il était aussi près de la tristesse qu'il en pouvait approcher ; de même, le vague et secret plaisir sensuel qu'il ressentait à caresser des doigts la bouteille de vitriol, tandis que Rose accourait vers lui à travers la salle de concerts, était le plus près qu'il pouvait approcher de la volupté.

— Va-t'en, dit-il à Spicer, la voilà !

— Oh ! dit Rose, je suis en retard. J'ai couru sans arrêt. J'ai pensé que vous alliez penser...

— J'ai attendu, dit le Gamin.

— Ça a été une soirée terrible dans le restaurant, dit la petite. Tout allait de travers. J'ai cassé deux assiettes. Et la crème était tournée...

Elle disait tout cela sans respirer.

— Qui était-ce, votre ami ? demanda-t-elle en essayant de le voir dans la nuit.

— Peu importe, dit le Gamin.

— Il m'a semblé... je ne pouvais pas bien voir...

— Peu importe, répéta le Gamin.

— Qu'est-ce que nous allons faire ?

— Eh bien ! j'ai pensé que nous allions d'abord bavarder un peu ici, et puis on ira ailleurs. Chez Sherry. Ça m'est égal.

— J'aimerais bien Sherry, dit Rose.

— Vous êtes allée chercher votre argent pour cette carte ?

— Oui, je l'ai eu ce matin.

— Personne n'est venu vous poser de questions ?

— Oh ! non, mais n'est-ce pas que c'est terrible qu'il soit mort comme ça ?

— Vous avez vu sa photo ?

Rose s'approcha de la balustrade et leva son regard pâle vers le Gamin.

— Oui, mais ce n'est pas lui. Voilà ce que je ne comprends pas.

— Les gens sont différents sur les photographies.

— J'ai la mémoire des figures. Ce n'était pas lui. Ils ont sûrement triché. On ne peut pas se fier aux journaux.

— Venez ici.

Il lui fit tourner le coin pour s'éloigner un peu de la musique, pour être plus seuls avec les éclairs sur l'horizon et le tonnerre de plus en plus proche.

— Vous me plaisez, dit le Gamin, la bouche tordue par un sourire sans conviction, et je veux vous avertir. Ce type, Hale, j'ai entendu beaucoup parler de lui. Il a été mêlé à des tas d'histoires.

— Quel genre d'histoires ? chuchota Rose.

— Ne vous en occupez pas. Seulement, je vous avertis dans votre intérêt. Vous avez l'argent ; si j'étais vous, j'oublierais, j'oublierais tout ce qui se rapporte au type qui a laissé la carte. Il est mort, n'est-ce pas... Vous avez l'argent, et c'est tout ce qui compte.

— Du moment que vous le dites, dit Rose.

— Vous pouvez m'appeler Pinkie, si vous voulez. C'est comme ça que mes amis m'appellent.

— Pinkie, répéta Rose, essayant le nom timidement tandis que le tonnerre éclatait au-dessus de leurs têtes.

— Vous avez lu l'histoire de Peggy Baron, n'est-ce pas ?

— Non, Pinkie.

— C'était dans tous les journaux.

— Je ne lisais aucun journal avant d'entrer dans cette place. Nous n'avions pas les moyens d'acheter des journaux à la maison.

— Elle s'est fourrée dans une bande, et puis des gens sont venus pour l'interroger. C'est très dangereux.

— Jamais je n'irais me fourrer dans une bande comme ça, dit Rose.

— Quelquefois vous n'y pouvez rien. Ça se fait tout seul.

— Qu'est-ce qui lui est arrivé ?

— Ils l'ont rendue horrible à voir. Elle a perdu un œil. Ils lui ont lancé du vitriol en pleine figure.

Rose murmura : « Du vitriol ? Qu'est-ce que c'est du vitriol ? » tandis qu'un éclair rendait visibles une traverse de bois goudronné, une vague qui se brisait et le pâle visage osseux de la petite, terrifiée.

— Vous n'avez jamais vu de vitriol ? dit le Gamin en souriant méchamment dans l'ombre. (Il lui montra la petite bouteille.) Voici du vitriol. (Il la déboucha et versa quelques gouttes sur le plancher de la jetée : elles sifflèrent comme un jet de vapeur.) Ça brûle, dit-il. Sentez.

Et il lui mit la petite bouteille sous le nez.

Elle le regarda, le souffle coupé :

— Pinkie, vous ne le feriez pas ?...

Et il lui mentit avec douceur :

— Je vous faisais marcher, dit-il ; ce n'est pas du vitriol, ce n'est que de l'alcool. Je voulais vous avertir, c'est tout. Nous allons être amis, vous et moi. Je ne veux pas d'une amie qui aurait la peau brûlée. Si quelqu'un vient vous poser des questions, racontez-le-moi. N'importe qui, remarquez... Passez-moi un coup de fil chez Frank, presto. Six, six, six. Vous vous rappellerez le numéro ?

Il lui prit le bras et lui fit quitter le bout de jetée solitaire, la ramena près de la salle de concerts éclairée, musique que le vent pousse vers la terre, tristesse dans les boyaux.

— Pinkie, dit-elle, je ne me mêlerai de rien. Je ne me mêle jamais des affaires des autres. Je n'ai jamais mis le nez où il ne fallait pas. Boule de feu, boule de fer.

— Tu es une brave gosse, dit-il.

— Vous savez tellement, tellement de choses, Pinkie, dit-elle avec admiration et horreur.

Et, brusquement, en entendant le vieil air sentimental que jouait l'orchestre (*Adorable à voir, merveilleuse à étreindre, et le paradis même*), un léger venin de colère et de haine monta aux lèvres du Gamin.

— Il faut savoir bien des choses, dit-il, si on veut réussir. Viens, on va chez Sherry.

Dès qu'ils eurent quitté la Jetée, ils furent obligés de courir, les taxis les éclaboussaient d'eau ; le long de l'esplanade de Hove, les guirlandes d'ampoules colorées luisaient comme des flaques d'huile à travers la pluie. Ils secouèrent sur le plancher de Sherry l'eau qui les couvrait, et Rose vit une longue queue de gens sur l'escalier montant aux galeries.

— C'est plein, dit-elle, déçue.

— Nous irons sur la piste, dit le Gamin, en payant ses trois shillings, aussi négligemment que s'il avait l'habitude de prendre des places de ce prix.

Et il se fraya un chemin à travers les petites tables, les juifs, les entraîneuses, avec leurs cheveux d'un éclat métallique et leurs petits sacs noirs, tandis que les lumières de couleur passaient du vert au rose et du rose au bleu.

Rose dit :

— C'est adorable, ici. Ça me rappelle...

Et, tout en allant à leur table, elle fit tout haut la liste de toutes les choses que cela lui rappelait, les lumières, l'air que jouait l'orchestre, la foule qui essayait de danser la rumba. Elle avait un immense stock de souvenirs insignifiants, et quand elle ne vivait pas dans l'avenir elle vivait dans le passé. Quant au présent – elle passait au travers aussi vite qu'elle le pouvait, fuyait les choses, fuyait à la rencontre des choses, de telle sorte qu'elle avait toujours la voix un peu essoufflée ; le cœur martelé par l'émotion d'une évasion ou d'une attente. « J'ai fourré l'assiette sous mon tablier et elle m'a dit : "Rose, qu'est-ce que vous cachez là ?" » et un moment après elle tournait de nouveau vers le Gamin ses grands yeux tout neufs avec un regard de profonde admiration et de très respectueuse espérance.

— Qu'est-ce que tu bois ? demanda le Gamin.

Elle ne savait même pas le nom d'une boisson. À Nelson Place, d'où elle était sortie comme une taupe d'un trou pour trouver le grand jour du Restaurant Snow, et de Palace Pier, elle n'avait jamais connu de garçon assez riche pour lui offrir quelque chose à boire. Elle aurait bien dit « bière », mais elle n'avait pas encore eu l'occasion de découvrir si elle aimait ou non la bière. Une glace à deux sous achetée à un marchand ambulant était la somme totale de ses connaissances en fait de plaisirs luxueux. Elle regarda le Gamin avec des yeux anxieux, ronds et vides de pensée. Il lui demanda sèchement :

— Qu'est-ce que tu aimes ? Je ne sais pas ce que tu aimes, moi.

— Une glace, dit-elle, déçue, mais elle ne pouvait plus le faire attendre.

— Quelle sorte de glace ?

— Juste une glace ordinaire, dit-elle.

Dans toutes ses années passées au bas quartier, le marchand ambulant ne lui avait jamais offert de choix.

— Vanille ? dit le garçon.

Elle fit « oui » de la tête. Elle supposait que c'était cela qu'elle avait toujours mangé, et elle ne se trompait pas. C'était seulement la taille au-dessus. Autrement, elle aurait pu aussi bien la sucer entre deux gaufrettes à côté d'un triporteur.

— T'es pas très dégourdie comme gosse, dit le Gamin. Quel âge as-tu ?

— J'ai dix-sept ans, répondit-elle d'un air agressif, car il y a une loi qui dit qu'un homme ne peut pas vous fréquenter si vous n'avez pas dix-sept ans.

— Moi aussi, j'ai dix-sept ans, dit le Gamin.

Et les yeux qui n'avaient jamais été jeunes se plantèrent dans ceux qui venaient de commencer à apprendre une ou deux choses. Il dit :

— Veux-tu danser ?

Et elle répondit humblement :

— Je n'ai jamais beaucoup dansé.

— Ça ne fait rien, dit le Gamin. C'est pas non plus mon fort, la danse.

Il surveillait le mouvement lent des bêtes à deux dos : « Le plaisir, pensa-t-il, ils appellent ça le plaisir. » Il fut secoué par une sensation de solitude, une horrible absence de sympathie. La piste fut déblayée pour le dernier numéro de chant de la soirée. Une projecteur se fixa sur une rondelle de plancher, un chanteur de charme en smoking, un microphone au bout d'une longue tige noire et mobile. Le chanteur tenait le micro tendrement comme il eût étreint une femme ; il le balançait de côté et d'autre, susurrait vers lui avec des lèvres amoureuses, tandis que, sortis du haut-parleur placé sous la galerie, ses chuchotements se répandaient dans la salle en cris rauques, semblables à ceux d'un dictateur annonçant la victoire, semblables aux nouvelles officielles après un long communiqué de la censure. « C'est prenant, disait le Gamin, c'est prenant », et il s'abandonnait à la puissante suggestion hypnotique des cuivres.

La musique parle, parle de notre amour,
Dans les bois les oiseaux parlent
De notre amour.
Le coup de trompe du taxi,
Le hululement de la chouette,
Le grondement du métro,
L'abeille bourdonnante,
Ils parlent tous de notre amour...

La musique parle, parle de notre amour,
Dans les bois, la brise parle de notre amour,
Le chant du rossignol,
Le signal du facteur,
La sonnerie du téléphone,
Les sifflements de l'usine,
Ils parlent tous de notre amour !

Le Gamin regardait fixement la tache ronde de lumière ; musique, amour, rossignols, facteurs : les mots s'agitaient dans son esprit comme ceux d'un poème ; d'une main, il caressait dans sa poche la bouteille de vitriol, de l'autre il touchait le poignet de Rose. La voix inhumaine sifflait tout autour de la galerie et le Gamin écoutait en silence. C'était lui, cette fois, qui recevait un avertissement. La vie tenait la bouteille de vitriol et l'avertissait : « Je te rendrai horrible à voir... » Elle l'avertissait, par le moyen de la musique, et quand il protestait en disant que lui n'irait jamais se fourrer dans une histoire semblable, la musique, usant de ses propres paroles, lui rétorquait : « Quelquefois, vous n'y pouvez rien. Ça se fait tout seul. »

> *Quand nous passons, les chiens de garde*
> *Parlent, parlent de notre amour.*

La foule, debout au port d'armes, figée derrière les tables sur six rangs de profondeur (il n'y avait pas assez de place sur la piste pour tant de gens), gardait un silence de mort. C'était comme pendant l'hymne national, le jour de l'armistice, quand le roi a déposé sa couronne, que tous les chapeaux sont enlevés et que les troupes sont devenues de pierre. C'était une certaine sorte d'amour, une certaine sorte de musique, une certaine sorte de vérité qu'ils écoutaient :

Gracie Fields et ses blagues,
Les gangsters qui mitraillent
Parlent de notre amour !

La musique ruisselait sous les lampions chinois et la lumière rose du projecteur marquait les traits du juif qui tenait le microphone de plus en plus près de sa chemise empesée.

— As-tu déjà été amoureuse ? demanda le Gamin d'un ton bref et gêné.

— Oh ! oui, dit Rose.

Le Gamin répondit avec un brusque venin :

— Naturellement. Comme une oie blanche que tu es. Tu ne sais pas de quoi les gens sont capables.

La musique se tut, et dans le silence il éclata de rire :

— Quelle oie !

Les gens se retournèrent pour les regarder : une jeune fille se mit à rire bêtement. Il referma ses doigts sur le poignet de Rose :

— Oie blanche, répéta-t-il.

Il se mettait peu à peu en colère, il lui montait une petite rage sensuelle, comme celle que jadis il ressentait contre les gosses faibles, à l'école communale.

— Tu ne sais absolument rien, dit-il, ses ongles devenant méprisants.

— Oh ! mais si, protesta-t-elle, je sais bien des choses.

Le Gamin la regarda en ricanant.
— Pas la moindre chose.
Et il lui pinça le poignet au point que ses ongles se rejoignaient presque.
— Tu veux que je sois ton petit ami, hein ? On sortira ensemble ?
— Oh ! oui, dit-elle. J'aimerais tant ça !
Des larmes d'orgueil et de souffrance montèrent à ses paupières.
— Si tu aimes cela, dit-elle, continue.
Le Gamin la lâcha.
— Ne sois pas si gourde, dit-il. Pourquoi aimerais-je cela ?... Tu crois savoir trop de choses, ma petite, ajouta-t-il avec lassitude.

Il était là, immobile, la colère au ventre comme un charbon ardent, quand la musique se remit à jouer ; tous les bons moments qu'il avait passés autrefois à manier des clous et des planches, les trucs qu'il avait appris à faire plus tard avec une lame de rasoir, où serait le plaisir si les gens ne criaient pas ? Il déclara avec fureur :
— Nous partons. J'en ai marre de cette boîte !
Et, docile, Rose remit dans son sac à main la poudre compacte achetée à Prisunic, et son mouchoir.
— Qu'est-ce que c'est que ça ? dit le Gamin lorsqu'un objet cliqueta dans le sac.
Elle lui montra le bout d'un chapelet.
— Catholique ? demanda le Gamin.

— Oui, répondit Rose.

— Moi aussi.

Il lui saisit le bras et l'entraîna dans la rue obscure et ruisselante. Il remonta son col de veston et se mit à courir, tandis que les éclairs balayaient et que le tonnerre emplissait l'air. Ils coururent de porte en porte jusqu'à ce qu'ils eussent trouvé sur l'Esplanade un des abris vitrés qui était vide. Ils s'y réfugièrent seuls dans la nuit bruyante et lourde :

— Même, j'ai chanté dans un chœur, dit le Gamin en confidence.

Et brusquement il se mit à psalmodier de sa voix enfantine, toute cassée :

— *Agnus Dei qui tollis peccata mundi, dona nobis pacem.*

Dans sa voix, passa tout un monde perdu – le coin éclairé sous l'orgue, l'odeur de l'encens, et des surplis empesés, et la musique. La musique – n'importe quelle musique *Agnus Dei, Adorable à voir, Merveilleuse à étreindre, Les oiseaux dans les bois, Credo in unum Dominum* – n'importe quelle musique le bouleversait, en lui parlant de choses qu'il ne comprenait pas.

— Est-ce que tu vas à la messe ? demanda-t-il.

— Quelquefois ! répondit Rose. Ça dépend du travail. La plupart du temps, je ne pourrais guère dormir si j'allais à la messe.

— Je m'en fous si tu dors, dit le Gamin rudement. Moi, je ne vais jamais à la messe.

— Mais vous avez la foi, n'est-ce pas ? implora Rose. Vous croyez que c'est vrai ?

— Bien sûr que c'est vrai, dit le Gamin. Qu'est-ce qu'il y aurait d'autre ? continua-t-il avec mépris. Remarque, c'est la seule chose qui colle. Ces athées, ils ne savent rien. Naturellement qu'il y a l'enfer, les flammes et la damnation, dit-il en regardant fixement l'eau noire et mouvante, les éclairs et les lampes qui s'éteignaient au-dessus des arcs-boutants noirs de la Jetée-Palace, « les tourments de l'enfer ».

— Et aussi le ciel ? demanda Rose avec anxiété, pendant que la pluie continuait de tomber interminablement.

— Oh ! peut-être, dit le Gamin. Peut-être.

Mouillé jusqu'aux os, son pantalon collant à ses maigres jambes, le Gamin monta le long escalier sans tapis qui menait à sa chambre chez Frank. La rampe tremblait sous sa main et lorsqu'il ouvrit la porte et qu'il trouva toute la bande assise sur son lit de cuivre, à fumer, il dit avec fureur :

— Quand va-t-on réparer cette balustrade ? C'est dangereux. Un jour, quelqu'un tombera.

Les rideaux n'étaient pas tirés, la fenêtre était ouverte et les dernières lueurs de l'orage giflaient les toits gris fuyant vers la mer. Le Gamin s'approcha de son lit et secoua les miettes du sandwich de Cubitt.

— Qu'est-ce qui se passe ? dit-il, un meeting ?

— Il y a du tirage pour les souscriptions, Pinkie ! dit Cubitt. Il y en a deux qui ne rentrent pas : Brewer et Tate. Ils disent que maintenant que Kite est mort...

— Faut-il les taillader un peu, Pinkie ? demanda Dallow.

Spicer, debout devant la fenêtre, regardait l'orage. Il ne disait rien, plongé dans la contemplation des flammes et des crevasses du ciel.

— Demande à Spicer, dit le Gamin. Il a beaucoup réfléchi, ces temps-ci.

Ils se tournèrent tous pour regarder Spicer. Spicer dit :

— Nous ferions peut-être mieux de rester un moment tranquilles. Vous savez bien qu'un tas de types se sont défilés quand Kite a été tué.

— Continue, dit le Gamin. Écoutez-le, vous autres. C'est ce qu'on appelle un philosophe.

— Et puis après ? dit Spicer, furieux. On a le droit de causer, il me semble, dans cette bande ? Ceux qui se sont défilés, c'est parce qu'ils ne voyaient pas comment un gosse pouvait faire marcher le racket.

Le Gamin, assis sur son lit, le regardait, les mains enfoncées dans ses poches humides. Il frissonna.

— Je n'ai jamais été partisan de tuer, dit Spicer. J'm'en fous si ça se sait.

— Dégonflard et aigri, dit le Gamin.

Spicer s'avança jusqu'au milieu de la pièce.

— Écoute, Pinkie ! dit-il. Sois raisonnable.

Il fit appel à tous les autres :

— Soyez raisonnables.

— Il y a quelque chose, dans ce qu'il vient de dire, intervint tout à coup Cubitt. Nous avons eu un coup de veine. Il ne faut pas attirer l'attention sur nous. Nous ferions mieux de laisser Brewer et Tate tranquilles pendant quelque temps.

Le Gamin se leva. Quelques miettes s'étaient collées à son costume mouillé :

— Es-tu prêt, Dallow ? dit-il.

— Qu'est-ce que tu dis, Pinkie ? demanda Dallow en écartant les lèvres comme un gros chien bonasse.

— Où vas-tu, Pinkie ? dit Spicer.

— Je vais voir Brewer.

Cubitt l'avertit :

— Tu agis comme si c'était l'année dernière et pas la semaine dernière que nous avons tué Hale. Faut qu'on soit prudents.

— Tout ça, c'est fini et enterré ! répliqua le Gamin. Vous avez entendu le verdict. Mort naturelle, dit-il, les yeux fixés sur les lueurs mourantes de cette fin d'orage.

— Tu oublies la fille de chez Snow. Elle peut nous faire pendre.

— Je m'occupe de la petite. Elle ne dira rien.

— Est-ce que tu vas l'épouser ? dit Cubitt.

Dallow éclata de rire. Les mains du Gamin sortirent de ses poches, blêmes tant il avait serré les poings. Il demanda :

— Qui t'a dit que je l'épousais ?

— Spicer ! répondit Cubitt.

Spicer s'écarta du Gamin. Il expliqua :

— Écoute-moi, Pinkie. J'ai seulement dit que, comme ça, elle ne serait plus dangereuse. La femme ne peut pas témoigner...

— J'ai pas besoin d'épouser une fille pour l'empêcher de nuire. Comment est-ce qu'on t'empêche de nuire, toi, Spicer ?

Sa langue sortit entre ses dents et vint lécher le bord de ses lèvres sèches et gercées :

— Si c'est nécessaire de taillader...

— C'était une plaisanterie ! dit Cubitt. Tu n'as pas besoin de prendre ça si au sérieux. Tu n'as pas le sens de la plaisanterie, Pinkie.

— Ah ! oui, tu as dit ça en plaisantant, hein ? dit le Gamin. Moi, épouser cette petite poule bon marché !

Il ricana, en les regardant :

— Ha ! ha !... Je m'instruis. Arrive, Dallow.

— Attends le matin, dit Cubitt. Attends que d'autres copains soient rentrés.

— Tu te dégonfles aussi ?

— Tu ne penses pas ce que tu viens de dire, Pinkie. Mais il faut qu'on y aille doucement.

— Es-tu avec moi, Dallow ? demanda le Gamin.
— Je suis avec toi, Pinkie.
— Alors, on y va ! dit le Gamin.

Il alla jusqu'à la table de toilette et ouvrit la porte du petit placard où était le seau hygiénique. Il passa la main derrière le seau et en tira une toute petite lame, une de ces lames avec lesquelles se rasent les femmes, mais dont un seul tranchant était aiguisé et l'autre monté sur du taffetas gommé. Il la fixa sous l'ongle très long de son pouce, seul doigt qu'il ne rongeât pas, et il enfila son gant. Il dit : « Nous reviendrons par le métro, dans une demi-heure ! » et descendit le premier, en quelques bonds, l'escalier de Frank. Le froid de ses vêtements trempés avait pénétré sous sa peau ; il arriva sur le front de mer avec un pas d'avance sur Dallow, la figure tordue de fièvre, ses étroites épaules secouées de frissons. Il dit à Dallow sans se retourner :

— Nous allons chez Brewer. Une simple leçon lui suffira.

— Qu'est-ce que tu dis, Pinkie ? demanda Dallow qui avait du mal à le suivre.

La pluie s'était arrêtée : c'était la marée basse et les bords plats des vagues léchaient très loin le sable ondulé. Minuit sonna à une horloge. Dallow éclata brusquement de rire.

— Qu'est-ce qui te prend, Dallow ?

— Je pensais, dit Dallow, que tu es un petit type formidable, Pinkie. Kite a eu raison de te nommer chef. Tu vas droit aux choses, Pinkie.

— Tu ne te trompes pas ! dit le Gamin, qui regardait devant lui, le visage contorsionné de fièvre.

Ils passèrent devant le Cosmopolitain dont quelques lumières brillaient encore çà et là, jusqu'en haut de ses tourelles qui se dressaient sur un ciel aux déplacements lents. Chez Snow, lorsqu'ils passèrent, une lumière isolée s'éteignit. Ils remontèrent l'Old Steyne. Brewer avait une maison près du dépôt des tramways, sur la route de Lewes, presque sous le viaduc du chemin de fer.

— Il est couché ! dit Dallow.

Pinkie sonna, en gardant le doigt appuyé sur le bouton de sonnette. Des boutiques basses, aux volets fermés, bordaient les deux trottoirs, un tramway passa : personne dedans, un écriteau : « Dépôt » ; il dévala en brimbalant à grand bruit la route vide, le toit encore luisant de pluie, le receveur somnolant sur une banquette à l'intérieur. Pinkie maintenait son doigt sur le bouton de sonnette.

— Qu'est-ce qui lui a pris, à Spicer, de dire ça sur mon mariage ? dit le Gamin.

— Il a simplement pensé qu'alors elle la bouclerait.

— C'est pas elle qui m'empêche de dormir ! dit le Gamin, continuant de presser sur la sonnette.

Une lumière s'alluma au premier étage, une fenêtre s'ouvrit en grinçant et une voix cria :

— Qui est là ?

— C'est moi ! dit le Gamin. Pinkie.

— Que voulez-vous ? Pourriez pas venir demain matin ?

— J'ai besoin de vous parler, Brewer.

— Je n'ai rien à vous dire qui ne puisse attendre, Pinkie.

— Je vous conseille d'ouvrir, Brewer, si vous ne voulez pas que toute la bande s'amène.

— Ma vieille est très malade, Pinkie. Je ne veux pas d'histoires. Elle dort ; il y a trois nuits qu'elle n'a pas dormi.

— Voilà qui va l'éveiller ! dit le Gamin, le doigt sur la sonnette.

Un train de marchandises passa lentement sur le viaduc, faisant pleuvoir de la fumée sur la route de Lewes.

— Arrêtez, Pinkie, je descends ouvrir.

Pinkie frissonnait en attendant, sa main gantée enfoncée profondément dans sa poche mouillée. Brewer ouvrit la porte ; c'était un homme mûr, obèse, en pyjama blanc sale. Le bouton du bas manquait et la veste s'ouvrait sur son ventre saillant, au nombril profond.

— Entrez, Pinkie ! dit-il. Et marchez doucement. La vieille est très mal. Je suis fou d'inquiétude.

— C'est pour ça que vous n'avez pas payé votre souscription, Brewer ? dit le Gamin.

Il regarda avec mépris l'étroit vestibule, la douille d'obus transformée en porte-parapluies, la tête de cerf mangée aux mites qui portait sur une corne un chapeau melon, le casque d'acier où poussait une fougère. Kite aurait bien pu leur léguer de meilleurs payeurs que celui-ci. Brewer venait à peine de monter en grade : avant, il tenait le bistrot du coin de la rue où l'on dépose les paris. Un bookmaker marron. Il était inutile d'essayer de lui tirer plus de 10 % de ses gains.

Brewer dit :

— Entrez et faites comme chez vous. Il fait chaud ici. Quelle nuit froide !

Il avait, même en pyjama, des façons faussement cordiales. Il ressemblait au slogan publicitaire d'une carte de P M U : « La vieille firme. Confiez vos mises à Bill Brewer. » Il alluma le radiateur à gaz, puis une lampe console, avec un abat-jour de soie rouge garni d'une frange à pompons. La lumière fit briller une boîte à biscuits à couvercle argenté et, dans un cadre, la photographie d'une noce.

— Une goutte de whisky ? dit Brewer d'un air engageant.

— Vous savez bien que je ne bois pas ! dit le Gamin.

— Ted en prendra ! dit Brewer.

— Volontiers, une goutte ! dit Dallow.

Il sourit de travers.

— Santé ! dit-il.

— Nous sommes venus chercher cette souscription, Brewer ! dit le Gamin.

L'homme en pyjama blanc fit gicler de l'eau de Seltz dans son verre. Le dos tourné, il regardait Pinkie dans le miroir au-dessus du buffet. Quand il rencontra le reflet de son regard, il dit :

— Je ne suis pas tranquille, Pinkie. Depuis que Kite a été descendu.

— Et alors ? dit le Gamin.

— C'est comme ça. Je me dis que si la bande à Kite peut même pas protéger...

Il s'arrêta brusquement pour écouter.

— Est-ce que c'est la vieille ?

De la chambre au-dessus venait, très assourdi, le son d'une toux. Brewer dit :

— Elle est éveillée. Faut que je monte la voir.

— Restez ici ! dit le Gamin, et parlez.

— Elle a besoin qu'on la tourne.

— Quand nous aurons fini, vous irez.

Toux, toux, toux, c'était comme une machine qui essaie de démarrer et qui fait des ratés. Brewer dit avec désespoir :

— Un peu de pitié. Elle va se demander où je suis. Ça ne me prendra qu'une minute.

Le Gamin l'arrêta :

— Vous n'avez pas besoin de rester ici plus d'une demi-minute. Nous ne demandons que notre dû. Vingt livres.

— Je ne les ai pas dans la maison. Je le jure.

— Bien dommage pour vous.

Le Gamin ôta le gant de sa main droite.

— Voilà ce que c'est, Pinkie. J'ai tout payé hier. À Colleoni.

— Bon Dieu de bon Dieu ! dit le Gamin, qu'est-ce que Colleoni vient faire là-dedans ?

Brewer se mit à parler très vite, désespérément, tout en écoutant tousser, tousser, tousser, en haut.

— Soyez raisonnable, Pinkie. Je ne peux pas vous payer tous les deux. J'aurais été tailladé si je n'avais pas payé Colleoni.

— Est-ce qu'il est à Brighton ?

— Il est descendu au Cosmopolitain.

— Et Tate... Est-ce que Tate a aussi payé Colleoni ?

— Exactement, Pinkie. Il dirige son racket sur une grande échelle.

Sur une grande échelle... C'était comme une accusation, un rappel du lit de cuivre chez Frank, des miettes de pain sur le matelas...

— Vous pensez que je suis fini ? demanda le Gamin.

— Suis mon conseil, Pinkie. Travaille avec Colleoni.

Le Gamin rejeta brusquement son bras en arrière et frappa de son ongle, effleurant la joue de Brewer. Le sang jaillit de la pommette.

— Arrête ! dit Brewer, reculant contre le buffet, renversant la boîte à biscuits. Arrête.

Il ajouta :

— Je suis protégé. Fais bien attention. Je suis protégé.

Le Gamin éclata de rire. Dallow remplit son verre avec le whisky de Brewer.

— Regarde-le ! dit le Gamin. Il est protégé.

Dallow ajouta un peu d'eau gazeuse.

— En veux-tu encore ? demanda le Gamin. Simplement pour te faire voir qu'on te protège.

— Je ne peux pas vous payer tous les deux, Pinkie. Pour l'amour de Dieu, reste où tu es...

— Vingt livres. C'est pour ça qu'on est venus, Brewer.

— Colleoni aura ma peau, Pinkie.

— Te fais pas de bile. Nous te protégerons.

En haut, la femme toussait, toussait, toussait, puis criait faiblement comme un enfant endormi.

— Elle m'appelle ! dit Brewer.

— Vingt livres.

— Je ne garde pas mon argent ici. Laissez-moi aller le chercher.

— Accompagne-le, Dallow ! dit le Gamin. J'attends ici.

Et il s'assit sur une chaise de salle à manger, au dossier droit et sculpté. Il regarda dehors – la rue sordide, les poubelles le long du trottoir, l'ombre vaste du viaduc. Il était assis, parfaitement immobile, sans aucune expression dans ses yeux gris si vieux. Sur une grande échelle... Colleoni menait son affaire sur une grande échelle. Il savait qu'il n'y avait pas, dans toute la bande, une seule créature à qui il pût se fier – sauf peut-être Dallow. Peu importe. On ne peut pas faire d'erreur quand on se méfie de tout le monde. Un chat se coula prudemment autour d'une poubelle, s'arrêta tout à coup, s'aplatit et, dans la pénombre, ses yeux d'agate regardèrent fixement le Gamin. Gamin et chat, ni l'un ni l'autre ne broncha ni ne cessa de surveiller l'adversaire, jusqu'au retour de Dallow.

— J'ai le fric, Pinkie !

Le Gamin tourna la tête et sourit à Dallow ; brusquement, son visage se convulsa ; deux fois, il éternua, violemment. Au-dessus de leur tête, les bruits de toux diminuèrent et cessèrent.

— Il n'oubliera pas cette visite ! dit Dallow.

Il ajouta avec anxiété :

— Tu devrais avaler une gorgée de whisky, Pinkie ; tu as pris froid.

— Je vais très bien ! dit Pinkie. (Il se leva.) Nous n'allons pas attendre pour dire au revoir.

Le Gamin marchait en avant, au milieu des lignes de tram. Brusquement, il demanda :

— Est-ce que tu crois que je suis fini, Dallow ?

— Toi ? dit Dallow. Mais tu n'as même pas commencé.

Ils marchèrent un moment en silence. L'eau des toits tombait goutte à goutte sur le trottoir. Puis Dallow se remit à parler.

— Tu te fais du souci à cause de Colleoni ?

— Je ne me fais aucun souci.

Dallow dit tout à coup :

— Tu vaux une douzaine de Colleoni... Le Cosmopolitain ! s'écria-t-il.

Et il cracha.

— Kite avait pensé qu'il ferait le truc des machines à sous. Il a changé d'idée et maintenant Colleoni considère que la route est libre. Il s'agrandit.

— Ce qui est arrivé à Hale aurait pu lui servir de leçon.

— Hale est mort de mort naturelle.

Dallow éclata de rire :

— Raconte ça à Spicer.

Ils tournèrent l'angle du Royal-Albion et la mer fut de nouveau avec eux – la marée avait changé – mouvement, clapotis, masse d'ombre. Le Gamin regarda brusquement de côté, en l'air : Dallow – il pouvait se fier à Dallow, et il reçut, comme don de la laide figure tordue, une impression de compréhension, de supériorité, de triomphe. Il sentit ce que sent un écolier physiquement faible, mais malin, qui s'est assuré l'indiscutable et aveugle fidélité du garçon le plus vigoureux de l'école.

— Vieille noix ! dit-il.

Et il pinça le bras de Dallow. Cela ressemblait presque à de l'affection.

Une lampe brillait encore chez Frank et Spicer attendait dans le vestibule.

— Il est arrivé quelque chose ? demanda-t-il anxieusement.

Son visage blafard s'était couvert de taches rouges autour de la bouche et du nez.

— Sais-tu ce qui arrive ? dit le Gamin en montant l'escalier. Nous rapportons la souscription.

Spicer le suivit jusque dans sa chambre.

— On t'a téléphoné juste après ton départ.

— Qui ?

— Une fille du nom de Rose.

Assis sur son lit, le Gamin délaçait sa chaussure.

— Qu'est-ce qu'elle voulait ? demanda-t-il.

— Elle a dit que pendant qu'elle était sortie avec toi, quelqu'un est venu la demander.

Le Gamin s'immobilisa, sa chaussure à la main :

— Pinkie, dit Spicer, est-ce que c'est la fameuse fille ? Celle qui travaille chez Snow ?

— Naturellement.

— C'est moi qui ai répondu au téléphone, Pinkie.

— A-t-elle reconnu ta voix ?

— Comment le saurais-je, Pinkie ?

— Qui est venu la demander ?
— Elle ne savait pas. Elle a dit de te le dire, parce que tu as demandé qu'elle te tienne au courant. Pinkie, si les poulets avaient trouvé cette piste.
— Les poulets ne sont pas si malins que ça ! dit Pinkie. Peut-être que c'est un des types de Colleoni qui fouine pour savoir des choses sur leur copain Fred.

Il ôta son autre chaussure.
— Tu n'as pas besoin d'avoir la trouille, Spicer.
— C'était une femme, Pinkie.
— Je ne suis pas inquiet. Fred est mort de mort naturelle. Voilà le verdict. Tu peux oublier tout le reste. Il y a d'autres choses à penser maintenant.

Il mit ses chaussures sous le lit, l'une à côté de l'autre, enleva son veston, l'accrocha sur un montant du lit, enleva son pantalon et s'étendit en caleçon et en chemise sur son lit non ouvert.
— Je pense, Spicer, que tu devrais partir en vacances. Tu as l'air vanné. Je ne voudrais pas que quelqu'un te voie comme ça.

Il ferma les yeux :
— Débine-toi, Spicer, et prends les choses calmement.
— Si jamais cette fille trouve celui qui a mis la carte...
— Elle ne le trouvera jamais. Éteins la lumière et débine-toi.

La lumière s'éteignit et dehors, comme une lampe, la lune s'alluma, glissant en lueur oblique sur les toits, dessinant l'ombre des nuages à la surface des dunes, illuminant les tribunes blanches et vides du champ de courses au-dessus de Whitehawk Bottom et les transformant en monolithes de Stonehenge, couvrant de son éclat le flot montant qui, de Boulogne, venait se briser contre les piles de la Jetée-Palace. Elle éclaira la table de toilette, la porte ouverte du placard où se trouvait le seau, et les boules de cuivre au bout du lit.

II

Le Gamin était allongé sur son lit, une tasse de café refroidissait sur la table de toilette, des débris de pâtisserie jonchaient les couvertures. Le Gamin lécha un crayon à encre, et, la bouche teinte en violet aux commissures, il écrivit : « Reportez-vous à ma lettre précédente », puis termina enfin : « P. Brown, secrétaire. Protection des bookmakers… » L'enveloppe, adressée à « Mr R. Tate », qui gisait sur la table de toilette, avait un coin souillé de café. Quand il eut fini d'écrire, il laissa retomber sa tête en arrière sur l'oreiller et ferma les yeux. Il s'endormit immédiatement : c'était comme un volet qui se ferme, comme la pression sur le déclic qui termine une pose photographique. Il ne faisait pas de rêves. Son sommeil était une fonction. Quand Dallow ouvrit la porte, il s'éveilla d'un seul coup.

— Et alors ? dit-il, sans bouger, étendu là, tout habillé, au milieu des miettes de pâtisserie.

— Une lettre pour toi, Pinkie. Judy vient de la monter.

Le Gamin prit la lettre. Dallow ajouta :

— C'est une lettre chic, Pinkie. Sens-la.

Le Gamin approcha l'enveloppe mauve de son nez. Elle sentait le cachou pour haleines fétides. Il dit :

— Tu ne pourrais pas laisser cette femelle tranquille ? Si Frank le savait...

— Qui peut t'écrire une lettre aussi élégante que ça, Pinkie ?

— Colleoni. Il veut que j'aille lui parler au Cosmopolitain.

— Le Cosmopolitain, répéta Dallow avec dégoût. Tu ne vas pas y aller, bien sûr ?

— Bien sûr que si.

— C'est pas le genre d'endroit où tu te sentiras chez toi.

— Élégant, dit le Gamin, comme son papier à lettres. Coûte beaucoup d'argent. Il croit qu'il peut m'faire peur !

— On ferait peut-être mieux de laisser Tate...

— Descends ce veston à Bill. Dis-lui de le repasser vivement à la patte-mouille. Donne un coup de brosse à ces chaussures. (Il les fit sortir de dessous le lit à coups de pied et s'assit.) Il croit qu'il va rire le dernier.

Dans le miroir incliné de la table de toilette, il pouvait voir son image, mais ses yeux s'écartèrent vivement de ces joues lisses qui n'avaient jamais besoin d'être rasées, de ces cheveux légers, de ces yeux de vieillard ; cela ne l'intéressait pas. Il avait trop d'orgueil pour se soucier des apparences.

Aussi, un peu plus tard, était-il parfaitement à son aise en attendant Colleoni sous le dôme lumineux du grand vestibule-salon : des jeunes gens arrivaient sans cesse dans d'énormes pardessus d'automobilistes, accompagnés de petites créatures teintes qui vibraient quand on les touchait comme un cristal très fin, mais donnaient l'impression d'être aussi coupantes, aussi résistantes que des plaques d'étain. Elles ne regardaient personne, traversaient en trombe le salon, comme elles avaient passé en trombe à bord de leurs voitures de luxe le long de la route de Brighton, pour aboutir sur les hauts tabourets du bar américain ; une grosse femme, emmitouflée de renard blanc, sortit d'un ascenseur et regarda fixement le Gamin, puis elle rentra dans l'ascenseur qui la remonta lourdement. Une petite juive, qui avait l'air d'une garce, l'examina avec impertinence et se mit à l'éplucher, en compagnie d'une autre petite juive assise près d'elle sur un divan. Quittant le salon de correspondance Louis XIV, Mr Colleoni traversa un arpent d'épais tapis sur la pointe de ses pieds chaussés de cuir verni.

C'était un petit juif, avec un bon petit ventre rond ; il portait un gilet gris croisé, et ses yeux brillaient comme deux grains de raisin noir. Ses cheveux gris étaient rares. Les petites garces du divan s'arrêtèrent de parler quand il passa et leur regard se fit intense. Il cliquetait légèrement en marchant : le seul bruit qu'il fît.

— Vous m'avez fait demander ? dit-il.

— C'est vous qui m'avez fait demander, dit le Gamin. J'ai reçu votre lettre.

— Comment ! dit Mr Colleoni avec un petit mouvement effaré des mains, mais vous ne pouvez pas être Mr P. Brown ?

Il expliqua :

— Je m'attendais à voir quelqu'un de beaucoup plus âgé.

— C'est vous qui m'avez fait appeler, répéta le Gamin.

Les petits grains de raisin l'examinèrent : costume fraîchement repassé, épaules étroites, chaussures noires bon marché.

— Je croyais que Mr Kite...

— Kite est mort, dit le Gamin, et vous le savez.

— Ça m'a échappé, dit Mr Colleoni. Naturellement, cela change bien des choses.

— Vous pouvez me parler comme à lui, dit le Gamin.

Mr Colleoni sourit :

— Je ne crois pas que ce soit nécessaire, dit-il.

— Je vous le conseille, dit le Gamin.

Des petits trilles de rire venaient du bar américain avec le clic-clac, clic-clac des morceaux de glace. Un chasseur sortit du salon Louis XIV en criant : « Sir

Joseph Montagu, sir Joseph Montagu... » puis il passa dans le boudoir Pompadour ; sur le veston du Gamin, la tache humide au-dessus de la poche de côté, à l'endroit oublié par le fer à repasser de Frank, s'effaçait lentement à l'air chaud du Cosmopolitain.

Mr Colleoni avança la main et lui donna de petits coups amicaux et rapides, tap, tap, tap, sur le bras.

— Venez avec moi, dit-il.

Il prit les devants, passa sur la pointe de ses pieds chaussés de vernis à côté du divan où chuchotaient les deux juives, dépassa une petite table où un homme disait : « Je l'ai prévenu que je ne pouvais pas y mettre plus de dix mille... » à un vieillard assis, les yeux fermés, devant son thé qui refroidissait. Mr Colleoni jeta un coup d'œil par-dessus son épaule et dit avec douceur :

— Le service de cet hôtel a beaucoup baissé.

Il regarda dans le salon de correspondance Louis XVI. Une femme en mauve, coiffée d'une tiare démodée, écrivait une lettre au milieu de tout un bazar de chinoiseries, Mr Colleoni recula :

— Allons là où nous pourrons bavarder en paix, dit-il.

Et il traversa le grand salon sur la pointe des pieds. Le vieillard avait ouvert les yeux et tâtait la température de son thé en y plongeant le doigt. Mr Colleoni conduisit le Gamin jusqu'à la grille dorée de l'ascenseur.

— Numéro 15, dit-il.

Et, tels deux anges, ils firent leur ascension vers la paix.

— Cigare ? demanda Mr Colleoni.

— Je ne fume pas, dit le Gamin.

Un dernier cri strident de gaieté monta du bar américain, la dernière syllabe du petit messager sortant du boudoir Pompadour : « ... gu », avant que la grille de l'ascenseur eût glissé pour leur livrer le couloir capitonné contre les bruits. Mr Colleoni s'arrêta pour allumer son cigare.

— Montrez-moi donc ce briquet, dit le Gamin.

Dans la lumière diffuse de l'éclairage indirect, les petits yeux malins de Mr Colleoni brillaient sans aucune expression. Il tendit le briquet. Le Gamin le retourna et regarda le poinçon.

— C'est de l'or véritable, dit-il.

— Je n'aime pas les imitations, dit Mr Colleoni en ouvrant sa porte. Asseyez-vous.

Les fauteuils, imposants sièges de velours rouge, marqués de couronnes en fil d'or et d'argent, étaient tournés vers les larges fenêtres donnant sur la mer et vers les balcons en fer forgé.

— Que voulez-vous boire ?

— Je ne bois jamais, dit le Gamin.

— Bon, dit Mr Colleoni. Par qui êtes-vous envoyé ?

— Je n'ai été envoyé par personne.

— Je veux dire : qui est-ce qui dirige votre bande puisque Kite est mort ?

— C'est moi, dit le Gamin.

Poliment, Mr Colleoni retint un sourire et frappa l'ongle de son pouce à petits coups du briquet d'or.

— Qu'est-il arrivé à Kite ?

— Vous connaissez très bien cette histoire, dit le Gamin. (Son regard s'était fixé sur les couronnes napoléoniennes en fil d'argent.) Ce n'est pas vous qui allez demander des détails. Ce ne serait pas arrivé si on ne nous avait pas donnés. C'est un journaliste qui a cru qu'il pouvait nous avoir.

— Quel journaliste ?

— Vous devriez lire les journaux, répondit le Gamin, regardant fixement par la fenêtre l'ogive de ciel pâle sur lequel passaient au vent quelques nuages légers.

Mr Colleoni considéra la cendre de son cigare ; elle avait deux centimètres de long ; il s'installa tout au fond de son fauteuil et croisa ses petites cuisses grasses avec satisfaction.

— Je ne dis rien pour défendre Kite, dit le Gamin. Il a été trop fort.

— Vous voulez dire, dit Mr Colleoni, que les appareils à sous ne vous intéressent pas ?

— Je veux dire que ce n'est pas sain d'aller trop fort.

Une petite bouffée de musc traversa la pièce, répandue par la pochette de Mr Colleoni.

— C'est vous qui auriez besoin de protection, dit le Gamin.

— J'ai toute la protection qu'il me faut, dit Mr Colleoni.

Il ferma les yeux ; il était bien, l'énorme hôtel pour gens riches l'enveloppait tout entier ; il y était chez lui. Le Gamin était assis sur l'extrême bord de sa chaise, parce que son idée était qu'il ne faut pas se détendre aux heures de travail ; c'était lui qui, dans cette pièce, avait l'air d'un étranger, ce n'était pas Mr Colleoni.

— Vous perdrez votre temps, mon petit, dit celui-ci. Vous ne pouvez rien contre moi. (Il rit doucement.) Au contraire, si vous voulez du travail, venez me trouver. J'aime l'audace. Je pense que je pourrais vous faire une petite place. Le monde a besoin d'hommes jeunes et énergiques.

La main au cigare eut un geste large, qui dessina le monde comme le voyait Mr Colleoni : kyrielles de petites horloges électriques contrôlées par Greenwich, boutons sur un bureau, appartement confortable au premier étage, vérification de comptes, rapports d'agents, argenterie, coutellerie, cristaux...

— Je vous verrai aux courses, dit le Gamin.

— Certainement pas, dit Mr Colleoni. Je n'ai pas mis les pieds sur un champ de courses, voyons... depuis quelque vingt ans.

Il n'était pas un seul point, semblait-il préciser en maniant son briquet d'or, où leurs deux univers se rencontrassent ; les fins de semaine au Cosmopolitain, le dictaphone portatif à côté du bureau n'avaient pas le moindre rapport avec l'exécution rapide de Kite à coups de rasoir sur un quai de gare ; ni avec la main sale levée vers le ciel pour faire un signe au book de la tribune ; ni avec la chaleur, la poussière montant en nuages des places à une demi-couronne, ni avec l'odeur de la bière en canettes.

— Je ne suis qu'un homme d'affaires, expliqua doucement Mr Colleoni. Je n'ai pas besoin d'aller aux courses. Et rien de ce que vous pourriez essayer de faire à mes hommes ne peut m'affecter. J'en ai deux à l'hôpital en ce moment. Ça n'a aucune importance. Ils reçoivent les soins les plus attentifs. Fleurs, raisins... J'en ai les moyens. Je n'ai pas à m'inquiéter. Je suis un homme d'affaires. (Mr Colleoni continua de s'épancher avec bonne humeur.) Vous me plaisez. Vous êtes un petit gars plein de promesses. C'est pourquoi je vous parle comme un père. Il vous est impossible de porter atteinte à une affaire comme la mienne.

— Je peux vous porter atteinte à vous, dit le Gamin.

— Ça ne vaudrait pas le coup. Vous ne pourriez pas trouver d'alibis truqués. Ce sont vos propres témoins qui auraient la frousse. Je suis un homme d'affaires. (Les petits yeux en grains de raisin clignèrent parce que le soleil venait de traverser un bouquet de fleurs et tombait jusque sur l'épais tapis.) Napoléon III a occupé cette chambre, dit Mr Colleoni, avec Eugénie.

— Qui est-ce, Eugénie ?

— Oh ! fit d'un air vague Mr Colleoni, c'était une poule, une étrangère...

Il cueillit une fleur et la piqua dans sa boutonnière, tandis qu'une sorte d'éclair équivoque où passait l'image du sérail jaillissait de ses petits yeux noirs et ronds.

— Je pars, dit le Gamin.

Il se leva et alla vers la porte.

— Vous me comprenez bien, n'est-ce pas ? dit Mr Colleoni sans bouger. (En tenant sa main très immobile, il conservait intacte, en suspension, la cendre de son cigare, devenue une très longue cendre.) Brewer s'est plaint. Ne recommencez plus. Et aussi Tate... Ne jouez pas de tours à Tate.

Son vieux visage sémite n'exprimait pas grand-chose, sauf un léger amusement, une indulgence amicale ; mais, tout à coup, assis là dans la luxueuse chambre victorienne, le briquet d'or dans sa poche et le porte-cigares sur les genoux, il apparut comme un homme qui serait possesseur du monde entier, de tout le monde visible s'entend, celui des livres de caisse, des gens de la police et des prostituées, du Parlement et des lois qui déclarent : « Ceci est bien et ceci est mal. »

— Je comprends très bien, dit le Gamin, vous pensez que notre bande est trop peu de chose pour vous.

— J'emploie un grand nombre de personnes, dit Mr Colleoni.

Le Gamin ferma la porte ; un de ses lacets de chaussure, dénoué, battit le tapis tout le long du couloir ; le grand salon était presque vide ; un homme en culotte de golf attendait une jeune fille. Le monde visible tout entier appartenait à Mr Colleoni. L'endroit oublié par le fer à repasser était encore un peu humide sur la poitrine du Gamin.

Une main se posa sur son bras. Il se retourna et reconnut cet homme au chapeau melon. Il salua avec circonspection :

— B'jour !

— On m'a dit chez Frank, dit l'homme, que vous alliez venir ici.

Le cœur du Gamin fit un raté. Presque pour la première fois, il eut conscience que la loi pouvait le prendre, l'emmener dans une cour pour le faire tomber dans une fosse, l'ensevelir dans de la chaux, mettre fin au grand avenir...

— Vous me cherchez ?
— Exactement.

Il réfléchit : Rose, la fille, quelqu'un qui posait des questions. Prompte comme l'éclair, sa mémoire retourna en arrière ; il se rappela comme elle l'avait surpris, sa main sous la nappe, qui cherchait quelque chose à tâtons. Il fit un morne sourire grimaçant et dit :

— Eh bien ! en tout cas, ils n'ont pas envoyé l'état-major !

— Ça vous ennuierait de venir au poste ?

— Vous avez un mandat ?

— C'est Brewer qui s'est plaint que vous l'avez frappé. Pas plus. Vous lui avez laissé votre signature et pas d'erreur.

Le Gamin se mit à rire.

— Brewer ? Moi ? Je ne voudrais pas le toucher avec des pincettes.

— Arrivez. On va voir l'inspecteur.

— D'accord.

Ils sortirent sur l'Esplanade. Un photographe ambulant les vit arriver et souleva le capuchon de son appareil. Le Gamin mit sa main devant sa figure et passa.

— Vous devriez empêcher ces choses-là, dit-il. Ça ferait bon effet qu'ils accrochent sur la Jetée une carte postale avec vous et moi en route pour le commissariat !

— Un jour, à Londres, ils ont arrêté un assassin grâce à un de ces instantanés.

— J'ai lu ça, dit le Gamin, qui retomba dans le silence.

« C'est Colleoni qui est derrière ça, pensa-t-il. Il fait le malin ; il a forcé Brewer à porter plainte. »

— Il paraît que la femme de Brewer est au plus mal, dit doucement le détective.

— Vraiment ? dit le Gamin. J'ignorais.

— Vous avez un alibi tout prêt, je suppose ?

— Comment puis-je savoir ? J'ignore à quel moment il prétend que je l'ai frappé. Un pauvre bougre ne peut pas avoir un alibi pour toutes les minutes du jour.

— T'as oublié d'être bête, comme môme, dit le détective. Mais tu n'as pas à te faire de mousse pour cette fois-ci. L'inspecteur a juste envie de faire causette gentiment et c'est tout.

Il lui fit traverser la salle des accusations. Un homme au visage las et vieillissant était assis derrière une table.

— Asseyez-vous, Brown, dit-il.

Il ouvrit un paquet de cigarettes et le poussa vers lui.

— Je ne fume pas, dit le Gamin. (Il s'assit et regarda l'inspecteur d'un œil vigilant.) Est-ce que vous allez m'inculper ?

— Il n'y a pas de plainte, dit l'inspecteur. Brewer a réfléchi. (Il se tut. Il avait l'air plus fatigué que jamais.) Pour une fois, je veux parler net. Nous en savons plus l'un sur l'autre que nous ne voulons en convenir. Je ne m'occupe pas de vos démêlés avec Brewer : j'ai des choses plus importantes à faire que de vous empêcher de vous... expliquer, vous et Brewer. Mais, vous savez aussi bien que moi que Brewer ne serait pas venu se plaindre ici s'il n'avait pas été poussé par quelqu'un.

— Il est certain que vous avez quelques idées, dit le Gamin.

— Poussé par quelqu'un qui n'a pas peur de votre bande.

— On ne peut décidément rien cacher aux flics ! dit le Gamin avec une grimace gouailleuse.

— Les courses commencent la semaine prochaine et je ne veux absolument pas de grosses bagarres entre gangs à Brighton. Ça ne me gêne pas si vous vous tailladez entre vous tranquillement, je ne donnerais pas un sou de vos peaux de bons à rien, mais quand il y a un règlement de comptes entre deux bandes, des gens importants peuvent être blessés.

— C't-à-dire qui ? demanda le Gamin.

— C't-à-dire des gens convenables, et innocents. Des pauvres types venus apporter un shilling au P M U. Des employés, des femmes de ménage, des terrassiers. Des gens qui ne voudraient pas être vus – même morts – en conversation avec vous, ou avec Colleoni.

— Où voulez-vous en venir ?

— Je veux en venir à ceci : vous n'êtes pas assez grand pour votre boulot, Brown. Vous ne pouvez pas tenir tête à Colleoni. S'il y a du grabuge, je vous tombe dessus comme une tonne de briques, sur tous les deux, mais c'est Colleoni qui aura les alibis. Personne ne vous truquera un alibi contre Colleoni. Suivez mon conseil. Foutez le camp de Brighton.

— Magnifique : un poulet qui travaille pour Colleoni !

— Ce que je vous dis est privé et pas officiel. Je vous parle d'homme à homme, pour une fois. Ça m'est bien égal si vous êtes tailladé, ou si Colleoni est tailladé, mais je ne veux pas voir des innocents souffrir si je puis l'empêcher.

— Vous croyez que je suis fini ? demanda le Gamin.

Il grimaça d'un air gêné, en détournant les yeux, pour regarder les murs couverts d'avis. Licence pour les chiens. Port d'armes. Trouvé noyé. Son regard tomba sur un visage mort d'une blancheur anormalement plâtreuse. Cheveux hirsutes. Cicatrice près de la bouche. « Vous pensez que Colleoni maintiendra la paix mieux que moi ? » Il pouvait même lire ce qui était écrit : une montre nickel, gilet drap gris, chemise rayée bleue, tricot cellular, caleçon cellular.

— Alors ?

— C'est un excellent conseil, dit le Gamin en souriant au bureau ciré, au paquet de Players, au presse-papiers de cristal. Il faudra que j'y réfléchisse. Je suis un peu jeune pour prendre ma retraite.

— Vous êtes trop jeune pour mener une bande, si vous voulez mon avis.

— Alors, Brewer ne porte pas plainte ?

— Il n'a pas eu peur. Je l'en ai dissuadé. Je voulais simplement saisir l'occasion de vous parler franchement.

— Eh bien ! dit le Gamin en se levant, peut-être qu'on se reverra et peut-être pas.

Il souriait encore en traversant la salle des accusations, mais une tache brillante rougissait chacune de ses pommettes. Il avait du poison dans les veines, bien qu'il sourît et se dominât. Il venait d'être insulté. Le monde allait voir de quoi il était capable. Ils croyaient que parce qu'il n'avait que dix-sept ans... Il rejeta ses étroites épaules en arrière, en se rappelant qu'il avait tué un homme et que ces poulets qui se croyaient si malins ne l'avaient pas été assez pour le découvrir. Il traînait derrière lui les nuées de sa propre gloire : depuis le berceau, l'enfer l'entourait. Il était prêt pour d'autres morts.

Troisième partie

I

Ida Arnold se redressa et s'assit dans le lit de la pension de famille. Pendant un moment, elle se demanda où elle était. La soirée passée à boire chez Sherry lui avait laissé un fort mal de tête. Tout lui revint lentement, à mesure qu'elle découvrait d'un œil vague le gros pot à eau posé sur le plancher, la cuvette d'eau grisâtre dans laquelle elle avait fait une toilette sommaire, les fleurs d'un rose criard sur le papier du mur, la photo d'une noce. Phil Corkery, frissonnant devant la porte d'entrée, lui prenant maladroitement les lèvres, puis, comme si c'était tout ce qu'il pouvait espérer obtenir, redescendant l'Esplanade en titubant le long de la mer qui se retirait. Ida examina la chambre. Dans la lumière matinale, elle n'avait pas aussi bon aspect que quand elle l'avait louée, mais « c'est comme chez soi, pensa-t-elle avec satisfaction, c'est ça qui me plaît ».

Le soleil brillait : Brighton était dans tout son éclat. Le couloir où donnait la chambre était craquant de sable, Ida le sentit sous ses chaussures en descendant l'escalier ; et, dans l'entrée, il y avait un seau, deux pelles et un long morceau d'algue suspendu près de la porte en guise de baromètre. Toute une série de sandales de plage étaient éparpillées sur le plancher et de la salle à manger sortait la voix querelleuse d'un enfant qui répétait sans arrêt : « Je veux pas creuser des trous ; je veux aller au cinéma. Je veux pas creuser des trous. »

À une heure, elle devait retrouver Phil Corkery chez Snow. Jusque-là, elle avait des choses à faire ; il fallait qu'elle y aille doucement pour les sous, qu'elle n'en consomme pas trop sous forme de bière, par exemple. La vie n'était pas bon marché à Brighton, et elle ne voulait pas accepter d'argent de Corkery ; elle avait une conscience, elle avait un code, et, quand elle prenait de l'argent, elle donnait quelque chose en échange. *Black Boy* était la réponse ; il fallait s'en occuper avant tout, avant que les cotes baissent, le nerf de la guerre ; et elle se dirigea vers Kemptown, où se trouvait le seul book qu'elle connût : le vieux Jim Tate, l'« honnête Jim » des places à une demi-couronne.

Dès qu'elle entra dans son bureau, il lui beugla :
— Bonjour, Ida. Asseyez-vous, Mrs Turner, en se trompant de nom. (Il fit glisser vers elle un paquet de Gold Flakes.) Essayez mes cigares !

Il était à peine plus grand que nature. Après vingt ans de courses de chevaux, sa voix ne pouvait trouver un son qui ne fût rauque et tonitruant. C'était un homme qu'il fallait regarder par le gros bout de la lorgnette si l'on voulait arriver à croire qu'il était le splendide type bien portant qu'il prétendait être. Quand on était tout près de lui, on voyait, à gauche de son front, d'épaisses veines bleues et sur le blanc de ses yeux un fin réseau de toiles d'araignée rouge.

— Eh bien ! Mrs Turner – Ida – qu'est-ce qui vous chante ?

— *Black Boy*, dit Ida.

— *Black Boy*, répéta Jim Tate, c'est du dix contre un.

— Douze contre un.

— Les cotes ont baissé. On a mis un gros paquet sur *Black Boy* cette semaine. Personne d'autre que votre vieil ami ne vous donnerait dix contre un.

— Très bien, dit Ida, inscrivez-moi pour vingt-cinq livres. Et mon nom n'est pas Turner, c'est Arnold.

— Vingt-cinq ! c'est une grosse mise pour vous ; madame Untel ou Untel !

Il se lécha le pouce et se mit à trier les billets. Il s'arrêta à mi-chemin, penché sur son bureau, immobile comme un énorme crapaud, pour écouter.

Beaucoup de bruits entraient par la fenêtre ouverte, piétinements sur le pavé, voix, musiques lointaines, carillons de cloches, chuchotement ininterrompu de la Manche. Il demeura tout à fait immobile, les billets de banque à la main. Il avait l'air mal à l'aise. Le téléphone sonna. Il le laissa sonner pendant deux secondes, ses yeux striés de veines posés sur Ida, puis il souleva le récepteur :

— Allô, allô ! Ici, Jim Tate.

C'était un téléphone ancien modèle. Il s'enfonça le récepteur dans l'oreille et s'immobilisa tandis qu'une voix sourde bourdonnait comme une abeille.

Tenant d'une main le récepteur, Jim Tate réunit les billets en les faisant glisser, écrivit un reçu, et dit d'une voix enrouée :

— Entendu, Mr Colleoni. Vous pouvez compter sur moi, Mr Colleoni.

Il remit d'un seul coup le récepteur en place.

— Vous avez écrit *Black Dog*, lui dit Ida.

Il la regarda par-dessus la table. Il lui fallut un moment pour comprendre.

— *Black Dog*, répéta-t-il, puis il se mit à rire, d'un rire rauque et creux. À quoi est-ce que je pensais ? *Black Dog*, sans blague !

— C'est signe de gros ennuis, dit Ida.

— Oh ! vous savez, rugit-il avec une jovialité peu convaincante, on en a toujours plus ou moins, des gros ennuis !

Le téléphone sonna de nouveau. Jim Tate semblait avoir peur d'être mordu par l'instrument.

— Vous êtes occupé, dit Ida, je m'en vais.

Quand elle fut dehors, dans la rue, elle regarda à droite et à gauche pour voir si elle pouvait trouver la cause du malaise de Jim Tate ; mais il n'y avait rien de visible : rien que Brighton vaquant à ses affaires par une belle journée.

Ida entra dans un bistrot et but un verre de porto. Sucrée, chaude, lourde, la boisson lui emplit le gosier. Elle en prit un autre.

— Qui est Mr Colleoni ? demanda-t-elle au barman.

— Vous ne savez pas qui est Colleoni ?

— Je n'avais jamais entendu parler de lui jusqu'à ces dernières minutes.

Le barman dit :

— Il prend la suite de Kite.

— Qui est Kite ?

— Qui *était* Kite ? Vous avez pas vu comment il s'est fait descendre à Saint Pancras ?

— Non.

— Je crois qu'ils n'avaient pas l'intention de le faire, continua le barman. Ils voulaient seulement le taillader, mais un rasoir a glissé.

— Prenez quelque chose.

— Merci, ça sera un gin.

— Santé !

— Santé !

— Je n'ai rien su de tout ça, dit Ida. (Elle regarda l'horloge par-dessus son épaule ; rien à faire jusqu'à une heure, elle pouvait aussi bien prendre un verre de plus et bavarder un peu.) Donnez-moi un autre porto. Quand est-ce que c'est arrivé ?

— Oh ! avant la Pentecôte.

Le mot Pentecôte lui accrochait toujours l'oreille maintenant ; il signifiait un tas de choses : un billet de dix shillings sale et froissé, les marches blanches qui conduisaient aux lavabos des dames, la Tragédie en majuscules.

— Et alors, les amis de Kite ?

— Ils sont complètement fichus, maintenant que Kite est mort. La bande n'a pas de chef. Ils sont à la traîne d'un môme de dix-sept ans. Qu'est-ce qu'un gosse comme ça peut faire contre Colleoni ?

Il se pencha par-dessus le comptoir et murmura :

— Ils ont taillé Brewer hier soir.

— Qui ça ? Colleoni ?

— Non, le Gamin.

— Sais pas qui est Brewer, dit Ida. Mais ça m'a l'air de barder.

— Attendez que les courses commencent, dit l'homme. Ça bardera et comment, à ce moment-là. Colleoni est après le monopole. Vite, regardez par la fenêtre et vous allez le voir.

Ida alla jusqu'à la fenêtre et regarda dehors, et de nouveau ne vit que Brighton qu'elle connaissait ; elle n'avait jamais rien vu de différent, même le jour où Fred était mort. Deux jeunes filles en pyjama de plage, bras dessus bras dessous, les autobus qui filaient sur

Rottingdean, un homme qui vendait des journaux, une femme avec un panier à provisions, un jeune garçon dans un complet miteux, un bateau d'excursionnistes qui se détachait de la Jetée, longue, lumineuse et transparente, étendue comme une crevette au soleil. Ida dit :

— Je ne vois personne.

— Il a disparu maintenant.

— Qui ça ? Colleoni ?

— Non, le Gamin.

— Oh ! le petit jeune homme ? dit Ida en revenant vers le bar pour boire son porto.

— Je pense qu'il doit être bien embêté.

— Un gosse comme ça ne devrait pas être mêlé à ce business, dit Ida. S'il était à moi, je le rosserais jusqu'à ce qu'il le comprenne.

Et par ces paroles, elle s'apprêtait à le congédier de sa mémoire, à en débarrasser son attention en faisant tourner son esprit comme une drague d'acier autour de son axe, quand un souvenir surgit : un visage qu'elle avait vu dans un bar, par-dessus l'épaule de Fred, le bruit d'un verre brisé. « Ce monsieur paiera. » Elle avait une mémoire magnifique.

— Avez-vous jamais rencontré ce Kolley Kibber ? dit-elle.

— Pas cette veine, dit le barman.

— Ça m'a l'air bizarre qu'y soit mort comme ça. Les langues ont dû marcher.

— Moi, j'ai rien entendu dire ! répondit le barman. Il n'était pas de Brighton. Personne ne le connaissait par ici. C'était un étranger.

Un étranger : pour elle, le mot n'avait guère de sens ; il n'était pas un seul endroit au monde où elle se sentît étrangère. Elle fit tourner au fond de son verre la lie du porto bon marché et lança, sans s'adresser à personne en particulier :

— La vie est belle !

Il n'existait rien dont elle ne réclamât la parenté ; la glace publicitaire derrière le dos du barman lui renvoyait sa propre image ; les filles sur la plage longeaient la promenade en éclatant de petits rires étouffés ; le gong résonnait sur le vapeur de Boulogne ; la vie était belle. Seule l'obscurité dans laquelle se mouvait le Gamin, sortant de chez Frank, retournant chez Frank, lui était hostile ; elle ne pouvait prendre en pitié ce qu'elle ne comprenait pas.

— Je m'en vais ! dit-elle.

Il n'était pas encore une heure, mais elle avait quelques questions à poser avant l'arrivée de Mr Corkery. Elle s'adressa à la première serveuse qu'elle vit :

— Est-ce que c'est vous l'heureuse gagnante ?

— Pas à ma connaissance ! répondit l'autre d'un ton sec.

— Je veux dire celle qui a trouvé la carte – la carte de Kolley Kibber.

— Oh ! c'est celle-là ! dit la serveuse, la désignant de son menton poudré, pointu et méprisant.

Ida changea de table. Elle dit :

— J'attends un ami. Il va venir, mais je vais essayer de faire mon menu. Est-ce que le pâté en croûte est bon ?

— Il a l'air délicieux.

— Doré et brillant sur le dessus ?

— Comme une image.

— Comment vous appelez-vous, ma petite ?

— Rose.

— Ah ! mais je crois bien, n'est-ce pas, dit Ida, que vous êtes l'heureuse jeune fille qui a trouvé la carte ?

— C'est elles qui vous l'ont dit ? demanda Rose. Elles ne me l'ont pas encore pardonné. Elles trouvent que je n'aurais pas dû avoir cette chance pour mon premier jour, ou presque.

— Votre premier jour !... Ça, c'est un coup de veine. Vous n'oublierez pas ce jour-là de sitôt.

— Non, dit Rose, je m'en souviendrai toujours.

— Il ne faut pas que je vous garde ici à bavarder.

— Oh ! si vous vouliez bien. S'il vous plaît, prenez seulement l'air de commander des plats. Il n'y a personne d'autre à servir et, pour un peu, je tomberais de fatigue après tous ces plateaux.

— Vous n'aimez pas ce travail ?

— Si ! protesta vivement Rose. Ce n'est pas ça que je veux dire. C'est une bonne place. Je ne voudrais pas faire autre chose pour rien au monde. Je ne voudrais pas servir dans un hôtel ou chez Chessmann, même si on m'offrait deux fois plus. Ici, c'est élégant ! ajouta-t-elle en parcourant d'un œil rêveur l'étendue désertique de tables peintes en vert, les jonquilles, les serviettes de papier, les bouteilles à sauce.

— Vous êtes du pays ?

— J'ai toujours vécu ici, toute ma vie ! dit Rose, à Nelson Place. C'est une belle situation pour moi, parce que nous sommes logées. Nous ne sommes que trois dans ma chambre et nous avons deux glaces.

— Quel âge avez-vous ?

Rose se pencha sur la table, gentiment :

— Seize ans ! dit-elle. Mais je ne leur dis pas. Je dis dix-sept ans. S'ils le savaient, ils diraient que je ne suis pas assez vieille. Ils me renverraient...

Elle hésita longtemps avant de prononcer les mots sinistres :

— ... dans ma famille.

— Vous avez dû être contente quand vous avez trouvé la carte ?

— Oh ! oui.

— Croyez-vous que je pourrais avoir un verre de bière, mon petit ?

— Il faut qu'on aille la chercher, si vous me donnez l'argent.

Ida ouvrit son sac :

— Je suppose que vous n'oublierez jamais le petit bonhomme.

— Oh ! il n'était pas tellement... commença Rose.

Et brusquement, elle se tut et regarda à travers la vitre de chez Snow, l'Esplanade avec, plus loin, la Jetée.

— Il n'était pas quoi ? demanda Ida. Qu'est-ce que vous alliez dire ?

— Je ne me rappelle plus.

— Je venais de vous demander si vous oublieriez le petit bonhomme.

— Ça m'est sorti de la tête. Je vais aller chercher la bière. Est-ce que ça coûte aussi cher que ça, un verre de brune ? demanda-t-elle en ramassant les deux pièces de un shilling.

— Il y a une pièce pour vous, mon enfant. Je suis très curieuse. Je ne peux pas m'en empêcher. Je suis faite comme ça. Dites-moi, comment était-il ?

— Je ne sais pas. Je ne peux pas me rappeler. Je n'ai pas la mémoire des figures.

— Vous ne l'avez sûrement pas, en effet, ma petite, sans ça vous lui auriez donné le mot de passe. Vous aviez sûrement vu sa photo dans les journaux.

— Je sais, je suis bête pour ça.

Elle restait là, pâle et résolue, haletante et coupable.

— Et alors, vous auriez eu dix livres au lieu de dix shillings.

— Je vais chercher votre bière.

— Non, après tout, peut-être que je vais attendre. Le monsieur qui m'offre à déjeuner, il peut bien payer.

Ida ramassa les deux shillings et Rose suivit du regard sa main qui retournait à son sac.

— Pas de petites économies ! déclara Ida avec douceur, passant en revue, détail par détail, la figure osseuse, la grande bouche, les yeux trop écartés, la pâleur, le corps encore informe.

Puis brusquement, elle redevint bruyante et joyeuse et s'écria : « Phil Corkery ! Phil Corkery ! » en agitant la main.

Mr Corkery portait un chandail avec un écusson brodé et, par-dessus, un col empesé. Il avait l'air d'avoir grand besoin d'être nourri, comme s'il était dévoré par des passions qu'il n'avait jamais eu le courage d'exprimer.

— Réveillez-vous, Phil ! Qu'est-ce que vous prenez ?

— Steak et rognon en croûte ! dit Mr Corkery, d'un air lugubre. Mademoiselle, vous nous donnerez à boire.

— Il faut aller le chercher.

— Alors, dans ce cas, ce sera deux grandes bouteilles de Guinness ! dit Mr Corkery.

Quand Rose revint, Ida la présenta à Mr Corkery :

— Voici l'heureuse jeune fille qui a trouvé une carte.

Rose recula, mais Ida la retint en s'agrippant d'une main ferme à sa manche de cotonnade noire.

— A-t-il mangé beaucoup ? demanda-t-elle.

— Je ne me rappelle rien ! dit Rose. Réellement rien du tout.

Leurs visages, que rougissait un peu le chaud soleil d'été, ressemblaient à deux disques : signaux de danger.

— Avait-il l'air, demanda Ida, de quelqu'un qui va mourir ?

— Comment le savoir ? dit Rose.

— Je suppose que vous lui avez parlé ?

— Je ne lui ai pas parlé. J'étais bousculée. Je suis allée lui chercher un demi de Bass et un pain à la saucisse et je ne l'ai plus jamais revu.

Elle arracha sa manche de la main d'Ida et partit.

— Vous n'en tirerez pas grand-chose ! dit Mr Corkery.

— Oh ! mais si, mais si, et bien plus que j'espérais.

— Pourquoi ? Qu'est-ce qui ne va pas ?

— C'est ce que dit cette fille.

— Elle n'en a pas dit lourd.

— Elle en a dit assez. J'ai toujours eu le sentiment que c'était louche. Voyez-vous, il m'a dit dans le taxi qu'il allait mourir et je l'ai cru pendant un moment :

ça m'a fait un coup, jusqu'à ce qu'il me dise qu'il blaguait.

— Eh bien ! c'est vrai qu'il était mourant.

— C'est pas ça qu'il voulait dire. J'ai mon instinct.

— En tout cas, il y a la conclusion des médecins : mort naturelle. Je ne vois pas de raison de s'en faire. C'est une belle journée, Ida. Allons sur la Brighton Belle et parlons-en là-bas. Pas d'heures de fermeture sur mer. Après tout, s'il s'est tué, c'est son affaire.

— S'il s'est tué, c'est qu'on l'y a obligé. J'ai entendu ce qu'a dit la fille et je sais une chose : ce n'est pas lui qui a laissé la carte ici.

— Bon Dieu ! dit Mr Corkery. Que voulez-vous dire ? Vous ne devriez pas parler comme ça. C'est dangereux.

Il avala nerveusement et sa pomme d'Adam sauta de haut en bas sous la peau de son cou décharné.

— Ça, pour être dangereux, c'est dangereux ! dit Ida, en regardant passer le mince corps de seize ans ratatiné dans sa robe de coton noir, en écoutant le *clic, clic, clic, clic* des verres sur un plateau porté par une main peu solide. Mais dangereux pour qui, c'est une autre question.

— Allons au soleil ! dit Mr Corkery. Il ne fait pas tellement chaud ici.

Il n'avait pas de veston, ni de cravate : il grelottait un peu dans sa chemise légère et son chandail.

— Il faut que je réfléchisse ! répéta Ida.

— Vous ne devriez pas vous mêler de ça, Ida. Il ne vous était rien du tout.

— Il n'était rien pour personne. C'est ça qui est terrible ! dit Ida.

Elle plongea jusqu'aux extrêmes profondeurs de son âme, jusqu'au niveau des souvenirs, des instincts, des espoirs, et elle en rapporta la seule philosophie suivant laquelle elle vécût.

— J'aime qu'on joue franc jeu ! dit-elle.

Elle se sentit mieux après avoir dit cela et elle ajouta, avec une terrifiante légèreté de cœur :

— Œil pour œil, Phil. Est-ce que vous me soutiendrez ?

La pomme d'Adam sautilla. Un courant d'air, dont toute la chaleur du soleil avait été extraite, se glissa par la porte à tambour et Mr Corkery le sentit passer sur sa poitrine osseuse. Il répondit :

— Je ne sais pas comment cette idée vous est venue, Ida, mais je suis pour la loi et pour l'ordre. Je ne vous lâcherai pas.

Son audace lui monta à la tête. Il lui posa une main sur le genou :

— Pour vous, je ferais n'importe quoi, Ida.

— Après ce qu'elle m'a dit, il n'y a qu'une chose à faire.

— Laquelle ?

— La police.

Ida fit irruption dans le poste de police avec un sourire à l'un, un salut de la main à l'autre. Elle ne les connaissait ni d'Ève ni d'Adam. Elle était pleine de vie et de résolution et elle entraînait Phil dans son sillage.

— Je veux voir le commissaire, dit-elle au sergent assis à la table.

— Il est occupé, madame. À quel sujet voulez-vous le voir ?

— Je peux attendre ! dit Ida en s'asseyant entre les pèlerines de police. Asseyez-vous, Phil !

Elle leur fit une grimace de sourire avec une assurance effrontée.

— Les bistrots n'ouvrent qu'à six heures, dit-elle. Jusque-là, Phil et moi, on n'a rien à faire.

— À quel sujet voulez-vous le voir, madame ?

— Suicide ! Un suicide sous votre nez et vous appelez ça mort naturelle.

Le sergent la dévisagea et Ida lui retourna son regard fixe. Ses grands yeux clairs (une petite cuite de temps à autre ne les affectait pas) ne racontaient rien, ne livraient aucun secret. Camaraderie, gentillesse, gaieté retombaient comme des volets devant la glace d'une devanture. On ne pouvait que deviner ce qu'étaient les marchandises cachées par-derrière : bonnes vieilles marchandises garanties, justice, œil pour œil, loi et ordre, peine capitale, un peu de rigolade de loin en loin, rien de perfide, rien de véreux, rien qu'on aurait honte d'avouer, rien de mystérieux.

— Vous ne me faites pas marcher, hein ? demanda le sergent.

— Pas cette fois-ci, sergent.

Il passa par une porte qu'il referma derrière lui, et Ida s'installa plus solidement sur le banc, comme chez elle.

— Manque un peu d'air, ici, mes enfants ! dit-elle. Si on ouvrait une autre fenêtre ?

Et, dociles, ils en ouvrirent une.

De la porte, le sergent l'appela :

— Vous pouvez entrer ! dit-il.

— Venez, Phil ! dit Ida.

Et elle l'entraîna à sa suite dans l'étroite pièce officielle qui sentait l'encaustique et la colle de poisson.

— Ainsi, commença le commissaire, vous vouliez me parler d'un suicide, madame...

Il avait l'air fatigué, vieux et timide. Il avait essayé de dissimuler un bocal de bonbons acidulés derrière un téléphone et un gros cahier.

— Arnold ! dit Ida. J'ai pensé que ça pouvait peut-être vous intéresser, commissaire ! ajouta-t-elle avec un lourd sarcasme.

— Monsieur est votre mari ?

— Oh ! non... un ami. J'avais besoin d'un témoin, voilà tout.

— Et à propos de qui êtes-vous inquiète, Mrs Arnold ?

— Le nom est Hale, Fred Hale. Je vous demande pardon : Charles Hale.

— Nous savons tout ce que nous voulions savoir sur Hale, Mrs Arnold. Il est mort de mort naturelle.

— Oh ! mais non. Vous ne savez pas tout. Vous ne savez pas qu'il était avec moi deux heures avant qu'on le retrouve.

— Vous n'étiez pas à l'enquête.

— Je ne savais pas que c'était lui avant de voir sa photo.

— Et pourquoi pensez-vous que quelque chose ne va pas ?

— Écoutez ! dit Ida. Il était avec moi et il était terrifié par quelque chose. Nous étions à la Jetée. J'avais besoin de me laver un peu et de me donner un coup de brosse, mais il ne voulait pas que je le quitte. Je suis restée absente pas plus de cinq minutes et il avait disparu. Où était-il parti ? Vous dites qu'il est allé déjeuner chez Snow et puis qu'il a descendu la Jetée jusqu'à l'abri de Hove. Vous croyez qu'il m'a faussé compagnie, mais ce n'est pas Fred – je veux dire Hale – qui a déjeuné chez Snow et qui a laissé cette carte. Je viens de voir la serveuse. Hale n'aimait pas la bière Bass – jamais il n'aurait bu de la Bass – et l'homme qui est allé chez Snow en a commandé une bouteille.

— Ça ne veut rien dire ! dit le commissaire. Il faisait très chaud. En plus, il ne se sentait pas bien. Il pouvait être fatigué de faire toutes les choses qu'il était forcé de faire. Je ne serais pas surpris qu'il eût triché et envoyé quelqu'un d'autre chez Snow.

— La serveuse ne veut pas dire un mot sur lui. Elle sait, mais elle ne veut pas parler.

— Il m'est assez facile de trouver une explication, Mrs Arnold. L'homme a laissé une carte à la condition qu'elle ne dise rien.

— Non, ce n'est pas ça. Elle a peur, quelqu'un lui a fait peur. Peut-être la même personne qui a poussé Fred... Et il y a d'autres choses.

— Je suis désolé, Mrs Arnold. C'est perdre son temps que de s'agiter ainsi. Vous savez qu'on a fait une autopsie. Les témoignages médicaux montrent sans le moindre doute que sa mort a été naturelle. Il avait le cœur malade. Le terme médical est *thrombose coronaire*. Moi, je dirais : chaleur excessive, foule, surmenage – et cœur faible.

— Puis-je voir le rapport ?

— Ce ne serait pas réglementaire.

— C'est parce que j'étais une amie à lui ! dit Ida avec douceur. Je voudrais être rassurée.

— Eh bien ! pour que vous ayez l'esprit en paix, je ferai une exception. Le voici sur mon bureau.

Ida le lut avec soin.

— Ce docteur, dit-elle, il connaît son métier ?

— C'est un médecin de première classe.
— Ça a l'air clair, n'est-ce pas ? dit Ida.
Elle relut tout, d'un bout à l'autre.
— Ils donnent un tas de détails, n'est-ce pas ? Mon Dieu ! je n'en saurais pas plus sur lui si j'avais été sa femme. Cicatrice d'appendicite, mamelons supplémentaires, Dieu sait ce que ça peut être ! Souffrait de gaz, ça m'arrive à moi-même les jours de fête. C'est presque irrespectueux, vous ne trouvez pas ? Il n'aurait pas aimé ça.
Elle médita sur le rapport avec une bonté facile.
— Veines variqueuses. Pauvre vieux Fred. Qu'est-ce que ça veut dire, ça, sur le foie ?
— Buvait trop, voilà tout.
— Ça ne me surprend pas. Pauvre Fred ! Et il avait des ongles incarnés aux orteils. Ça ne me paraît pas chic que ça se sache.
— Vous étiez très amie avec lui ?
— Mon Dieu ! on s'est rencontrés ce jour-là, pas plus. Mais il me plaisait bien. C'était un vrai monsieur. Si j'avais pas été un peu noire, ça ne lui serait pas arrivé.
Elle cambra le buste.
— Il ne lui serait rien arrivé de mal avec moi.
— Avez-vous tout à fait fini du rapport, Mrs Arnold ?
— Il parle vraiment de tout, ce docteur de chez vous, n'est-ce pas ? Meurtrissures, quelque chose de

superficiel sur les bras, qu'est-ce que ça veut dire ? Qu'est-ce que vous en pensez, commissaire ?

— Rien du tout. La cohue des jours fériés, c'est tout. Il a été dans la bousculade.

— Oh ! ça va ! dit Ida. N'en jetez plus. (Sa langue se fit brusquement furibonde.) Parlez comme un homme. Est-ce que vous êtes sorti, ce jour-là, vous ? Où avez-vous vu une foule comme ça ? Brighton est assez grand, il me semble. C'est pas un ascenseur de métro. J'y étais, moi. Je sais.

Obstiné, le commissaire dit :

— Vous vous faites des idées, Mrs Arnold.

— Alors, la police ne veut rien faire ? Vous n'allez pas interroger cette fille de chez Snow ?

— L'affaire est close, Mrs Arnold. Et même si c'est un suicide, à quoi bon rouvrir de vieilles blessures ?

— Quelqu'un l'y a poussé... Peut-être que ce n'est pas du tout un suicide... Peut-être...

— Je vous répète, Mrs Arnold, que cette affaire est classée.

— C'est ce que vous croyez.

Elle se remit sur ses pieds et fit signe à Phil d'un mouvement de menton.

— Elle est loin de l'être ! dit-elle. Nous nous reverrons.

De la porte, elle regarda une fois encore l'homme vieillissant derrière son bureau et le menaça de son impitoyable vitalité.

— Ou peut-être qu'on se reverra même pas ! reprit-elle. Je suis de taille à diriger ça à ma façon. Je n'ai pas besoin de votre police... (Dans la seconde pièce, les agents s'agitèrent d'un air gêné ; quelqu'un rit ; quelqu'un laissa tomber une boîte de cirage.) J'ai mes amis.

Ses amis... Il y en avait un peu partout sous la lumière fluide, étincelante, de Brighton. Ils suivaient docilement leurs femmes dans les poissonneries, ils portaient les seaux des enfants sur la plage, ils rôdaient sur la Jetée autour des bars en attendant l'heure de l'ouverture. Pour deux sous, ils regardaient par la fente d'un kinérama : *Une nuit d'Amour.* Elle n'aurait qu'à faire appel à l'un d'eux, car Ida Arnold était du bon bord. Elle était gaie, elle était bien portante, elle était capable de prendre une petite cuite avec les meilleurs d'entre eux. Elle aimait s'amuser, sa grosse poitrine proclamait franchement, dans tout l'Old Steyne, sa charnelle générosité, mais l'on n'avait qu'à regarder Ida pour savoir qu'on pouvait compter sur elle. Ce n'est pas elle qui irait raconter des histoires à votre femme, elle ne vous rappellerait pas, le lendemain matin, les choses que vous préféreriez oublier, elle était honnête, elle était bienveillante, elle appartenait à la grande classe moyenne respectueuse des lois ; ses distractions étaient leurs distractions, ses superstitions, leurs superstitions (le sel par-dessus l'épaule et, de temps en temps, la planchette qui griffe l'encaustique de la table); elle n'avait pas plus d'amour à gaspiller qu'ils n'en avaient.

— Les dépenses montent, dit Ida. N'importe. Tout ira bien après les courses.

— V's avez un tuyau ? demanda Mr Corkery.

— Directement de la bouche du cheval. Je ne devrais pas dire ça. Pauvre Fred !

— Faites-en profiter un copain ! implora Mr Corkery.

— Chaque chose en son temps, dit Ida. Soyez bien gentil et qui sait ce qui peut arriver.

— Vous ne croyez pas réellement, dit Mr Corkery pour la sonder, pas après ce qu'ont dit les docteurs ?

— Je ne les ai jamais pris au sérieux, ces docteurs.

— Mais pourquoi ?

— Il faut que nous trouvions.

— Et comment ?

— Laissez-moi le temps. Je n'ai pas encore commencé.

Au bout de la rue, la mer était tendue d'une maison à l'autre, comme un morceau d'étoffe vulgaire, de couleur vive, mise à sécher dans une cour.

— La couleur de vos yeux ! s'exclama Mr Corkery pensif et avec une nuance de nostalgie.

Il ajouta :

— Maintenant, Ida, est-ce que nous ne pourrions pas aller un peu sur la Jetée ?

— Oui, répondit-elle. La Jetée... Nous allons aller jusqu'à Palace Pier, Phil.

Mais, lorsqu'ils y arrivèrent, elle refusa de passer le tourniquet, s'installa comme un camelot, en face de l'Aquarium et des lavabos des dames.

— C'est de là que je vais partir, dit-elle. Il m'a attendue ici, Phil.

Et elle regarda fixement les lumières rouges et vertes, le lourd mouvement de son champ de bataille, établissant ses plans, disposant en ordre sa chair à canon tandis qu'à cinq mètres d'elle, Spicer s'attendait, lui aussi, à ce qu'un ennemi apparût. L'optimisme d'Ida n'était troublé que d'un léger doute :

— Il faut que ce cheval soit gagnant, Phil ! dit-elle. Sans ça, je ne pourrai jamais tenir le coup.

II

Depuis quelques jours Spicer ne tenait pas en place. Il n'avait rien à faire. Quand les courses reprendraient, il ne serait pas aussi empoisonné, il ne penserait pas autant à Hale. C'était le certificat médical qui le troublait : « Mort naturelle », alors que de ses propres yeux il avait vu le Gamin... C'était louche, c'était pas régulier. Il se disait qu'il pouvait supporter une enquête de police, mais qu'il ne pouvait pas souffrir cette ignorance, cette sécurité fausse que le verdict leur donnait. Il y avait quelque chose qui accrochait quelque part et, dans cette longue lumière du soleil d'été, Spicer se promenait dans l'inquiétude, s'attendant à des ennuis : le commissariat, l'endroit où cela s'était fait, même le Restaurant Snow se trouvaient sur sa route. Il voulait être sûr que les flics ne faisaient rien (il connaissait tous les agents en bourgeois de la brigade de Brighton), qu'aucun ne posait de questions ou ne s'attardait là où il n'avait aucune raison de s'attarder. Il savait que c'était nerveux et rien que nerveux : « J'irai très bien quand les courses auront commencé », se dit-il, comme un homme atteint d'un empoisonnement général pense que tout ira bien quand il se sera fait arracher une seule dent.

Il remontait l'Esplanade avec précaution, en partant de la porte de Hove, de l'abri vitré où le corps de Hale avait été déposé, pâle, avec les yeux injectés de sang et les doigts tachés de nicotine. Spicer avait au pied gauche un cor qui le faisait un peu boiter et traîner derrière lui une chaussure d'un brun orangé agressif. Par surcroît, il lui était venu des taches rouges autour de la bouche, et cela aussi avait pour cause la mort de Hale. La peur lui dérangeait les entrailles et les taches sortaient ; c'était toujours comme ça.

Il traversa la rue en boitant, prudemment, car il approchait de chez Snow : c'était un autre endroit vulnérable. Le soleil frappait les grandes vitres de glace qui le lui renvoyaient comme un phare d'auto. Quand il passa, il transpirait un peu. Une voix dit :

— Mais, ma parole, c'est Spicer !

Il avait tenu les yeux si bien fixés sur le Restaurant Snow, de l'autre côté de la route, qu'il n'avait pas remarqué tout près de lui les gens qui s'appuyaient à la balustrade verte, au-dessus des galets. Il tourna vivement sa figure suante :

— Qu'est-ce que tu fais là, Crab ?

— C'est bien agréable d'être de retour, dit Crab, qui était un jeune homme en costume mauve, avec des épaules en portemanteau et une taille mince.

— Nous t'avons expulsé une fois, Crab, et je pensais que tu resterais hors du jeu. Tu as changé.

Ses cheveux étaient couleur de carotte, sauf aux racines, et son nez couvert de cicatrices avait été redressé. Il avait été juif autrefois, mais un coiffeur et un chirurgien avaient arrangé cela.

— T'avais peur qu'on t'bouffe, que t'as changé d'gueule ?

— Moi, Spicer ! Moi, peur de ton gang ?... Un de ces jours, vous me direz « monsieur ». Je suis le bras droit de Colleoni.

— J'ai toujours entendu dire qu'il était gaucher, dit Spicer. Attends seulement que Pinkie sache que tu es revenu.

Crab se mit à rire :

— Pinkie est chez le commissaire de police, dit-il.

Commissaire de police : le menton de Spicer s'abaissa ; il partit, laissant traîner sur le pavé son pied chaussé d'orange, son pied au cor traversé de douleurs lancinantes. Il entendait Crab rire derrière lui, l'odeur du poisson mort emplissait ses narines, il était un homme malade. Le commissariat de police, le commissariat de police, c'était comme un abcès lançant par jets son poison dans ses nerfs. Quand il arriva chez Frank, il n'y avait personne. Torturé, il monta l'escalier qui craquait, dépassa la rampe pourrie, arriva devant la chambre de Pinkie ; la porte était ouverte. Dans le miroir suspendu au mur, le vide l'accueillit. Aucun message, des miettes sur le plancher ; l'aspect de la chambre était celui d'une pièce qu'on a été forcé de quitter brusquement.

Spicer s'arrêta près de la commode (au brou de noix étalé par taches inégales) ; pas la moindre phrase rassurante griffonnée sur un bout de papier dans un tiroir, pas d'avertissement. Son regard monta, descendit, les élancements de son cor le traversaient tout entier jusqu'au cerveau, et, brusquement, il rencontra sa propre figure dans la glace — les rudes cheveux noirs grisonnant aux racines, les petites éruptions de la peau, les yeux injectés de sang, et il lui vint à l'idée, comme s'il avait vu un gros plan à l'écran, que c'était le genre de figure que pourrait avoir un mouton, un type qui s'en va lécher les pieds des flics.

Il s'éloigna : des miettes de pâtisserie s'écrasèrent sous ses semelles ; il se dit qu'il n'était pas homme à moucharder ; d'abord, Pinkie, Cubitt et Dallow étaient ses copains. Il ne les laisserait pas tomber — même s'il n'était pas lui-même un tueur. Il s'y était opposé dès le début ; il s'était contenté de déposer les cartes ; il se contentait de *savoir*. Il vint se tenir en haut de l'escalier pour regarder sous la balustrade branlante. Il aimerait mieux se tuer que de les donner, déclara-t-il tout bas au palier désert, mais il savait qu'en réalité il n'aurait pas le courage de se tuer. Mieux valait fuir ; et il pensa avec nostalgie à Nottingham et à un petit bistrot qu'il connaissait, un bistrot qu'il avait eu jadis l'espoir de pouvoir acheter quand il aurait fait sa pelote. C'était un bon coin, Nottingham, du bon air, pas cet air salé qui brûle les lèvres sèches, et les filles y étaient accueillantes. S'il avait pu partir ! Mais les autres ne le laisseraient jamais partir, il en savait trop sur trop de choses. Il appartenait à la bande pour la vie désormais. Et son regard plongea dans la cage de l'escalier jusqu'au vestibule minuscule, avec l'étroite bande de lino et le téléphone démodé qui pendait à un clou près de la porte.

Pendant qu'il l'examinait, il se mit à sonner. D'en haut, Spicer le regarda avec méfiance et appréhension. Il ne pourrait pas supporter une seule mauvaise nouvelle de plus. Où étaient-ils donc tous partis ? Avaient-ils pris la fuite en le laissant sans un indice ? Frank lui-même avait disparu du sous-sol. Il en montait une odeur de roussi, comme s'il avait laissé brûler son fer. La sonnerie continua de trembloter. « Qu'ils sonnent ! pensa-t-il. Ils finiront par s'en fatiguer. Pourquoi ferais-je tout le travail dans cette nom de Dieu de taule ? » Dring, et dring, et dring !... En tout cas, celui-là ne se fatiguait pas facilement. Spicer s'approcha du haut de l'escalier en grognant et adressa quelques jurons aux crachotements qui sortaient de l'ébonite et envahissaient la maison silencieuse.

— Ce qu'y a, dit-il tout haut, comme s'il répétait un discours destiné à Pinkie et aux autres, c'est que je deviens trop vieux pour ce business. Faut que j'prenne ma retraite. Regardez mes cheveux. Je suis tout gris, hein ? Faut que j'prenne ma retraite !

Mais la seule réponse qui lui parvînt était ce dring, dring, dring régulier.

— Pourquoi qu'il y a personne pour répondre à c'te putain de téléphone ? hurla-t-il dans le puits de la cage d'escalier ; faut que j'fasse tout ici, alors ?

Et il se revit en train de laisser tomber une carte dans un seau d'enfant, de glisser une carte sous une barque retournée, des cartes qui pouvaient le faire pendre. Il descendit soudain l'escalier quatre à quatre dans une sorte de fureur feinte et souleva le récepteur :

— Eh bien ! mugit-il, eh bien ! qui est là, tonnerre de Dieu ?

— Est-ce que je suis chez Frank ? fit une voix.

Il reconnut la voix : c'était la fille de chez Snow. Pris de panique, il baissa le récepteur et attendit, tandis qu'une mince voix de poupée montait vers lui de l'orifice :

— S'il vous plaît, faut que je parle à Pinkie.

Il avait l'impression de se trahir en écoutant. Il tendit l'oreille de nouveau et la voix répéta avec une angoisse désespérée :

— Est-ce que c'est la Pension Frank ?

Écartant les lèvres de l'embouchure, tordant sa langue d'une manière bizarre, mâchonnant ses mots de travers et d'une voix enrouée, un Spicer déguisé répondit :

— Pinkie est sorti. Qu'est-ce que vous lui voulez ?
— Il faut que je lui parle.
— Je vous dis qu'il est sorti.
— Qui est à l'appareil ? dit la petite, d'une voix brusquement apeurée.
— C'est aussi ce que je veux savoir. Qui êtes-vous ?
— Je suis une amie de Pinkie. Il faut que je le trouve. C'est urgent.
— Je ne peux rien faire pour vous.
— Je vous en prie. Il faut que vous trouviez Pinkie ! Il m'a dit qu'il fallait que je l'avertisse si jamais...
La voix mourut.
Spicer cria dans le téléphone :
— Allô ! où êtes-vous partie ? Si jamais quoi ?
Pas de réponse. Il écouta, le récepteur pressé contre son oreille pour étouffer les bourdonnements du fil. Il se mit à secouer le crochet : « Central ! Allô, allô, Central ! » puis tout à coup la voix revint comme si quelqu'un avait remis l'aiguille en place sur le disque.
— Êtes-vous là ? Êtes-vous là, s'il vous plaît ?
— Bien entendu que je suis là. Que vous a dit Pinkie ?
— Il faut que vous trouviez Pinkie ; il m'a dit qu'il voulait savoir. C'est une femme ; elle est venue ici avec un homme.
— Que voulez-vous dire ?... Une femme ?

— ... qui m'a posé des questions, dit la voix.

Spicer raccrocha. Tout ce que la jeune fille avait encore à dire demeura étranglé dans le fil. Trouver Pinkie ? À quoi bon trouver Pinkie ? C'étaient les autres qui avaient fait la trouvaille. Et Cubitt et Dallow : ils s'étaient débinés sans même l'avertir. S'il allait les donner, il ne ferait que leur rendre leur propre monnaie. Mais il n'allait pas les donner. Il n'était pas un mouchard. Ils le prenaient pour un indicateur. Ils allaient croire qu'il avait mangé le morceau. Il n'aurait même pas le bénéfice de... À s'attendrir sur lui-même, il sentit une petite humidité picoter son vieux canal lacrymal desséché.

« Faut que je réfléchisse, se répéta-t-il, il *faut* que je réfléchisse. » Il ouvrit la porte de la rue et sortit. Il ne prit même pas le temps d'aller chercher son chapeau. Ses cheveux étaient clairsemés sur le haut du crâne, secs et cassants sous les pellicules. Il marchait d'un pas rapide, sans aller nulle part, mais toutes les rues de Brighton aboutissent au front de mer. « Je suis trop vieux pour ce jeu, il faut que je m'en sorte. » Nottingham. Il avait besoin d'être seul ; il descendit les marches de pierre jusqu'au niveau de la plage ; c'était un jour de fermeture hebdomadaire ; les petites boutiques, sous la Promenade, en face de la mer, avaient leurs volets clos. Il marcha au bord de l'asphalte, traînant ses pieds dans les galets qui roulaient.

« Jamais je ne les donnerai, disait-il sans paroles aux vagues qui montaient et se retiraient, mais ce n'est tout de même pas moi qui l'ai fait. Je n'ai jamais voulu tuer Fred. »

Il s'enfonça dans l'ombre de la Jetée ; un photographe ambulant prit un instantané de lui à l'endroit où tombait l'ombre portée, et lui glissa un papier dans la main. Spicer n'y fit pas attention. Les piliers de fer descendaient jusqu'aux galets embrumés d'eau et soutenaient au-dessus de sa tête les petites autos du manège, les baraques de tir, les kinéramas, les automates (le Robot va lire votre avenir). Une mouette vola droit sur lui entre les piliers, comme un oiseau affolé enfermé dans une cathédrale, puis elle quitta la sombre nef de fer pour aller tournoyer dans le soleil. « Je ne les donnerai jamais, dit Spicer, à moins d'y être forcé... » Il trébucha sur une vieille chaussure et appuya la main sur les pierres pour se retenir : elles gardaient tout le froid de la mer et, sous ces piliers, n'étaient jamais réchauffées par le soleil.

Il pensa : « Cette femme, comment sait-elle quelque chose ? Qu'est-ce qui lui prend de poser des questions ? Je ne voulais pas qu'ils tuent Hale ; ça ne serait vraiment pas juste que je sois épinglé avec les autres ! Je leur avais dit de ne pas le faire. » Il émergea dans le soleil et remonta sur la Promenade. « C'est par là que les poulets remonteront, pensa-t-il, s'ils apprennent quelque chose ; ils font toujours la reconstitution du crime. » Il s'installa entre le tourniquet de la Jetée et les lavabos des dames. Il n'y avait pas grand monde par là. Il verrait facilement les flics arriver, s'ils arrivaient. Plus loin, se dressait le Royal-Albion ; le regard de Spicer remonta la Grande-Esplanade jusqu'à l'Old Steyne ; les dômes vert pâle du Pavillon flottaient au-dessus des arbres poussiéreux ; dans la chaude lumière de cet après-midi vide de milieu de semaine, il pouvait voir tous les gens qui descendaient au-dessous de l'Aquarium, sur le pont blanc aménagé en dancing, jusqu'aux basses arcades couvertes sous lesquelles s'abritent, entre la mer et le mur de pierre, les petites boutiques bon marché où se vend le Rocher de Brighton.

III

Un poison se tordait dans les veines du Gamin : il avait été insulté. Il s'agissait maintenant de montrer à quelqu'un qu'il était un homme. En entrant chez Snow, il avait l'air menaçant ; il était jeune, suspect, mal nippé, et, d'un commun accord, les serveuses lui tournèrent le dos. Il resta planté là, à chercher une table (la salle était pleine), et personne ne s'occupa de lui. Elles avaient l'air de se demander s'il aurait assez d'argent pour payer son repas. Il pensa à Colleoni traversant d'une marche feutrée les énormes salons ; il pensa aux couronnes brodées sur les dossiers des fauteuils. Il se mit tout à coup à crier très fort : « Je veux qu'on me serve ! » et son pouls battait dans sa joue. Tous les visages autour de lui s'animèrent d'un brusque frémissement, puis, comme de l'eau, redevinrent immobiles. Tout le monde détournait les yeux. On faisait comme s'il n'existait pas. Tout à coup, un sentiment de lassitude l'envahit. Il eut la sensation d'avoir voyagé des lieues et des lieues pour arriver jusqu'à cet indifférent mépris.

— Il n'y a pas de table, dit une voix.

Ils étaient encore si étrangers l'un à l'autre qu'il ne reconnut cette voix qu'au moment où elle ajouta : « Pinkie ! » Il se retourna et vit Rose, habillée pour sortir, avec un pauvre chapeau de paille noire qui donnait à sa figure l'aspect qu'elle aurait dans vingt ans, après toute une vie de travail et de maternités.

— Il faut qu'ils me servent, dit Pinkie. Pour qui se prennent-ils ?

— Il n'y a pas de table.

Toute la salle les regardait maintenant avec désapprobation.

— Venez dehors, Pinkie.

— Pourquoi es-tu tout habillée ?

— C'est mon après-midi de sortie. Allons dehors.

Il la suivit dans la rue et, lui saisissant brusquement le poignet, il fit monter le poison jusqu'à ses lèvres :

— Je pourrais te casser le bras.

— Qu'est-ce que j'ai fait, Pinkie ?

— Pas de table. Ils n'ont pas envie de me servir là-dedans. Je ne suis pas assez chic. Un jour, ils verront...

— Quoi ?

Mais l'esprit du Gamin chancelait devant l'immensité de ses ambitions. Il répondit :

— Peu importe, ils apprendront...

— Est-ce qu'on vous a fait ma commission, Pinkie ?

— Quelle commission ?

— Je vous ai téléphoné chez Frank, je lui ai dit de vous le dire.

— Tu l'as dit à qui ?

— Je ne sais pas.

Elle ajouta, sans aucune intention :

— Je crois que c'est l'homme qui a déposé la carte.

Il agrippa son poignet de nouveau.

— L'homme qui a déposé la carte est mort. Tu l'as lu.

Mais elle ne montra cette fois aucun signe de crainte. Il avait été trop gentil. Elle ne prit pas garde à son rappel.

— Est-ce qu'il vous a trouvé ? demanda-t-elle.

Et il se dit en lui-même : « Il faut qu'elle recommence à avoir peur. »

— Personne ne me trouve, dit-il. (Il la poussa brutalement devant lui.) Avance. Nous allons nous promener. Je te sors.

— J'allais à la maison.

— Tu n'iras pas à la maison. Tu viendras avec moi. J'ai besoin de marcher, dit-il en regardant ses chaussures pointues qui n'avaient jamais dépassé le bout de la Promenade.

— Où allons-nous, Pinkie ?

— Quelque part, à la campagne. C'est là que vont les gens un jour comme celui-ci.

Il essaya un moment de se rappeler où se trouvait la campagne : le champ de courses, ça, c'est la campagne. Mais un autobus passait, marqué Peace-Haven et il lui fit signe.

— Voilà, dit-il à Rose, voilà la campagne. Là, nous pourrons causer. Il y a des choses qu'il faut que nous arrangions.

— Je croyais que nous allions marcher.

— C'est de la marche, dit-il avec rudesse en la poussant vers le haut de l'escalier. Petite oie ! Tu ne sais rien du tout. Tu ne t'imagines tout de même pas que les gens *marchent*, mais c'est à des kilomètres...

— Quand les gens disent : « Venez faire une promenade », ils veulent parler d'un bus ?

— Ou d'une auto. Je t'aurais emmenée en auto, mais les copains sont sortis dedans.

— Vous avez une auto ?

— Je ne pourrais pas me passer d'une voiture, dit le Gamin pendant que l'autobus montait en contournant Rottingdean : des bâtiments de brique rouge derrière un mur, une vaste étendue de parc, une fille qui tenait un bâton de hockey et regardait fixement quelque chose dans le ciel, avec, autour d'elle, du gazon de luxe bien tondu.

Le poison, filtré, retourna dans ses propres glandes : on l'admirait, personne ne l'insultait, mais lorsqu'il regarda la fille qui l'admirait, le poison se remit à suinter.

— Enlève ce chapeau, dit-il, tu es affreuse.

Elle obéit ; ses cheveux de souris collaient à son petit crâne ; il l'examina avec dégoût. Et ils avaient trouvé malin de dire qu'il allait épouser ça ! Il la regarda de toute sa virginité aigrie, comme on regarde une cuillerée de médicament qu'on ne consentira jamais, jamais à avaler : on aimerait mieux mourir, ou laisser mourir les autres. La poussière crayeuse volait autour des fenêtres.

— Vous m'aviez dit de vous téléphoner, dit Rose ; alors, quand...

— Pas ici, dit le Gamin, attends que nous soyons seuls.

La tête du chauffeur monta lentement dans une immense étendue de ciel ; quelques plumes blanches flottèrent au vent et, derrière eux, allèrent se dissoudre dans le bleu ; ils étaient au sommet des dunes et obliquaient vers l'est. Assis, ses chaussures pointues posées côte à côte, les mains enfoncées dans ses poches, le Gamin sentait les battements du moteur traverser ses minces semelles.

— C'est beau, déclara Rose, d'être ici, dans la campagne, avec vous.

De petits bungalows goudronnés alignés sous leurs toits de tôle, des jardins grattés dans le sol crayeux, des plates-bandes desséchées semblables à des emblèmes saxons sculptés sur les dunes. Des écriteaux annonçaient : « Arrêtez-vous ici », « Thé Mazawattee »,

« Antiquités authentiques », et quelques centaines de pieds plus bas la mer glauque rongeait le flanc sordide, couturé d'escarres, de l'Angleterre. Peace-Haven lui-même s'amenuisait vers les dunes : les rues encore à demi construites devenaient des sentiers envahis d'herbe. Ils descendirent à pied, entre les pavillons, la route qui mène au bord de la falaise ; il n'y avait personne ; l'une des villas avait ses vitres brisées ; dans une autre, les volets étaient fermés pour cause de décès.

— Ça me donne le vertige, dit Rose, quand je regarde en bas.

C'était jour de fermeture et le magasin était fermé, l'heure passée : impossible de boire à l'hôtel ; une perspective d'affiches : « À louer » tout le long des ornières crayeuses des routes inachevées. Par-dessus l'épaule de Rose, le Gamin voyait la chute vertigineuse, abrupte jusqu'aux galets.

— Il me semble que je vais tomber, dit Rose en détournant ses yeux de la mer.

Il la laissa se détourner ; inutile d'agir prématurément ; peut-être la traite à payer ne serait-elle jamais présentée.

— Maintenant, dit-il, dis-moi qui a appelé, qui a répondu au téléphone et pourquoi ?

— C'est moi qui vous ai appelé, mais vous n'y étiez pas. C'est *lui* qui a répondu.

— Lui ? répéta le Gamin.

— Celui qui avait laissé la carte le jour où vous êtes venu. Vous vous rappelez ? Vous cherchiez quelque chose.

Il ne se rappelait que trop bien : la main sous la nappe, le visage innocent et stupide qui oublierait facilement, croyait-il.

— Tu te rappelles bien des choses, dit-il en fronçant les sourcils à cette pensée.

— Je ne pourrais guère oublier cette journée, dit-elle brusquement.

Puis elle se tut.

— Tu oublies pas mal de choses aussi. Je viens de te dire que celui que tu as entendu n'est pas cet homme-là. Cet homme-là est mort.

— D'ailleurs, ça n'a pas d'importance, répondit-elle, ce qui importe, c'est que quelqu'un est venu me poser des questions.

— Au sujet de la carte ?

— Oui.

— Un homme ?

— Une femme. Une grosse, qui rit tout le temps. Je voudrais que vous l'entendiez rire. Comme si elle n'avait jamais eu un seul souci. Je me méfie d'elle. Elle n'est pas comme nous.

— Comme nous ?

Il regardait la mer basse aux vagues courtes, et il fronça de nouveau les sourcils en entendant cette fille suggérer qu'ils pouvaient avoir quelque chose en commun. Ce fut d'une voix coupante qu'il demanda :

— Que voulait-elle ?

— Elle voulait tout savoir. Comment était l'homme qui a laissé la carte...

— Que lui as-tu dit ?

— Je ne lui ai rien dit du tout, Pinkie.

Le garçon enfonça sa chaussure pointue dans l'herbe sèche et rare, et d'un coup de pied envoya une boîte de corned-beef vide rouler dans l'abîme.

— C'est à toi que je pense et à rien d'autre, dit-il. Pour moi, ça n'a aucune importance. Ça ne me concerne pas. Mais je n'aimerais pas te voir mêlée à des histoires qui pourraient devenir dangereuses. (Il lui lança un rapide regard de côté.) Tu n'as pas l'air d'avoir peur. C'est sérieux ce que je te dis.

— Je n'ai pas peur, Pinkie, pas tant que je vous ai tout près de moi.

De dépit, il enfonça ses ongles dans ses paumes. Elle se rappelait tout ce qu'elle devrait oublier et oubliait ce dont elle devrait se rappeler. La bouteille de vitriol. Ce jour-là, il lui avait fait peur, réellement peur ; depuis, il avait été trop aimable ; elle finissait par croire qu'il avait de l'affection pour elle. En somme, ce qu'il faisait ici, c'était « fréquenter ». Et, de nouveau, il se rappela la plaisanterie de Spicer. Il regarda le crâne de souris, le corps osseux, la robe miteuse et frissonna involontairement : un fantôme qui passe au-dessus de l'inévitable lit. « Samedi, pensa-t-il, c'est aujourd'hui samedi », et il se souvenait de la chambre de son enfance, de l'effrayante gymnastique hebdomadaire à laquelle se livraient ses parents et qu'il surveillait de son petit lit. Voilà ce qu'elles attendent de vous, toutes les femelles qu'on rencontre ont l'œil fixé sur un lit. Il sentit sa virginité se raidir en lui comme un sexe. Voilà comment elles vous jugent ; elles ne se demandent pas si vous avez le nerf de tuer un homme, de conduire une bande, de vaincre Colleoni. Il dit :

— On va pas rester par ici. Il faut rentrer.

— Nous venons seulement d'arriver, dit-elle ; restons un petit peu, Pinkie. J'aime la campagne.

— Eh ben ! tu l'as vue, dit-il. Il n'y a rien à *faire* à la campagne. Le bistrot est fermé.

— Nous pourrions nous asseoir. De toute façon, il faut que nous attendions l'autobus. Comme vous êtes drôle ! Est-ce qu'il y a quelque chose qui vous fait peur, dites ?

Il eut un rire étrange en s'asseyant à terre d'un mouvement gauche devant la villa aux fenêtres brisées.

— Moi, peur ? Quelle rigolade !

Il s'appuya le dos contre le talus, son gilet déboutonné, sa cravate mince et effrangée se détachant en raies vives sur la craie.

— C'est mieux que de rentrer à la maison, dit Rose.
— Où est-ce, ta maison ?
— Nelson Place. Vous connaissez ?
— Oh ! j'ai vu ça en passant, dit-il, l'air détaché.

Mais il aurait pu en dessiner le plan sur l'herbe, aussi exactement qu'un arpenteur : au coin, la petite salle de théâtre de l'Armée du Salut, toute grillagée et fortifiée ; un peu plus loin, sa propre maison de Paradise Piece ; les bâtisses qui semblaient avoir subi un bombardement intensif, avec leurs gouttières suspendues dans le vide et leurs fenêtres sans vitres ; un vieux lit de fer qui rouillait dans un jardinet ; au premier plan, le terrain vague, plein de décombres, où l'on avait démoli des maisons dans l'intention d'y mettre des appartements modèles qui n'avaient jamais été construits.

Ils étaient étendus côte à côte, eux et leur géographie semblable, sur le talus crayeux, et le mépris du Gamin se mêla d'un peu de haine. Il croyait pourtant s'être évadé et voilà que la maison de son enfance revenait, qu'elle était à son côté, pleine d'exigences.

Rose dit brusquement :
— Elle, elle n'y a jamais habité !
— Qui ?
— Cette femme qui m'interroge, jamais de soucis.
— Oh ! tu sais, tout le monde ne peut pas être né à Nelson Place.

— Vous, vous n'y êtes pas né, ou dans les environs ?

— Moi ? Bien sûr que non. En voilà une idée !

— Je croyais… que peut-être… Vous êtes catholique comme moi. À Nelson Place, nous sommes tous catholiques. Vous croyez à des choses. Par exemple l'enfer. Mais elle, on voit bien qu'elle ne croit à rien.

Rose ajouta, amère :

— C'est visible que, pour elle, le monde n'est que du nanan.

Il se défendit contre toute parenté avec Paradise Piece.

— Je ne m'occupe pas du tout de religion. L'enfer, il est ici. On n'a pas besoin d'y penser. Jusqu'au moment de mourir. Tu sais ce qu'on dit : « Entre l'étrier et le sol, il chercha quelque chose et le trouva. »

— La miséricorde.

— Oui, la miséricorde.

— Ce serait tout de même terrible, reprit-elle avec lenteur, si on ne nous laissait pas le temps.

Elle tourna sa joue vers lui, sur la craie, et elle ajouta, comme s'il pouvait lui venir en aide :

— C'est ça que je demande toujours dans mes prières : de ne pas mourir subitement. Et vous, qu'est-ce que vous demandez ?

— Je ne prie jamais, dit-il.

Mais, au moment même où il lui répondait, il priait quelqu'un ou quelque chose : il suppliait de n'être plus obligé de la fréquenter, de ne plus jamais être mêlé à ce sordide lopin de terre dynamitée qu'ils appelaient tous les deux « chez nous ».

— Fâché ? s'enquit Rose.

— On a besoin de se taire par moments, répondit-il, étendu rigide sur le talus crayeux, sans révéler rien de lui.

Dans le silence, un volet claqua, dominant le bruissement du flot montant ; deux jeunes gens qui « fréquentent », voilà ce qu'ils étaient. Et le souvenir du luxe de Colleoni, des chaises couronnées du Cosmopolitain, revint le torturer. Il dit :

— Parle donc. Dis quelque chose.

— Vous vouliez qu'on se taise, répliqua-t-elle avec une brusque colère qui le prit par surprise.

Il ne l'avait pas crue capable de cela.

— Si ça ne vous plaît pas, dit-elle, vous pouvez me laisser. C'est pas moi qui vous ai demandé de sortir. (Elle était assise, les mains autour des genoux, et ses joues brûlaient au sommet des pommettes, la colère fardait sa mince figure aussi bien que du rouge.) Si je ne suis pas assez reluisante... vous et votre auto...

— Qui est-ce qui te dit...

— Oh ! interrompit-elle, je ne suis pas idiote. Je vous ai vu me regarder. Mon chapeau...

Le Gamin eut brusquement l'idée qu'elle pourrait aller jusqu'à se lever et le quitter, retourner chez Snow avec son secret à la disposition du premier venu qui l'interrogerait gentiment ; il fallait la calmer ; il la « fréquentait », il devait faire les choses qu'elle attendait de lui. Il avança la main avec répugnance ; elle se posa sur le genou de Rose comme un cadenas glacé.

— Tu m'as compris de travers, dit-il, tu es très mignonne. J'ai des ennuis, voilà tout. Des ennuis d'affaires. Toi et moi... (il avala péniblement) nous nous convenons parfaitement.

Il vit la rougeur s'atténuer, la figure se tourner vers lui avec une aveugle acceptation du mensonge, vit les lèvres qui attendaient. Vivement, il souleva la main de Rose et posa la bouche sur ses doigts. Tout valait mieux que les lèvres ; les doigts étaient un peu rugueux contre sa peau et ils avaient un petit goût de savon. Elle dit :

— Pardonnez-moi, Pinkie. Vous êtes si gentil avec moi.

Il eut un rire nerveux : « Toi et moi ! » et il entendit la trompe de l'autobus avec la joie d'un soldat qui, dans une ville assiégée, entend les clairons de l'armée libératrice.

— Là ! dit-il, voici l'autobus. Allons-nous-en. Je ne suis pas bon à grand-chose à la campagne. Moineau des pavés. Toi aussi.

Elle se leva et, dans un éclair, il vit la peau de sa cuisse, au-dessus de la soie artificielle ; une pointe de désir sexuel le secoua comme une nausée. Voilà pour finir ce qui vous arrive : la chambre sans air, les enfants éveillés, la gymnastique du samedi soir dans l'autre lit. Personne ne pouvait donc y échapper ? Nulle part ? Ça valait la peine d'assassiner tout le monde.

— C'est tout de même bien beau, ici ! dit-elle en regardant les ornières de craie entre les écriteaux « À louer ».

Et le Gamin se remit à rire de ces noms splendides que les gens donnent à un acte sale : amour, beauté... tout son orgueil s'enroula comme un ressort de montre autour de l'idée que *lui* ne s'y trompait pas, que *lui* ne se laisserait pas entraîner dans le mariage, dans la conception d'enfants, il irait là où se trouvait maintenant Colleoni et encore plus haut... Il savait tout, il avait épié tous les détails de l'acte sexuel et on ne pouvait pas le tromper avec des mots gracieux, il n'y voyait aucune raison de s'exciter, aucune récompense en compensation de ce qu'on y perd ; mais lorsque Rose se retourna vers lui, dans l'espoir d'un baiser, il eut tout de même conscience d'une ignorance terrifiante. Sa bouche rata l'autre bouche et s'en écarta. Il n'avait jamais embrassé de femme.

Elle dit :

— Excusez-moi, je suis idiote. Je n'avais jamais...

Elle se tut brusquement pour regarder une mouette monter d'un des petits jardins desséchés et se laisser retomber au-delà de la falaise jusque dans la mer.

Dans l'autobus, il ne lui adressa pas la parole et demeura morose et mal à l'aise, assis les mains dans les poches, les pieds rapprochés, à se demander pourquoi il venait de faire tout ce chemin avec elle, pour revenir sans avoir pris aucune décision, avec ce secret, ce souvenir, toujours fixés solidement dans le crâne de la petite. Le pays se déroula dans l'autre sens. Thé Mazawattee, marchands d'antiquités, postes d'essence, l'herbe rare qui mourait au bord de l'asphalte.

De la Jetée, les pêcheurs à la ligne de Brighton lançaient leurs flotteurs, un peu de musique ronronnait mélancoliquement dans le vent et le soleil. Ils marchèrent du côté ensoleillé et passèrent devant les baraques : *Une Nuit d'Amour, Pour Hommes seuls, La Danseuse à l'Éventail.* Rose dit :

— Est-ce que vos affaires vont mal ?

— Oh ! on a toujours des ennuis.

— Je voudrais bien pouvoir servir à quelque chose, pouvoir vous aider. (Il continua d'avancer sans répondre. Elle étendit la main vers le mince corps rigide et vit la joue lisse, le duvet de cheveux blonds sur la nuque.) Vous êtes si jeune, Pinkie, pour avoir des ennuis ! (Elle passa sa main sous le bras du garçon.) Nous sommes tous les deux très jeunes, Pinkie.

Et elle sentit son corps s'éloigner d'elle, durement.

— Je vous prends ensemble, sur le fond de mer ? leur dit un photographe, en enlevant le bouchon de son appareil.

Mais le Gamin se couvrit le visage de ses mains et pressa le pas.

— Est-ce que vous n'aimez pas qu'on vous prenne en photo, Pinkie ? Il nous aurait accrochés pour que les gens nous regardent en passant. Ça ne nous coûterait rien du tout.

— Ça m'est égal, le prix des choses ! dit le Gamin faisant sonner des pièces dans ses poches pour montrer qu'il avait beaucoup d'argent.

— Nous aurions été affichés là ! dit Rose en s'arrêtant devant le kiosque du photographe pour regarder les photos des belles baigneuses, des acteurs célèbres et des couples anonymes.

— À côté de…

Puis elle s'écria tout ébahie :

— Mais, c'est lui !

Le Gamin regardait du côté où la marée verte lapait et léchait comme une bouche mouillée, autour des piles. Il se retourna de mauvaise grâce et vit Spicer fixé dans la devanture du photographe, exposé aux regards du monde entier, quittant le soleil à grands pas pour entrer dans l'ombre de la Jetée, l'air inquiet, traqué, pressé, silhouette comique qui devait amuser les étrangers et leur faire dire : « En voilà un qui est bien embêté. On l'a vraiment photographié sans qu'il le sache. »

— C'est celui qui a laissé la carte ! dit Rose. Celui que vous dites qu'il est mort. Il n'est pas mort du tout et pourtant... (Elle riait, s'amusant de cette hâte qui brouillait les limites du blanc et du noir.) Et pourtant, on dirait qu'il a peur que quelque chose lui arrive s'il ne se presse pas !

— Une vieille photo ! dit le Gamin.

— Oh ! mais non. C'est l'endroit où ils mettent les nouvelles. Pour qu'on les achète.

— Tu en sais, des choses !

— On ne peut pas ne pas la voir, hein ? dit Rose. C'est comique ! Il fait des enjambées ! Tout préoccupé. Il n'voit même pas l'appareil !

— Attends ici ! dit le Gamin.

À l'intérieur du kiosque, il faisait sombre après l'éclat du soleil. Un homme à la moustache mince, avec des lunettes cerclées d'acier, était en train de trier des piles d'épreuves.

— Je voudrais la photo qui est accrochée dehors ! dit le Gamin.

— Ticket, s'il vous plaît ! dit l'homme en avançant des doigts jaunes qui avaient une vague odeur d'hyposulfite.

— Je n'ai pas de ticket.

— Vous ne pouvez pas avoir la photo sans le ticket ! dit l'homme en examinant un négatif devant un globe électrique.

— Quel droit avez-vous, dit le Gamin, d'afficher des photos sans même dire : « Vous permettez ? » Donnez-moi cette photo.

Mais les lunettes d'acier tournèrent vers lui leur éclat avec indifférence, comme s'il était un enfant rétif.

— Apportez-moi le ticket ! dit l'homme. Et vous pourrez avoir la photo. Maintenant, filez. Je suis occupé.

Derrière sa tête étaient encadrés des instantanés du roi Édouard VII (prince de Galles) en casquette de yacht, sur un fond de baraques, de panoramas, qui jaunissaient vite avec l'âge et à cause de la médiocrité des produits *employés* ; Vesta Tilley en train de signer des autographes ; Henry Irving emmitouflé contre les vents de la Manche ; toute l'histoire d'une nation. Lily Langtry portait des plumes d'autruche, Mrs Pankhurst des jupes entravées, la reine de beauté anglaise de 1923 un maillot de bain. C'était un piètre réconfort que de voir Spicer prendre place parmi les Immortels.

IV

— Spicer ! cria le Gamin. Spicer !

Il gravit les marches depuis le petit vestibule obscur jusqu'au palier, en laissant des traces de campagne, de dunes, sous la forme de poussière blanche sur le linoléum.

— Spicer !

Il sentit la rampe démolie trembler sous sa main. Il ouvrit la porte de la chambre de Spicer et le trouva sur le lit, endormi, à plat ventre. La fenêtre était fermée, un insecte bourdonnait dans l'air confiné, un relent de whisky montait du lit. Pinkie s'immobilisa pour regarder les cheveux grisonnants ; il ne ressentait aucune pitié. Il tira Spicer et le retourna ; autour de sa bouche, la peau était en éruption :

— Spicer !

Spicer ouvrit les yeux. Il ne vit rien pendant un moment dans la pièce obscure.

— Je veux te dire un mot, Spicer.

Spicer s'assit sur son lit.

— Mon Dieu ! Pinkie, que je suis content de te voir.

— Toujours content de voir un copain, hé ! Spicer ?

— J'ai rencontré Crab. Il m'a dit que tu étais au poste de police.

— Crab ?

— Tu n'étais donc pas au poste ?

— Conversation amicale, au sujet de Brewer.

— Rien de...

— Au sujet de Brewer.

Brusquement, le Gamin posa la main sur le poignet de Spicer.

— Tes nerfs sont démantibulés, Spicer. Tu as besoin de vacances. (Il renifla avec mépris l'air fétide.) Tu bois trop.

Il alla à la fenêtre et l'ouvrit violemment, découvrant un mur gris. Une grosse mouche bourdonnait contre la vitre et, d'un geste, le Gamin l'attrapa. Elle vibra au creux de sa main comme un tout petit ressort. Il se mit à lui arracher les pattes et les ailes, une à une :

— Elle m'aime, un peu, beaucoup... dit-il. Je suis sorti avec ma petite amie, Spicer.

— Celle de chez Snow ?

Le Gamin fit tourner sur sa paume le corps dépouillé et, d'un souffle, l'envoya sur le lit de Spicer.

— Tu sais très bien qui je veux dire ! dit-il. Tu as eu un message pour moi, Spicer. Pourquoi ne me l'as-tu pas apporté ?

— Je n'ai pas pu te trouver, Pinkie. Honnêtement, je n'ai pas pu. En tout cas, ça n'avait pas tellement d'importance. Une espèce de pipelette qui pose quelques questions !

— Ça t'a tout de même bien fichu la frousse ! dit le Gamin.

Il s'assit sur la chaise dure, en bois blanc, devant la glace, les mains sur les genoux, et regarda Spicer. Son pouls battait dans sa joue.

— Moi ? j'ai pas eu la frousse ! dit Spicer.

— Tu es allé là-bas tout droit, les yeux fermés.

— Qu'est-ce que tu veux dire par « là-bas » ?

— Il n'y a qu'un « là-bas » pour toi, Spicer. Tu y penses et tu en rêves. Tu es trop vieux pour cette vie.

— Cette vie ? dit de son lit Spicer, en le regardant fixement.

— Pour ce business, je veux dire, bien entendu. Tu deviens nerveux et ça te rend imprudent. D'abord, il y a eu cette carte chez Snow et, maintenant, tu laisses afficher ta photo sur la Jetée. Là où tout le monde peut la voir. Où Rose a pu la voir.

— Je n'en savais rien, je te le jure, Pinkie.

— Tu oublies de marcher sur la pointe des pieds.

— Rose n'est pas à craindre. Elle en pince pour toi, Pinkie.

— Je ne m'y connais pas en femmes. Je vous laisse ça, à toi, à Cubitt et aux autres. Je ne sais que ce que vous me dites. Vous m'avez dit et répété qu'il n'y a pas une seule poule à qui on puisse se fier.

— C'est des mots qu'on dit.

— Tu veux dire que je suis un gosse et qu'on peut me faire des contes à dormir debout. Mais j'en suis arrivé à les croire, Spicer. Je ne trouve pas sain que toi et Rose vous vous trouviez dans la même ville. Sans compter l'autre pouffiasse qui vient poser des questions. Il faut que tu disparaisses, Spicer.

— Qu'est-ce que tu veux dire ? demanda Spicer, « disparaître » ?

Il farfouilla sous son veston et le Gamin le surveilla, les mains posées à plat sur les genoux.

— Tu ne me ferais rien ! dit-il, en cherchant dans sa poche.

— Quoi ? demanda le Gamin. Qu'est-ce que tu crois que je veux dire ? Je veux dire : que tu prennes des vacances, que tu t'en ailles quelque part, pour un temps.

La main de Spicer sortit de sa poche. Il tendit au Gamin une montre d'argent.

— Tu peux te fier à moi, Pinkie. Regarde ça. C'est les copains qui me l'ont donnée. Lis l'inscription : « Un ami de dix ans. En souvenir des copains du Stade. » Je ne suis pas un lâcheur. Il y a quinze ans de ça, Pinkie. Vingt-cinq ans sur la brèche. Tu n'étais pas né quand j'ai commencé.

— Tu as besoin de vacances ! dit le Gamin. Je n'ai rien dit d'autre.

— Je serais bien content de prendre des vacances, dit Spicer, mais je ne voudrais pas que tu croies que je me dégonfle. Je vais partir tout de suite. Je fais une valise et je mets les voiles ce soir. Va, je serai bien content de filer.

— Oh ! tu sais, dit le Gamin, les yeux fixés sur ses chaussures, ce n'est pas si pressé.

Il souleva un pied. La semelle était usée sur une rondelle de la taille d'un shilling. Le souvenir lui revint des couronnes sur le dossier des chaises de Colleoni, au Cosmopolitain.

— J'ai besoin de toi pour les courses.

Il sourit à Spicer à travers la chambre.

— Besoin d'un pote à qui j'peux m'fier.

— Tu peux t'fier à moi, Pinkie.

Les doigts de Spicer caressaient la montre d'argent.

— Qu'est-ce que t'as, à sourire ? Est-ce que j'ai du noir sur le nez, ou quoi ?

— Je pensais simplement aux courses ! dit le Gamin. Elles ont beaucoup d'importance pour moi.

Il se leva et se tint debout, tournant le dos à la lumière tombante, au mur de l'immeuble, à la vitre souillée de suie, les yeux baissés vers Spicer, avec une sorte de curiosité :

— Et où donc iras-tu, Spicer ? demanda-t-il.

Il venait de prendre sa décision, irrévocable, et pour la seconde fois en quelques semaines, ses yeux contemplaient un homme qui allait mourir. Il ne pouvait s'empêcher de chercher à savoir. Ma foi, il était même possible que le vieux Spicer ne fût pas destiné aux flammes, ç'avait été un bon vieux bougre qui n'avait pas fait plus de mal qu'un autre, peut-être qu'il se glisserait entre les grandes grilles jusque dans... Mais le Gamin ne pouvait imaginer d'autre éternité que celle des tourments. L'effort lui fit froncer un peu le sourcil ; une mer comme un miroir, une couronne d'or, le vieux Spicer.

— Nottingham ! dit Spicer. Un de mes copains tient l'Ancre-Bleue, dans l'Union Street. Maison avec licence. Grande classe. On sert les déjeuners. Il m'a dit souvent : « Spicer, pourquoi est-ce que tu ne t'associes pas avec moi ? Avec quelques fafiots en plus dans la caisse, nous transformerions la vieille boîte en hôtel. » Si y avait pas toi et les copains, ajouta Spicer, j'aurais pas envie de revenir. Je resterais bien là-bas pour de bon.

— Ah ! dit le Gamin, faut que je m'tire. En tout cas, nous savons où nous en sommes.

Spicer s'étendit sur l'oreiller et leva son pied dont le cor lancinait. Il avait un trou à sa chaussette de laine par lequel son gros orteil passait, peau dure calcinée par l'âge.

— Dors bien ! dit le Gamin.

Il descendit ; la porte d'entrée s'ouvrait à l'est et le vestibule était sombre. Il alluma une lampe près du téléphone et puis la ferma de nouveau : sans savoir pourquoi. Puis, il appela au téléphone le Cosmopolitain. Quand le bureau central de l'hôtel répondit, il put entendre dans le lointain une musique de danse qui venait de la Palmeraie (*thé dansant*[1] trois shillings), derrière le salon Louis XVI. « Donnez-moi Mr Colleoni. » *(Le rossignol qui chante, le facteur qui sonne.)* La mélodie fut brusquement coupée, tandis qu'une voix basse, sémitique, ronronnait au long du fil.

— Mr Colleoni ?

Le Gamin entendit le choc d'un verre et de la glace qu'on remue dans un shaker. Il dit :

— Ici, Mr P. Brown ; j'ai réfléchi, Mr Colleoni.

À l'extérieur du petit vestibule au sol couvert de linoléum, glissa un autobus dont les lumières luisaient à peine dans la grisaille du jour tombant. Le Gamin mit sa bouche tout près de l'embouchure du téléphone et dit :

— Il ne veut pas entendre raison, Mr Colleoni.

La voix lui répondit en ronronnant allégrement. Le Gamin donna ses explications avec lenteur et application :

— Je lui souhaite bonne chance avec tous mes compliments empressés.

---

1. En français dans le texte.

Il s'arrêta et demanda d'un ton bref :

— Qu'est-ce que vous dites, Mr Colleoni ? Non, il m'avait semblé vous entendre rire. Allô ! allô !

Il reposa brutalement le récepteur et se tourna vers l'escalier avec une sensation de malaise. Le briquet en or, le gilet gris croisé, l'impression d'un racket qui réussit magnifiquement, tout cela le domina pendant quelques minutes ; en haut, le lit de cuivre, la petite bouteille d'encre violette sur la toilette, les miettes de sandwiches à la saucisse. Il sentit se dégonfler son astuce d'école communale ; alors, il tourna le commutateur et se trouva chez lui. Il grimpa les marches en fredonnant doucement : *Le rossignol qui chante, le facteur qui sonne...* Mais à mesure qu'en remous tournoyants sa pensée se rapprochait du centre ténébreux dangereux, mortel, la chanson devenait : *Agnus Dei qui tollis peccata mundi...* Il marchait le corps raide ; son veston faisait une poche molle entre ses épaules adolescentes, et, lorsqu'il ouvrit la porte de sa chambre :... *dona nobis pacem...*, il reçut au visage le reflet brumeux de sa face pâle et orgueilleuse que lui renvoyait le miroir, au-dessus du pot à eau, du porte-savon et de la cuvette d'eau sale.

Quatrième partie

I

Le temps était magnifique le jour des courses ; les gens affluèrent à Brighton par le premier train ; on aurait dit que les jours fériés étaient revenus, si ce n'est que ces gens ne dépensaient pas leur argent : ils le tenaient en réserve. Ils étaient empilés sans pouvoir s'asseoir sur les impériales des trams qui descendaient cahin-caha jusqu'à l'Aquarium ; ils arrivaient par vagues comme une migration naturelle, mais irrationnelle d'insectes, depuis l'autre extrémité du front de mer. Dès onze heures, il aurait été impossible de trouver une place dans les omnibus qui allaient au champ de courses. Un nègre portant une cravate rayée aux couleurs vives était assis sur un banc dans le jardin du Pavillon, et fumait un cigare. Des enfants jouaient à « toucher du bois », de chaise en chaise ; il les interpella en riant très fort, son cigare tendu à bout de bras d'un air à la fois suffisant et méfiant, avec ses grandes dents étincelantes comme sur une affiche publicitaire. Les enfants s'arrêtèrent de jouer et le dévisagèrent, en reculant lentement. Il les appela de nouveau dans leur propre langue, avec des mots creux, mal formés et puérils comme les leurs, et ils l'examinèrent avec inquiétude en reculant encore plus loin. Le nègre remit patiemment son cigare entre les coussinets de ses lèvres et continua de fumer. Une fanfare remontait l'Old Steyne en suivant les trottoirs, une fanfare d'aveugles qui jouaient du tambour et de la trompette ; ils marchaient dans le ruisseau, à la file indienne, tâtant la ligne du trottoir du bord de leurs chaussures. On entendait de très loin la musique qui dominait le grondement de la foule, les détonations des tuyaux d'échappement et le grincement des autobus abordant la côte qui mène au champ de courses. Elle vibrait d'une allégresse martiale comme celle d'un régiment en marche, et vous faisait lever les yeux, dans l'attente de la peau de tigre et des baguettes de tambour tournoyantes, mais vos regards ne trouvaient, longeant le ruisseau, que les pâles yeux aveugles, comme ceux des chevaux de mine.

Dans le grand parc d'une pension de jeunes filles qui dominait la mer, les élèves s'en allaient en troupe solennelle à leur partie de hockey : fortes gardiennes de but caparaçonnées autant que des tatous ; capitaines discutant de tactiques avec leurs lieutenants ; élèves plus jeunes galopant au soleil, comme folles. Passé l'aristocratique pelouse, à travers les grandes grilles de fer forgé, elles pouvaient apercevoir la procession plébéienne des gens que les autobus n'avaient pu contenir, et qui gravissaient péniblement la dune, leurs pieds faisant voler la poussière ; ils mangeaient des brioches contenues dans des sacs en papier. Les autobus passaient par Kemp Town, le chemin le plus long, mais sur la pente raide montaient les taxis, pleins à craquer – un siège pour chaque client, 9 pence le trajet – la Packard de l'enceinte des abonnés, de vieilles Morris, d'étranges voitures hautes sur roues, contenant des familles entières, et qui, au bout de vingt ans d'usage, tenaient encore la route. On aurait dit que d'une masse la route entière se déplaçait vers le haut comme un escalier mécanique du métro, dans l'air poussiéreux et ensoleillé, entraînant dans son élan une foule de voitures d'où sortaient des craquements, des cris, des bousculades. Les petites filles couraient à toutes jambes comme des poneys échappés, en sentant cette animation qui régnait au-dehors, comme si ce jour eût été de ceux où la vie pour beaucoup de gens atteint une sorte de sommet. Les enjeux s'étaient ralentis sur *Black Boy*, rien ne pouvait plus rendre la vie tout à fait semblable après cette imprudente mise de cinq livres sur *Merry Monarch*. Une voiture de course écarlate, un tout petit modèle casse-cou, qui transportait avec elle l'atmosphère d'innombrables auberges du bord de la route, de petites femmes grouillant autour des piscines, de rencontres furtives dans les chemins de traverse au bord de la grande route du Nord, s'insinuait à travers la cohue avec une incroyable dextérité. Le soleil la frappa tout à coup :

elle renvoya ses rayons jusqu'aux fenêtres du réfectoire de l'école des filles. Des gens y étaient entassés : une femme était assise sur les genoux d'un homme, un autre homme s'accrochait au tableau de commandes et la voiture tanguait, klaxonnait, se faufilait jusqu'en haut des dunes. La femme chantait ; sa voix indistincte était coupée par les coups de klaxon, c'était une mélodie banale de bouquets et de mariées, une chose qui faisait penser à de la bière Guinness, à des huîtres, au bar du vieux Leicester, mais qui semblait un peu déplacée dans la petite voiture de course écarlate. Du sommet de la dune, les paroles descendirent, portées par le vent, le long de la route poussiéreuse, à la rencontre d'une antique Morris qui, dans son sillage, avançait cahin-caha, sa capote claquant au vent, son garde-boue tordu, son pare-brise décoloré.

Parmi les flip-clac, flip-clac de la vieille capote, les paroles arrivaient jusqu'aux oreilles du Gamin. Il était assis à côté de Spicer, qui conduisait. Jeunes mariées et bouquets : et il pensa à Rose avec un dégoût maussade. Il ne pouvait chasser de son esprit l'insinuation de Spicer ; c'était comme une force invisible qui s'acharnait contre lui, la stupidité de Spicer, la photographie sur la Jetée, cette femme — qui diable était-elle ? — qui posait des questions... S'il l'épousait, ce ne serait naturellement pas pour longtemps, et ce ne serait qu'en dernier ressort, pour lui fermer la bouche et se donner du temps. Il ne voulait pas avoir de ce genre de rapports avec qui que ce fût : le lit à deux, l'intimité, cela lui donnait la nausée autant que la pensée de vieillir un jour. Il se tassa dans le coin, s'écartant de l'endroit où la vibration traversait la banquette, vibrant lui-même tout entier d'amère virginité. Se marier – il avait la sensation de toucher à des excréments.

— Dallow et Cubitt, où sont-ils ? demanda Spicer.

— J'avais pas besoin d'eux aujourd'hui, répondit le Gamin. Aujourd'hui, nous avons une chose à faire, il vaut mieux que la bande n'en soit pas.

Comme un écolier cruel qui cache les pointes du compas derrière son dos, il posa la main sur le bras de Spicer avec une affection feinte.

— À toi, je peux bien le dire. Je vais me réconcilier avec Colleoni. Eux, je ne peux pas m'y fier. Ils sont violents. Toi et moi, nous allons arranger les choses.

— Moi, je suis pour la paix, dit Spicer ; toujours été pour la paix.

Le Gamin eut un sourire grimaçant en regardant à travers le pare-brise démoli la longue file embrouillée des voitures.

— C'est ça que je vais arranger, dit-il.

— Une paix durable, dit Spicer.

— Personne ne pourra rompre cette paix-là, assura le Gamin.

Le chant lointain mourut dans la poussière et dans le soleil fulgurant, sur une dernière mariée, un dernier bouquet, un mot qui sonnait comme « couronne ».

— Comment s'y prend-on pour se marier ? demanda le Gamin sans entrain – quand on est forcé de le faire vite ?

— Pas très facile pour toi, dit Spicer, y a ton âge.

Il fit grincer les vieux leviers de vitesses pour aborder la dernière côte qui les amenait à l'enceinte blanche, sur le sol crayeux, prés des grandes voitures de romanichels.

— Faudra que j'y réfléchisse.

— Réfléchis vite, dit le Gamin, n'oublie pas que tu files ce soir !

— C'est pourtant vrai, dit Spicer.

Son départ le rendait un peu sentimental.

— Par le train de 8 h 10. Je voudrais que tu voies cette auberge. Tu seras le bienvenu. C't'une belle ville, Nottingham. Ça va être épatant de se reposer quelque temps. L'air est bon, et tu iras loin pour trouver un bitter comme celui qu'on te servira à l'Ancre-Bleue.

Il grimaça :

— J'oubliais que tu ne bois jamais.

— Amuse-toi bien, dit le Gamin.

— Tu seras toujours bien accueilli, Pinkie.

Ils garèrent la vieille bagnole dans le parc et sortirent. Le Gamin passa le bras sous celui de Spicer. La vie était belle, tandis qu'ils longeaient ainsi l'extérieur du mur blanc inondé de soleil, qu'ils dépassaient les camions aux haut-parleurs, et l'adventiste du septième jour, pour se diriger vers la plus aiguë de toutes les sensations : infliger la souffrance.

— Tu es un chic type, Spicer, disait le Gamin en lui serrant le bras.

Et Spicer se mit à lui raconter d'une voix basse, confiante, amicale, tout ce qu'il savait de l'Ancre-Bleue.

— Ce n'est pas une gérance, disait-il, ils sont connus. J'ai toujours pensé que quand j'aurais fait assez de fric, je me mettrais avec mon copain. Il veut encore que j'y aille. J'ai failli y aller quand ils ont tué Kite.

— Tu prends peur facilement, hein ? dit le Gamin.

Les haut-parleurs leur disaient sur qui ils devaient miser, et des enfants de romanichels poursuivaient à grands cris un lapin à travers la craie piétinée. Ils s'enfoncèrent dans le tunnel qui plonge sous la piste et reparurent à la lumière, sur l'herbe courte et grise qui, depuis les petites villas, conduit jusqu'à la mer. De vieux prospectus de books pourrissaient sur la craie : « Berker se charge de vos paris », avec un visage suffisant, souriant, non conformiste, imprimé en jaune : « Ne vous en faites pas, je paie », et de vieux bulletins de PMU disséminés parmi les plantains rabougris. Par la barrière de fils de fer, ils pénétrèrent dans l'enceinte à une demi-couronne.

— Prends un verre de bière, Spicer, dit le Gamin en le poussant en avant.

— Ma foi, tu es bien gentil, Pinkie, je ne dis pas non.

Et pendant qu'il buvait près des tréteaux, le Gamin regardait l'alignement des bookmakers. Il y avait Berker et Macpherson, et George Beale (la Vieille Maison), et Bob Tavell, de Clapton, tous visages bien connus, empreints de charlatanisme et de fausse bonne humeur. Les deux premières courses avaient été courues : il y avait de longues queues aux guichets du PMU. Le soleil éclairait la tribune blanche de Tattersall, de l'autre côté du champ, et quelques chevaux caracolaient vers le départ.

— Voilà *Général-Bourgogne* qui passe, il est nerveux, dit un homme.

Et il partit vers la baraque de Bob Tavell pour se couvrir.

Les bookmakers effaçaient et changeaient les cotes à mesure que les chevaux passaient, leurs sabots frappant le turf d'un choc mat comme le bruit des gants de boxe.

— Est-ce que tu vas te risquer ? demanda Spicer, en finissant sa bière, lançant vers les books une haleine un peu gazeuse, chargée de malt.

— Je ne joue jamais, dit le Gamin.

— C'est ma dernière chance, dit Spicer, dans ce bon vieux Brighton, j'aimerais assez risquer deux livres. Pas plus. J'garde mon fric pour Nottingham.

— Vas-y, dit le Gamin, profite de ton reste.

Ils descendirent la rangée des bookmakers jusqu'à la baraque de Brewer : il y avait un tas d'hommes autour.

— Il fait de bonnes affaires, dit Spicer. As-tu vu *Merry Monarch* ? Il monte.

Et, pendant qu'il parlait, tout le long de la rangée, les books effaçaient le seize contre un.

— Dix, dit Spicer.

— Profite de ton reste, répéta le Gamin.

— Pourquoi ne pas faire travailler la vieille firme ? dit Spicer, dégageant son bras et se dirigeant vers le guichet de Tate.

Le Gamin sourit. Facile comme bonjour.

— *Memento Mori*, dit Spicer, arrivant sa carte à la main. Quel drôle de nom pour un cheval ! Cinq contre un, placé. Qu'est-ce que ça veut dire : *Memento Mori* ?

— C'est en langue étrangère, dit le Gamin. *Black Boy* baisse.

— J'aurais dû me couvrir avec *Black Boy*, dit Spicer, il y a une femme là-bas qui dit qu'elle a misé vingt-cinq livres sur *Black Boy*. Ça m'a l'air cinglé. Mais imagine qu'il arrive premier ! Mon Dieu, tout ce que je pourrais faire avec deux cent cinquante livres ! Je prendrais une part de l'Ancre-Bleue tout de suite. Tu ne me verrais plus jamais ici, dit-il, les yeux fixés sur le ciel étincelant, sur la poussière qui couvrait le champ de courses, les cartes de paris déchiquetées et l'herbe courte, et plus loin, sous la dune, la sombre et lente mer.

— *Black Boy* ne gagnera pas, dit le Gamin ; qui est-ce qui a mis un pony[1] sur lui ?

— Une poule quelconque. Elle était là-bas, au bar. Pourquoi ne mets-tu pas cinq billets sur *Black Boy* ? Parie donc une fois, c'est une grande occasion.

— Quelle grande occasion ? dit vivement le Gamin.

— Je ne sais plus, dit Spicer, l'idée de mes vacances m'a tellement requinqué qu'il me semble que tout le monde a quelque chose à fêter.

— Si j'avais quelque chose à fêter, dit le Gamin, je ne me servirais pas de *Black Boy* ; c'était le favori de Fred. Il disait qu'un jour ce cheval-là gagnerait le Derby. Je ne trouve pas qu'c'est un cheval qui porte chance.

Mais il ne pouvait s'empêcher de le regarder passer au petit galop près des barrières : un peu trop neuf, un peu trop nerveux.

Tout en haut de la tribune à une demi-couronne, un homme fit signe à Bob Tavell, de Clapton, et un petit juif minuscule, qui étudiait à l'aide de lorgnettes l'enceinte à dix shillings, se mit brusquement à fendre l'air de ses bras pour attirer l'attention de la Vieille Firme.

---

1. *Pony*, argot : 25 livres sterling.

— Là, dit le Gamin, qu'est-ce que je t'avais dit ? *Black Boy* est de nouveau sorti.

« Cent contre huit, *Black Boy*, cent contre huit ! » appela le représentant de George Beale, et « Ils sont partis », dit quelqu'un. Les gens se ruèrent hors de la buvette jusqu'aux barrières, transportant leurs verres de bière et leurs petits pains aux raisins. Berker, Macpherson, Bob Tavell, tous effacèrent les enjeux sur leurs planches, mais la Vieille Firme resta solide jusqu'au bout ; « À cent contre six, *Black Boy* » ; tandis que, du haut de la tribune, le petit juif faisait des signaux maçonniques. Les chevaux arrivèrent en paquet, avec un bruit strident comme du bois qui se fend, puis disparurent.

— *Général-Bourgogne*, dit quelqu'un.

Et quelqu'un d'autre dit :

— *Merry Monarch*.

Les buveurs de bière retournèrent à leurs tréteaux et burent un autre verre, les bookmakers affichèrent les noms des chevaux engagés dans la course de quatre heures et commencèrent à inscrire quelques cotes.

— Là, dit le Gamin, qu'est-ce que je t'avais dit ? Fred n'a jamais distingué un bon cheval d'une rosse. Cette idiote de poule a perdu vingt-cinq livres. Pas un jour de veine pour elle. Pourquoi...

Mais le silence et l'inaction qui suivent la fin d'une course avant que les résultats soient affichés au tableau avaient quelque chose de déconcertant. Les gens faisaient la queue devant la porte du P M U ; sur le champ de courses, tout s'était brusquement immobilisé, dans l'attente du signal que tout allait recommencer : dans le silence, on pouvait entendre un lointain hennissement de cheval, là-bas, au pesage. Dans ce calme et dans cette lumière, une sensation de malaise étreignit le Gamin. Sa maturité assumée et aigrie, son expérience concentrée, limitée aux bas-fonds de Brighton, l'abandonnèrent tout d'un coup. Il aurait bien voulu avoir Cubitt avec lui et Dallow. Il avait trop d'affaires à régler tout seul, pour un garçon de dix-sept ans. Il ne s'agissait pas seulement de Spicer.

Le lundi de la Pentecôte, il avait déclenché une chose qui n'avait pas de fin. La mort n'était pas une fin ; l'encensoir se balançait et le prêtre levait l'hostie, et le haut-parleur annonçait les gagnants : « *Black-Boy, Memento Mori, Général-Bourgogne.* »

— Nom de Dieu ! s'écria Spicer, j'ai gagné ! *Memento Mori* est placé !

Et se rappelant ce qu'avait dit le Gamin :

— Et elle aussi a gagné ! Vingt-cinq livres. Quelle veine ! Qu'est-ce que tu dis de *Black Boy* ?

Pinkie gardait le silence. Il pensait : « Le cheval de Fred. Si j'étais un de ces types ballots qui touchent du bois, qui jettent du sel et refusent de passer sous des échelles, je pourrais avoir peur de… »

Spicer lui tirait la manche.

— J'ai gagné, Pinkie. Dix livres ! Qu'est-ce que tu dis de ça ?

« ... de m'obstiner à faire ce que j'ai minutieusement préparé. »

Quelque part, un peu plus bas dans l'enceinte, il entendit un rire de femme, un rire gras et confiant : c'était peut-être la poule qui avait mis un pony sur le cheval de Fred. Il se tourna vers Spicer avec un venin secret, une cruauté qui raidissait tout son corps autant que peut le faire le désir charnel.

— Oui, dit-il, en passant le bras autour de l'épaule de Spicer, tu devrais aller chercher ton argent maintenant.

Ils partirent ensemble vers la baraque de Tate. Un jeune homme aux cheveux cosmétiqués était debout sur une marche de bois et distribuait l'argent. Tate lui-même était là-bas dans la tribune à dix shillings, mais ils connaissaient tous les deux Samuel. Spicer lui cria amicalement en avançant vers lui :

— Alors, Sammy, c'est le moment de payer.

Samuel les regardait, Spicer et le Gamin, avancer sur la pelouse courte et rasée, bras dessus, bras dessous, comme de très vieux amis. Une demi-douzaine d'hommes formaient un groupe et attendaient ; le dernier créancier s'éclipsa ; ils attendirent en silence ; un petit homme qui tenait un livre de comptes sortit le bout de sa langue et lécha sa lèvre écorchée.

— Tu as de la chance aujourd'hui, Spicer ! dit le Gamin en lui serrant le bras. Profite bien de tes dix livres.

— Tu ne me dis pas tout de suite au revoir ? demanda Spicer.

— Je n'attends pas la course de 4 h 30. Je ne te reverrai pas.

— Eh ben ! et Colleoni ? dit Spicer. Je croyais que toi et lui...

Les chevaux passèrent au petit galop pour prendre un autre départ. Les cotes montaient. La foule qui se déplaçait vers le P M U leur laissa le chemin libre. Au bout du sentier, le petit groupe attendait.

— J'ai changé d'idée, déclara le Gamin, je verrai Colleoni à son hôtel. Va chercher ta galette.

Un homme sans chapeau, un de ces parasites des champs de courses les arrêta.

— Un tuyau pour la prochaine course. Rien qu'un shilling. J'ai vendu deux gagnants aujourd'hui.

Ses doigts de pied sortaient de ses chaussures.

— Profite donc toi-même de tes tuyaux ! lui lança le Gamin.

Spicer n'aimait pas les adieux ; il avait le cœur sentimental : il traînait ses pieds aux cors douloureux.

— Dis donc, remarqua-t-il en regardant jusqu'à la barrière au bout du sentier, chez Tate, ils n'ont pas encore affiché les gains.

— Tate a toujours été lent, lent à payer aussi. Fais-toi donner ton argent.

Il poussa Spicer en avant, la main sous son coude.

— Est-ce que quelque chose ne va pas ? demanda Spicer.

Il regarda les hommes qui attendaient : leurs regards le transperçaient.

— Allons, c'est les adieux, dit le Gamin.

— Tu te rappelles l'adresse, dit Spicer : l'Ancre-Bleue, tu te rappelles, Union Street. Envoie-moi les nouvelles. Je ne crois pas que moi j'en aurai beaucoup à t'envoyer.

Le Gamin leva la main comme pour taper amicalement le dos de Spicer, mais il la laissa retomber : les juifs attendaient en groupe serré.

— Peut-être, dit le Gamin.

Il se retourna : il n'y avait pas de fin à ce qu'il avait déclenché.

Une violente cruauté lui secoua les entrailles. Il leva de nouveau la main et caressa affectueusement le dos de Spicer.

— Je te souhaite bonne chance ! dit-il d'une voix aiguë, cassée, d'adolescent.

Et il lui caressa le dos une fois de plus.

D'un commun accord, les juifs les entourèrent. Il entendit Spicer crier : « Pinkie ! » et le vit tomber : une bottine à gros clous se souleva et il sentit la souffrance couler le long de sa propre nuque, comme du sang.

D'abord la surprise fut bien pire que la douleur (une ortie l'aurait piqué aussi fort).

— Imbéciles, dit-il, ce n'est pas moi, c'est lui que vous cherchez !

Et en se retournant, il vit les faces sémitiques l'entourer d'un cercle. Ils ricanaient en le regardant : chaque homme avait sorti son rasoir, et il se rappela pour la première fois le rire de Colleoni au téléphone. Au premier signe de querelle, la foule s'était écartée ; il entendait Spicer qui appelait :

— Pinkie ! Au secours !

Sans qu'il en pût rien voir, une lutte obscure atteignait son point culminant. Il avait d'autres choses à surveiller : les longs rasoirs des coupe-jarrets où s'accrochaient les rayons obliques du soleil sombrant de l'autre côté des dunes, vers Shoreham. Il mit sa main dans sa poche pour chercher sa lame, et l'homme qui lui faisait directement face se pencha et lui taillada les doigts. Il connut la douleur, et il fut rempli de surprise et d'horreur, comme si l'un des gosses qu'il martyrisait à l'école l'avait frappé le premier, de sa pointe de compas.

Ils ne faisaient aucun effort pour venir l'achever. Il leur criait en sanglotant :

— J'aurai la peau de Colleoni pour ça.

Il hurla : « Spicer ! » deux fois, avant de se rappeler que Spicer ne pouvait pas répondre. Le gang s'amusait comme il s'était lui-même amusé. L'un d'eux se pencha en avant pour lui fendre la joue et, lorsqu'il leva la main pour se protéger, ils lui tailladèrent les doigts de nouveau. Il se mit à pleurer tandis que la course de 4 h 30 passait de l'autre côté de la barrière, dans le roulement de tambour des sabots.

Soudain, de la tribune, quelqu'un cria : « Les flics ! » et tous se mirent en mouvement, avançant vivement vers lui, en tas. L'un d'eux lui donna des coups de pied dans la cuisse ; il saisit un rasoir à pleine main et se coupa jusqu'à l'os. Ensuite, ils s'éparpillèrent au moment où les hommes de la police gagnaient les limites du champ de courses, ralentis par leurs lourdes chaussures, et le Gamin leur échappa. Quelques agents le suivirent au-delà des grilles et jusqu'en bas de la dune, dans la direction des maisons et de la mer. Tout en courant, il pleurait, boitant de la jambe qui avait reçu le coup de pied ; il essayait même de prier. On peut être encore sauvé entre « l'étrier et le sol », mais on ne peut être sauvé sans se repentir, et il n'avait pas le temps, en dévalant la dune crayeuse, de ressentir le moindre remords. Il courait maladroitement, trébuchant, le sang tombant goutte à goutte de son visage et de ses deux mains.

Deux hommes seulement le poursuivaient encore et ils ne le poursuivaient que pour s'amuser, le chassant de la voix comme ils auraient chassé un chat. Il atteignit les premières maisons du bas de la côte, mais il n'y avait personne nulle part. Les courses avaient vidé toutes les maisons ; il ne restait que les pavages en pierres plates, les petites pelouses, les portes en verre de couleur et une tondeuse à gazon abandonnée sur une allée de gravier. Il n'osait pas se réfugier dans une maison ; le temps de sonner et d'attendre qu'on vienne, ils l'auraient rattrapé. Maintenant, il avait sorti sa lame de rasoir, mais jamais il ne s'en était servi contre un ennemi armé. Il dut se cacher, laissant une trace de sang le long de la route.

Les deux hommes étaient hors d'haleine ; ils avaient gaspillé leur souffle en rires, et le Gamin avait des poumons jeunes. Il prit de l'avance. Il enveloppa sa main dans un mouchoir et tint sa tête en arrière pour faire couler le sang à l'intérieur de ses vêtements. Il tourna un coin et entra dans un garage vide avant qu'ils l'eussent rattrapé. Il se tint caché dans cet abri sombre, son rasoir à la main, et là essaya de se repentir. Il pensait : « Spicer, Fred », mais ses pensées ne l'emportaient pas au-delà du tournant où ses ennemis pouvaient reparaître : il s'aperçut qu'il n'avait pas la force de se repentir.

Et quand, beaucoup plus tard, le danger sembla passé, et qu'une longue obscurité tomba sur ses mains, ce n'était pas à l'éternité qu'il songeait, mais à sa propre humiliation. Il avait pleuré, supplié, fui ;

Dallow et Cubitt allaient l'apprendre. Qu'arriverait-il désormais à la bande de Kite ? Il essaya de penser à Spicer, mais le monde matériel l'en empêchait. Il ne pouvait mettre d'ordre dans ses pensées. Debout, les genoux faibles, il s'appuyait au mur de ciment, sa lame toute prête, et guettait le coin. Quelques personnes passèrent : venu de la Palace Pier, un très vague bruit de musique mordit son cerveau comme un abcès ; les lumières s'allumèrent dans la rue bourgeoise, stérile et bien ordonnée.

Le garage n'avait jamais été employé comme garage ; on en avait fait une sorte de hangar à outils ; de petites pousses vertes rampaient comme des chenilles sur des caisses basses remplies de terre ; une pelle, une tondeuse rouillée, et tous les débarras pour lesquels le propriétaire n'avait pas trouvé de place dans la minuscule maison ; un cheval à bascule démoli, une voiture d'enfant convertie en brouette, une pile de vieux disques : *Alexander's Rag Time Band, Emballez vos soucis, Si vous étiez la seule fille du monde* ; tout cela gisait au milieu des truelles, de ce qui restait du dallage de fantaisie, avec une poupée qui n'avait plus qu'un œil de verre et dont la robe était souillée d'humus. Il examina le tout d'un regard rapide, la lame de rasoir prête ; le sang se coagulait sur son cou, tombait goutte à goutte de sa main, d'où le mouchoir avait glissé. Le type inconnu qui était propriétaire de cette maison verrait ceci s'ajouter à ses possessions : une petite tache qui séchait sur le sol de ciment.

Qui que pût être ce propriétaire, il était venu de loin pour échouer là. La voiture-brouette était couverte d'étiquettes – vestiges d'innombrables voyages par le chemin de fer : Doncaster, Lichfield, Clapton (ça, c'était sans doute des vacances, l'été), Ipswich, Northampton. Arrachées sans soin pour le voyage suivant, elles avaient laissé, dans la couche épaisse qui restait, une trace à laquelle on ne pouvait se méprendre. Et cette petite villa, au-dessous du champ de courses, avait été le meilleur point d'arrivée qu'il avait pu trouver. On ne pouvait douter qu'il ne fût parvenu à la fin de son voyage, que cette demeure hypothéquée n'en fût le bout ; ce tas de rebut n'irait jamais plus loin, comme sur la plage une ligne de débris fixe la limite de la marée.

Et le Gamin le haïssait. Il était sans nom, sans visage, mais le Gamin les haïssait, lui, la poupée, la voiture d'enfant, le cheval à bascule démoli. Les petites plantes qui pointaient l'irritaient comme de l'ignorance. Il avait faim, il était faible et tout ébranlé. Il avait connu la souffrance et la peur.

Maintenant, évidemment, le moment était venu, pendant que le soir descendait jusqu'au fond, le moment de faire sa paix. Entre l'étrier et le sol, le temps manque ; on ne peut en un instant briser l'habitude de la pensée ; l'habitude vous serre de près même pendant que vous mourez, et il se rappelait Kite, lorsque les autres l'avaient descendu à la gare Saint Pancras, agonisant dans la salle d'attente, tandis qu'un porteur qui versait du poussier dans la grille éteinte parlait tout le temps des mioches de quelqu'un.

Quant à Spicer, les pensées du Gamin revenaient à lui, inévitablement, avec un sentiment de délivrance. « Ils ont eu Spicer. » Il était impossible de se repentir d'une chose qui lui rendait la sécurité. La femme indiscrète n'avait plus désormais de témoin, sauf Rose, et il allait s'occuper de Rose ; alors seulement, quand il serait tout à fait tranquille, il pourrait commencer à songer à faire sa paix, à rentrer au bercail, et son cœur s'amollit d'une vague nostalgie pour la toute petite boîte sombre du confessionnal, la voix du prêtre et les gens qui attendent sous la statue, devant les lumières brillantes qui se consument dans les verres roses, qu'on les délivre des souffrances éternelles. Jadis, les souffrances éternelles ne représentaient pas grand-chose pour lui ; maintenant, cela représentait des lames de rasoir qui vous tailladent éternellement.

Il se glissa hors du garage. La rue neuve et nue, coupée dans la craie, était vide, à l'exception d'un couple étroitement enlacé, en dehors de la lumière du réverbère, contre une palissade. Ce spectacle le blessa d'un frisson aigu de nausée et de cruauté. Il passa près d'eux en boitant, sa main blessée refermée sur le rasoir, sachant que sa virginité cruelle exigeait une satisfaction différente de la satisfaction brutale, brève et machinale qui était la leur.

Il savait où il allait. Il ne rentrerait pas chez Frank dans cet état, avec sur ses vêtements les toiles d'araignée du garage, sur son visage et ses mains les entailles de la défaite. On dansait au grand air sur le pont de pierre blanche au-dessus de l'Aquarium, et il descendit sur la plage, où il était bien seul, les algues mortes apportées là par les bourrasques de l'hiver dernier craquant sous ses chaussures. Il entendait au loin la musique de *Celle que j'aime*. « Enveloppe ça dans de la cellophane, pensa-t-il, mets-le dans du papier d'argent. » Un papillon de nuit qui s'était blessé contre une des lampes rampait le long d'un morceau de bois flotté et le Gamin le délivra de la vie en l'écrasant sous son soulier crayeux. Un jour... un jour... Il avançait en boitant sur le sable, cachant sa main saignante, en jeune dictateur. Il était à la tête de la bande de Kite ; aujourd'hui n'avait été qu'une défaite passagère. La confession, quand il serait tranquille, pour effacer tout. La lumière jaune de la lune tombait en oblique sur Hove, dessinait le carré parfait de la place Régence, et le Gamin rêvait tout éveillé, en boitillant sur le sable sec inaccessible aux marées, près des cabines de bains fermées : « Je ferai don d'une statue. »

Il quitta le sable juste après la Palace Pier pour grimper sur l'Esplanade, qu'il traversa péniblement.

Le Restaurant Snow était tout illuminé. Une radio jouait. Il resta à l'extérieur, sur le trottoir, jusqu'à ce qu'il pût voir Rose servir à une table tout près de la fenêtre ; alors, il s'approcha et pressa son visage contre la vitre. Elle le vit tout de suite ; son regard appuyé déclencha une réponse dans le cerveau de la jeune fille aussi vite que s'il avait formé un numéro sur un téléphone automatique. Il retira sa main de sa poche, mais son visage blessé suffit à faire naître l'angoisse de Rose. Elle essaya de lui dire quelque chose à travers la vitre : il ne put la comprendre ; c'était comme s'il écoutait une langue étrangère. Elle dut répéter trois fois : « Passez par-derrière » avant qu'il pût lire le mouvement de ses lèvres. La douleur de sa jambe empirait ; il fit en se traînant le tour du bâtiment et, au moment où il arrivait, une voiture passa, une Lancia, un chauffeur en uniforme, et Mr Colleoni – Mr Colleoni en smoking, avec un gilet blanc, mollement adossé aux coussins et qui souriait au visage d'une vieille dame en soie violette. Ou peut-être n'était-ce pas du tout Mr Colleoni (il était passé d'un mouvement si rapide et si moelleux !), mais n'importe quel juif riche entre deux âges retournant au Cosmopolitain après un concert au Pavillon.

Le Gamin se pencha pour regarder par la fente de la boîte aux lettres, à la porte de derrière ; Rose descendait le couloir, vers lui, les poings serrés et un air de colère sur la figure. Il perdit un peu de sa confiance : « Elle a déjà vu, pensa-t-il, que j'avais l'air vaincu. » Il avait toujours su qu'une fille regarde vos chaussures, votre veston. « Si elle me renvoie, pensa-t-il, j'écrase cette bouteille de vitriol... » Mais lorsqu'elle ouvrit la porte, elle était aussi niaise, aussi dévouée que jamais.

— Qui vous a fait ça ? chuchota-t-elle. Si je pouvais le tenir !

— Ne t'inquiète pas ! dit le Gamin, et il fanfaronna pour s'exercer. Je m'en charge.

— Votre chère figure !

Il se rappela avec dégoût qu'on dit toujours qu'elles aiment les cicatrices, qu'elles les considèrent comme une marque de virilité, de puissance.

— Y a-t-il un endroit, demanda-t-il, où je puisse me laver ?

Elle chuchota :

— Venez vite. Par là, c'est la cave.

Et elle le mena dans un petit cabinet où passaient les tuyaux d'eau chaude et où quelques bouteilles gisaient sur un petit coffre.

— Est-ce que personne ne va venir ? demanda-t-il.

— Aucun client ne commande de vin, répondit-elle. Nous n'avons pas de licence. C'est ce qui restait quand nous avons acheté. La gérante le boit pour sa santé.

Chaque fois qu'elle parlait de Snow, elle disait *nous* avec une nuance d'orgueil.

— Asseyez-vous, dit-elle. Je vais chercher de l'eau. Il faut que j'éteigne la lumière, sans ça on nous verra.

Mais la lune éclairait assez la pièce pour que tout fût visible ; il pouvait même lire les étiquettes des bouteilles : « vins de l'Empire », « vin blanc d'Australie », « bourgogne d'année ».

Elle ne resta absente que quelques minutes, mais à peine revenue, se mit à s'excuser humblement : « Quelqu'un demandait son addition et la cuisinière la surveillait. » Rose rapportait un bol à pudding en faïence blanche plein d'eau très chaude et trois mouchoirs.

— C'est tout ce que j'ai ! dit-elle en les déchirant. Le linge n'est pas rentré du blanchissage.

Et elle ajouta d'une voix ferme, en tamponnant la longue coupure profonde, comme une ligne tracée à l'aide d'une épingle le long de son cou :

— Si je les tenais...
— Bavarde pas tant ! dit-il.

Et il lui tendit sa main tailladée. Le sang commençait à se coaguler ; elle le pansa maladroitement.

— Est-ce qu'il est encore venu des gens pour te poser des questions ?
— L'homme qui était avec la femme.
— Un flic ?
— Je n'crois pas. Il a dit qu'il s'appelait Phil.
— On croirait que c'est toi qui as posé les questions.

— Ils vous racontent tous des choses.

— Je ne comprends pas. Qu'est-ce qu'ils peuvent bien vouloir si c'est pas des flics ? (Il allongea sa main intacte et lui pinça le bras.) Tu ne leur dis rien ?

— Rien du tout ! dit-elle, et elle le regardait dans l'ombre avec adoration. Avez-vous eu peur ?

— Ils ne peuvent m'accuser de rien.

— Je veux dire quand ils vous ont fait ça ! reprit-elle, en touchant sa main.

— Peur ?

Il mentit :

— Bien sûr que non, j'ai pas eu peur !

— Pourquoi ont-ils fait ça ?

— Je t'ai dit de ne pas me questionner.

Il se leva, en chancelant sur sa jambe meurtrie.

— Brosse mon veston. Je ne peux pas sortir comme ça. Faut que j'aie l'air convenable.

Il s'appuya contre le bourgogne d'année pendant qu'elle l'époussetait du plat de la main. Le clair de lune soulignait d'ombre la pièce, le petit coffre, les bouteilles, les étroites épaules, le visage lisse et apeuré de l'adolescent.

Il sentait combien il avait peu envie de retrouver la rue, de retourner chez Frank pour recommencer avec Cubitt et Dallow leurs interminables calculs sur la prochaine décision à prendre. La vie était une série d'exercices compliqués de stratégie, aussi délicats que les alignements de Waterloo, et qui s'élaboraient sur un lit de cuivre, au milieu des miettes de sandwiches à la saucisse. On a des habits qui ont perpétuellement besoin d'être repassés, Cubitt et Dallow se disputent ou bien Dallow court après la femme de Frank ; la vieille boîte du téléphone sous l'escalier ne cesse de sonner, et les suppléments de nourriture qu'on réclame sans arrêt sont montés et jetés sur leur lit par Judy qui fume trop et réclame des pourboires, pourboires, pourboires. Comment dans ces conditions imaginer une stratégie plus vaste ? Il fut brusquement saisi de nostalgie, du désir de rester dans la petite pièce-placard, dans le silence, la lumière pâle éclairant le bourgogne d'année. Être seul un moment...

Mais il n'était pas seul. Rose mit une main sur la sienne et lui demanda peureusement :

— Ils ne vous attendent pas dehors, au moins ?

Il s'écarta et plastronna :

— Ils ne m'attendent nulle part. Ils en ont reçu plus qu'ils ne m'en ont donné. Avec moi, ils n'ont pas gagné, ils n'ont eu que ce pauvre Spicer.

— Le pauvre Spicer ?

— Le pauvre Spicer est mort.

Et, au moment même où il parlait, un rire bruyant venu du restaurant leur parvint par le couloir, un rire de femme chargé de bière et de bonne camaraderie, exempt de regrets.

— *Elle* est revenue, dit le Gamin.

— C'est sûrement elle.

Ce rire s'était fait entendre en cent endroits : les yeux secs, sans souci, prenant les choses du bon côté, quand les bateaux sortent du port et pendant que les autres pleurent ; ce rire qui scande les plaisanteries obscènes au music-hall ; au chevet des malades et dans les compartiments bondés des trains de la côte sud ; quand le cheval gagnant n'est pas le bon, un rire de bonne joueuse.

— Elle me fait peur ! chuchota Rose. Je ne sais pas ce qu'elle veut.

Le Gamin l'attira vers lui : manœuvrer, manœuvrer. Jamais le temps de faire de la bonne stratégie ; et dans la grise pénombre nocturne, il put voir le visage de Rose se tendre pour un baiser. Il hésita, plein de répulsion : manœuvres, manœuvres. Il avait envie de la battre, de la faire crier, mais il l'embrassa de façon peu experte, en ratant ses lèvres. Il éloigna d'elle sa bouche crispée et dit :

— Écoute.

— Vous n'avez pas encore eu beaucoup de filles, n'est-ce pas ? dit-elle.

— Mais si, j'en ai eu ! Mais écoute...

— Moi, vous êtes mon premier ; je suis bien contente...

Lorsqu'elle eut dit cela, il se remit à la détester. Elle n'était même pas une chose dont il pût être fier. Son premier. Il n'avait volé personne, il n'avait pas de rival, personne d'autre ne la regardait. Ni Cubitt, ni

Dallow ne lui auraient accordé un coup d'œil : ses cheveux naturels et sans couleur, sa simplicité, les vêtements bon marché qu'il sentait sous sa main. Il la haïssait comme il avait haï Spicer et cela le rendit circonspect ; il lui pressa les seins gauchement, de ses paumes, en assumant avec un farouche opportunisme la passion d'un autre homme, et il pensa : « Ce ne serait pas aussi moche si elle était un peu pomponnée, un peu de fard et de henné ; mais en être là : le plus pauvre, le plus jeune, le plus inexpérimenté des jupons de tout Brighton ; être en son pouvoir, *moi !* »

— Oh ! mon Dieu ! dit-elle. Que tu es gentil pour moi, Pinkie. Je t'aime.

— Tu ne me donnerais pas... à elle ?

Dans le couloir, quelqu'un cria :

— Rose !

Une porte claqua.

— Il faut que je parte ! dit-elle. Qu'est-ce que vous voulez dire par « vous donner » ?

— Ce que je dis. Bavarder, lui dire qui a laissé cette carte. Que ce n'était pas qui tu sais.

— Je ne lui dirai pas.

Un autobus passa dans la rue de l'Ouest ; ses lumières entrèrent par une petite fenêtre à barreaux et vinrent frapper le visage blanc et résolu de Rose ; elle était comme une enfant qui croise les pouces et s'engage par un serment secret. Elle ajouta d'une voix douce : « Ce que tu as fait, ça m'est égal », comme elle aurait affirmé qu'une vitre cassée ou un mot barbouillé à la craie sur la porte d'un voisin la laissait indifférente. Il resta sans voix, une certaine révélation de l'astuce qui se cachait derrière cette simplicité, la longue expérience de ses seize années, les profondeurs possibles de son amour fidèle, le touchèrent comme une musique facile, tandis que la lumière passait d'une pommette de Rose à l'autre, puis traversait la surface du mur, au moment où des freins grincèrent au-dehors.

Il lui dit :

— Que veux-tu dire ? Je n'ai rien fait.

— Je ne le sais pas ! répondit-elle. Et ça m'est bien égal.

— Rose ! cria une voix. Rose !

— C'est elle ! dit Rose. Je suis sûre que c'est elle. Pleine de questions. Douce comme miel. Qu'est-ce qu'elle peut savoir de *nous* ?

Elle s'approcha de lui :

— Moi aussi, dit-elle, j'ai fait quelque chose, autrefois. Un péché mortel. Quand j'avais douze ans. Mais elle, elle ne sait pas ce que c'est qu'un péché mortel.

— Rose ! où êtes-vous ? Rose !

L'ombre du visage de seize ans bougea sur le mur, dans le clair de lune.

— Ce qui est juste, ce qui est injuste. Voilà de quoi elle parle. Je l'ai entendue à table. Le juste et l'injuste. Comme si elle savait. (Son murmure se faisait méprisant.) Oh ! elle, elle ne brûlera pas. Elle ne pourrait pas brûler, même si elle essayait. (On aurait dit qu'elle parlait d'une fusée de feu d'artifice mouillée.) Molly Carthew a brûlé. Elle était ravissante. Elle s'est suicidée. Désespoir. Ça, c'est un péché mortel. C'est impardonnable. À moins que... Qu'est-ce que tu disais sur l'étrier ?

Il le lui répéta à contrecœur :

— L'étrier et le sol. Aucun rapport.

— Ce que tu as fait, insista-t-elle, est-ce que tu t'en es confessé ?

Il répondit évasivement, sombre figure obstinée, en appuyant sa main bandée sur un baril de vin du Rhin :

— Je n'ai pas entendu la messe depuis des années.

— Ça m'est bien égal, répéta-t-elle. J'aime mieux brûler avec toi que de lui ressembler, à *elle*.

Sa voix, qui muait encore, se brisa sur les mots : « Elle est ignorante. »

— Rose !

La porte en s'ouvrant révéla leur cachette. Une surveillante en uniforme vert olive, des binocles suspendus à un bouton sur sa poitrine, apportant avec elle la lumière, les voix, la radio, le rire, dispersa la sombre théologie qui les liait.

— Enfant, dit-elle, que faites-vous ici ? Et qui est cet autre enfant ? ajouta-t-elle en essayant de voir la mince silhouette dans l'ombre.

Mais lorsqu'il s'avança dans la lumière, elle se reprit :

— Ce jeune garçon.

Son œil parcourut la rangée de bouteilles pour les compter.

— Il ne faut pas faire entrer vos amoureux ici.

— Je pars, dit le Gamin.

Elle le regarda avec méfiance et antipathie ; les toiles d'araignée n'avaient pas toutes disparu.

— Si vous n'étiez pas aussi jeune, dit-elle, j'appellerais la police.

Il dit, avec le seul éclair d'humour qu'il eût jamais montré :

— J'aurais un alibi.

— Quant à vous (la surveillante se tourna vers Rose), nous en reparlerons plus tard.

Elle regarda le Gamin sortir du réduit et dit avec dégoût :

— Vous êtes tous les deux trop jeunes pour ce genre de choses.

Trop jeunes ! Voilà bien la difficulté. Spicer était mort sans avoir résolu cette difficulté. Trop jeune pour lui fermer la bouche par le mariage ; trop jeune, si les choses en venaient là, pour empêcher que la police ne l'appelât à la barre des témoins. Pour témoigner que... mon Dieu, pour dire que Hale n'avait jamais laissé cette carte, que c'était Spicer qui l'avait déposée, que lui-même était venu et l'avait cherchée à tâtons sous la nappe. Elle se rappelait même ce détail... La mort de Spicer ajouterait des soupçons. Il fallait fermer la bouche de Rose d'une manière ou d'une autre ; il fallait qu'il retrouvât la paix.

Il grimpa lentement l'escalier vers sa chambre-studio de chez Frank. Il avait le sentiment qu'il perdait pied, le téléphone sonnait obstinément et, tout en perdant pied, il commençait à se rendre compte de toutes les choses qu'il n'avait pas pu apprendre en si peu d'années. Cubitt sortit d'une pièce du rez-de-chaussée, la joue gonflée parce qu'il mangeait une pomme, un couteau de poche cassé à la main.

— Non, répondit-il au téléphone, Spicer n'est pas là. Pas encore rentré.

Du palier du premier étage, le Gamin appela :

— Qui demande Spicer ?

— Elle a raccroché.

— Qui était-ce ?

— Je ne sais pas. Une de ses poules. Il a le béguin pour une souris qu'il rencontre à la Reine-de-Cœur. Où est Spicer, au fait, Pinkie ?

— Il est mort. Les hommes de Colleoni l'ont tué.

— Bon Dieu ! dit Cubitt.

Il ferma le couteau et cracha la pomme.

— J'avais bien dit que nous aurions dû laisser Brewer tranquille. Qu'est-ce que nous allons faire ?

— Montons, dit le Gamin. Où est Dallow ?

— Sorti.

Le Gamin entra le premier dans la chambre et alluma la seule lampe. Il pensait à la chambre de Colleoni au Cosmopolitain. Mais il faut bien commencer quelque part. Il dit :

— Vous avez encore mangé sur mon lit !

— C'est pas moi, Pinkie, c'est Dallow. Mais, Pinkie, ils t'ont tailladé, toi aussi !

De nouveau, le Gamin mentit :

— Je leur en ai fait autant.

Mais le mensonge est une faiblesse. Il n'avait pas l'habitude de mentir. Il ajouta :

— Pas la peine de nous exciter à cause de Spicer. C'était un dégonflard. Il vaut mieux qu'il soit mort. La fille de chez Snow l'a vu laisser la carte. Quand il sera enterré, eh bien ! personne n'ira l'identifier. Nous pourrions même le faire incinérer.

— Tu n'crois pas que les flics...

— J'ai pas peur des flics. C'est d'autres gens qui sont en train de fouiner.

— Ils ne peuvent pas contredire les docteurs.

— Tu sais que nous l'avons tué, et les docteurs savent que c'est une mort naturelle. Arrange ça si tu peux, moi, je n'peux pas. (Il s'assit sur le lit et balaya les miettes laissées par Dallow.) Spicer mort, ça nous donne de la sécurité.

— Peut-être que tu as raison, Pinkie. Mais qu'est-ce qui a amené Colleoni...

— Je suppose qu'il a eu peur que nous réglions le compte de Tate pendant la course. Je veux qu'on aille chercher Mr Prewitt. Je veux qu'il me combine quelque chose. C'est le seul avocat en qui nous pouvons nous fier par ici – si on peut se fier à lui.

— Qu'est-ce qui se passe, Pinkie ? Rien de sérieux ?

Le Gamin appuya sa tête en arrière contre le montant de cuivre.

— Après tout, peut-être que je vais me marier.

Cubitt se mit brusquement à rugir de rire, son immense bouche grande ouverte, montrant ses dents cariées. Derrière sa tête, le store à demi descendu cachait le ciel nocturne, ne révélant que les cheminées noires et phalliques dont la pâle fumée montait dans l'air éclairé par la lune. Le Gamin restait silencieux, les yeux fixés sur Cubitt, à écouter son rire comme s'il exprimait le mépris du monde entier.

Quand Cubitt s'arrêta, il lui dit :

— Va-t'en. Appelle Mr Prewitt au téléphone. Il faut qu'il vienne ici.

Son regard s'était arrêté sur le gland de bois qui tapait doucement la vitre au bout du cordon du store, derrière Cubitt, avec comme fond les cheminées dans le ciel nocturne du début de l'été.

— Il ne viendra pas ici.

— Il faut qu'il vienne. Je ne peux pas sortir comme ça.

Il toucha du doigt les endroits de son cou où les rasoirs l'avaient tailladé.

— J'ai encore des choses à régler.

— Polisson, va, dit Cubitt. Tu es encore jeune pour ce jeu.

Ce jeu ! Le souvenir du Gamin revint avec dégoût et curiosité vers le petit visage au rabais, offert à tout le monde, vers les bouteilles qui accrochaient le clair de lune sur le coffre et vers le mot brûler : « Brûler, brûler. » Que voulaient dire les gens par « ce jeu » ? Il savait tout en théorie, rien en pratique ; sa seule maturité consistait à connaître l'appétit sexuel des autres, des inconnus qui inscrivent leurs désirs sur les murs, dans les cabinets publics. Il connaissait les règles du jeu, mais il n'y avait jamais joué.

— Peut-être, dit-il, que nous n'en arriverons pas là. Mais va chercher Mr Prewitt. Il sait.

Mr Prewitt savait. On en était sûr dès qu'on l'apercevait. Il n'ignorait aucune rouerie, torsion, clause contradictoire, parole ambiguë. Sa figure jaune, rasée, d'homme mûrissant, portait les rides profondes des décisions légales. Il avait à la main une serviette en cuir marron et son pantalon rayé semblait un peu trop neuf pour le reste de sa personne. Il entra dans la pièce avec une cordialité fausse, une jovialité de banc des prévenus. Ses longues chaussures pointues vernies accrochaient la lumière. Tout en lui, de sa désinvolture jusqu'à sa jaquette, était flambant neuf, sauf lui-même, qui avait pris de l'âge dans les cours de justice, à force de victoires plus destructrices que des défaites. Il y avait acquis l'habitude de ne pas écouter ; d'innombrables rebuffades des magistrats la lui avaient enseignée. Il était plein d'excuses, de discrétion, de sympathie et aussi coriace que le cuir.

Le Gamin lui fit un signe de tête sans se lever du lit où il était assis.

— B'soir, Mr Prewitt !

Et Mr Prewitt sourit d'un air compréhensif, posa sa serviette sur le plancher et s'assit sur la chaise dure, à côté de la table de toilette.

— Quelle belle soirée ! dit-il. Oh ! mon Dieu, mon Dieu, vous avez fait la guerre ?

Sa sympathie n'était pas bon teint ; on aurait pu l'enlever de ses yeux, écaille par écaille, comme l'étiquette collée sur un antique outil de silex venant d'une vente aux enchères.

— C'est pas à propos de ça que je vous ai fait venir, dit le Gamin. Vous n'avez pas besoin d'avoir peur. Tout ce que je veux, c'est des renseignements.

— Aucun ennui, j'espère ? dit Mr Prewitt.

— Je veux éviter les ennuis. Si je voulais me marier, qu'est-ce qu'il faudrait que je fasse ?

— Attendre quelques années, répondit promptement Mr Prewitt, comme s'il annonçait son jeu aux cartes.

— La semaine prochaine, dit le Gamin.

— Le hic, remarqua Mr Prewitt, c'est que vous n'avez pas l'âge.

— C'est bien pour ça que je vous ai fait venir.

— Dans certains cas, dit Mr Prewitt, les gens donnent de faux actes de naissance. Je ne suggère pas, remarquez bien. Quel âge a la jeune fille ?

— Seize ans.

— Vous en êtes sûr ? Parce que si elle n'avait pas seize ans, vous pourriez être mariés à la Cathédrale de Canterbury par l'archevêque lui-même que ce ne serait pas légal.

— Ça va, ça va. Mais si nous donnons de faux âges, est-ce que nous pouvons être vraiment mariés ? Légalement ?

— Indissolublement.

— La police ne pourrait pas convoquer la fille ?...

— Pour la faire témoigner contre vous ? Pas sans son consentement. Naturellement, vous auriez commis un délit. Vous pourriez aller en prison. Et puis il y a d'autres difficultés.

Mr Prewitt se laissa aller en arrière contre la table de toilette, ses cheveux gris, lustrés, juridiques, frôlant le pot à eau, et il regarda attentivement le Gamin.

— Vous savez que je paie, dit ce dernier.

— D'abord, dit Mr Prewitt, il faut vous rappeler que cela prend du temps.

— Il ne faut pas que ça prenne longtemps.

— Voulez-vous vous marier à l'église ?

— Naturellement pas, dit le Gamin, ce n'est pas un vrai mariage.

— Tout de même vrai.

— Pas aussi vrai que quand le prêtre l'a prononcé.

— Vos sentiments religieux vous honorent, dit Mr Prewitt. Donc, si j'ai bien compris, ce sera un mariage civil. Vous pourriez obtenir une licence : quinze jours de résidence – vous pouvez les prouver – et un jour de préavis. S'il ne s'agit que de ces démarches, vous pouvez vous marier après-demain, dans votre propre quartier. Puis vient la difficulté suivante : un mariage de mineurs n'est pas chose aisée.

— Allez-y, je paierai.

— Il est inutile d'essayer simplement de dire que vous avez vingt et un ans. Personne ne vous croira. Mais si vous déclarez que vous avez dix-huit ans, on peut vous marier, pourvu que vous ayez le consentement de vos parents ou de votre tuteur. Vos parents vivent-ils ?

— Non.

— Qui est votre tuteur ?

— Je ne sais pas ce que vous voulez dire.

Mr Prewitt dit d'un air pensif :

— Nous pourrions arranger un tuteur. C'est assez risqué, mais enfin... Le mieux, c'est que vous ayez perdu tout contact avec lui. Il est parti dans le Sud africain en vous abandonnant. Nous pourrions faire de cela une très bonne chose, ajouta Mr Prewitt d'une voix douce. Lancé dans le monde dès l'âge le plus tendre, vous vous êtes frayé un chemin tout seul, bravement. (Ses yeux allaient de l'une à l'autre des boules d'angle du lit.) Nous demanderions la discrétion de l'état civil.

— Je ne savais pas que c'était si difficile, dit le Gamin. Peut-être que je pourrais m'arranger autrement.

— Avec du temps, dit Mr Prewitt, on vient à bout de tout.

Il découvrit en un sourire paternel ses dents couvertes de tartre.

— Dites un mot, mon garçon, et je vous fais marier. Fiez-vous à moi.

Il se leva ; son pantalon rayé semblait être celui d'un invité à une noce, loué pour la journée chez le fripier. Quand il traversa la pièce en souriant jaune, on aurait dit qu'il s'apprêtait à embrasser la mariée.

— Et maintenant, si vous voulez me donner une guinée pour la consultation, j'ai un ou deux petits achats... pour mon épouse...

— Êtes-vous marié vous-même ? dit le Gamin en s'animant brusquement.

Jamais l'idée ne lui serait venue que Prewitt... Son regard se fixa sur le sourire aux dents jaunes, le visage ridé, dévasté, fuyant, comme s'il lui avait été possible d'apprendre par ce visage...

— Mes noces d'argent l'an prochain, dit Mr Prewitt. Vingt-cinq ans à ce jeu !

Cubitt passa la tête par la porte et annonça :

— Je vais faire un tour.

Il ricanait.

— Où en est le mariage ?

— Il fait des progrès, de grands progrès, dit Mr Prewitt, en tapotant sa serviette de cuir comme il aurait caressé la joue ronde d'un enfant plein de promesses. Nous allons bientôt voir notre jeune ami avec une moitié.

« Attendez seulement que tout se tasse », pensait le Gamin, adossé à l'oreiller douteux, une chaussure posée sur l'édredon mauve ; pas un vrai mariage, rien qu'une chose qui lui ferme la bouche pendant quelque temps.

— À tout à l'heure ! dit Cubitt en rigolant au bout du lit.

Rose, sa petite figure londonienne en adoration, le goût douceâtre de la peau humaine, l'émotion dans la petite chambre noire, à côté du coffre de bourgogne d'année. Étendu sur son lit, il aurait voulu protester : « Pas encore » et « Pas avec elle... » Si cela devait arriver un jour, s'il devait suivre le reste des hommes dans ce jeu bestial, que ce fût lorsqu'il serait vieux, qu'il n'aurait plus rien à gagner, et avec une femme que d'autres hommes pourraient lui envier. Pas quelqu'un d'ingénu, de simple, d'aussi ignorant que lui-même.

— Vous n'aurez qu'un mot à dire, avertit Mr Prewitt. Nous arrangerons tout ça.

Cubitt était parti.

— Vous trouverez un billet sur la toilette, dit le Gamin.

— Je ne vois rien, dit Mr Prewitt avec inquiétude, en déplaçant une brosse à dents.

— Dans le porte-savon, sous le couvercle.

Dallow passa la tête.

— B'soir, dit-il à Mr Prewitt.

Puis au Gamin :

— Qu'est-ce qui est arrivé à Spicer ?

— Colleoni. Ils l'ont chopé sur le champ de courses, répondit le Gamin. Ils ont bien failli m'avoir aussi.

Et il mit sa main bandée sur son cou tailladé.

— Mais Spicer est dans sa chambre en ce moment. Je viens de l'entendre.

— De l'entendre ? dit le Gamin. Tu rêves !

Pour la seconde fois, ce jour-là, il eut peur. Un globe unique éclairait d'une lumière douteuse le couloir et l'escalier ; les murs étaient couverts d'une couche inégale de couleur marron. Il sentit la peau de sa figure se contracter comme au contact de quelque chose de répugnant. Il aurait voulu demander si ce Spicer-là, on pouvait faire plus que l'entendre, s'il était possible de le voir, de le toucher. Il se mit debout ; il fallait affronter cela, quoi que ce fût : il passa sans un mot à côté de Dallow. La porte de Spicer battait dans un courant d'air. Le Gamin ne pouvait pas voir l'intérieur. C'était une chambre minuscule ; ils avaient tous des chambres minuscules, sauf Kite, et celle-là il en avait hérité. C'était pourquoi sa chambre était la salle où tous se réunissaient. Dans la chambre de Spicer, il n'y avait place que pour lui-même et pour Spicer. Il pouvait entendre les petits bruits du cuir qui grince, tandis que la porte battait. Les mots *Dona nobis pacem...* lui revinrent à l'esprit ; pour la seconde fois, il ressentit une vague nostalgie, comme d'une chose qu'il aurait perdue, oubliée ou rejetée.

Il suivit le couloir et pénétra dans la chambre de Spicer. Son premier mouvement, lorsqu'il vit Spicer penché pour serrer les courroies de sa valise, fut un soulagement, de ce que ce fût là sans aucun doute le Spicer vivant, qu'on pouvait toucher, effrayer, commander. Une longue bande de taffetas gommé soulignait la joue de Spicer ; le Gamin le regarda de la porte avec une cruauté qui montait ; il avait envie d'arracher ce pansement et de voir la peau se fendre. Spicer leva les yeux, posa la valise à terre, et d'un air gêné s'écarta jusqu'au mur. Il dit :

— Je croyais... j'avais peur... que Colleoni t'ait eu.

Sa peur révélait tout ce qu'il savait. Le Gamin le regarda sans rien dire, du seuil de la porte. Comme pour s'excuser d'être encore vivant, Spicer expliqua :

— Je me suis enfui...

Ses mots flottèrent comme une traînée d'algues marines sans pénétrer le silence du Gamin, son indifférence et sa détermination.

Le long du couloir arriva la voix de Mr Prewitt : « Dans le porte-savon. Il a dit que c'était dans le porte-savon », et le bruit de porcelaines qu'on choque en les déplaçant.

II

— Je vais cuisiner cette gosse à toutes les heures du jour jusqu'à ce que j'en sorte quelque chose !

Formidable, elle se leva et traversa le restaurant comme un navire de guerre qui entre en action, comme un cuirassé qui combat du bon côté dans une guerre pour mettre fin aux guerres, proclamant de toutes ses oriflammes que, jusqu'au dernier, les hommes du bord vont faire leur devoir. Sa grosse poitrine, qui jamais n'avait allaité d'enfants qu'elle eût portés, s'emplissait d'une inexorable compassion. Rose prit la fuite en l'apercevant, mais Ida, irrésistible, continua d'avancer vers l'entrée de service. Désormais, tout était déclenché, elle avait commencé à poser les questions qu'elle avait désiré poser quand elle avait lu chez Henneky le compte rendu de l'enquête, et elle recevait des réponses. Et Fred avait joué son rôle, il avait prévu le cheval gagnant, de sorte qu'elle avait maintenant des fonds aussi bien que des amis ; une infinie possibilité de corruption : deux cents livres.

— Bonsoir, Rose, dit-elle, debout à la porte de la cuisine et la bouchant.

Rose posa son plateau et se retourna avec toute la peur, l'entêtement, l'incompréhension d'un animal sauvage qui se refuse à reconnaître la bonté humaine.

— Encore vous ! dit-elle. J'ai du travail. Je ne peux pas vous parler.

— Mais la surveillante m'a donné la permission.

— Nous ne pouvons pas parler ici.

— Où pouvons-nous parler ?

— Dans ma chambre, si vous me laissez sortir.

Rose passa devant et monta l'escalier derrière le restaurant jusqu'au petit palier couvert de linoléum...

— Ils vous traitent bien, ici, n'est-ce pas ? dit Ida. Autrefois, j'ai vécu dans une gargote, c'était avant que je rencontre Tom ; Tom, c'est mon mari, expliqua-t-elle au dos de Rose, patiemment, suavement, implacablement. Nous n'étions pas aussi bien traitées là-bas. Des fleurs sur le palier ! s'écria-t-elle toute joyeuse devant un bouquet flétri sur une table de bois blanc.

Et elle en touchait du doigt les pétales lorsqu'une porte claqua. Rose lui avait fermé la porte au nez et, quand elle frappa doucement, elle entendit un murmure obstiné :

— Allez-vous-en ! Je ne veux pas vous parler.

— C'est grave. Très grave.

La bière qu'Ida venait de boire lui revint un peu ; elle mit la main devant sa bouche et dit mécaniquement : « Pardon ! » avec un hoquet vers la porte fermée.

— Je ne peux pas vous aider, je ne sais rien du tout.

— Ouvrez-moi, mon petit, et je vous expliquerai. Je ne peux pas crier ces choses-là sur le palier.

— Pourquoi vous occupez-vous de *moi* ?

— Je ne veux pas laisser souffrir les innocents.

— Comme si vous saviez, rétorqua la jeune voix accusatrice, qui est innocent !

— Ouvrez la porte, ma petite.

Elle commençait, mais seulement un peu, à perdre patience ; sa patience était presque aussi inépuisable que sa bonne volonté. Elle mit la main sur la poignée et poussa : elle savait que les serveuses n'avaient pas le droit de fermer à clé, mais une chaise avait été coincée sous la poignée. Elle dit avec irritation : « Si vous croyez m'échapper de cette manière !... » et pesa de tout son poids sur la porte ; la chaise craqua et se déplaça et la porte s'entrouvrit.

— Je vais vous forcer à m'écouter, dit Ida. Quand on sauve quelqu'un qui se noie, il ne faut jamais hésiter, vous enseigne-t-on, à l'étourdir d'un coup de poing.

Elle introduisit la main et détacha la chaise, puis pénétra par la porte ouverte. Trois lits de cuivre, une commode, deux chaises et deux miroirs bon marché, Ida vit tout cela d'un seul coup d'œil, sans compter Rose aplatie contre le mur, aussi loin que possible, regardant la porte avec terreur de ses yeux innocents et inexpérimentés, comme s'il n'était rien au monde qui ne pût entrer par là.

— Allons, ne faites pas l'idiote, dit Ida. Je suis votre amie. Je ne cherche qu'à vous protéger contre ce garçon. Vous êtes folle de lui, n'est-ce pas ? Mais vous ne comprenez donc pas qu'il est mauvais ?

Elle s'assit sur le lit et continua de parler avec douceur et sans pitié. Rose murmura :

— Vous ne savez rien du tout.

— J'ai mes preuves.

— Je ne veux pas parler de ça, dit l'enfant.

— Il ne vous aime pas. Écoutez-moi, je suis une femme. Croyez-moi sur parole : j'ai aimé un garçon ou deux. Mon Dieu, c'est naturel. Autant que de respirer. Seulement, ça ne vaut pas la peine qu'on se monte la tête. Il n'y a pas un seul homme qui en soit digne, et lui moins que les autres. Lui, il est mauvais. Remarquez, je ne suis pas bégueule. J'ai fait deux ou trois choses dans ma vie... C'est *naturel*. Tellement, ajouta-t-elle en allongeant vers la fillette sa patte potelée et protectrice, tellement que c'est dans ma main : la ceinture de Vénus. Mais j'ai toujours été du côté du droit. Vous êtes jeune. Vous avez le temps d'avoir encore beaucoup d'amoureux. Vous vous amuserez bien si vous ne les laissez pas prendre d'autorité sur vous. C'est naturel. Autant que de respirer. Ne vous imaginez pas que je suis contre l'amour. Je pense bien que non. Moi, Ida Arnold ! Risible !

La bière lui remonta de nouveau à la gorge et elle mit sa main devant sa bouche.

— Pardon, mon petit. Voyez-vous, nous nous entendons très bien quand nous sommes ensemble. Je n'ai jamais eu d'enfant à moi et je ne sais pas pourquoi je me suis attachée à vous. Vous êtes une gentille petite bonne femme.

Elle se mit brusquement à crier avec violence :

— Allons, quittez-moi ce mur et conduisez-vous de façon sensée. Il ne vous aime pas.

— Ça m'est égal, murmura obstinément la voix enfantine.

— Qu'est-ce que ça veut dire ; ça m'est égal ?

— Moi, je l'aime.

— C'est morbide ce que vous faites là. Si j'étais votre mère, je vous donnerais une bonne correction. Que diraient votre père et votre mère s'ils savaient ça ?

— Ils s'en moquent pas mal.

— Et comment croyez-vous que ça va finir ?

— Je ne sais pas.

— Vous êtes jeune, voilà ce qu'il en est, et romanesque. Moi aussi, j'ai été comme vous autrefois. Ça vous passera. Ce qui vous manque, c'est un peu d'expérience.

Les yeux nés à Nelson Place la regardaient, grands ouverts, et sans comprendre ; traqué jusque dans son trou, le petit animal attachait son regard sur ce monde extérieur de lumière et de vent ; dans le trou, c'était le meurtre, l'accouplement, la pauvreté extrême, la fidélité, l'amour et la crainte de Dieu ; mais le petit animal n'en savait pas assez long pour nier que ce monde extérieur, aveuglant et vaste, fût vraiment seul à contenir ce quelque chose que les gens appellent l'expérience.

III

Les yeux baissés, le Gamin considérait, au pied de l'escalier de chez Frank, le cadavre qui gisait écartelé comme Prométhée.

— Mon Dieu, dit Mr Prewitt, comment est-ce arrivé ?

— Il y a longtemps, dit le Gamin, que cet escalier avait besoin d'être réparé. J'en ai parlé à Frank, mais ce salaud-là ne veut jamais faire de dépenses.

Il posa sa main bandée sur la rampe et la poussa jusqu'à ce qu'elle cédât. Le bois pourri gisait en travers du corps de Spicer, un aigle peint en marron à plat sur les reins.

— Mais ça s'est fait *après* sa chute... protesta Mr Prewitt.

Sa voix légale chevrotait.

— Vous faites erreur ; vous étiez ici dans le couloir et vous l'avez vu appuyer sa valise contre la rampe. Il n'aurait pas dû. La valise était trop lourde.

— Mon Dieu ! mais vous ne pouvez pas me mêler à ça ! Je n'ai rien vu. Je cherchais dans le porte-savon, j'étais avec Dallow...

— Vous l'avez vu tous les deux. C'est même une chance inouïe que nous ayons sur place un homme de loi aussi respectable que vous. Votre parole arrangera tout.

— Je nierai. Je vais partir d'ici. Je jurerai que je n'ai jamais mis les pieds dans cette maison.

— Restez où vous êtes. Nous ne voudrions pas qu'il arrive un second accident. Dallow, téléphone pour appeler la police, et aussi un docteur, ça fait bien.

— Vous pouvez me garder ici, dit Mr Prewitt, mais vous ne pouvez pas me forcer à dire...

— Je ne veux pas vous forcer à dire ce que vous ne voulez pas dire. Mais ça ne ferait pas joli, joli, n'est-ce pas, qu'on m'arrête pour avoir tué Spicer et que vous vous soyez trouvé ici, au même moment, en train de regarder dans le porte-savon ! Ça suffirait à ruiner pas mal d'avocats.

Par la brèche ouverte, Mr Prewitt contemplait le tournant de l'escalier où gisait le cadavre. Il dit lentement :

— Vous feriez bien de soulever ce corps et de mettre le bois dessous. La police aurait pas mal de questions à poser si elle le trouvait comme il est.

Il retourna dans la chambre, s'assit sur le lit et se prit la tête dans les mains.

— J'ai mal à la tête, dit-il. Je devrais être chez moi.

Personne ne faisait attention à lui. La porte de Spicer battait dans le courant d'air.

— J'ai un mal de tête fou, répéta Mr Prewitt.

Dallow approcha, traînant le long du couloir la valise, d'où sortait comme un ruban de pâte dentifrice la cordelière du pyjama de Spicer coincée dans le couvercle.

— Où partait-il ? demanda Dallow.

— L'Ancre-Bleue, Union Street, Nottingham, dit le Gamin. Nous devrions leur télégraphier. Ils voudront peut-être envoyer des fleurs.

— Méfiez-vous des empreintes digitales, implora Mr Prewitt sans quitter le lavabo ni relever sa tête douloureuse.

Les pas du Gamin sur l'escalier lui firent pourtant lever les yeux.

— Où allez-vous ? demanda-t-il vivement.

Le Gamin le regarda d'en bas, du tournant de l'escalier.

— Je sors, répondit-il.

— Vous ne pouvez pas sortir maintenant, dit Mr Prewitt.

— Je n'étais pas ici, dit le Gamin. Il n'y avait que vous et Dallow. Vous attendiez que je rentre.

— Si on vous a vu...

— C'est un risque que vous courez. Moi, j'ai des choses à faire.

— Ne me dites pas...

Mr Prewitt cria brusquement, puis il se domina :

— Ne me dites pas... répéta-t-il à voix basse, ce que sont ces choses...

— Il faudra que nous arrangions ce mariage, dit le Gamin d'un air sombre.

Il contempla un moment Mr Prewitt – l'épouse, vingt-cinq ans de ce jeu – avec l'air de quelqu'un qui a envie de poser une question, presque comme s'il était prêt à accepter un conseil d'un homme qui était son aîné de tant d'années, comme s'il attendait un peu de sagesse humaine de ce vieux et trouble cerveau juridique.

— Il faudra que ce soit bientôt, ajouta le Gamin avec douceur et tristesse.

Il continua d'étudier le visage de Mr Prewitt pour y surprendre un reflet de la sagesse que ce jeu avait dû lui conférer au cours de vingt-cinq années, mais il ne vit qu'un visage effrayé, barricadé comme un magasin pendant une émeute. Il continua de descendre l'escalier, s'enfonçant dans le sombre puits où venait de tomber le corps de Spicer. Sa résolution était prise : il n'avait plus qu'à aller vers son but. Il sentait son cœur pomper le sang qui retournait avec indifférence dans les artères comme les trains circulent sur la grande ceinture. Chaque gare le rapprochait de la sécurité, mais jusqu'à la courbe, la gare suivante l'en éloignait. Puis la sécurité revint, comme Notting Hill, pour reculer ensuite... Sur la terrasse de Hove, la prostituée mûre ne prit même pas la peine de se retourner pour le regarder quand il arriva derrière elle ; comme des trains électriques qui marchent sur la même ligne, ils ne pouvaient entrer en collision. Ils avaient tous deux en vue la même fin, si l'on peut parler de fin lorsqu'il s'agit d'un cercle. Devant Norfolk Bar, deux élégantes voitures de course écarlates étaient allongées au bord du trottoir comme deux lits jumeaux. Le Gamin n'en eut pas conscience, mais leur image passant automatiquement dans son cerveau provoqua sa sécrétion d'envie.

Le Restaurant Snow était presque vide. Il s'assit à la table où, un jour, Spicer s'était assis, mais il ne fut pas servi par Rose. Une fille inconnue vint prendre sa commande. Il dit gauchement :

— Est-ce que Rose n'est pas là ?
— Elle est occupée.
— Puis-je la voir ?
— Elle parle à quelqu'un dans sa chambre. Vous ne pouvez pas y aller. Il faudra attendre.

Le Gamin posa une demi-couronne sur la table.
— Où est-ce ?
La jeune fille hésita.
— La surveillante pousserait des hurlements !
— Où est la surveillante ?
— Sortie.

Le Gamin posa une deuxième demi-couronne sur la table.

— Par l'entrée de service, dit la fille, et tout droit, en haut de l'escalier. Seulement il y a une femme avec elle.

Avant même d'avoir atteint le haut de l'escalier, il entendait la voix de la femme. Elle disait :

— Si je veux vous parler, c'est pour votre bien.

Mais il dut prêter l'oreille pour entendre la réponse de Rose :

— Laissez-moi tranquille ! Pourquoi faites-vous ça ?

— Je fais ce que doivent faire tous ceux qui pensent comme il faut.

Maintenant, du haut de l'escalier, le Gamin pouvait voir l'intérieur de la chambre, mais le large dos, la grande robe flottante, les hanches carrées de la femme lui cachaient presque complètement Rose, adossée au mur du fond en une attitude de défi morose. Menue et osseuse sous la robe de cotonnade noire et le tablier blanc, les yeux rouges, mais sans larmes, à la fois apeurée et déterminée, elle portait son courage avec une sorte d'impuissance comique, comme le petit homme à chapeau melon que la direction a appointé pour lancer un défi à l'athlète de la foire. Elle dit :

— Vous feriez mieux de me laisser en paix.

Dans cette chambre de servante, c'était Nelson Place et Manor Street qui se mesuraient, et pendant un moment il ressentit non pas de l'antagonisme, mais une vague nostalgie. Il avait conscience que Rose appartenait à sa vie comme une chambre ou une chaise ; elle était un objet qui le complétait. Il pensa : « Elle a plus de cran que Spicer. » Ce qu'il y avait en lui de plus mauvais avait besoin d'elle et ne pouvait subsister sans un peu de sa vertu. Il dit d'une voix douce :

— À propos de quoi tourmentez-vous ma petite amie ?

Et l'exigence de sa demande fut curieusement douce à ses oreilles, comme un raffinement de cruauté. Après tout, bien qu'il eût aimé viser plus haut que Rose, il avait cette consolation : elle n'aurait pas pu tomber plus bas que lui. Il était là, un sourire affecté aux lèvres, quand la femme se retourna. « Entre l'étrier et le sol... » Il avait appris combien ce réconfort était fallacieux. S'il s'était attaché l'un de ces jupons effrontés et voyants comme ceux qu'il avait vus au Cosmopolitain, son triomphe après tout n'aurait pas été plus grand. Il leur sourit niaisement à toutes les deux, sa nostalgie chassée par une houle de sexualité mélancolique. Elle était sans péché, il le savait bien, tandis que lui était damné : ils étaient faits l'un pour l'autre.

— Laissez-la tranquille, dit la femme. Je sais exactement ce que vous êtes.

On aurait dit qu'elle était dans un pays étranger : l'Anglaise type sur le continent. Elle n'avait même pas emporté un manuel de conversation. Elle était aussi éloignée d'eux qu'elle l'était de l'enfer – ou du ciel. Le Bien et le Mal vivaient dans le même pays, parlaient la même langue, se rencontraient comme de vieux amis ; ils eurent le même sentiment d'accomplissement quand leurs mains se touchèrent près du lit de fer.

— Vous voulez vous conduire honnêtement, n'est-ce pas, Rose ? implora Ida.

Rose chuchota une fois de plus :

— Laissez-nous en paix.

— Vous êtes une fille propre, Rose. Vous ne pouvez rien avoir de commun avec *lui*.

— Vous n'en savez rien du tout.

Pour l'instant, Ida n'avait plus qu'à menacer du seuil de la porte :

— Je n'en ai pas terminé avec vous. J'ai des appuis.

Le Gamin la regarda partir avec ahurissement. Il demanda :

— Qui diable est-elle ?

— Je n'en sais rien, rétorqua Rose.

— Je ne l'ai jamais vue.

Un souvenir le piqua comme une aiguille et disparut : il reviendrait.

— Qu'est-ce qu'elle voulait ?

— Je ne sais pas.

— Tu es une bonne fille, Rose, dit le Gamin en serrant ses doigts autour du poignet anguleux.

Elle secoua la tête :

— Je suis mauvaise.

Elle l'implora :

— Je veux être mauvaise, si *elle* est bonne et si vous...

— Tu ne seras jamais autre chose que bonne. Il y en a qui te détesteraient à cause de ça, mais moi, ça m'est égal.

— Je ferais n'importe quoi pour vous. Dites-moi ce qu'il faut faire. Je ne veux pas lui ressembler, à elle.

— C'est moins ce qu'on fait que ce qu'on pense.

Il plastronna :

— C'est dans le sang. Peut-être que, quand ils m'ont baptisé, l'eau bénite n'a pas pris. Je n'ai pas braillé assez pour chasser le démon.

— *Elle*, est-elle bonne ?

Dans sa faiblesse, elle venait à lui pour s'instruire.

— Elle ? (Le Gamin éclata de rire.) Elle n'est rien du tout, rien.

— Nous ne pouvons pas rester ici, dit Rose. Je voudrais bien que nous puissions.

Elle regarda autour d'elle, une gravure piquée de taches rousses représentant la Victoire de Van Tromp, les trois lits peints en noir, les deux miroirs, l'unique commode à tiroirs, les bouquets de fleurs mauves du papier mural ; elle se sentait plus en sécurité dans cette chambre qu'elle n'aurait pu l'être ailleurs, par cette nuit d'été secouée de bourrasques.

— C'est une gentille chambre.

Elle aurait voulu la partager avec lui jusqu'à ce que cela devînt leur foyer à tous les deux.

— Qu'est-ce que tu dirais de partir d'ici ?

— De chez Snow ? Oh ! non, c'est une bonne place, je ne voudrais pas travailler ailleurs que chez Snow.

— Je veux dire m'épouser.

— Nous n'avons pas l'âge.

— Ça peut s'arranger. Il y a des trucs.

Il laissa retomber son poignet et prit un air dégagé.

— Si tu voulais. Moi, ça m'est bien égal.

— Oh ! dit-elle, oui, je voudrais, mais on ne nous permettra jamais.

Il expliqua, d'un ton léger :

— Ça ne pourrait pas être à l'église. Pas tout de suite. Il y aurait des difficultés. As-tu peur ?

— Je n'ai pas peur ! répondit-elle. Mais est-ce qu'ils nous laisseront ?

— Mon avocat s'arrangera.

— Vous avez un avocat ?

— Naturellement.

— Ça a l'air, je ne sais pas... tellement grande personne et chic...

— Un homme ne peut pas se passer d'un avocat.

— Ce n'est pas l'endroit où j'avais toujours cru que ça arriverait, dit-elle.

— Que quoi arriverait ?

— Que quelqu'un me demanderait de l'épouser. Je pensais : au cinéma ou peut-être la nuit sur l'Esplanade. Mais c'est encore mieux.

Son regard alla de la Victoire de Van Tromp aux deux miroirs. Elle quitta l'appui du mur et s'approcha du Gamin, le visage levé ; il savait ce qu'elle attendait de lui ; il regarda sa bouche sans fard avec une légère nausée. Samedi soir, onze heures, les gestes primitifs. Il appuya sur celle de Rose sa dure bouche puritaine et, de nouveau, sentit l'odeur douceâtre de la peau humaine. Il aurait préféré le goût de la poudre de Coty ou du Rouge-Baiser ou de tout autre composé chimique. Il ferma les yeux et, quand il les rouvrit, ce fut pour voir qu'elle attendait, comme une aveugle, d'autres aumônes, il fut choqué de ce qu'elle était incapable de percevoir sa répulsion. Elle dit :

— Vous savez ce que ça veut dire ?
— Qu'est-ce que ça veut dire ?
— Ça veut dire que je ne vous abandonnerai jamais, jamais, jamais.

Elle lui appartenait, comme une chambre ou comme une chaise ; gêné, secrètement honteux, le Gamin réussit à fabriquer un sourire pour en faire don à ce visage aveugle.

Cinquième partie

Cinquième partie

I

Tout s'était bien passé. L'enquête n'avait même pas figuré sur les panneaux de publicité des journaux. Aucune question n'avait été posée. En revenant avec Dallow, le Gamin aurait dû se sentir triomphant. Il dit :

— Je ne me fierais pas à Cubitt, si Cubitt savait ce qui en est.

— Cubitt ne saura jamais rien. Prewitt a bien trop la frousse pour parler, et moi, tu sais, Pinkie, que je la boucle toujours.

— J'ai la sensation qu'on nous suit, Dallow.

Dallow regarda en arrière.

— Personne. Je connais tous les poulets de Brighton.

— Pas de femmes ?

— Non plus. Qu'est-ce qui te fait penser ?...

— Je ne sais pas.

Les musiciens aveugles suivaient le ruisseau, frottant de leurs semelles le bord du trottoir, avançant à tâtons dans l'éclatante lumière, suant un peu. Le Gamin monta sur le bas-côté, en allant à leur rencontre ; la musique qu'ils jouaient était plaintive, attendrissante, cela sortait d'un livre d'hymnes et parlait de fardeaux à porter ; c'était comme une voix prophétique annonçant le malheur au moment de la victoire. Le Gamin croisa le chef et, d'une bourrade, avec des jurons proférés à voix basse, il l'écarta du chemin ; tous les musiciens, entendant leur chef changer de direction, posèrent gauchement un pied sur la chaussée et demeurèrent échoués là, jusqu'à ce que le Gamin fût passé et que tout danger fût écarté, comme des barques immobilisées au milieu d'un immense Atlantique sans terres. Ensuite, ils se glissèrent de côté, cherchant du pied le dénivellement du trottoir.

— Qu'est-ce qui te prend, Pinkie ? demanda Dallow. Ce sont des aveugles.

— Pourquoi sortirais-je de mon chemin pour un mendiant ?

Mais il ne s'était pas rendu compte qu'ils étaient aveugles et il fut scandalisé par son propre geste. Il eut l'impression de s'être laissé entraîner trop loin sur une route qu'il n'avait souhaité suivre que jusqu'à un certain endroit. Il resta debout, appuyé contre la balustrade de la Promenade, tandis que s'écoulait la foule des jours de semaine et que le dur soleil s'aplatissait.

— Qu'est-ce qui te préoccupe, Pinkie ?

— Je pense à tous ces embêtements que Hale nous a causés. Il a bien mérité ce qu'il a attrapé, mais si j'avais su comment ça allait tourner, peut-être que je l'aurais laissé vivre. Je me demande si c'était la peine de le tuer. Un sale petit journaliste qui jouait le jeu de Colleoni et qui a fait descendre Kite. Pourquoi s'occuper de lui ?

Il regarda brusquement par-dessus son épaule.

— Ce type, est-ce que je l'ai déjà vu ?

— Non, ce n'est qu'un touriste.

— Je croyais que je connaissais sa cravate.

— Par centaines dans les magasins. Si tu étais un homme qui boit, je te dirais que tu as besoin d'un remontant. Voyons, Pinkie, tout va très bien. On ne nous a rien demandé.

— Il n'y avait que deux personnes qui pouvaient nous faire pendre : Spicer et la fille. J'ai tué Spicer et j'épouse la fille. Tu ne trouves pas que c'est moi qui fais tout le boulot ?

— Eh bien ! à présent, nous ne craignons plus rien.

— Ah ! minute !... Toi, tu ne crains plus rien. Moi, je cours tous les risques. Tu sais que j'ai tué Spicer. Prewitt le sait. Il ne manque plus que Cubitt et, cette fois-ci, c'est un massacre qu'il me faudrait pour me remettre d'aplomb.

— Tu devrais pas me parler comme ça, Pinkie ! Depuis la mort de Kite, tu es resté tout renfermé et bouché à bloc. Ce que tu as besoin, c'est de t'amuser un peu.

— J'aimais bien Kite ! dit le Gamin.

Son regard s'immobilisa au loin sur la France, terre inconnue. Derrière son dos, au-delà du Cosmopolitain, de l'Old Steyne, de la route de Lewes, se dressaient les Downs, villages et troupeaux autour des mares, autre terre inconnue. Ici, c'était son fief personnel, ce bout de côte surpeuplé, quelques milliers d'arpents couverts de maisons, péninsule étroite de chemins de fer électrifiés filant sur Londres, deux ou trois gares avec leurs buffets et leurs brioches. C'était naguère le fief de Kite, qui suffisait au bonheur de Kite, et lorsque Kite était mort dans la salle d'attente de Saint Pancras, c'était comme si son père était mort, en lui laissant un héritage qu'il était de son devoir de ne jamais quitter pour des terres étrangères. De lui, il avait hérité jusqu'aux manies, l'ongle du pouce rongé, les boissons sans alcool. D'une glissade, le soleil se détacha de la mer et, à la façon d'une seiche, fit gicler dans le ciel l'encre sombre des agonies et des souffrances longuement endurées.

— Ne reste pas tout embobiné, Pinkie. Un peu de détente. Donne-toi de l'air, viens avec moi et Cubitt à la Reine-de-Cœur faire un peu la bringue.

— Tu sais que je ne bois jamais.

— Faudra bien que tu boives le jour de ta noce. On n'a jamais entendu parler d'un mariage sec.

Un vieil homme au dos voûté descendit sur la plage, retournant les galets, cherchant parmi les algues sèches des mégots de cigarettes ou des débris de nourriture. Les mouettes qui étaient plantées comme des chandelles au bas de la grève montèrent sous la Promenade avec des cris. Le vieillard trouva une chaussure et la fourra dans son sac ; une mouette se laissa tomber du haut de l'Esplanade et fendit l'air sous la nef de fer de la Jetée-Palace, tendue vers son but et toute blanche dans l'ombre, à demi vautour, à demi colombe.

— À la fin, il faut toujours qu'on s'y mette.

— C'est bien, allons-y ! dit le Gamin.

— C'est le meilleur bistrot sur le bord de la route entre ici et Londres ! dit Dallow pour l'encourager.

Ils gagnèrent la campagne dans la vieille Morris.

— Ça me plaît de faire une virée dans les champs, dit Dallow.

On était entre le moment où l'on allume et la vraie nuit, cet intervalle où, dans la pénombre grise, les phares des voitures brûlent d'une lueur aussi faible, aussi inutile que celle des veilleuses dans les chambres d'enfant. Des panneaux réclame bordaient la route nationale ; des pavillons, une ferme en ruine, de l'herbe courte et crayeuse à l'endroit où des palissades avaient été démolies, un moulin à vent offrant du thé et de la limonade, ses grandes voiles trouées de déchirures béantes.

— Ce pauvre vieux Spicer aurait aimé cette promenade ! dit Cubitt.

Le Gamin était assis à côté de Dallow, qui conduisait, et Cubitt était derrière. Dans le rétroviseur, le Gamin pouvait le voir bondir mollement en l'air et retomber sur les ressorts défectueux.

Derrière les pompes à essence, la Reine-de-Cœur apparut dans l'éclairage des projecteurs. C'était une grange de style Tudor qu'on avait transformée, les vestiges d'une cour de ferme se voyaient encore après l'installation du restaurant et des bars ; il y avait une piscine à l'endroit où était autrefois le paddock.

— Nous aurions dû amener des filles ! dit Dallow. C'est défendu de les ramasser dans c'te taule. Ça a de la classe et pas d'erreur.

— Venez dans le bar ! dit Cubitt qui leur montra le chemin.

Il s'arrêta sur le seuil et fit un signe de tête à la fille qui buvait seule, assise devant le long bar d'acier, sous les vieilles poutres apparentes.

— Nous devrions lui dire quelque chose, Pinkie. Tu sais, les choses qu'on dit : « C'était vraiment un bon vieux pote, nous comprenons ce que vous devez ressentir. »

— Qu'est-ce que tu racontes ?

— C'est la petite amie de Spicer ! dit Cubitt.

Debout dans l'ouverture de la porte, le Gamin examinait la fille avec répugnance : cheveux pâles comme de l'argent, front vaste et vide, petites fesses bien rondes que moulait le haut tabouret, seule avec son verre et son chagrin.

— Comment ça va, Sylvie ? dit Cubitt.

— Plus que mal.

— Terrible, hein ? C'était un bon copain, y a pas meilleur.

— Vous étiez là, n'est-ce pas ? demanda-t-elle à Dallow.

— Billy aurait dû faire réparer cet escalier ! dit Dallow. J'vous présente, Pinkie, Sylvie, le meilleur de notre bande.

— Est-ce que vous étiez là aussi ?

— Non, il était sorti ! dit Dallow.

— Vous prendrez bien autre chose ? demanda le Gamin.

Sylvie vida son verre :

— C'est pas de refus. Un side-car.

— Deux scotches, un side-car, un jus de pamplemousse.

— Pourquoi ? dit Sylvie. Vous ne buvez pas ?

— Non.

— J'parie qu'en plus vous ne couchez pas avec les filles ?

— Dans l'mille, et du premier coup, Sylvie ! dit Cubitt.

— Moi, j'admire un homme qu'est comme ça ! dit Sylvie. Je trouve que c'est merveilleux d'être tout neuf. Spicer disait toujours qu'un de ces jours vous alliez vous y mettre et alors... oh ! là, là... Ce que ça sera épatant !

Elle posa son verre, calcula mal son coup, renversa le cocktail :

— Je ne suis pas soûle ! dit-elle. Je suis bouleversée à cause de ce pauvre Spicer.

— Allons, Pinkie, dit Dallow, bois quelque chose. Ça te remontera.

Il expliqua à Sylvie.

— Lui aussi, il est bouleversé.

Dans le dancing, l'orchestre jouait : *Aimons-nous ce soir, quand le jour luira, tu m'oublieras...*

— Buvez quelque chose ! dit Sylvie. J'ai eu un choc affreux. Ça se voit que j'ai pleuré ?... Mes yeux doivent être épouvantables. J'ose à peine me montrer. Je comprends maintenant pourquoi il y a des femmes qui entrent au couvent.

La musique, à petits coups, usait la résistance du Gamin ; il regarda la bonne amie de Spicer avec une sorte d'horreur mêlée de curiosité : elle connaissait le jeu. Il secoua la tête, son orgueil apeuré le rendait muet. Il savait à quoi il était bon : il était un as, son ambition n'avait pas de limites ; rien ne devait l'exposer à la moquerie de gens plus expérimentés que lui. Être comparé à Spicer et jugé inférieur... Ses yeux se détournèrent misérablement, tandis que la musique gémissait son message – *Quand le jour luira, tu m'oublieras...* – évoquant « le jeu » au sujet duquel ils en savaient tous beaucoup plus que lui.

— Spicer disait que, selon lui, vous aviez jamais eu une seule fille ! dit Sylvie.

— Spicer ignorait pas mal de choses.

— Vous êtes drôlement jeune pour être aussi célèbre.

— Toi et moi, on ferait mieux de s'esbigner ! dit Cubitt à Dallow. Il me semble qu'on est de trop. Allons zyeuter les belles baigneuses.

Et lourdement, ils s'éclipsèrent.

— Dallie sait bien voir quand un garçon me plaît ! dit Sylvie.

— Qui est-ce, Dallie ?

— Votre ami, Mr Dallow, nigaud. Est-ce que vous dansez ? Oh ! dites, je ne sais même pas votre nom.

Il la regardait avec peur et concupiscence. Elle avait appartenu à Spicer ; sa voix avait gémi le long des fils du téléphone pour lui donner des rendez-vous. Spicer avait reçu des lettres dans des enveloppes mauves, à son adresse ; même Spicer avait possédé une chose dont il était fier, qu'il pouvait montrer aux copains : « Mon amie ! » Il se rappelait les fleurs qui étaient arrivées chez Frank avec, sur la banderole : « Un cœur brisé. » Le Gamin était fasciné par l'infidélité de la fille. Elle n'appartenait à personne – elle n'était pas comme une table ou une chaise. Il dit lentement, en l'entourant de son bras pour prendre son verre et en lui pressant les seins d'une main maladroite :

— Je vais me marier dans un jour ou deux.

C'était comme s'il faisait valoir ses droits à une part d'infidélité qui lui fût propre : il ne voulait pas être battu par l'expérience. Il leva le verre de Sylvie et le vida : la saveur sucrée descendit goutte à goutte jusqu'au fond de sa gorge, son premier alcool lui toucha le palais comme une mauvaise odeur. C'était donc là ce que les gens appellent le plaisir – ceci et le jeu. Il posa sa main sur la cuisse de Sylvie avec une sorte d'horreur ; Rose et Lui ; quarante-huit heures après que Prewitt aurait arrangé les choses ; seuls, Dieu sait dans quelle chambre, et puis après, et puis après ? Il connaissait les gestes traditionnels comme un homme connaîtrait, disons les principes de l'artillerie, sous forme de dessins à la craie sur un tableau noir, mais pour traduire cette science en action, afin d'aboutir au village détruit ou à la ferme saccagée, il faut avoir recours à ses propres nerfs. Les siens étaient gelés par la répulsion : se laisser toucher, s'ouvrir, s'abandonner – tant qu'il l'avait pu, il avait tenu à distance tout contact intime, au bout d'une lame de rasoir.

— Venez, dit-il, nous allons danser.

Ils évoluèrent lentement autour de la salle de danse. Être vaincu par l'expérience est déjà assez pénible, mais être vaincu par l'innocence et l'ignorance, par une fille qui porte des assiettes chez Snow, par une petite garce de seize ans...

— Spicer vous admirait beaucoup ! dit Sylvie.

— Venez dans la voiture ! dit le Gamin.

— Je ne peux pas, je ne peux pas !... Avec Spicer qui vient seulement de mourir.

Ils s'arrêtèrent, applaudirent la danse qui reprit. Le shaker cliquetait dans le bar et les feuilles d'un petit arbre solitaire collaient contre la fenêtre, derrière la grosse caisse et le saxophone.

— Ce que j'aime la campagne ! Ça me rend sentimentale. Est-ce que vous aimez la campagne ?

— Non.

— Ici, c'est la vraie campagne. Je viens de voir une poule. Ils se servent de leurs propres œufs pour les porto-flips.

— Venez dans la voiture.

— Moi aussi, j'en ai envie. Oh ! là, là, ce que ça serait bon. Mais je ne peux pas, oh ! non, avec ce pauvre Spicer...

— Vous avez envoyé des fleurs, n'est-ce pas ? Vous avez pleuré...

— Mes yeux sont encore une horreur.

— Qu'est-ce que vous pouvez faire de plus ?

— Ça m'a brisé le cœur. Ce pauvre Spicer, s'en aller comme ça !

— Je sais. J'ai vu votre couronne.

— Ça semble vraiment horrible, n'est-ce pas, que je sois en train de danser avec vous, tandis que lui...

— Venez dans la voiture.

— Pauvre Spicer !

Mais ce fut elle qui prit les devants, et il remarqua avec un malaise qu'elle courait, qu'elle courait littéralement, en traversant le coin éclairé de ce qui avait été jadis une cour de ferme, vers le parc à autos dans l'ombre et vers le jeu. Il pensa, avec un haut-le-cœur : « Dans trois minutes, je saurai. »

— C'est laquelle, votre voiture ? demanda Sylvie.

— Cette Morris.

— Ça ne va pas pour nous ! dit Sylvie en filant comme une flèche le long de la rangée de voitures.

— Cette Ford !

Elle ouvrit vivement la portière, dit : « Oh ! pardon » et la referma, grimpa sur le siège arrière de la voiture suivante et attendit.

— Oh !

Sa voix douce et passionnée sortant de l'intérieur obscur de l'auto murmura :

— Oh ! j'adore les Lancia !

Le Gamin était debout dans la portière et les ténèbres perdaient peu à peu de leur épaisseur entre lui et le visage blond et vide. Elle avait relevé sa jupe au-dessus de ses genoux et l'attendait avec une docilité voluptueuse.

Un moment, sous la menace de l'acte hideux et banal, il eut une vision de son ambition immense : l'appartement du Cosmopolitain, le briquet en or, les chaises marquées de couronnes en l'honneur d'une étrangère qui s'appelait Eugénie. Hale disparut de l'horizon, comme une pierre qu'on lance par-dessus la falaise. Le Gamin se tenait au bout d'une longue étendue de parquet ciré, il y avait des bustes de grands hommes et le fracas d'acclamations. Mr Colleoni s'inclinait comme un commis de magasin, puis s'éloignait à reculons ; le Gamin avait derrière lui toute une armée de rasoirs : le Conquérant. Des sabots martelaient la pelouse et un haut-parleur proclamait le gagnant ; la musique jouait. Sa poitrine était douloureuse dans son effort pour contenir le monde tout entier.

— Et alors, qu'est-ce que vous attendez ? dit Sylvie.

Horrifié, plein de dégoût, il pensa : « Après, qu'est-ce qu'il faut faire ? »

— Allons, vite, dit Sylvie, avant qu'on nous surprenne.

Les planches du parquet se roulèrent comme un tapis. Le clair de lune toucha une bague d'Uniprix et un genou potelé. Saisi d'une fureur douloureuse et amère, il lui dit :

— Attendez là, je vais vous chercher Cubitt.

Et, tournant le dos à la Lancia, il retourna vers le bar. Un rire venu de la piscine l'arrêta. Debout sur le seuil, avec le goût de l'alcool sur la langue, il regarda une fille mince, avec un bonnet de caoutchouc rouge, rire sottement dans la lueur du projecteur. Son esprit retournait inévitablement à Sylvie, en va-et-vient, comme une locomotive en miniature mue par l'électricité. La crainte et la curiosité rongeaient comme un acide l'avenir orgueilleux ; il eut un haut-le-cœur violent. « Se marier, pensa-t-il, jamais, nom de Dieu, mieux vaut être pendu ! »

Un homme en maillot de bain longea en courant le plongeoir le plus haut, fit un saut et une pirouette dans la lumière vive et nacrée, puis son corps frappa l'eau noire ; les deux baigneurs nagèrent ensemble, brasse par brasse, vers l'eau moins profonde, tournèrent et revinrent côte à côte, d'un mouvement égal et sans hâte, se livrant à un jeu intime, heureux et détendus.

Le Gamin resta à les contempler et, lorsqu'ils traversèrent le bassin pour la seconde fois, il vit dans l'eau baignée de lumière sa propre image frissonner à chacun de leurs gestes, avec ses épaules étroites et sa poitrine creuse, et il sentit ses souliers bruns pointus glisser sur les dalles mouillées et luisantes.

II

Cubitt et Dallow, un peu gris, bavardèrent sans arrêt pendant le retour ; le Gamin regardait fixement devant lui, plongeant jusqu'au cœur brillant des ténèbres. Brusquement, il s'écria furieux :

— Oh ! vous pouvez rire !

— Après tout, tu ne t'en es pas si mal tiré, dit Cubitt.

— Vous pouvez rire. Vous croyez que vous ne risquez rien ? Mais moi, j'en ai assez de toute votre clique ! J'ai bien envie de me débiner.

— Fais un long voyage de noces, dit Cubitt en grimaçant.

Une chouette cria sa faim cruelle, se laissa tomber très bas au-dessus d'un poste d'essence, plongea dans la lumière des phares et en ressortit sur ses ailes bourrues et prêtes au pillage.

— Je ne vais pas me marier, dit le Gamin.

— J'ai connu un type autrefois, dit Cubitt, il a eu tellement la frousse qu'il s'est suicidé. Il a fallu renvoyer les cadeaux de noces.

— Je ne vais pas me marier.

— Ça fait souvent cet effet-là.

— Rien ne me forcera à me marier.

— Il faut que tu te maries, dit Dallow.

À une fenêtre du petit débit de boissons de Charlie, une femme qui attendait quelqu'un regardait fixement ; elle ne vit pas l'auto passer ; elle attendait.

— Bois un coup, dit Cubitt. (Il était plus ivre que Dallow.) J'ai emporté une gourde. Tu ne peux plus répondre que tu ne bois jamais. Nous t'avons vu, Dallow et moi.

Le Gamin dit à Dallow :

— Je ne veux pas me marier ! Pourquoi est-ce que je me marierais ?

— C'est toi qui voulais, dit Dallow.

— Qu'est-ce qu'il voulait ? demanda Cubitt.

Dallow ne répondit pas, mais posa sa main amicale et pesante sur le genou du Gamin. Le Gamin lança un regard de côté sur le visage stupide et dévoué et se sentit furieux de la façon dont le loyalisme d'un homme peut vous gêner et vous conduire. Dallow était le seul homme en qui il eût confiance, et il le haïssait comme s'il avait été son mentor. Il répéta d'un ton faible : « Rien ne me forcera à me marier » en regardant défiler la longue parade des panneaux-réclame qui se déroulait dans cette lumière sous-marine : « Guinness est bonne pour vous », « Essayez le Worthington », « Gardez ce teint d'adolescente » ; une longue série d'adjurations, des gens qui vous conseillaient des choses : « Possédez votre propre maison », « Consultez Bennett pour votre bague de mariage. »

Chez Frank, on lui dit :

— Votre amie est là.

Il monta jusqu'à sa chambre dans un état de révolte désespérée ; il allait entrer et dire : « J'ai changé d'idée ; je ne peux pas t'épouser. » Ou bien encore : « Les hommes de loi ont trouvé qu'après tout ça ne peut pas s'arranger. » La rampe était toujours démolie et il regarda tout en bas le point où était tombé le corps de Spicer. Cubitt et Dallow se tenaient à cet endroit précis et riaient de quelque anecdote ; l'arête vive d'un barreau de la rampe brisée lui griffa la main. Il la porta à sa bouche et entra. Il pensait : « Il faut que je sois calme, il faut que je conserve toute ma présence d'esprit », mais il sentait que son intégrité était souillée par le goût de l'alcool qu'il avait bu au bar. On peut perdre le vice aussi facilement qu'on perd la vertu, qui vous quitte au moindre contact.

Il la regarda. Elle fut terrifiée lorsqu'il dit à voix basse :

— Qu'est-ce que tu fais là ?

Elle portait le chapeau qu'il détestait et elle l'arracha dès qu'elle sentit son regard.

— À cette heure de la nuit ? ajouta-t-il d'un air scandalisé, pensant qu'il y aurait là un sujet de querelle s'il s'y prenait de la bonne façon.

— Avez-vous vu ceci ? implora Rose.

Elle tenait le journal local. Il ne s'était pas donné le mal de le lire, mais là, en première page, il y avait la photo de Spicer terrifié, passant à grandes enjambées sous les arches de fer. Ils avaient eu plus de succès au kiosque que lui-même...

— Ça raconte ici, dit Rose, que c'est arrivé...

— Sur le palier, dit le Gamin. Je disais tout le temps à Franck de faire réparer cette balustrade.

Il monta jusqu'à sa chambre dans un état de révolte de courses. Et c'est l'homme qui...

Il lui fit face avec une fermeté feinte.

— ... t'a donné la carte ? C'est ce que tu prétends. Peut-être qu'il connaissait Hale. Il voyait un tas de types que je ne connaissais pas. Et puis après ?

Devant le regard fixe et muet de Rose, il répéta sa question avec assurance :

— Et puis après ?

Son propre esprit, il le savait, pouvait concevoir tous les aspects de la traîtrise, mais elle, c'était une bonne gosse, elle était limitée par son absence de vice ; il y avait des choses qu'elle ne pouvait pas imaginer, et il avait en ce moment l'impression de voir son imagination se flétrir dans le vaste désert de la peur.

— J'ai pensé, dit-elle, j'ai pensé...

Et elle regardait derrière lui la balustrade démolie sur le palier.

— Qu'est-ce que tu as pensé ?

Avec une haine passionnée, il serra les doigts autour de la petite bouteille qu'il avait dans sa poche.

— Je ne sais pas. Je n'ai pas dormi la nuit dernière. J'ai eu des rêves tellement...

— Quels rêves ?

Elle le regarda avec horreur :

— J'ai rêvé que vous étiez mort.

Il éclata de rire :

— Je suis jeune et vigoureux.

Et il pensa à sa nausée au milieu du parc à autos et à l'invitation dans la Lancia.

— Vous n'allez pas rester ici, n'est-ce pas ?

— Pourquoi pas ?

— J'aurais cru... dit-elle, son regard fixe retournant vers la rampe de l'escalier.

Elle dit :

— J'ai très peur.

— Y a pas de raison d'avoir peur, dit-il en caressant le flacon de vitriol.

— J'ai peur pour vous. Oh ! ajouta-t-elle, je sais bien que je ne compte pas. Je sais que vous avez un avocat, et une voiture, et des amis, mais cet endroit...

Elle bredouillait désespérément dans son effort pour exprimer l'idée qu'elle se faisait du domaine dans lequel il évoluait : un lieu d'accidents mystérieux et d'événements inexpliqués, l'étranger apportant une carte, la rixe sur le champ de courses, la chute tête première. Une sorte de hardiesse, d'impudence lui monta au visage au point que le Gamin sentit une fois encore un vague frisson de sensualité :

— Il faut que vous m'épousiez comme vous l'avez dit.

— Ça ne peut pas se faire, après tout. J'ai vu mon avocat. Nous sommes trop jeunes.

— Moi, je m'en moque. De toute façon, ce n'est pas un *vrai* mariage. Un mariage civil, ça ne change rien.

— Retourne d'où tu viens, dit-il durement, espèce de petite grue !

— Je ne peux pas, dit-elle ; j'ai été saquée !
— Pourquoi ?

C'était comme si les menottes se fermaient graduellement. Il la soupçonna.

— J'ai mal répondu à une cliente.
— Pourquoi ? Quelle cliente ?
— Est-ce que vous ne devinez pas ? dit-elle.
Et elle continua d'une voix ardente :
— Qui est-elle, mais qui ? Elle se mêle de tout... Elle me tourmente... Vous devez le savoir, vous ?

— Je ne la connais ni d'Ève ni d'Adam, dit le Gamin.

Elle mit dans sa question toute son expérience de pacotille – puisée dans les romans à dix-neuf sous :

— Est-elle jalouse ? Est-ce que c'est quelqu'un... Vous savez ce que je veux dire.

Et tout prêt, masqué par la question ingénue comme les canons par la tourelle d'un cuirassé, pointait l'instinct de la propriété ; elle était comme une table ou comme une chaise, mais vous appartenez à une table – ne serait-ce que par vos empreintes digitales.

Il eut un rire embarrassé.

— Comment, elle ! Mais elle est assez vieille pour être ma mère !

— Alors, qu'est-ce qu'elle veut ?

— Je voudrais bien le savoir.

— Croyez-vous, dit-elle, que je devrais porter ceci... (elle lui tendit le journal) à la police ?

L'ingénuité – ou l'astuce – de la question lui causa un choc. Peut-on se sentir jamais en sécurité auprès de quelqu'un qui se rend si peu compte qu'il est mêlé à des événements ? Il lui dit :

— Fais bien attention.

Et il pensa avec un dégoût morne et las (il avait eu une journée infernale) : « Il va falloir que je l'épouse après tout. » Il réussit à sourire : ses muscles commençaient à savoir fonctionner. Il reprit :

— Écoute. Tu n'as pas besoin de penser à toutes ces choses-là. Je vais t'épouser. Il existe des moyens de contourner la loi.

— Pourquoi s'en faire pour la loi ?

— Je ne veux pas de clabaudages. Je ne serai satisfait, déclara-t-il avec une indignation feinte, que par un mariage. Il faut nous marier dans les règles.

— On sera tout de même pas mariés, quoi qu'on fasse. À Saint-Jean, le père a dit...

— Il ne faut pas trop écouter les curés, dit-il. Ils ne connaissent pas la vie comme moi. Les idées changent et le monde fait des progrès...

Ses paroles trébuchèrent sur la piété d'image sainte de la petite. Aussi clairement qu'avec des paroles, ce visage disait que les idées ne changent jamais, que le monde ne fait pas de progrès : il s'étend toujours à la même place, territoire ravagé, disputé, entre les deux éternités. Ils se mesuraient, pour ainsi dire, en pays ennemis, mais, comme des armées pendant la trêve de Noël, ils fraternisaient :

— Toi, ça ne te fait rien, n'est-ce pas, dit-il, et moi je préfère être marié... légalement.

— Comme vous voudrez, dit-elle avec un petit geste de consentement total.

— Peut-être que ça pourra s'arranger comme ça. Si ton père écrivait une lettre...

— Il ne sait pas écrire.

— Eh bien ! il pourra signer d'une croix en tout cas, si je fais écrire la lettre... Je ne sais pas comment ces choses-là se font. Peut-être qu'il pourra venir chez le magistrat. Mr Prewitt s'en occupera.

— Mr Prewitt ? demanda-t-elle vivement. Est-ce que c'est celui de l'enquête, celui qui était ici...

— Oui, et puis après ?

— Rien, dit-elle. Je pensais seulement...

Mais il pouvait voir ses pensées s'en aller, s'en aller, sortir de la pièce, atteindre la rampe et l'endroit de la chute, sortir de cette journée complètement...

En bas, quelqu'un ouvrit la T S F : sans doute une plaisanterie de Cubitt pour créer l'atmosphère romantique qui convenait. Les sons gémissants montèrent l'escalier, passèrent à côté du téléphone, entrèrent dans la chambre ; l'orchestre de quelqu'un dans l'hôtel de quelqu'un, la fin du programme de la journée. La musique fit changer la route des pensées, et il se demanda pendant combien de temps il lui faudrait égarer l'esprit de Rose à l'aide du geste romantique ou de l'acte amoureux, combien de semaines ou de mois... Son cerveau refusait d'admettre la possibilité d'années. Un jour, il retrouverait la liberté ; il tendit les mains vers elle, comme si elle était le détective qui tient les menottes, et dit :

— Demain, nous nous occuperons de tout ça. Va voir ton père. Tu sais... (les muscles de sa bouche fléchirent à cette pensée) on n'a jamais besoin que de deux jours pour se marier...

III

Il avait peur en retournant seul, à pied, dans cette partie du monde, qu'il avait quittée – oh ! depuis des années ! La mer pâle se brisait en mousse crémeuse sur les galets et la tour verte du Métropole avait l'air d'une pièce de monnaie fraîchement extraite du sol, vert-de-grisée par un humus centenaire. Les mouettes montaient en piqué au-dessus de la Promenade supérieure, criaient et tournoyaient dans le soleil, et un écrivain populaire bien connu montrait sa figure ronde trop célèbre à la fenêtre du Royal-Albion, fixant des yeux la mer. La journée était si claire que l'on cherchait la France des yeux.

À pas lents, par les rues de traverse, le Gamin s'en allait vers l'Old Steyne. Les rues se rétrécissaient en montant au-dessus de la Steyne : secret sordide, sein difforme, dissimulé sous le corsage aux couleurs vives. Chaque pas était une défaite. Il croyait avoir échappé à jamais, en vivant à l'autre bout de l'Esplanade, et voilà que l'extrême pauvreté le reprenait : une boutique où l'on pouvait se faire couper les cheveux pour deux shillings, dans le même immeuble qu'un fabricant de cercueils travaillant dans le chêne, l'orme ou le plomb ; pas de devanture, sauf, derrière la vitre, un cercueil d'enfant couvert de poussière et la liste des prix du coiffeur. La citadelle de l'Armée du Salut marquait par ses créneaux la frontière même du domaine de son enfance. Il commençait à craindre d'être reconnu et à ressentir une humiliation obscure comme si ses rues natales avaient, elles, le droit de pardonner, tandis que lui ne pouvait leur reprocher son passé misérable et sordide. L'Albert Hostel (bonnes chambres de voyageurs), et voilà qu'il y était, en haut de la colline, en plein milieu du territoire bombardé ; une gouttière pendante, des carreaux de fenêtre, un lit de fer dans un petit jardin pas plus grand qu'une table. La moitié de Paradise Piece avait été démolie comme par des éclatements de bombes : des enfants jouaient sur la pente abrupte des monceaux de décombres ; un pan de cheminée montrait qu'une maison s'était jadis élevée à cet endroit, et, pendue à un poteau enfoncé dans les cailloux et les débris d'asphalte, une affiche de la municipalité annonçait la location d'appartements neufs ; en face, il y avait une courte rangée de maisons sales et croulantes, tout ce qui restait de Paradise Piece. La maison du Gamin avait disparu ; peut-être que cet endroit plus plat dans les gravats en marquait l'âtre ; la pièce au tournant de l'escalier où s'accomplissait la gymnastique du samedi soir n'était plus que du vide. Il se demanda avec horreur si fatalement tout cela se reconstruirait pour lui ; le vide avait meilleur aspect.

Le soir précédent, il avait renvoyé Rose, et maintenant il se traînait pour aller la rejoindre. Il était désormais vain de se révolter : il fallait l'épouser ; il fallait se mettre à l'abri. Les petits garçons jouaient aux éclaireurs dans les décombres, avec des pistolets achetés à Uniprix ; un groupe de filles les regardaient faire d'un air hargneux. Un enfant dont le genou était dans une jambière de métal se lança contre lui en boitant, aveuglément ; il le repoussa ; une petite voix stridente cria : « Haut les mains ! » et fit retourner sa pensée en arrière, et il détesta les gamins d'en être la cause ; c'était comme l'appel terrible de l'innocence, mais l'innocence n'est même pas là ; il faut retourner bien plus loin en arrière pour trouver l'innocence ; l'innocence est le cri discordant de la naissance.

Il trouva la maison de Nelson Place, mais avant qu'il ait eu le temps de frapper, la porte s'ouvrit. Rose le guettait à travers les verres dépolis.

— Oh ! comme je suis contente, dit-elle. Je croyais que peut-être...

Dans l'affreux petit couloir qui puait comme des lieux d'aisances, elle parlait sans arrêt, volubile et passionnée.

— Ç'a été terrible hier soir... Vous comprenez, je leur envoyais de l'argent... Ils ne comprennent pas qu'il arrive à tout le monde de perdre sa place...

— Je vais arranger ça, dit le Gamin. Où sont-ils ?

— Il faut faire bien attention, dit Rose. Ils ont leur crise.

— Où sont-ils ?

Mais il n'y avait guère le choix de la direction : il n'y avait qu'une porte et un escalier jonché d'une litière de vieux journaux. Sur les premières marches, entre les souillures de boue, gisait, le regard fixe, la figure brune et enfantine de Violet Crowe, violée et enterrée sous la Jetée de l'Ouest, en 1936. Il ouvrit la porte et là, à côté du fourneau de cuisine noir, parmi le charbon de bois froid et mort éparpillé sur le sol, les parents étaient assis. Ils avaient « leur crise ». Ils l'examinèrent avec une silencieuse et hautaine indifférence ; un petit homme mince et presque vieux, au visage profondément sillonné par les hiéroglyphes de la douleur, de la patience, de la méfiance ; la femme mûrissante, stupide, vindicative. La vaisselle n'avait pas été lavée, le poêle n'avait pas été allumé.

— Ils ont leur crise, dit Rose à haute voix. Ils ne m'ont rien laissé faire. Pas même allumer le feu. J'aime qu'une maison soit propre, moi. La nôtre ne serait jamais comme ça.

— Dites-moi, Mr... commença le Gamin.

— Wilson, termina Rose.

— Wilson. Je veux épouser Rose. Il paraît que, comme elle est très jeune, il faut que j'aie votre permission.

Ils refusaient de lui répondre. Ils entretenaient leur crise, comme une pièce de porcelaine précieuse qu'ils seraient seuls à posséder : quelque chose qu'ils pouvaient montrer aux voisins, une chose « à eux ».

— C'est inutile, dit Rose, quand ils ont leur crise.

D'une caisse en bois, un chat les surveillait.

— Oui ou non ? dit le Gamin.

— Ça ne sert à rien, répéta Rose, à rien quand ils ont leur crise.

— Cette question est nette : est-ce que j'épouse Rose, oui ou non ? Répondez !

— Revenez demain. Leur crise aura passé, dit Rose.

— Je ne suis pas à leurs ordres. Ils devraient être fiers...

L'homme se leva brusquement et chassa à coups de pied furibonds le coke noir sur le plancher.

— Allez-vous-en d'ici ! cria-t-il. Nous ne voulons pas de vos manigances. Jamais, jamais, jamais...

Et, pendant un moment, dans les yeux enfoncés et perdus, il y eut une espèce de fidélité qui évoqua Rose de façon effrayante aux regards du Gamin.

— Doucement, père, dit la femme, soucieuse de soigner sa crise ; ne leur parle pas.

— Je suis venu pour parler affaires, dit le Gamin. Si vous ne voulez pas parler affaires...

Son regard fit le tour de la pièce informe et sans espoir.

— Je pensais que peut-être dix livres pourraient vous être utiles...

Et il vit l'incrédulité, l'avidité, la méfiance flotter et monter dans le silence aveugle et lourd de haine.

— Nous ne voulons pas... reprit l'homme, dont la voix mourut à la façon d'un disque de phonographe.

Il se mettait à réfléchir ; on pouvait voir ses pensées surgir l'une après l'autre.

— Nous ne voulons pas de votre argent, dit la femme.

Chacun était loyal à sa manière.

— Ne faites pas attention à ce qu'ils disent, je ne veux pas rester ici, intervint Rose.

— Un moment, un moment, dit l'homme. Toi, mère, tais-toi.

Puis au Gamin :

— Nous ne pouvons pas laisser partir Rose pour dix billets – pas avec un inconnu. Comment savoir si vous la traiterez comme il faut ?

— Je vous en offre douze, dit le Gamin.

— Ce n'est pas une question d'argent, dit l'homme. Vous avez une tête qui me revient. Nous ne voulons pas empêcher Rose de se faire une meilleure situation, mais vous êtes trop jeune.

— Je ne mettrai pas plus de quinze livres. C'est à prendre ou à laisser.

— Vous n'pouvez rien faire sans not'consentement, dit l'homme.

Le Gamin s'écarta un peu de Rose.
— Je n'y tiens pas à ce point-là.
— Disons quinze guinées.
— Vous connaissez mon offre.

Il regarda avec horreur la pièce qui l'entourait ; personne ne pourrait dire qu'il n'avait pas eu raison de fuir loin de tout cela, de commettre n'importe quel crime. Quand cet homme ouvrait la bouche, il entendait parler son père ; cette silhouette, dans le coin, c'était sa mère ; il marchandait sa sœur et ne ressentait aucun désir... Il se tourna vers Rose :

— Je m'en vais.

Et il sentit passer en lui un très léger mouvement de pitié envers la vertu qui ne peut commettre de meurtre pour s'évader. On a dit que les saints possédaient – quelle est l'expression ? – « des vertus héroïques », patience héroïque, endurance héroïque, mais il ne voyait rien d'héroïque dans le visage osseux, les yeux saillants, la pâleur angoissée, pendant ce marchandage des deux hommes, où elle voyait toute sa vie se confondre avec le débat financier.

— Allons, dit-il, on se reverra.

Il se dirigea vers la porte.

À la porte, il se retourna : on aurait dit une réunion de famille. Agacé et méprisant, il leur céda.

— Soit, guinées. Je vous enverrai mon notaire.

Et lorsqu'il s'engagea dans le couloir infect, Rose était derrière lui, qui suffoquait de gratitude.

Il joua le jeu jusqu'à la dernière carte et, se fabriquant une espèce de sourire, il y ajouta un compliment.

— Pour toi, je serais capable d'en faire bien davantage.

— Tu as été merveilleux, dit-elle.

Et elle l'adorait, au milieu des odeurs de cabinets, mais pour lui cette admiration était empoisonnée : c'était une marque de possession, cette adoration menait tout droit à ce qu'elle attendait de lui : l'assouvissement horrifiant d'un désir qu'il ne ressentait pas. Elle le suivit dans la rue, jusque dans l'air frais de la place Nelson. Les enfants jouaient au milieu des décombres de Paradise Piece, et le vent de la mer balayait l'emplacement de son foyer natal. Un vague désir de destruction totale s'étira en lui : l'immense supériorité du néant.

Elle dit, comme elle l'avait déjà dit une fois :

— Je m'étais toujours demandé comment ça se ferait.

Elle repassait obscurément dans sa pensée les événements de l'après-midi pour ramener au jour la trouvaille inattendue.

— Je n'ai jamais vu une crise leur passer aussi vite. Il faut que tu leur plaises joliment !

IV

Ida Arnold mordit dans un éclair et la crème gicla entre ses grandes dents de devant. Son rire un peu gras emplit le boudoir Pompadour ; elle dit :

— Depuis que j'ai quitté Tom, je n'ai jamais eu autant d'argent à dépenser.

Elle mordit un autre bout et un coussinet de crème s'installa sur sa langue replète.

— C'est à Fred que je le dois, d'ailleurs. S'il ne m'avait pas donné le tuyau de *Black Boy* !

— Pourquoi ne pas y renoncer ? dit Mr Corkery, et simplement vous donner du bon temps ? C'est si dangereux !

— Oh ! oui, c'est dangereux, admit-elle.

Mais aucun sens du danger ne pouvait se loger derrière ces grands yeux bien vivants. Rien n'aurait jamais pu lui faire croire qu'un jour, elle aussi, comme Fred, serait là où les vers... Son esprit ne pouvait suivre cette voie ; elle n'en pouvait parcourir qu'une brève distance avant que les aiguillages glissent automatiquement, pour la déposer toute vibrante sur sa ligne habituelle : la ligne des billets de saisons balnéaires, des voyages ponctués de résidences agréables, la ligne des annonces de croisières, des petits bosquets entourés de haies, où l'on fait l'amour aux champs. Elle dit, en examinant son éclair à la crème :

— Moi, je ne cède jamais.

Ils ne savaient pas ce qu'ils se préparaient comme remous d'embêtements.

— Laissez ça à la police.

— Oh ! non. Je sais ce qui est juste. On ne peut pas me l'apprendre. Qui est-ce, ce type, à votre idée ?

Un vieux juif en chaussures vernies, avec un devant blanc à son gilet et une pierre précieuse en épingle de cravate, traversait à pas feutrés le boudoir :

— Distingué, dit Ida Arnold.

Quelques pas derrière lui, un secrétaire trottait en lisant une liste :

— Bananes, oranges, raisins, pêches...

— De serre ?

— De serre.

— Qui est-ce ? répéta Ida Arnold.

— Est-ce tout, Mr Colleoni ? demanda le secrétaire.

— Quelles fleurs ? interrogea Mr Colleoni. Et avez-vous pu trouver des mandarines ?

— Non, Mr Colleoni.

— Ma chère femme... dit Mr Colleoni, dont la voix s'effaça graduellement jusqu'à disparaître.

Ils ne purent saisir que le mot « passion ». Ida Arnold fit pivoter ses yeux sur l'élégante décoration du boudoir Pompadour. Comme un projecteur, son regard en détacha un coussin, un divan, la mince bouche bureaucratique de l'homme qui lui faisait face.

— Nous serions rudement bien ici, dit-elle en regardant cette bouche.

— Ça coûte cher, répondit nerveusement Mr Corkery dont une main trop sensible caressa les cuisses trop maigres.

— *Black Boy* nous le permet. Et c'est pas possible de... – vous savez – s'amuser au Belvédère. Collet monté.

— Vous accepteriez de vous... amuser un peu ici ? dit Mr Corkery, les yeux clignotants.

On n'aurait pu distinguer d'après son expression s'il désirait ou craignait qu'elle ne consentît.

— Pourquoi pas ? Je ne pense pas que ça fasse de mal à personne. C'est la nature humaine.

Elle mordit dans son éclair et répéta son mot de passe familier :

— Ce n'est jamais qu'un amusement.

— Allez chercher ma valise, dit-elle, pendant que je retiens une chambre. Après tout, je vous dois quelque chose : vous avez travaillé...

Mr Corkery rougit un peu.

— Moitié, moitié, dit-il.

Elle lui sourit.

— Sur le compte de *Black Boy*. Je paie mes dettes.
— Les hommes aiment... protesta faiblement Mr Corkery.
— Fiez-vous à moi, je sais ce qu'ils aiment, les hommes.

L'éclair à la crème, le divan profond, le mobilier criard avaient agi comme un aphrodisiaque mêlé à son thé. Elle était prise d'un appétit bachique et paillard. À chacune des paroles qu'ils disaient, l'un et l'autre, elle découvrait une seule signification. Mr Corkery rougit et plongea plus profondément dans son embarras.

— Un homme ne peut pas s'empêcher de désirer...

Et il fut emporté dans l'immense allégresse d'Ida.
— Comme vous le dites... fit-elle, comme vous le dites.

Lorsque Mr Corkery fut parti, elle prépara les réjouissances, gardant encore entre les dents un goût de gâteau sucré. L'image de Fred Hale reculait peu à peu, comme une silhouette sur un quai de gare au moment où le train part : il appartenait à quelque chose qu'elle avait laissé derrière elle ; la main qui fait un signe d'adieu ne fait que contribuer à l'excitation de l'expérience nouvelle. Nouvelle et pourtant d'une antiquité incommensurable. De ses yeux expérimentés, injectés de sang, elle examina la résidence voluptueuse, la grande chambre à coucher capitonnée, avec son long miroir, son armoire et son énorme lit. Elle s'assit sur ce lit, franchement, pendant que l'employé attendait :

— Les ressorts sont bons, dit-elle, très bons.

Et, longtemps après qu'il fut parti, elle y était encore à faire des plans de campagne pour le soir. Si quelqu'un à ce moment lui avait dit : « Fred Hale », c'est à peine si elle aurait reconnu le nom ; elle avait une autre source d'intérêt ; pour l'heure qui venait, la police pouvait s'occuper de lui.

Ensuite, elle se leva lentement et se mit à se déshabiller. Elle ne portait jamais grand-chose ; en un rien de temps apparut dans la longue glace un corps ferme et dru ; on en avait plein la main. Elle se dressait sur le tapis épais et moelleux, entourée de cadres dorés et de tentures de velours rouge et, par douzaines, des sentences populaires et banales s'épanouissaient dans sa tête : « Une nuit d'amour », « On ne vit qu'une fois », et ainsi de suite. Cela n'avait pas plus de rapport avec la passion que les images d'un kinérama. Elle suça le chocolat qui lui restait entre les dents et sourit, ses orteils grassouillets enfoncés dans le tapis ; elle attendait Mr Corkery – comme une grande et belle surprise, en fleur.

De l'autre côté de la fenêtre, la mer se retirait en grattant les galets, mettant à nu une chaussure, un morceau de ferraille rouillé, et alors le vieil homme se baissait pour fouiller entre les pierres. Le soleil tomba derrière les maisons de Hove et la pénombre vint, l'ombre de Mr Corkery était longue lorsqu'il revint du Belvédère, à pas lents, portant les valises pour économiser un taxi. Une mouette fondit avec des cris aigus sur un crabe mort, aplati et brisé contre les assises de fer de la Jetée. C'était l'heure des ténèbres proches, de la brume du soir qui monte de la Manche, l'heure de l'amour.

V

Le Gamin ferma la porte derrière lui et se retourna pour faire face aux visages amusés qui attendaient.

— Alors, demanda Cubitt, tout est arrangé ?

— Naturellement, dit le Gamin ; quand je veux quelque chose...

Sa voix hésitait, sans conviction. Il y avait une demi-douzaine de bouteilles sur sa table de toilette, sa chambre sentait la bière éventée.

— Quand tu veux quelque chose ! dit Cubitt. Parfait.

Il ouvrit une nouvelle bouteille et dans la pièce chaude et sans air la mousse monta rapidement et vint éclabousser la toilette de marbre.

— Qu'est-ce que tu fabriques ? demanda le Gamin.

— On arrose la chose, dit Cubitt, tu es catholique, n'est-ce pas ? Des fiançailles, voilà comment ils appellent ça, les papistes.

Le Gamin les examina : Cubitt un peu ivre, Dallow préoccupé, deux autres visages maigres et affamés qu'il avait peine à reconnaître, parasites vivant en marge du grand racket, de ceux qui sourient quand vous souriez et s'assombrissent quand vous vous assombrissez. Mais, en ce moment, ils souriaient parce que Cubitt souriait, et brusquement le Gamin vit combien de terrain il avait perdu depuis cet après-midi sur la Jetée où il avait combiné l'alibi, donné des ordres, fait ce que les autres n'avaient pas eu le cran de faire eux-mêmes.

Judy, la femme de Frank, passa la tête par la porte. Elle était en robe de chambre, ses cheveux roux Titien étaient bruns aux racines.

— Bonne chance, Pinkie ! dit-elle en clignant de ses cils passés au rimmel.

Elle venait de laver son soutien-gorge ; le petit morceau de soie dégouttait sur le linoléum. Personne ne lui offrit à boire :

— Travail, travail, travail !

Elle leur fit la moue et s'en alla le long du couloir vers la chaudière du chauffage central.

Beaucoup perdu... et cependant il n'avait pas fait un seul faux pas : s'il n'était pas allé chez Snow et s'il n'avait pas parlé à la fille, ils seraient tous en taule à présent. S'il n'avait pas tué Spicer... Pas un seul faux pas, mais chaque pas lui avait été imposé par une puissance qu'il ne pouvait même pas localiser : une femme qui pose des questions, des messages téléphoniques qui effraient Spicer. Il pensa : « Quand j'aurai épousé la fille, alors est-ce que ça s'arrêtera ? Où cela peut-il encore me forcer d'aller ? » Et avec une crispation de la bouche il se demanda : « Quoi de pire ? »

— Quand est-ce l'heureux jour ? dit Cubitt.

Et tous, sauf Dallow, sourirent docilement.

Le cerveau du Gamin se remit à fonctionner. Il alla lentement vers la table de toilette :

— Est-ce que vous n'avez pas un verre pour moi ? Est-ce que je ne suis pas de la fête ? demanda-t-il.

Il vit Dallow étonné, Cubitt désarçonné, les parasites qui se demandaient lequel il fallait suivre, et il ricana en les regardant, parce que, seul, il était intelligent.

— Voyons, Pinkie, dit Cubitt.

— Je ne suis pas homme à boire, et je ne suis pas homme à me marier, dit le Gamin. C'est ce que vous pensez. Mais si l'une des deux choses me plaît, pourquoi l'autre ne me plairait-elle pas ? Donnez-moi un verre !

— Ça te plaît, dit Cubitt avec un sourire gêné et tordu, elle te plaît à toi ?

— Est-ce que tu ne l'as pas vue ? demanda le Gamin.

— Oh ! tu sais, Dallow et moi, on n'a fait que l'apercevoir. Dans l'escalier, et il faisait trop noir...

— C'est un amour, dit le Gamin, beaucoup trop bien pour cette gargote. Et intelligente, s'il vous plaît. Naturellement, il n'y aurait pas de raison pour que je l'épouse, mais étant donné les circonstances...

Quelqu'un lui tendit un verre ; il but une longue rasade, le fluide amer et pétillant l'écœura – c'était donc ça qu'ils aimaient – il crispa les muscles de sa bouche pour dissimuler son dégoût :

— ... étant donné les circonstances, continua-t-il, j'en suis content.

Et avec une répugnance secrète, il examina le fond de liquide pâle dans son verre avant de le vider. Dallow le regardait en silence, et le Gamin sentit plus de colère contre son ami que contre son ennemi ; comme Spicer, il en savait trop long ; mais ce qu'il savait était beaucoup plus mortel que ce que Spicer avait su. Spicer n'avait su que le genre de choses qui vous mène au banc des inculpés, mais Dallow savait ce que savent notre miroir et les draps de notre lit : la peur secrète et l'humiliation. Il dit avec une fureur rentrée :

— Qu'est-ce qui te prend, Dallow ?

Le visage stupide et brisé était désespérément perdu dans la perplexité.

— Jaloux ? ajouta-t-il, se mettant à plastronner. Tu auras des raisons de l'être quand tu la verras. Ce n'est pas une de vos petites catins décolorées. Elle a de la classe. Je l'épouse à cause de vous, mais je couche avec elle pour mon plaisir.

Il se tourna méchamment vers Dallow :

— Qu'est-ce que tu as dans la tête, toi ?

— Ben, dit Dallow. C'est avec elle que tu avais rendez-vous sur la Jetée, n'est-ce pas ? Je n'ai pas trouvé qu'elle était si bien que ça.

— Toi, dit le Gamin, tu n'y connais rien. Tu es un ignorant. La classe, tu ne sais pas la voir quand on te la met devant les yeux.

— Une duchesse, en somme ! dit Cubitt en éclatant de rire.

Une extraordinaire indignation monta brusquement dans le cerveau et dans les doigts du Gamin. C'était presque comme si l'on venait d'insulter quelqu'un qu'il aimait :

— Fais attention, Cubitt, dit-il.

— Ne t'en fais pas pour ce qu'il dit, fit Dallow, nous ne savions pas que tu étais tombé...

— On a des cadeaux pour toi, Pinkie, dit Cubitt. Pour monter ton ménage.

Et il montra de la main deux petits objets obscènes posés sur la toilette, à côté de la bière – les bazars de Brighton en étaient pleins – un petit bidet de poupée en forme de poste de T S F portant ces mots : « À. 1, poste récepteur à deux lampes, le plus petit du monde », et un pot à moutarde en cuvette de cabinets, avec la légende : « Pour moi et ma belle. » C'était comme le retour de toute l'horreur qu'il eût jamais ressentie dans la hideuse solitude de son innocence. Il frappa Cubitt au visage et Cubitt recula en riant. Les deux parasites se faufilèrent hors de la pièce. Ils n'avaient aucun goût pour les bagarres. Le Gamin les entendit rire dans l'escalier. Cubitt insistait :

— Tu en auras besoin chez toi. Le lit n'est pas le seul meuble utile.

Il rigolait et reculait en même temps.

Le Gamin dit :

— Nom de Dieu, je vais te traiter comme j'ai traité Spicer...

Le sens des mots n'atteignit pas tout de suite Cubitt. Il y eut un long temps mort. Il se mit à rire, puis aperçut la figure effarée de Dallow, et seulement alors il *entendit* :

— Qu'est-ce que tu viens de dire ? demanda-t-il.

— Il est cinglé, s'interposa Dallow.

— C'était la rampe de l'escalier. Tu n'étais pas là. Qu'est-ce que tu racontes ?

— Mais on le sait bien qu'il n'y était pas, dit Dallow.

— Tu crois que tu sais beaucoup de choses.

Toute la haine du Gamin était dans le mot *sais* et toute sa répulsion : *il savait* – comme Prewitt *savait* après vingt ans passés à jouer le jeu.

— Tu ne sais pas tout.

Il essaya de s'injecter de l'orgueil, mais ses yeux retournaient sans cesse à l'humiliation. « L'A. 1, le plus petit. » On ne peut pas tout savoir de ce qui existe au monde et pourtant si l'on ignore ce seul corps à corps répugnant, on ne sait rien.

— Qu'est-ce qu'il veut dire ? demanda Cubitt.

— Ne l'écoute donc pas, dit Dallow.

— Je veux dire ceci, déclara le Gamin : Spicer avait les foies et je suis le seul de cette bande qui ose agir.

— Tu n'agis que trop, dit Cubitt. Est-ce que tu as voulu dire que c'était pas la rampe ?

Il se fit peur à lui-même en posant la question : il ne souhaitait pas entendre de réponse. Il gagna la porte d'un air gêné, les yeux toujours fixés sur le Gamin.

— Mais bien entendu que c'est la rampe, dit Dallow. J'étais là, n'est-ce pas ?

— Je ne sais pas, je ne sais pas, dit Cubitt en allant vers la porte. Brighton n'est pas assez grand pour lui... Moi, je les mets !

— Va-t'en, dit le Gamin, débarrasse le plancher et crève de faim.

— Je ne crèverai pas de faim, dit Cubitt. Il y a d'autres gens dans cette ville...

Quand la porte se fut fermée, le Gamin se tourna vers Dallow.

— Eh bien ! dit-il, va-t'en, toi aussi. Vous croyez que vous pouvez vous tirer d'affaire sans moi, mais je n'aurais qu'à siffler...

— Pourquoi est-ce que tu me parles comme ça ? dit Dallow, moi, je ne te quitte pas ! Ça ne me dit rien de redevenir ami si vite avec Crab.

Mais le Gamin ne se souciait pas de ce qu'il disait. Il répéta :

— Je n'ai qu'à siffler...

Il plastronna :

— Ils reviendront à plat ventre.

Il alla jusqu'au lit de cuivre et s'étendit ; il avait eu une longue journée :

— Appelle-moi Prewitt au bout du fil, demanda-t-il. Dis-lui qu'il n'y a pas de difficultés de son côté à elle. Qu'il arrange les choses très rapidement.

— Après-demain, s'il peut ? demanda Dallow.

— Oui, dit le Gamin.

Il entendit la porte se fermer et resta étendu, la joue pincée de tressaillements, les yeux au plafond.

Il pensa : « Ce n'est pas ma faute s'ils me mettent en colère jusqu'à ce que j'aie envie de faire des choses : si les gens me laissaient en paix... » Il rouvrit les yeux et aussitôt la conscience se remit à circuler dans ses veines ; car, sur la toilette, il aperçut les achats de Cubitt. Il était comme un enfant atteint d'hémophilie ; le moindre contact lui tirait du sang.

Son imagination défaillit à ce mot. Il essaya sans grand courage de s'imaginer « la paix » ; ses yeux se fermèrent et, derrière ses paupières, il vit une grande région obscure qui s'étendait et continuait à perte de vue, un pays dont il n'avait jamais rien vu, même une carte postale, un endroit qui lui était bien plus étranger que le Grand Canyon ou le Taj Mahal.

VI

Le son étouffé d'une sonnerie courut le long du couloir du Cosmopolitain ; à travers le mur contre lequel se dressait le bout du lit, Ida Arnold pouvait entendre une voix qui parlait sans arrêt ; peut-être quelqu'un qui lisait un rapport dans une salle de conférences ou qui dictait au dictaphone. Phil gisait endormi sur le lit, en caleçon, sa bouche un peu ouverte montrant une dent jaunie et une autre plombée. Plaisir... nature humaine... pas de mal à personne... Aussi régulières qu'un tic-tac de pendule, les vieilles excuses revenaient dans le cerveau lucide, triste et insatisfait d'Ida ; rien n'était jamais à la hauteur de l'excitation profonde du désir lui-même. Les hommes vous déçoivent toujours quand on en arrive à l'acte. Elle aurait pu tout aussi bien aller au cinéma.

Mais cela ne fait de mal à personne, ce n'est que la nature humaine, personne ne pouvait dire qu'elle était une mauvaise femme, un peu facile sans doute, un peu bohème ; ce n'est pas comme si elle en eût tiré le moindre profit, comme si, à la manière de certaines femmes, elle vidait un homme pour le jeter ensuite comme un déchet, pour le mettre au rebut comme un vieux gant. Elle avait une notion nette de ce qui se fait, de ce qui ne se fait pas. Dieu ne vous en veut pas pour un peu de faiblesse humaine... Ce qui L'intéresse... et ses pensées se détachèrent de Phil en caleçon pour revenir à sa mission, faire le bien, veiller à ce que les méchants expient...

Elle s'assit sur son lit, entoura de ses bras ses grands genoux nus et sentit le désir vibrer encore un peu dans son corps déçu. Pauvre vieux Fred ! Le nom ne rendait plus aucun son triste ou pathétique. Elle ne se rappelait plus grand-chose de lui, si ce n'est un monocle et un gilet jaune, et encore appartenaient-ils à Charlie Moyne. La chasse, voilà ce qui compte... C'est comme la vie qui revient après une maladie.

Phil ouvrit un œil – jauni par l'effort sexuel – et la regarda avec appréhension. Elle dit :

— Réveillé, Phil ?

— Il doit être presque l'heure du dîner, dit Phil.

Il eut un sourire nerveux :

— À quoi pensez-vous, Ida ?

— J'étais en train de penser qu'en réalité, ce qu'il nous faut maintenant, c'est un des hommes de Pinkie. Quelqu'un qui ait peur ou qui soit mécontent. Ils doivent avoir peur quelquefois. Nous n'avons qu'à attendre.

Elle sortit du lit, ouvrit sa valise et se mit à préparer les vêtements qu'elle pensait convenir à un dîner au Cosmopolitain. Sous la lampe de chevet rose, lumière galante, brillèrent ses bracelets. Elle étendit les bras ; elle ne ressentait plus ni désir ni déception ; son cerveau était clair. La nuit était presque tombée sur la plage ; le bord de la mer était comme une ligne d'écriture tracée à la chaux ; de grosses lettres étalées. À cette distance, elles n'avaient aucun sens. Une ombre se courba avec une patience infinie et, des galets, exhuma quelque relique.

Sixième partie

I

Lorsque Cubitt franchit la porte de la maison, les parasites s'étaient déjà évanouis, la rue était vide. Il éprouvait, sans y rien comprendre, la sensation muette, amère, d'un homme qui vient de détruire son foyer avant de s'en être préparé un autre. Un brouillard montait de la mer, et il n'avait pas de pardessus. Il était furieux comme un enfant ; il n'irait pas le rechercher ; ce serait admettre qu'il avait tort. La seule chose à faire maintenant, c'était d'aller boire un solide whisky à la Couronne.

Au bar, on lui fit place avec respect. Dans le miroir marqué « Booth's Gin », il pouvait voir sa propre image : les cheveux courts en flamme, la face anguleuse et franche, les larges épaules ; il y plongea le regard comme Narcisse dans sa fontaine et se sentit mieux ; il n'était pas de cette race d'hommes qui acceptent les choses en rampant ; il connaissait sa valeur.

— Un whisky ? proposa quelqu'un.

C'était le commis du fruitier du coin. Cubitt posa sur son épaule une lourde patte pour accepter d'un geste protecteur : l'homme qui, dans sa vie, a fait une ou deux choses fraternisant avec le type pâle et ignorant qui a rêvé une vie d'homme au fin fond de son magasin. Ces rapports plaisaient à Cubitt. Il prit deux autres whiskies aux frais du marchand de légumes.

— Un tuyau, Mr Cubitt ?

— J'ai d'autres choses à penser qu'à des tuyaux, dit Cubitt d'un air sombre, en ajoutant une goutte d'eau gazeuse.

— Nous étions en train de discuter justement, à propos de *Gay-Parrot* pour 2 h 30. Il me semble...

Gay-Parrot... le nom ne représentait rien du tout pour Cubitt ; l'alcool le réchauffait ; le brouillard avait empli son cerveau ; il se pencha en avant vers le miroir et vit « Booth's Gin... Booth's Gin » comme une auréole au-dessus de sa tête. Il était mêlé à la grande politique, des hommes avaient été tués ; des allégeances oscillèrent dans son cerveau comme de lourdes balances ; il se sentit aussi important qu'un premier ministre qui élabore des traités.

— D'autres gens seront tués avant que nous soyons au bout, prononça-t-il mystérieusement.

Il savait très bien ce qu'il disait ; il ne trahissait personne ; mais il n'y avait aucun mal à révéler à ces pauvres créatures abruties par la boisson quelques-uns des secrets des vivants. Il poussa son verre en avant et dit :

— Une tournée générale !

Mais lorsqu'il regarda à droite et à gauche, ils avaient disparu ; une figure lança un dernier coup d'œil par la porte vitrée du bar et s'effaça ; ils n'avaient pas pu supporter la compagnie d'un homme.

— Ça ne fait rien, dit-il, ça ne fait rien.

Il avala son whisky et partit. La première des choses était naturellement de voir Colleoni. Il allait lui dire : « Mr Colleoni, me voici. J'ai quitté la bande de Kite. Je ne veux pas travailler sous les ordres d'un gosse comme ça. Donnez-moi du boulot d'homme et je le ferai. »

La brume pénétrait jusqu'à ses os ; involontairement, il frissonna : une oie grise... Il pensa : « Si seulement Dallow, lui aussi... » et brusquement la solitude lui ravit son assurance ; à petits coups, toute la chaleur de l'alcool s'écoula de son corps, et la brume y pénétra comme sept démons. À supposer que Colleoni ne lui témoignât même pas d'intérêt... Il descendit jusque vers le front de mer et vit, à travers le brouillard léger, les hautes lumières du Cosmopolitain : c'était l'heure du cocktail.

Transi, Cubitt s'assit dans un des abris vitrés et regarda vers le large. Le flot était bas et la brume le cachait ; ce n'était qu'un glissement et un sifflement. Il alluma une cigarette ; l'allumette réchauffa pendant quelques secondes ses mains arrondies en coupe. Il offrit le paquet à un vieux monsieur, enveloppé dans un épais pardessus, qui partageait son abri.

— Je ne fume pas, dit le vieux monsieur d'une voix brève, et il se mit à tousser : euh, euh, euh !... régulièrement, dans la direction de la mer invisible.

— La nuit est froide, dit Cubitt.

Le vieux monsieur tourna vers lui ses yeux comme des lorgnettes de théâtre, et continua de tousser : euh, euh, euh... les cordes vocales sèches comme de la paille. Quelque part, sur la mer, un violon se mit à jouer ; on eût dit un animal marin qui se lamentait et s'étirait vers le rivage. Cubitt pensa à Spicer qui aimait à entendre un air de musique. Pauvre vieux Spicer ! La brume arrivait sur le vent, en lourds nuages compacts semblables à de l'ectoplasme. Une fois, Cubitt avait été à une séance à Brighton ; il voulait entrer en contact avec sa mère, morte depuis vingt ans. Ça lui était venu très brusquement : peut-être que la vieille avait un mot à lui dire. Elle en avait un. Elle était sur le septième plan, là où tout était très beau : sa voix avait un son un peu altéré par l'ivrognerie, mais ça n'avait rien d'extraordinaire. Les copains s'étaient bien moqués de lui à cause de ça, surtout le vieux Spicer. Il ne rirait plus, Spicer, à présent. C'est lui qu'on pourrait appeler quand on voudrait, pour qu'il vienne sonner les cloches et agiter un tambourin. Encore une chance qu'il aimait la musique !

Cubitt se leva et s'en alla lentement jusqu'au tourniquet de la Jetée de l'Ouest qui chevauchait la brume et disparaissait vers le son du violon. Il remonta sans rencontrer personne jusqu'à la salle de concerts ; ce n'était pas une nuit où les couples amoureux auraient pu rester assis dehors. Tous ceux qui se trouvaient sur la Jetée étaient, jusqu'au dernier, réunis à l'intérieur de la salle de concerts ; Cubitt en fit le tour en regardant du dehors : un homme en habit jouait du violon pour quelques rangées de gens en pardessus, perdus dans une île au milieu du brouillard, à cinquante mètres au large. Quelque part, sur la Manche, un bateau fit marcher sa sirène et un autre lui répondit, comme des chiens qui, la nuit, s'éveillent les uns les autres.

Aller trouver Colleoni et lui dire... C'était très facile ; le vieux juif pouvait être reconnaissant. Cubitt regarda derrière lui, vers la terre, et vit au-dessus de la brume les hautes lumières du Cosmopolitain et elles lui enlevèrent son courage. Il n'avait pas l'habitude de cette sorte de société. Il descendit l'échelle de fer qui conduisait aux « messieurs » et répandit, entre les piles de la digue, tout le whisky qui était en lui ; puis il remonta sur la plate-forme, plus seul que jamais. Il sortit un gros sou de sa poche et le glissa dans un distributeur automatique ; une face de robot derrière laquelle tournait une ampoule électrique, des mains de fer prêtes à serrer celles de Cubitt. Une petite carte bleue lui fut tendue, d'un déclic brusque : « Analyse de votre caractère. » Cubitt lut : « Vous êtes surtout influencé par votre entourage et enclin à vous montrer capricieux et changeant. Vos attachements sont plus intenses que durables. Votre nature est généreuse, cordiale, sociable. Vous tirez le maximum de toutes vos entreprises. Une part des bonnes choses de la vie sera toujours à vous. Votre manque d'initiative est contrebalancé par votre bon sens et vous réussirez là où les autres échouent. »

Il dépassa en traînant les pieds les distributeurs automatiques, retardant le moment où il ne lui resterait plus rien à faire qu'à entrer au Cosmopolitain. « Votre manque d'initiative... » Deux équipes de football en plomb attendaient dans une case de verre qu'un gros sou vînt les mettre en mouvement ; une vieille sorcière dont la main en griffe perdait son rembourrage lui offrait de lui dire la bonne aventure ; *Une Lettre d'Amour* le fit s'arrêter. Les planches étaient détrempées de brume, la longue plate-forme déserte, le violon continuait de grincer. Il éprouva le besoin d'une tendresse profonde, sentimentale, fleurs d'oranger et caresses dans un petit coin. Sa grande patte aspirait à tenir une main moite. Quelqu'un qui ne s'offenserait pas de ses plaisanteries, qui rirait avec lui du poste récepteur à deux lampes. Il n'avait pas eu de mauvaise intention ; le froid arriva jusqu'à son estomac et un peu de whisky aigre lui remonta dans la gorge. Il avait presque envie de retourner chez Frank. Mais tout à coup, il se rappela Spicer. Le Gamin était fou, d'une folie meurtrière, c'était dangereux. Sa solitude le traîna le long des planches désertes. Il sortit son dernier sou et l'enfonça dans une fente. Une petite carte rose en sortit avec un timbre imprimé : une tête de jeune fille aux longs cheveux, la légende : « Véritable amour. » C'était adressé à « Mon chou adoré, Coin des Caresses, Royaume de Vénus », et il y avait une image qui représentait un jeune homme en habit de soirée, à genoux sur le sol, baisant la main d'une jeune fille vêtue d'un grand manteau de fourrure. Dans le coin d'en haut, deux cœurs étaient percés d'une flèche juste au-dessus de « Reg. du Com. numéro 745812 ». Cubitt pensa : « C'est bien dessiné. C'est pas cher pour deux sous. » Il regarda rapidement par-dessus son épaule : pas une âme ; alors, il retourna vite la carte et se mit à lire. La lettre était datée de : « Ailes de Cupidon, Sentier des amours. » « Ma petite chérie. Ainsi, tu m'as abandonné pour le fils du baron. Sans doute ne sais-tu pas que tu as complètement détruit ma vie en manquant à tes serments ; tu as écrasé mon âme même, comme un pavé broie une mouche ; en dépit de tout, je ne souhaite que ton bonheur. »

Cubitt sourit d'un air gêné. Il était profondément ému. C'est ce qui arrive toujours quand on a une aventure avec une femme qui n'est pas une putain ; elles vous balancent. Grands renoncements, Tragédie, Beauté défilèrent dans l'esprit de Cubitt. Quand c'est une putain, naturellement, on emploie un rasoir ; on lui taillade la figure, mais l'amour qui était imprimé là avait de la classe. Il continua de lire : c'était de la littérature. C'est comme ça qu'il aurait aimé écrire lui-même. « Après tout, quand je pense à ta beauté merveilleuse et séduisante, à ta culture, je sens que j'étais un sot de penser que tu pouvais m'aimer vraiment. » Indigne. L'émotion lui picota l'envers des paupières et, dans la brume, le froid et la beauté le firent frissonner. « Mais rappelle-toi, mon cher trésor, rappelle-toi toujours que je t'aime et si jamais tu as besoin d'un ami, fais-moi parvenir le petit gage d'amour que je t'ai donné et je deviendrai ton serviteur et ton esclave. À toi tout mon cœur brisé. John. » C'était le prénom de Cubitt : présage.

Il longea de nouveau la salle de concerts illuminée et descendit la Jetée déserte. Amour et Abandon. Des griefs tragiques flambèrent sous sa chevelure carotte. Que reste-t-il à un homme en dehors de la boisson ? Juste en face du bout de la Jetée, il but un autre whisky et continua d'avancer en appuyant chaque pied un peu trop fermement dans la direction du Cosmopolitain : toc, toc, toc, le long des pavés, comme s'il avait porté des kilos de fer sous ses chaussures, comme avancerait une statue faite moitié de chair humaine, moitié de pierre.

— Je veux parler à Mr Colleoni.

Il le dit d'un air provocant. La peluche et les dorures avaient dilué sa confiance. Il attendit, mal à l'aise, à côté de la réception, pendant qu'un groom cherchait Mr Colleoni dans les salles de lecture et les boudoirs. L'employé tourna les pages d'un gros livre et puis consulta le bottin mondain. Marchant sur l'épais tapis, le groom revint, suivi de Crab, qui s'avançait de guingois, l'air triomphant, ses cheveux noirs exhalant une odeur de brillantine.

— J'ai dit : Mr Colleoni ! dit Cubitt à l'employé.

Mais l'employé n'écoutait pas ; il mouillait son doigt et feuilletait le bottin.

— Vous vouliez voir Mr Colleoni ? demanda Crab.

— Exact.

— Impossible, il est occupé.

— Occupé ? répéta Cubitt. En voilà une façon de parler. Occupé ?

— Mais voyons, mais c'est Cubitt ! dit Crab. Je suppose que vous cherchez une place.

Il se retourna d'un air préoccupé pour dire à l'employé :

— Est-ce que ce n'est pas lord Feversham, là-bas ?

— Si, monsieur ! dit l'employé.

— Je l'ai vu souvent à Doncaster, dit Crab en regardant de très près un ongle de sa main gauche.

D'un mouvement brusque, il revint à Cubitt :

— Suivez-moi, mon brave. Nous ne pouvons pas parler ici.

Et, avant que Cubitt ait pu répondre, il s'était glissé de côté, à toute allure, entre les chaises dorées.

— Voilà de quoi il s'agit ! dit Cubitt. Pinkie...

À mi-chemin du grand salon, Crab s'arrêta, salua, et brusquement prit un air confidentiel :

— Très belle femme.

Il papillotait comme les images des premiers films de cinéma. Entre Doncaster et Londres, il avait ramassé cent différentes manières de se tenir. En voyageant en première, après une bonne affaire, il avait appris comment lord Feversham parle à un porteur ; il avait vu le vieux Digby examiner une femme.

— Qui est-elle ? demanda Cubitt.

Mais Crab dédaigna de répondre.

— Ici, nous pouvons parler.

C'était le boudoir Pompadour. Par la porte vitrée, dans son cadre doré, au-delà des tables de Boule, on pouvait voir des petites pancartes désignant tout un réseau de couloirs – petites pancartes artistiques, style chinois, avec un cachet genre Tuileries : « Dames », « Messieurs », « Coiffeur pour dames », « Coiffeur pour hommes ».

— C'est à Mr Colleoni que je veux parler ! dit Cubitt.

Il soufflait son whisky sur la marqueterie, mais il se sentait bafoué et désespéré. Il résistait difficilement à la tentation d'appeler Crab « monsieur ». Crab avait tellement monté depuis le temps de Kite qu'on le perdait presque de vue. Il appartenait au grand racket maintenant – au monde de lord Feversham et de cette femme magnifique. Il avait grandi.

— Mr Colleoni n'a pas le temps de voir n'importe qui ! dit Crab. C'est un homme occupé.

Il sortit de sa poche un des cigares de Mr Colleoni et le mit dans sa bouche ; il n'en offrit pas à Cubitt. Cubitt, d'une main peu assurée, lui tendit une allumette.

— Ne vous dérangez pas, ne vous dérangez pas ! dit Crab, en fourgonnant dans les poches de son gilet.

Il en tira un briquet en or qu'il promena ostensiblement devant son cigare :

— Que voulez-vous, Cubitt ? demanda-t-il.

— Je pensais que, peut-être… dit Cubitt, mais ses paroles défaillirent parmi les chaises dorées. Vous savez ce qui en est ! dit-il, regardant désespérément autour de lui… Si on buvait un glass ?

Crab abonda dans son sens immédiatement :

— Je ne dis pas non… ne fût-ce qu'en souvenir du passé.

Il sonna le garçon.

— En souvenir du passé ! répéta Cubitt.

— Prenez un siège ! dit Crab, avec un geste de propriétaire pour montrer les chaises en bois doré.

Cubitt s'assit avec parcimonie. Les chaises étaient petites et dures. Il vit un garçon qui le regardait fixement :

— Qu'est-ce que vous prendrez ? demanda-t-il.
— Sherry ! dit Crab, sec.
— Whisky-soda pour moi ! dit Cubitt.

Il attendit sa consommation, assis, silencieux, les mains entre les genoux, la tête basse. Il lançait partout des regards furtifs. C'est ici que Pinkie était venu voir Colleoni. Il avait un certain culot, Pinkie.

— On est assez bien traité, ici ! dit Crab. Bien entendu, Mr Colleoni n'aime que les meilleures choses en tout.

Il prit son verre et regarda Cubitt payer.

— Il aime tout ce qui est chic. C'est un homme qui vaut cinquante mille livres s'il vaut un sou. Si vous me demandez ce que je pense, dit Crab, s'appuyant en arrière, tirant sur son cigare, surveillant Cubitt de ses yeux lointains et méprisants, il fera de la politique un de ces jours. Le Parti conservateur a beaucoup d'estime pour lui – il a des relations.

— Pinkie... commença Cubitt.

Et Crab éclata de rire.

— Suivez donc mon conseil ! dit Crab. Sortez de cette bande pendant qu'il en est encore temps. Il n'y a aucun avenir...

Il eut un regard oblique par-dessus la tête de Cubitt et dit :

— Voyez cet homme qui s'en va aux « messieurs ». C'est Mais, le brasseur. Il vaut cent mille livres.

— Je me demandais, dit Cubitt, si Mr Colleoni...

— Aucune chance ! répondit Crab. Réfléchissez un peu. À quoi lui serviriez-vous, à Mr Colleoni ?

L'humilité fit place à une colère sourde.

— J'étais assez bon pour Kite.

Crab éclata de rire :

— Excusez-moi, dit-il, mais Kite...

Il fit tomber la cendre de son cigare sur le tapis et dit :

— Suivez mon conseil, sortez-en. Mr Colleoni va nettoyer tout ça. Il aime le travail bien fait. Sans violence. La police a confiance en Mr Colleoni. Une grande confiance. (Il regarda sa montre.) Bon bon, il faut que je m'en aille. J'ai un rendez-vous à l'hippodrome.

Il mit sa main d'un geste protecteur sur le bras de Cubitt.

— Là ! dit-il. Je glisserai un mot pour vous, en souvenir du passé. Ça ne servira à rien, mais je veux le faire quand même. Bien le bonjour à Pinkie et aux copains.

Il passa – dans une bouffée de brillantine et de havane – fit de légers saluts à une dame devant la porte, à un vieux monsieur qui portait un monocle au bout d'un ruban noir.

— Qui diable... dit le vieux monsieur.

Cubitt vida son verre et le suivit. Un immense découragement faisait plier sa tête couleur de carotte, le sentiment d'avoir été maltraité traversait les fumées du whisky. Quelque part, quelque jour, il faudrait que quelqu'un payât. Tout ce qu'il voyait entretenait ce feu. Il arriva dans le hall d'entrée : un petit groom portant un plateau l'exaspéra. Tout le monde le regardait, attendait son départ ; mais, autant que Crab, il avait le droit d'être ici. Il regarda autour de lui : assise, seule à une table, devant un verre de porto, il y avait cette femme que connaissait Crab. Il la regarda avec convoitise et elle lui sourit. « Je pense à votre beauté merveilleuse, séduisante, à votre culture... ». Le sentiment de l'incommensurable tristesse d'être traité injustement prit la place de la colère. Il avait besoin de se confier, de déposer ses fardeaux : il eut un haut-le-cœur... « Je serai votre esclave dévoué. » Le grand corps tourna comme une porte, les pieds pesants changèrent de direction et s'en allèrent à pas mats vers la table où Ida Arnold était assise.

— Je n'ai pas pu m'empêcher d'entendre, dit-elle, quand vous êtes passé il y a un moment, que vous connaissez Pinkie.

Il se rendit compte avec un plaisir immense, en l'entendant parler, qu'elle n'avait aucune classe. Il eut l'impression de rencontrer une compatriote très loin de sa terre natale. Il dit :

— Vous êtes une amie de Pinkie ?

Il sentit le whisky dans ses jambes. Il ajouta :

— Ça ne vous fait rien si je m'assois ?

— Fatigué ?

— C'est ça, dit-il, fatigué.

Il s'assit, les yeux fixés sur sa large poitrine amicale. Il se rappela les mots de son analyse de caractère : « Vous avez une nature généreuse, sociable, cordiale. » C'était vrai, nom de Dieu ! Il ne demandait qu'à être bien traité.

— Prenez quelque chose ?

— Non, non ! dit-il avec une galanterie molle. Ma tournée.

Mais quand les consommations arrivèrent, il s'aperçut qu'il n'avait plus un sou. Il avait eu l'intention d'emprunter de l'argent à un des types et puis la querelle... Il regarda Ida payer avec un billet de cinq livres.

— Connaissez-vous Mr Colleoni ? demanda-t-il.

— J'appelle pas ça exactement connaître ! dit-elle.

— Crab dit que vous êtes une femme magnifique. Il a raison.

— Oh ! Crab ! dit-elle d'un air vague, comme si elle ne reconnaissait pas le nom.

— Faut vous méfier, dans tous les cas ! dit Cubitt. Y a pas de raison que vous soyez mêlée à des histoires.

Il plongea son regard dans son verre comme dans de profondes ténèbres : innocence extérieure, séduisante beauté, culture – indigne, une larme monta derrière le globe de l'œil injecté de sang.

— Vous êtes un ami de Pinkie ? demanda Ida Arnold.

— Oh ! Dieu non ! dit Cubitt en avalant une gorgée de whisky.

Un vague souvenir de la bible qui dort dans l'armoire, à côté de la planchette, Warwick Deeping, *Les Bons Compagnons*, s'agitèrent dans la mémoire d'Ida Arnold. Elle mentit :

— Je vous ai vu avec lui ! dit-elle.

... La cour d'une maison, une souillon qui coud à côté du feu, le coq qui chante.

— Je ne suis pas un ami de Pinkie.

— C'est dangereux d'être l'ami de Pinkie ! dit Ida Arnold.

Cubitt plongea son regard dans son verre comme un devin dans son âme pour y lire la destinée d'êtres inconnus.

— Fred était un ami de Pinkie ! dit-elle.

— Qu'est-ce que vous savez sur Fred ?

— Oh ! les gens parlent ! répondit Ida. Les gens n'arrêtent pas de parler.

— Vous avez bien raison ! dit Cubitt.

Les globes des yeux tachés se relevèrent ; ils rencontrèrent le réconfort, la sympathie ; il n'était pas assez bon pour Colleoni ; il avait rompu avec Pinkie ; derrière la tête d'Ida, par la fenêtre du salon, la mer qui se retire. Au milieu d'arches en ruine de Tintern pour cartes postales, régnait la désolation.

— Mon Dieu ! dit-il, comme vous avez raison.

Il ressentait un immense besoin de confession, mais les faits étaient confus. Tout ce qu'il savait, c'est que c'était un de ces moments où un homme a grand besoin d'être compris par une femme.

— Je n'en ai jamais été d'accord ! lui dit-il. Taillader, c'est une autre affaire.

— Naturellement, taillader c'est une autre affaire.

Adroite et accommodante, Ida en convenait.

— Quant à Kite, c'était un accident. Ils avaient seulement l'intention de le taillader. Colleoni n'est pas fou. Mais quelqu'un a fait un geste maladroit. Ce n'était pas une raison pour lui en vouloir.

— Un autre whisky ?

— Ça devrait être ma tournée ! dit Cubitt. Mais je suis fauché. Jusqu'à ce que je retrouve mes copains.

— C'est épatant de votre part d'avoir rompu comme ça avec Pinkie. Il vous a fallu du courage, après ce qui est arrivé à Fred.

— Oh ! il ne peut pas me faire peur... Même les rampes d'escalier qui cèdent...

— Qu'est-ce que vous dites ? Les rampes d'escalier ?

— J'essayais seulement d'être gentil ! dit Cubitt. Une blague est une blague. Quand un homme se marie, faut qu'il accepte qu'on le mette en boîte !

— Se marie ? Qui est-ce qui se marie ?

— Pinkie, bien sûr.

— Pas avec la petite de chez Snow ?

— Bien sûr que si.

— La petite dinde ! dit Ida Arnold avec une colère subite. Oh ! la petite idiote !

— Lui, il n'est pas idiot ! dit Cubitt. Il sait ce qui est bon pour lui. S'il prenait à cette môme l'idée de dire une chose ou deux...

— Par exemple, que c'est pas Fred qu'a laissé la carte ?

— Pauv' vieux Spicer ! dit Cubitt en regardant les bulles monter dans le whisky.

Une question émergea : « Comment avez-vous... » mais se brisa dans son cerveau embrumé par l'alcool.

— J'ai besoin d'air ! dit-il. On étouffe ici. Que diriez-vous, vous et moi ?...

— Attendez un petit moment, lui dit Ida Arnold. J'attends un ami. J'aimerais bien que vous fassiez sa connaissance.

— Ce chauffage central, dit Cubitt, c'est pas sain. On va dehors, on attrape froid et sans qu'on s'en aperçoive...

— C'est pour quand le mariage ?

— Quel mariage ?

— Celui de Pinkie.

— Je ne suis pas l'ami de Pinkie.

— Vous n'avez pas approuvé la mort de Fred, n'est-ce pas ? insista Ida Arnold avec douceur.

— Vous comprenez les gens.

— Taillader, c'est une autre affaire.

Tout à coup hors de lui, Cubitt éclata :

— Je ne peux plus voir un bâton de Rocher de Brighton sans...

Il eut un hoquet et dit avec des larmes dans la voix :

— Taillader, c'est bien différent.

— Les médecins ont dit que c'était une mort naturelle. Il avait le cœur faible.

— Venez dehors ! dit Cubitt. J'ai besoin d'air.

— Attendez un tout petit peu. Pourquoi avez-vous dit : « Rocher de Brighton » ?

Il fixa sur elle un regard sans vie.

— Faut que j'aille respirer ! dit-il. Même si j'attrape la mort. Ce chauffage central...

Il gémissait :

— Je suis sujet aux rhumes.

— Attendez deux minutes, pas plus.

Elle lui mit la main sur le bras, agitée d'une émotion intense : la découverte qui pointe à l'horizon et, pour la première fois, elle eut elle-même conscience, de l'air chaud, étouffant, qui montait autour d'eux, émanant d'invisibles bouches de calorifères et qui les chassait vers l'extérieur.

— Je vais sortir avec vous ! dit-elle. Nous irons faire un tour...

Il la regarda, tête branlante, avec une infinie indifférence, comme s'il n'avait plus prise sur ses pensées, un chien qui disparaît parce que vous avez lâché sa laisse, qui se sauve trop loin pour qu'on puisse le suivre, dans quelle forêt... Il fut surpris d'entendre Ida lui dire :

— Je vous donnerai vingt livres.

Qu'avait-il bien pu dire qui valût tout cet argent ? Elle lui sourit d'un air engageant :

— Juste le temps de me mettre de la poudre et de me passer un peu d'eau.

Il ne répondait pas, il avait très peur, mais elle n'attendit même pas sa réponse : elle s'élança dans l'escalier, pas le temps de prendre l'ascenseur. Se passer un peu d'eau : c'était les mots mêmes qu'elle avait employés pour Fred. Elle courait en gravissant les marches, croisant des gens qui venaient de s'habiller pour dîner. Elle tambourina sur sa porte et Phil Corkery lui ouvrit.

— Vite ! dit-elle. Vite, j'ai besoin d'un témoin.

Il était tout habillé, Dieu merci, et elle lui fit dévaler les étages ; mais, dès qu'elle arriva dans le grand vestibule, elle vit que Cubitt était parti. Elle courut dehors, jusque sur le perron du Cosmopolitain, il avait disparu.

— Alors ? dit Mr Corkery.

— Parti. Mais ça ne fait rien. Je sais ce que je voulais savoir. Ce n'est pas un suicide. Ils l'ont assassiné.

Elle se répéta lentement, pour elle seule :

— Rocher de Brighton...

Cet indice aurait paru hermétique à bien des femmes, mais Ida Arnold avait été instruite par la planchette. Des écheveaux plus embrouillés s'étaient dévidés sous ses doigts et sous ceux du vieux Crowe ; avec une confiance totale, son cerveau se mit au travail.

L'air nocturne agitait les cheveux rares et jaunes de Mr Corkery. Peut-être lui vint-il à l'idée que, par une telle soirée – après les gestes amoureux – toute femme avait besoin de romanesque. Timidement, il lui toucha le bras :

— Quelle nuit ! dit-il. Je n'ai jamais rêvé... Quelle nuit !

Mais ses paroles se tarirent lorsqu'elle tourna vers lui ses grands yeux pensifs, vides de compréhension, pleins d'autres pensées. Elle dit lentement :

— La petite idiote !... L'épouser... Et qui sait de quoi il est capable ?

Une sorte d'humour dans le chevaleresque la poussa à ajouter avec transport :

— Il faut que nous la sauvions, Phil !

II

Au bas des marches, le Gamin attendait. Le grand édifice municipal pesait sur lui comme une ombre – service des naissances, des morts, service des permis pour autos, des contributions et des impôts, et, quelque part, au bout d'un couloir, salle des mariages. Il regarda sa montre et dit à Mr Prewitt :

— Que le diable l'emporte ! Elle est en retard !

— C'est le privilège de la mariée, dit Mr Prewitt.

Mariée, marié : la jument avec l'étalon qui doit la servir ; comme une lime sur du métal, comme le contact du velours sous une main écorchée.

— Moi et Dallow, on va aller à sa rencontre, dit le Gamin.

Mr Prewitt leur cria :

— Mais si elle arrive d'un autre côté, mais si vous la manquez… J'attends ici.

Ils tournèrent à gauche en quittant la rue officielle.

— C'est pas le chemin, dit Dallow.

— Nous ne sommes pas à la disposition de cette fille.

— Tu ne peux plus y échapper.

— Qui parle d'échapper ? J'ai le droit de me dégourdir les jambes, n'est-ce pas ?

Il s'arrêta pour regarder la vitrine d'un petit marchand de journaux : poste récepteur à deux lampes, partout l'obscénité.

— T'as revu Cubitt ? demanda-t-il, sans tourner les yeux.

— Non, dit Dallow. Ni les autres copains non plus.

Les journaux quotidiens et locaux, un panneau couvert de nouvelles : « Tumulte à la réunion du Conseil », « On repêche une femme noyée au Rocher-Noir », « Tamponnement dans la rue Clarence » ; un illustré d'aventures de la jungle, un numéro du *Film Fun*. Derrière les encriers, les stylos, les assiettes en carton pour pique-niques et les petits jouets obscènes, les œuvres de sexologistes bien connus. Le Gamin regardait fixement tout cela.

— Je sais ce que tu as, dit Dallow ; moi aussi, je me suis marié une fois. Ça vous prend comme qui dirait dans le ventre. Les nerfs. Même, ajouta-t-il, je suis allé jusqu'à acheter un de ces livres, mais ça ne m'a rien appris du tout. J'en savais autant avant. Sauf sur les fleurs. Le pistil des fleurs. Tu ne croirais jamais les drôles de choses qui se passent chez les fleurs.

Le Gamin se retourna et ouvrit la bouche pour parler, mais ses mâchoires se refermèrent avec un claquement. Il examina Dallow d'un air suppliant et horrifié.

Si Kite avait été là, pensa-t-il, il aurait pu lui parler – mais si Kite avait été là, il n'aurait pas eu besoin de parler... Il ne se serait pas mis dans un tel pétrin.

— Ces abeilles... (Dallow commença à expliquer, puis il s'arrêta.) Qu'est-ce qu'il y a, Pinkie ? Tu n'as pas l'air dans ton assiette.

— Je sais tout théoriquement. Je la connais la théorie, dit le Gamin.

— Quelle théorie ?

— Tu ne peux rien m'apprendre sur la théorie, continua le Gamin avec une intensité coléreuse. Je les ai regardés tous les samedis soir, n'est-ce pas ? Leurs bonds et leurs plongeons.

Ses yeux vacillèrent comme s'il venait d'apercevoir une chose horrible. Il ajouta à voix basse :

— Quand j'étais gosse, j'avais juré que je me ferais prêtre.

— Prêtre ? Toi, prêtre ? Ça, c'est impayable ! dit Dallow.

Il éclata de rire sans conviction, puis, gêné, changea un pied de place si gauchement qu'il marcha sur une crotte de chien.

— Qu'est-ce qu'il y a de si drôle à devenir prêtre ? dit le Gamin. Ils savent ce qu'ils font. Ils se tiennent à l'écart... (sa bouche entière et sa mâchoire s'amollirent ; on eût dit qu'il allait pleurer ; il lança les mains d'un geste aveugle vers la vitrine – « Femme Noyée », poste

deux lampes, *La Volupté dans le Mariage*, l'horreur)…
à l'écart de ça !

— Qu'est-ce que ça a de mal ? On peut bien s'amuser un peu, lui rétorqua Dallow en grattant sa semelle sur le bord du trottoir.

Le mot « s'amuser » secoua le Gamin comme un frisson de malaria. Il dit :

— Tu n'as pas connu Annie Collins, par hasard ?

— Jamais entendu parler d'elle.

— Nous allions à la même école, elle et moi, dit le Gamin.

Il parcourut du regard la rue grise, et la vitre qui le séparait de *La Volupté dans le Mariage* refléta de nouveau son jeune visage sans espoir.

— Elle a posé sa tête sur le rail, dit-il, au-dessus de Hassocks. Il a fallu qu'elle attende dix minutes le train de 7 h 05. Le brouillard l'avait mis en retard au départ de Victoria. La tête coupée. Elle avait quinze ans. Elle allait avoir un bébé et elle savait comment ça se passait. Elle en avait eu un deux ans avant, et on aurait pu l'attribuer à une douzaine de garçons.

— Oui, ça arrive, dit Dallow. C'est les hasards du jeu.

— J'ai lu des histoires d'amour, dit le Gamin. (Il n'avait jamais été aussi loquace qu'en ce moment où il contemplait les assiettes de carton aux bords dentelés et les postes à deux lampes : raffinement et grossièreté.) La femme de Frank, elle en lit. Tu connais le genre : « Lady Angeline tourna son regard étoilé vers Sir Mark. » Ils me font vomir. Ça me dégoûte encore plus que l'autre genre.

Dallow écoutait, ahuri, ce brusque flot de paroles libéré par l'horreur.

— Le genre que tu achètes sous le comptoir. Spicer en achetait. Ça parle de filles qu'on bat. « Toute honteuse de se montrer ainsi à des hommes, elle se pencha... » C'est du pareil au même, dit-il en détournant de la vitrine ses yeux empoisonnés, parcourant du regard d'un bout à l'autre la longue rue sordide : odeur du poisson, pavé couvert de sciure sous les charpentes.

— C'est l'amour, dit-il, en adressant à Dallow un sourire grimaçant et sans joie. C'est la rigolade. C'est le jeu.

— Faut bien que le monde continue, dit Dallow très gêné.

— Pourquoi ça ? demanda le Gamin.

— Tu n'as pas besoin de me le demander. Tu le sais mieux que moi. Tu es catholique, n'est-ce pas ? Tu crois...

— *Credo in unum Satanum*, dit le Gamin.

— Je ne sais pas le latin. Tout ce que je sais...

— Allons-y, dit le Gamin. Sors-nous ça. Profession de foi de Dallow !

— Le monde est très bien si tu ne fais pas d'excès.

— C'est tout ?

— Allons, il est temps que tu ailles au bureau de l'état civil. Écoute l'horloge : voilà deux heures qui sonnent.

Un carillon acheva sa mélodie fêlée et compta : un, deux...

De nouveau, les traits du Gamin s'amollirent tout d'un coup ; il mit sa main sur le bras de Dallow :

— Tu es un brave bougre, Dallow. Tu sais des tas de choses. Dis-moi...

Sa main retomba. Il regardait derrière Dallow, le bout de la rue. Il dit d'une voix sans espoir :

— La voilà. Qu'est-ce qu'elle peut bien faire dans cette rue-ci ?

— Elle ne se dépêche même pas, remarqua Dallow en regardant la silhouette menue qui s'approchait lentement.

À cette distance, elle paraissait encore plus jeune qu'elle n'était.

— Prewitt a été rudement malin d'obtenir la licence, tout compte fait, dit-il.

— Consentement des parents, expliqua le Gamin d'une voix terne, vaut mieux, plus moral.

Il regarda la fille comme si c'était une étrangère qu'il était forcé de rencontrer.

— Et puis, vois-tu, une veine insensée : je n'ai pas été déclaré. Ils n'ont pu me trouver nulle part. On a ajouté un an ou deux. Pas de parents. Pas de tuteur.

Le vieux Prewitt en a fait une histoire à tirer les larmes.

Elle s'était pomponnée pour le mariage ; elle avait mis au rancart le chapeau qu'il n'aimait pas ; un imperméable neuf, nuage de poudre et rouge à lèvres vulgaire. Elle ressemblait à une statuette aux couleurs criardes tirée d'une église laide ; il aurait paru naturel de lui voir une couronne en papier ou un cœur peint. On pouvait la prier, mais il ne fallait pas attendre de réponse.

— D'où viens-tu ? dit le Gamin. Tu sais que tu es en retard ?

Il ne lui serra même pas la main. Une absence terrible d'intimité tomba entre eux.

— Je suis désolée, Pinkie. C'est parce que...

Elle donna son explication comme si elle avouait être entrée en pourparlers avec un ennemi à lui :

— Je suis allée à l'église.

— Pour quoi faire ? demanda-t-il.

— Je ne sais pas, Pinkie. Je ne voyais pas très clair. J'ai pensé que j'irais me confesser.

Il ricana en lui disant :

— Te confesser ? En voilà une idée !

— C'est parce que j'avais envie... Je pensais...

— Mais quoi donc, bon Dieu ?

— Je voulais être en état de grâce pour t'épouser.

Elle ne faisait pas du tout attention à Dallow. Le terme théologique prenait dans sa bouche un air bizarre et pédant. Ils étaient deux papistes qui s'étaient rencontrés dans cette rue grise. Ils se comprenaient. Elle employait des vocables communs au ciel et à l'enfer.

— Alors, tu l'as fait ?

— Non. Je suis allée sonner pour demander le Père James. Mais à ce moment-là, je me suis souvenue que ça ne servirait à rien de me confesser. Je suis repartie.

Et elle ajouta, mêlant l'orgueil et la peur :

— Nous allons commettre un péché mortel.

— Ça ne nous servira jamais à rien de retourner à confesse tant que nous vivrons toi et moi, lui dit le Gamin avec une mélancolique et amère volupté.

Il avait monté en grade dans l'art de faire souffrir : d'abord les compas de l'école avaient été abandonnés, puis le rasoir. Il avait maintenant le sentiment que le meurtre de Hale et celui de Spicer étaient des actions banales, des jeux d'enfant, et il avait mis au rebut les jouets de l'enfance. Le crime ne l'avait mené qu'à ceci – cette corruption. Il fut rempli d'épouvante à l'idée de ses propres possibilités.

— Il faut que nous y allions, dit-il en touchant le bras de Rose presque avec tendresse.

Pour la seconde fois, il eut le sentiment qu'il avait besoin d'elle.

Mr Prewitt les accueillit avec une allégresse toute professionnelle. Chacune de ses plaisanteries semblait être prononcée devant la Cour, avec une intention cachée, destinée à frapper l'oreille d'un magistrat. Dans le grand vestibule officiel, d'où partaient les corridors qui mènent aux morts ou aux naissances, régnait une odeur de désinfectant. Les murs étaient carrelés comme ceux de water-closets publics. Quelqu'un avait laissé tomber une rose. Mr Prewitt fit sans hésiter une citation inexacte :

— Roses, roses sur toute la route, sans une seule branche de cyprès.

Une main molle et creuse guida le Gamin par le coude.

— Non, non, pas par là. C'est le paiement des impôts ; c'est pour plus tard.

Il leur fit monter un grand escalier de pierre. Un employé porteur de formules imprimées les dépassa.

— Et à quoi pense la petite madame ? demanda Mr Prewitt.

Elle ne lui répondit pas.

Le marié et la mariée ont seuls le droit de gravir les marches du sanctuaire, de s'agenouiller à l'intérieur des grilles du sanctuaire, en compagnie du prêtre et du saint sacrement.

— Est-ce qu'on attend les parents ? demanda Mr Prewitt.

Elle secoua la tête.

— Le grand avantage, continua-t-il, c'est que ça se passe très vite. Vous n'avez qu'à signer vos noms sur les lignes pointillées. Asseyez-vous ici. Vous savez que nous devons attendre notre tour.

Ils s'assirent. Un balai à tête de loup était posé dans un coin contre le mur carrelé. Les pas d'un employé grincèrent sur les pavages glacés d'un autre couloir. Bientôt, une grande porte brune s'ouvrit ; ils virent à l'intérieur une rangée d'employés qui ne levèrent même pas les yeux ; un homme et sa femme sortirent dans le corridor. Une femme les suivait ; elle prit la tête-de-loup. L'homme – il était d'âge déjà mûr – lui dit : « Merci », et lui donna six pence. Il dit ensuite :

— Après tout, on va pouvoir prendre le train de 3 h 15.

Sur le visage de la femme, il y avait un vague air de surprise, d'ahurissement, rien d'aussi précis qu'une déception. Elle avait un chapeau de paille marron et portait une petite valise. Elle aussi avait un certain âge. Peut-être pensait-elle : « Ce n'est que ça... après toutes ces années ?... » Ils descendirent l'escalier monumental en marchant légèrement éloignés l'un de l'autre, comme des inconnus dans un grand magasin.

— Notre tour, dit Mr Prewitt en se levant d'un mouvement vif.

Il prit les devants pour entrer dans la pièce où travaillaient les scribes. Personne ne prit la peine de lever les yeux. Les plumes traçaient sans arrêt des chiffres aux courbes molles. Devant une petite salle intérieure, aux murs ripolinés en vert, du style clinique, attendait l'officier d'état civil : une table, trois ou quatre chaises contre le mur. Elle n'aurait pas cru qu'un mariage ressemblait à ça ; pendant un moment, elle parut déconcertée par la froide pauvreté de cette cérémonie conçue par l'État.

— Bonjour, dit l'officier d'état civil. Si les témoins veulent bien s'asseoir. Les futurs époux, s'il vous plaît...

Il leur fit signe d'approcher de la table et les regarda d'un air important, derrière ses verres cerclés d'or ; on aurait dit qu'il se considérait juste à la limite des attributions du prêtre. Le cœur du Gamin battait ; la réalité du moment le rendait malade. Son visage portait une expression de stupidité morose.

— Vous êtes tous les deux très jeunes, dit l'officier d'état civil.

— C'est arrangé, dit le Gamin, vous n'avez pas besoin d'en parler, c'est arrangé.

L'autre lui lança un regard plein d'une intense antipathie ; il dit :

— Répétez après moi.

Et il enchaîna trop vite : « Je déclare solennellement que je ne connais aucune opposition légale », si vite que le Gamin n'arrivait pas à le suivre. L'officier prit un ton sec :

— C'est tout à fait simple. Vous n'avez qu'à répéter après moi...

— Parlez plus lentement, dit le Gamin.

Il aurait voulu poser la main sur cette vitesse et la freiner, mais les mots continuaient d'aller quatre à quatre ; en un rien de temps, une question de secondes, il dut répéter la deuxième formule : « Mon épouse légitime... » Il essayait de rendre les mots indifférents, évitait de regarder Rose, mais les paroles étaient lourdes de honte.

— Pas de bagues ? demanda l'officier d'état civil d'un air acerbe.

— Nous n'avons pas besoin de bagues, dit le Gamin. On n'est pas à l'église ici.

Et il sentit que désormais il ne pourrait plus débarrasser sa mémoire de cette glaciale chambre verte et de ce visage vitreux. Il entendit Rose répéter à côté de lui : « J'appelle comme témoins les personnes ici présentes... » et ensuite le mot « époux », et il la regarda vivement. Si elle avait eu à ce moment-là le moindre air de suffisance, il l'aurait giflée. Mais elle n'avait au visage que de la surprise, comme si, en lisant un livre, elle était arrivée trop tôt à la dernière page.

L'officier d'état civil dit :

— Signez ici. Les droits sont de sept shillings six pence.

Il avait pris un air d'indifférence professionnelle tandis que Mr Prewitt agitait les doigts maladroitement.

— Les personnes ici présentes… dit le Gamin, qui éclata d'un rire mal assuré. C'est vous, Prewitt, et toi, Dallow.

Il prit le porte-plume et la plume gouvernementale grinça en égratignant la page, ramassant des filaments de papier. « Autrefois, pensa-t-il, ce genre de contrat se signait dans le sang. » Il s'écarta et regarda Rose signer gauchement – échanger sa sécurité temporelle à lui contre leurs deux immortalités de souffrance. Il n'avait pas le moindre doute que ceci ne fût un péché mortel, et il était empli à la fois d'une sorte d'hilarité et d'un orgueil morose. Il se voyait maintenant sous les traits d'un homme adulte sur lequel les anges pleurent.

— Les personnes présentes, répéta-t-il en faisant exactement comme si l'officier d'état civil n'existait pas. Allons arroser ça !

— Tiens, dit Mr Prewitt, voilà qui est surprenant de votre part.

— Oh ! Dallow vous racontera ça, dit le Gamin. Je suis devenu buveur. (Il lança sur Rose un regard de côté.) Je vais être tout ce qu'il est possible d'être désormais.

Il la prit par le coude et partit en avant par le couloir carrelé et le grand escalier : la tête-de-loup avait disparu et quelqu'un avait ramassé la fleur. Un couple se leva au moment où ils sortirent : les affaires marchaient bien. Le Gamin s'écria :

— C'est ça, un mariage ! C'est inouï ! Nous voilà...

Il allait dire « mari et femme », mais son esprit flancha devant la phrase précise.

— Il faut arroser ça ! répéta-t-il.

Et comme un vieux parent de qui il faut toujours attendre une parole sans tact, son cerveau insista lourdement : « Arroser quoi ? » Et il pensa à la fille dans la Lancia, et à la longue nuit qui descendait.

Ils allèrent dans le bistrot du coin. C'était presque l'heure de la fermeture ; Pinkie offrit des demis de bitter, et Rose but un porto. Elle n'avait rien dit depuis que l'officier d'état civil lui avait dicté les mots à prononcer. Mr Prewitt jeta un rapide regard à la ronde et planqua sa serviette de cuir. Avec son pantalon à raies foncées, il avait vraiment l'air de revenir d'un mariage :

— Buvons à la mariée ! dit-il avec une jovialité qui tout de suite se tarit modestement.

Comme s'il avait essayé de faire une plaisanterie devant un magistrat et tôt flairé la rebuffade, le vieux visage se recomposa sur-le-champ en traits solennels. Il dit avec respect :

— À votre bonheur, chère enfant !

Elle ne répondit pas ; elle regardait sa propre figure dans un miroir marqué « Stout Extra » ; dans ce cadre nouveau, derrière ce premier plan de bouteilles de bière, c'était une inconnue qui semblait porter un poids écrasant de responsabilité.

— À quoi pensez-vous ? lui demanda Dallow.

Le Gamin porta un verre de bitter à ses lèvres et pour la seconde fois y goûta ; ce qui était le plaisir des autres lui faisait monter une nausée à la gorge. Il regarda Rose avec aigreur, alors que, sans un mot, elle tournait son visage vers ses compagnons ; et, de nouveau, le sentiment qu'elle le complétait le frappa avec force. Il savait, lui, à quoi elle pensait. Cachées dans ses propres nerfs, palpitaient les pensées de Rose. Avec un triomphe plein de venin, il s'écria :

— Moi, je peux vous dire à quoi elle pense. « Plutôt moche comme mariage », voilà ce qu'elle se dit. Elle pense : « Ce n'est pas ce que je m'étais figuré. » C'est vrai, n'est-ce pas ?

Elle inclina la tête ; elle tenait son verre de porto comme si on ne lui avait jamais appris à boire.

— « Avec mon corps, je t'adore... commença-t-il à lui citer agressivement ; avec tous mes biens terrestres... » Et puis, ajouta-t-il en se tournant vers Mr Prewitt, « je lui donne une pièce d'or ».

— Messieurs, on ferme, dit le barman, en rinçant dans le plomb des verres qui n'étaient pas tout à fait vides et qu'il essuyait avec un torchon imprégné de levure.

— Nous sommes dans le sanctuaire, tâchez de l'imaginer, avec le prêtre...

— Videz vos verres, messieurs.

Très gêné, Mr Prewitt déclara :

— Un mariage en vaut un autre aux yeux de la loi. (Il hochait la tête d'un air encourageant vers la petite, qui les dévorait tous de ses yeux avides, trop jeunes...) Vous êtes mariés, croyez-moi.

— Mariés ? dit le Gamin. Vous appelez ça être mariés ?

Il retourna sur la langue un crachat à goût de bière.

— Calme-toi, dit Dallow, laisse-lui un peu d'espoir, à cette petite. C'est pas la peine d'insister.

— Allons, allons, messieurs, videz vos verres !

— Mariés ? répéta le Gamin. Demandez-lui, à elle.

Les deux hommes vidèrent leurs verres d'un air furtif et scandalisé, et Mr Prewitt conclut :

— Ah ! il faut que je rentre.

Le Gamin les contempla avec mépris ; ils ne comprenaient absolument rien. Et de nouveau il se sentit touché par la très vague impression d'une communion entre lui et Rose ; elle savait comme lui que cette soirée ne signifiait rien, qu'il n'y avait pas eu de mariage.

— Bouge-toi. On s'en va.

Et il leva la main pour la poser sur son bras, mais il aperçut alors leur double image dans le miroir « Stout Extra » et il laissa retomber sa main ; l'image d'un couple de mariés lui renvoyait son reflet ironique.

— Où ? dit Rose.

Où ? Il n'y avait pas songé. On est forcé de les emmener quelque part. La lune de miel, la fin de semaine au bord de la mer. Le cadeau rapporté de Margate sur le manteau de la cheminée (sa mère en avait un) ; on passe d'une plage à l'autre, on change de Jetée.

— Au plaisir ! dit Dallow.

Il s'arrêta un moment à la porte, rencontra les yeux du Gamin, leur émotion, leur prière, n'y comprit rien et se défila en agitant la main joyeusement, en signe d'adieu, derrière Mr Prewitt, les laissant seuls.

Malgré le barman qui essuyait les verres, c'était comme s'ils n'avaient jamais été seuls jusque-là ; pas vraiment seuls dans la chambre de chez Snow ni sur la falaise de Peace-Haven ; jamais aussi seuls qu'ils l'étaient à présent.

— Il faut que nous partions, dit Rose.

Debout sur le trottoir, ils entendirent qu'on fermait et qu'on verrouillait derrière eux la porte de la Couronne – loquet qu'on pousse. Ils eurent le sentiment qu'ils étaient chassés d'un Éden d'ignorance. De ce côté-ci, ils n'avaient rien à espérer, si ce n'est l'expérience.

— Est-ce que nous allons chez Frank ? demanda la fille.

C'était un de ces moments où sur l'après-midi le plus bruyant tombe un brusque silence : pas une sonnerie de tram, pas un sifflement de vapeur de la gare terminus ; une troupe serrée d'oiseaux monta dans l'air au-dessus de l'Old Steyne et s'y suspendit en planant comme si un crime venait de se commettre sur le sol. Il pensa avec nostalgie à sa chambre de chez Frank ; il savait exactement, sans ouvrir les yeux, où sa main trouvait l'argent dans le porte-savon ; chaque objet lui était familier ; rien n'était inconnu ; tout y partageait sa virginité aigrie.

— Non, dit-il.

Et il répéta : « Non », tandis que renaissaient le bruit, le fracas, le tintamarre, la clameur de l'après-midi.

— Alors, où ?

Il eut un sourire d'une méchanceté sans espoir : où emmène-t-on une belle poule blonde sinon au Cosmopolitain, où l'on arrive par le pullman le samedi soir, à moins qu'on ne franchisse la dune dans un roadster écarlate ? Parfum et fourrure de prix, faisant son entrée dans le restaurant, comme un hors-bord fraîchement peint, quelque chose qui éclabousse le public, en compensation de l'acte nocturne. D'un long regard, il s'imposa, en châtiment volontaire, l'aspect miteux de Rose.

— Nous allons, lui dit-il, prendre un appartement au Cosmopolitain.

— Non, dis-moi où, sans rire ?

— Tu m'as bien entendu : au Cosmopolitain.

Il s'emporta :

— Tu trouves que c'est trop beau pour moi ?

— Pas pour toi, dit-elle, mais pour moi.

— Nous y allons, dit-il, j'en ai les moyens. C'est l'endroit qu'il nous faut. Il y avait une femme qui y descendait, elle s'appelait Eugeen. C'est pour ça qu'ils ont des couronnes sur les chaises.

— Qui était-elle ?

— Une poule étrangère.

— Tu y es donc entré ?

— Bien sûr que j'y suis entré.

Brusquement, elle joignit les mains en un geste d'admiration passionnée :

— Je rêvais, dit-elle.

Et elle leva vivement les yeux, anxieuse de voir si, après tout, il se moquait d'elle et rien de plus.

Il prit un air détaché :

— La voiture est en réparation. Nous irons à pied et nous enverrons chercher ma valise. Où est la tienne ?

— Ma quoi ?

— Ta valise.

— Elle était tellement sale, tellement cabossée...

— Ça ne fait rien, lui dit-il, fanfaron et désespéré, nous t'en achèterons une autre. Où sont tes affaires ?

— Mes affaires ?

— Mon Dieu ! que tu es dinde. Je veux dire...

Mais la pensée de la nuit qui venait lui pétrifia la langue. Il fonça le long du trottoir, le crépuscule pâlissant sur son visage.

Elle expliqua :

— Je n'avais rien... rien que je pouvais mettre pour t'épouser, en dehors de ce que j'ai sur moi. Je leur ai demandé un peu d'argent. Ils n'ont pas voulu m'en donner. C'est leur droit. L'argent est à eux.

Ils marchaient assez loin l'un de l'autre sur le trottoir. Ce qu'elle disait grattait douloureusement à la barrière comme les griffes d'un oiseau sur la vitre d'une fenêtre. Il avait tout le temps l'impression qu'elle s'attaquait à lui. Même l'humilité qu'elle montrait n'était qu'un piège. La cérémonie rapide et brutale était une prise de possession. Elle n'en connaissait pas la raison ; elle pensait – Dieu me pardonne ! – qu'il la désirait. Il lui dit brutalement :

— Ne te mets pas dans la tête qu'il va y avoir un voyage de noces. C'est de la bêtise. Je suis très occupé. J'ai des choses à faire... Il faut... (Il se tut et se tourna vers elle en une sorte d'appel angoissé.)... surtout que rien ne soit changé. Je vais être obligé de m'absenter souvent.

— J'attendrai, répondit-elle.

Déjà il pouvait voir la patience des pauvres, celle des vieux époux, circuler sous la peau de Rose, grandir en elle comme une seconde personne, comme une image humble et sans pudeur apparue derrière un transparent.

Ils arrivèrent sur le front de mer et la nuit recula d'un pas ; la mer était éblouissante. Rose la regarda avec joie comme si elle était devenue une mer différente. Il lui demanda :

— Qu'est-ce qu'il a dit, le papa, aujourd'hui ?
— Il n'a rien dit du tout. Il avait sa crise.
— Et la vieille ?
— Elle avait sa crise aussi.
— Ils ont tout de même pris la galette.

Ils s'arrêtèrent sur la Promenade, devant le Cosmopolitain, et, dans l'ombre de son énorme masse, se rapprochèrent un petit peu l'un de l'autre. Il se rappelait le groom appelant un nom et le porte-cigarettes en or de Colleoni... Il dit avec soin et lenteur, pour dissiper son malaise :

— Eh bien ! il me semble qu'on ne serait pas trop mal ici.

Il porta la main à sa cravate rabougrie, tira son veston et mit en place, sans conviction, ses épaules étroites.

— Viens.

Elle le suivit, un pas en arrière ; ils traversèrent la route, montèrent le large perron. Deux vieilles dames étaient assises dans des fauteuils d'osier à se chauffer au soleil sur la terrasse, enveloppées de mètres et de mètres de voile ; elles avaient un air de parfaite sécurité ; lorsqu'elles parlaient, elles ne se regardaient pas et se contentaient tranquillement de laisser tomber leurs remarques dans l'air qui les recueillait. « Quant à Willie... » — « Moi, j'ai toujours eu de l'affection pour Willie... » Le Gamin gravit le perron d'un pas inutilement bruyant.

Il traversa le profond vestibule jusqu'à la réception, Roses sur ses talons. Il n'y avait personne au bureau. Furieux, il attendit – c'était une injure personnelle. Un groom appela : « Mr Pinecoffin. Mr Pinecoffin... » à travers les salons. Le Gamin attendait. Un téléphone sonna. Quand la porte d'entrée tourna de nouveau, ils purent entendre l'une des vieilles dames qui disait :

— Ç'a été un coup terrible pour Basil.

Puis un homme en veston noir apparut et dit :

— Vous désirez quelque chose ?

Le Gamin répondit avec colère :

— On m'a fait attendre ici !

— Vous n'aviez qu'à appuyer sur la sonnerie, dit froidement l'employé qui ouvrit un gros registre.

— Je veux une chambre, dit le Gamin, pour deux personnes.

L'employé regarda Rose derrière le Gamin et tourna une page.

— Il ne nous reste pas une seule chambre, dit-il.

— Le prix m'est tout à fait égal, dit le Gamin ; je prendrai un appartement.

— Il n'y a rien de libre, dit l'employé sans lever les yeux.

Le groom qui revenait avec un plateau s'arrêta pour regarder. Le Gamin dit d'une voix basse et coléreuse :

— Vous ne pouvez pas m'empêcher de loger ici ? Mon argent est aussi bon que celui des autres...

— Sans aucun doute, dit l'employé, mais il se trouve qu'il ne nous reste pas une seule chambre.

Il tourna le dos pour prendre un pot de colle de bureau.

— Viens, dit le Gamin à Rose. Ça pue dans cette taule !

Il descendit à grandes enjambées le perron en repassant à côté des vieilles dames ; des larmes d'humiliation lui piquaient les paupières. Il avait un désir fou de leur crier à tous qu'ils ne pouvaient pas le traiter comme ça, qu'il était un tueur, qu'il pouvait tuer des hommes et ne pas se faire prendre. Il aurait voulu faire la roue. Il avait les moyens de loger ici autant qu'un autre : il avait une voiture, un avocat, deux cents livres à la banque...

Rose dit :

— Si j'avais eu une bague...

Furibond, il l'interrompit :

— Une bague... Quelle bague ? Nous ne sommes pas mariés.

Mais dehors, sur le trottoir, il se domina avec une énorme difficulté, et plein d'amertume se rappela qu'il lui restait encore un rôle à jouer : on ne pouvait pas obliger une femme mariée à témoigner en justice, mais rien ne pouvait empêcher une femme mariée de le faire, sauf... l'amour, la jouissance physique, pensa-t-il avec une horreur aigrie, et se tournant vers elle il s'excusa mollement :

— Ils m'ont mis en colère, dit-il. Vois-tu, je t'avais promis...

— Ça m'est bien égal ! dit-elle.

Brusquement, ses grands yeux dilatés et surpris, elle déclara avec une assurance téméraire :

— Rien ne pourrait me gâter cette journée.

— Il faut que nous trouvions un endroit, dit-il.

— Moi, ça m'est égal, l'endroit... Chez Frank ?

— Pas ce soir, dit-il. Je ne veux pas des copains auprès de moi ce soir.

— Nous allons réfléchir ; il ne fait pas encore nuit.

C'était l'heure – quand ce n'est pas jour de courses, quand il n'y a personne à voir pour affaires – qu'il passait étendu sur son lit chez Frank. Il y mangeait un paquet de sucreries ou un pain à la saucisse, regardait le soleil glisser sur les cheminées des toits, s'endormait, s'éveillait, se remettait à manger et à dormir dans le crépuscule qui entrait par la fenêtre. Ensuite les copains rentraient, apportant les journaux du soir, et la vie recommençait. Maintenant, il était perdu : il ne savait pas comment passer tout ce temps lorsqu'il n'était pas seul.

— Un jour, dit-elle, il faudra que nous allions à la campagne comme nous l'avons fait une fois...

Le regard fixé sur la mer, elle arrangeait l'avenir... Il pouvait voir glisser les années devant ses yeux comme avance la ligne du flot montant.

— Tout ce qui te fera plaisir, dit-il.

— Allons sur la Jetée. Je n'y suis pas retournée depuis le soir où nous y étions... tu te rappelles ?

— Moi non plus.

Son mensonge fut rapide et facile ; il pensait à Spicer, à la nuit, aux éclairs sur la mer – au commencement d'une chose dont il ne parvenait pas à voir la fin. Ils passèrent dans le tourniquet ; il y avait un tas de gens qui se promenaient ; des pêcheurs à la ligne en rang surveillaient leurs bouchons dans l'épaisse houle verte ; l'eau s'agitait sous leurs pieds.

— Tu connais cette fille ? dit Rose.

Le Gamin tourna un visage apathique :

— Où ? dit-il. Je ne connais pas une seule fille ici.

— Là, dit Rose. Je suis sûre que c'est de toi qu'elle parle.

Un visage gras, stupide, couvert de taches, revint flotter dans sa mémoire, cognant son nez contre la vitre comme un monstrueux poisson dans un aquarium – dangereux – poisson-torpille sorti d'un autre océan. Fred lui avait parlé, il était allé l'aborder sur la

Promenade ; elle était venue témoigner ; il ne se rappelait pas ce qu'elle avait dit : rien d'important. Maintenant, elle le regardait et poussait du coude sa copine au teint plâtreux ; elle parlait de lui, racontait Dieu sait quels mensonges. « Seigneur, pensa-t-il, serai-je obligé de massacrer tout un monde ? »

— Elle, elle te connaît, dit Rose.

Il mentit de nouveau :

— Je ne l'ai jamais vue.

Et il continua de marcher.

— C'est merveilleux d'être avec toi : tout le monde te connaît ! Je n'aurais jamais pensé que j'épouserais quelqu'un de célèbre, dit Rose.

« Et puis après, pensa-t-il, et puis après ? » Un pêcheur traversa leur route en reculant pour son lancer, et faisant tournoyer sa ligne la jeta très loin ; le flotteur s'installa dans l'écume d'une crête de vague, tirant de toute sa longueur la ligne tendue vers le rivage. Là où la Jetée était à l'ombre, il faisait froid. D'un côté de la cloison vitrée, c'était le jour ; sur l'autre, le soir tombait.

— Traversons, dit-il.

Il recommença à penser à la bonne amie de Spicer ; pourquoi l'avoir laissée dans cette voiture ? Nom de Dieu, après tout, elle savait s'y prendre, elle connaissait le jeu...

Rose l'arrêta :

— Regarde, dit-elle, tu ne veux pas me donner une de ces choses, en souvenir ? Ça ne coûte pas cher, rien que six pence.

C'était une petite case de verre comme une cabine téléphonique : *Enregistrez votre voix*, disait l'affiche.

— Allons, viens, dit-il, ne sois pas bête ! À quoi, ça sert-il, ces trucs-là ?

Pour la seconde fois, il se heurta à la colère brusquement déchaînée, irréfléchie, de Rose. Elle était douce, elle était sotte, elle était sentimentale – et puis tout à coup elle devenait dangereuse. Au sujet d'un chapeau, d'un disque de phono.

— Très bien, dit-elle, va-t'en ! Tu ne m'as jamais rien donné. Non, même pas aujourd'hui ! Si tu ne veux pas de moi, pourquoi ne t'en vas-tu pas ? Pourquoi ne me laisses-tu pas tranquille ?

Les gens se retournaient pour les regarder, lui avec sa figure amère et furieuse, elle dressée dans tout son ressentiment sans espoir.

— Pourquoi m'as-tu prise ? lui cria-t-elle au visage.

— Je t'en prie... supplia-t-il.

— J'aimerais mieux me jeter à l'eau... commença-t-elle.

Mais il l'interrompit :

— Tu vas l'avoir, ton disque...

Il eut un sourire crispé :

— J'ai simplement cru que tu divaguais, ajouta-t-il ; pourquoi diable veux-tu entendre ma voix sur un disque ? Est-ce que tu ne vas pas m'entendre parler tous les jours ?

Il lui serra le bras.

— Tu es une bonne gosse. Je ne veux rien te refuser. Tu peux avoir tout ce qui te fera plaisir.

Il pensait : « Elle m'a amené où elle voulait... pour combien de temps ? »

— Tu ne les pensais pas, toutes ces choses que tu viens de dire, hein ? dit-il pour la cajoler.

Dans ses efforts d'amabilité, son visage se ratatinait comme celui d'un vieillard.

— Je ne sais pas ce qui m'a pris, dit-elle en évitant ses yeux, avec une expression qu'il ne put lire, obscure et accablée.

Il se sentit soulagé, mais sans élan. Il n'aimait pas cette idée de graver quelque chose sur un disque : cela le faisait penser à des empreintes digitales.

— Est-ce que vraiment tu veux que je te donne un de ces trucs-là ? demanda-t-il. De toute manière, nous n'avons pas de phono. Tu ne pourras pas l'écouter. À quoi ça te servira-t-il ?

— Je n'ai pas besoin de phono. Tout ce que je demande, c'est de l'avoir. Peut-être qu'un jour tu seras parti quelque part et que je pourrai emprunter un phono. Et tu me parleras ! dit-elle avec une brusque intensité qui lui fit peur.

— Que veux-tu que je te dise ?

— N'importe quoi ! dit-elle. Dis-moi quelque chose. Dis : « Rose... » et n'importe quoi.

Il entra dans la cabine et en ferma la porte. Il y avait une fente pour glisser six pence, une embouchure, des instructions : « Parlez clairement et tout près de l'instrument. » Tout cet attirail scientifique l'intimidait ; il regarda par-dessus son épaule et la vit qui surveillait du dehors, sans un sourire. Il la regarda comme une étrangère, une petite fille de Nelson Place aux vêtements misérables, et il fut traversé par une rancune épouvantable. Il mit sa pièce de six pence et parlant bas, de peur que sa voix ne portât au-delà de la cabine, il prononça le message qui allait se graver sur la vulcanite : « Le diable t'emporte, bougre de petite putain ! Ne vas-tu pas me foutre la paix et rentrer chez toi pour toujours ? » Il entendit l'aiguille gratter et le disque ronronner en tournant, puis un déclic et le silence.

Il revint vers elle, le disque noir à la main.

— Tiens ! dit-il. Prends-le. J'y ai inscrit quelque chose de tendre.

Elle le lui prit avec grand soin et le porta comme un objet qu'il faut défendre contre la foule. Même du côté ensoleillé de la Jetée, il commençait à faire froid. Et le froid tombait sur eux comme un argument indiscutable. « Il faut maintenant que vous rentriez chez vous. » Il avait l'impression de faire l'école buissonnière, de négliger son vrai travail : il devrait être à l'école, mais il n'avait pas appris sa leçon. Ils franchirent le tourniquet et il la regarda du coin de l'œil pour savoir à quoi elle s'attendait maintenant ; si elle avait montré la moindre impatience, il l'aurait giflée. Mais, tout aussi glacée que lui-même, elle serrait son disque contre son cœur.

— Alors, dit-il, il faut que nous allions quelque part.

Elle montra du doigt l'escalier qui descendait à la promenade couverte sous la Jetée :

— Allons par là ! dit-elle. C'est abrité.

Le Gamin se retourna pour lui lancer un regard perçant. On aurait dit que, délibérément, elle le mettait à l'épreuve. Pendant un instant, il hésita ; puis il la contempla en ricanant :

— Très bien ! dit-il. C'est là que nous irons.

Il fut ému par une sorte de sensualité : l'accouplement du bien et du mal.

Dans les arbres de l'Old Steyne, les lumières féeriques étaient allumées ; il était trop tôt ; dans le jour mourant, leurs lueurs pâles se voyaient à peine. Le long tunnel sous l'Esplanade était le coin le plus bruyant, le plus vulgaire, le meilleur marché des lieux d'amusement de Brighton. Des enfants les dépassèrent en courant ; ils étaient coiffés de bérets de marin en papier portant les mots : « Je ne suis pas un ange » ; un train fantôme passa à grand fracas, emportant des couples amoureux jusque dans les ténèbres emplies de cris aigus et de clameurs. Tout le côté du tunnel qui regardait la terre était bordé de lieux de plaisir ; sur l'autre, il y avait de petites boutiques : glaces panachées, Photomaton, coquillages, sucres d'orge. Les rayonnages montaient jusqu'au plafond ; par de petites portes, l'on pénétrait dans l'obscurité intérieure et du côté de la mer, il n'y avait ni porte ni fenêtre, rien que des étagères depuis les galets jusqu'au toit ; une digue de Rocher de Brighton face à la mer. La lumière ne s'éteignait jamais sous le tunnel ; l'air y était chaud, épais, empoisonné par la respiration humaine.

— Eh bien ! dit le Gamin, qu'est-ce que ce sera ? Bigorneaux ou Rocher de Brighton ?

Il la regardait comme si quelque chose de vraiment important eût dépendu de ce qu'elle allait répondre.

— J'aimerais bien un bâton de Rocher de Brighton ! dit-elle.

Il ricana de nouveau ; seul le diable, pensa-t-il, avait pu lui dicter cette réponse. Elle était vertueuse, mais le diable la possédait comme nous possédons Dieu dans l'Eucharistie – par les entrailles. Dieu ne peut échapper à la bouche pécheresse qui absorbe volontairement sa propre damnation. Il franchit une porte à pas feutrés et passa la tête dans la boutique :

— Mademoiselle ! appela-t-il. Mademoiselle, deux bâtons de Rocher.

Il promenait son regard autour de la petite cellule aux barreaux roses, comme s'il en avait été propriétaire ; sa mémoire en était propriétaire, l'endroit était marqué de traces de pieds, un fragment du plancher en particulier gardait une importance éternelle ; si l'on avait déplacé le livre de caisse, il s'en serait aperçu.

— Qu'est-ce que c'est que ça ? dit-il en montrant de la tête une boîte, seul objet de la pièce qui ne lui fût pas familier.

— Ce sont des débris de Rocher ! dit-elle. À prix réduit.

— De chez le fabricant ?

— Non. Brisés par accident. Des idiots de maladroits. Je voudrais bien savoir qui... se plaignit-elle.

Il prit les bâtons et tourna les talons : il savait qu'il ne pouvait rien voir ; la Promenade était cachée derrière des rangées amoncelées de Rocher de Brighton. Il eut le sentiment fugitif de son immense habileté.

— Bonsoir ! dit-il, penchant la tête pour passer par la porte basse.

Puis il sortit. Si seulement l'on pouvait se vanter tout haut de son adresse, se soulager de l'énorme poids de son orgueil...

Debout côte à côte, ils suçaient leurs bâtons de Rocher ; une femme les bouscula pour passer.

— N'encombrez pas le chemin, enfants !

Leurs regards se croisèrent : couple d'époux.

— Et maintenant, on va où ? demanda-t-il avec gêne.

— Peut-être qu'il faudrait que nous trouvions... un endroit ! dit-elle.

— Ce n'est pas tellement pressé.

D'angoisse, sa voix se brisa un peu.

— Il est encore tôt. Aimerais-tu un film ?

Il se remettait à la cajoler.

— Je ne t'ai jamais emmenée au cinéma.

Mais son sentiment de puissance le lâcha. De nouveau, la tendresse passionnée avec laquelle elle accepta – « Comme tu es bon pour moi ! » – le fit se contracter.

Sombre et affalé au fond du fauteuil des meilleures places, dans la pénombre, il se demandait avec amertume ce qu'elle espérait. À côté de l'écran, une horloge lumineuse marquait l'heure. C'était un film sentimental : visages magnifiques, cuisses photographiées à des angles savants, lits profonds et secrets en forme de vaisseaux garnis d'ailes. On tuait un homme, mais cela importait peu. Ce qui importait, c'était le jeu de l'amour. Les deux personnages centraux suivaient leur route triomphale qui les menait aux draps du lit : « Je vous ai aimée dès notre première rencontre à Santa Monica... » Une sérénade sous une fenêtre, une jeune fille en chemise de nuit et à côté de l'écran l'horloge dont les aiguilles tournent. Tout à coup, furieux, il murmura à Rose :

— Comme des chats...

C'est le jeu le plus naturel de la création. Pourquoi s'effrayer d'une chose que les chiens font dans les rues ? La musique gémissait : « Mon cœur m'avait dit que tu étais divine. »

Il chuchota :

— Après tout, peut-être que nous ferions aussi bien de rentrer chez Frank.

Il pensait : « Au moins, nous n'y serons pas seuls ; quelque chose peut se produire ; peut-être que les copains boiront ; peut-être qu'ils feront une petite bombe, il ne restera plus de lit pour personne ce soir. » L'acteur dont une mèche de cheveux traversait l'étendue blanche du visage disait : « Tu es à moi, rien qu'à moi. » Il reprit sa chanson sous les étoiles vacillantes, inondé par un clair de lune sans vraisemblance, et, brusquement, inexplicablement, le Gamin se mit à pleurer. Il fermait les yeux pour retenir ses larmes, mais la musique qui continuait était comme la vision de sa libération pour un homme emprisonné. Il sentait ses liens et voyait – désespérément hors de son atteinte – la liberté sans limites ; ni crainte, ni haine, ni envie. C'était comme s'il était mort et se rappelait les effets d'une bonne confession, des paroles d'absolution ; mais, puisqu'il était mort, ce n'était là qu'un souvenir – il n'aurait pu faire l'expérience de la contrition – ses côtes étaient comme des barres d'acier qui le maintenaient éternellement dans l'impossibilité de se repentir. Il dit à la fin :

— Partons. Il faut que nous rentrions.

Il faisait maintenant tout à fait nuit ; les ampoules de couleur brillaient tout le long de l'Esplanade de Hove. À pas lents, ils dépassèrent le Restaurant Snow et le Cosmopolitain. Un avion qui volait bas vrombit vers le large, sa lumière rouge disparaissant peu à peu. Dans un des abris vitrés, un vieil homme gratta une allumette pour allumer sa pipe et révéla un garçon et une fille enlacés dans le coin. Un gémissement de musique passa sur la mer. Ils tournèrent, traversèrent Norfolk Square, s'en allèrent vers Montpelier Road ; une fille blonde, aux joues à la Garbo, s'arrêta sur les marches qui montent au bar du Norfolk et se remit de la poudre. Une cloche sonnait quelque part pour quelqu'un qui était mort et, dans un sous-sol, un phono jouait un hymne.

— Peut-être, dit le Gamin, qu'à partir de demain nous trouverons un endroit où aller.

Bien qu'il eût sa clé, il sonna. Il avait besoin de voir des gens, besoin de parler... mais personne ne lui répondit. Il sonna de nouveau. C'était une de ces vieilles sonnettes sur lesquelles il faut tirer ; elle grelotta au bout de son fil de fer ; elle était de la race des cloches qui, à la suite d'une longue fréquentation de la poussière, des araignées et des chambres inoccupées, savent bien vous avertir qu'une maison est vide.

— Ils ne peuvent pas être tous sortis, dit-il en glissant sa clé dans le trou de la serrure.

On avait laissé le globe du vestibule allumé ; il vit tout de suite le petit mot planté sous le téléphone : « On est mieux à deux. » Il reconnut l'écriture informe, étalée en tous sens de la femme de Frank. « Sommes allés arroser le mariage. Enfermez-vous à clé. Prenez du bon temps. »

Il froissa le papier et le laissa tomber en boule sur le linoléum.

— Allez, viens ! dit-il. On monte.

En haut, il posa la main sur la rampe neuve.

— Tu vois, nous l'avons fait raccommoder.

Une odeur de choux, de fricot, d'étoffe brûlée s'attardait dans le couloir sombre. Il désigna du menton une porte :

— C'était la chambre du vieux Spicer, celle-ci. Est-ce que tu crois aux fantômes ?

— Je ne sais pas.

Il ouvrit d'un coup de poing sa propre porte et tourna le bouton qui fit jaillir la lumière crue et voilée de poussière.

— Voilà ! dit-il. À prendre ou à laisser.

Et il s'écarta pour découvrir le grand lit de cuivre, la table de toilette, le pot à eau ébréché, l'armoire vernie avec sa glace de mauvaise qualité.

— C'est mieux qu'un hôtel ! dit-elle. On a plus l'air d'être chez soi.

Ils restaient debout au milieu de la chambre, comme s'ils ne savaient pas quel allait être leur prochain geste.

— Demain, je mettrai un peu d'ordre, dit-elle.

Il ferma la porte en la faisant claquer :

— Tu ne toucheras à rien ! C'est ma maison, entends-tu ? Je te défends de te mettre à changer les choses de place...

Il la regarda avec crainte – entrer dans sa propre chambre, sa caverne, et y trouver un objet insolite...

— Pourquoi n'enlèves-tu pas ton chapeau ? lui dit-il. Tu restes, n'est-ce pas ?

Elle ôta son chapeau, son imperméable ; c'étaient là les rites du péché mortel ; la chose, pensa-t-il, pour laquelle les gens s'exposent les uns et les autres à la damnation... La sonnerie du vestibule retentit violemment. Il n'y fit aucune attention :

— C'est samedi soir, dit-il, un goût d'amertume sur la langue. Et l'heure de se mettre au lit.

— Qui est-ce ? demanda-t-elle.

Et de nouveau la cloche s'agita, transmit son clair message à quiconque attendait dehors, l'avertissant que la maison n'était plus vide. Rose traversa la chambre pour s'approcher de lui, la figure toute pâle.

— Est-ce que c'est la police ?

Mais ce qu'elle suggérait le fit tressaillir. Il attendit le coup de sonnette suivant, qui ne vint pas.

— Allons, dit-il, nous n'allons pas rester debout toute la nuit. Nous ferions mieux de nous coucher.

Il se sentait affreusement vide, comme s'il n'avait pas mangé depuis des jours et des jours. Il essaya de se persuader, en enlevant son veston et en l'accrochant au dossier d'une chaise, que tout était comme d'habitude. Quand il se retourna, elle n'avait pas bougé : enfant mince, mal développée, qui tremblait entre le lit et la table de toilette.

— Eh bien ! quoi ? se mit-il à railler, la bouche sèche. Tu as peur ?

Il avait l'impression d'être retourné quatre ans en arrière et d'entraîner un camarade de classe dans quelque méfait.

— Et toi, tu n'as pas peur ? demanda Rose.

— Moi !

Il se moquait d'elle sans conviction. Il s'approcha – embryon de désir que le souvenir ironique d'une robe, d'un dos nu couvrit de ridicule : « Je t'ai aimée dès notre première rencontre à Santa Monica... » Secoué d'une sorte de frénésie, il la prit par les épaules. Il s'était évadé de Nelson Place pour en arriver là ; il la poussa contre le lit :

— C'est un péché mortel ! dit-il, essayant de tirer de l'innocence toute la saveur possible, essayant de sentir le goût de Dieu dans sa bouche.

Une boule de lit en cuivre, les yeux stupides, épouvantés et consentants de la fille ; il effaça tout dans une triste et brutale étreinte – maintenant ou jamais. Un cri de douleur, et puis cette sonnerie de cloche se mit à recommencer de plus belle.

— Bon Dieu ! dit-il. On ne peut donc pas me foutre la paix !

Dans la chambre grise, il ouvrit les yeux et contempla ce qu'il avait fait. Cela lui parut plus semblable à la mort que lorsque Hale et Spicer étaient morts.

— N'y va pas, Pinkie, n'y va pas, supplia Rose.

Il éprouvait une étrange sensation de triomphe : il avait acquis ses grades dans l'ultime honte humaine – après tout, ce n'était pas si difficile. Il s'était exposé tout entier et personne n'avait ri. Il n'avait pas eu besoin de Mr Prewitt ou de Spicer, mais seulement... Un vague sentiment de tendresse envers sa complice s'éveilla en lui. Il avança la main et lui pinça le lobe de l'oreille. La cloche retentit dans le vestibule vide. Un poids énorme semblait s'être levé. Il était capable maintenant de faire face à n'importe qui.

— Je ferais mieux d'aller voir ce qu'il veut, ce c... ! dit-il.

— N'y va pas. J'ai peur, Pinkie.

Mais lui avait l'impression que jamais plus il n'aurait peur, peur de souffrir et peur d'être damné – peur de la mort soudaine et sans absolution. Maintenant, c'était comme s'il avait déjà été en enfer et jamais il n'aurait rien d'autre à craindre. Le vacarme de l'affreuse cloche le long du fil qui vibrait dans le vestibule et le globe nu brûlant au-dessus du lit, la fille, la table de toilette, la fenêtre noire de suie, la forme bête de la cheminée, une voix qui murmurait : « Je t'aime, Pinkie ! » L'enfer, c'était donc cela ; rien d'inquiétant pour lui : ce n'était que sa propre chambre où tout lui était familier.

— Je vais revenir, dit-il.

À la tête de l'escalier, il posa la main sur le bois neuf, pas encore repeint, de la rampe raccommodée. Il poussa doucement et constata qu'elle résistait. Il avait envie de claironner partout sa merveilleuse astuce. Au-dessous de lui, la cloche s'agita. Il regarda en bas ; c'était une longue chute, mais l'on ne pouvait pas être réellement sûr qu'un homme se tuerait en tombant de cette hauteur. Jusqu'à présent, la pensée ne lui en était pas venue ; il y a des hommes qui vivent encore des heures, le dos brisé, et il connaissait un vieux qui circulait encore aujourd'hui avec un crâne fracturé, qui cliquetait lorsqu'il faisait froid et qu'il éternuait. Le Gamin eut la sensation d'être entouré d'amis. La cloche faisait un bruit discordant, elle savait qu'il était au logis. Il descendit l'escalier, ses doigts de pied s'accrochant dans les trous du linoléum ; il était trop bien pour rester ici. Il se sentait une énergie invincible. Il n'avait pas perdu sa vitalité là-haut, il en avait gagné. Ce qu'il avait perdu, c'était la crainte. Il ne savait pas du tout qui était l'homme planté derrière la porte, mais il fut saisi d'un besoin pervers de s'amuser. Il leva la main vers la vieille cloche et la força au silence. Il sentait qu'on tirait sur le fil. Une étrange lutte à la corde s'engagea avec l'étranger, d'un bout à l'autre du vestibule, et ce fut le Gamin qui gagna. On cessa de tirer et une main tambourina sur la vitre. Le Gamin relâcha la cloche et se dirigea tout doucement vers la porte ; mais immédiatement, derrière son dos, la cloche se remit à battre, d'un son creux, fêlé et urgent. Une boulette de papier – « Enfermez-vous à clé. Prenez du bon temps » – roula sous son pied.

Il ouvrit la porte avec violence et hardiesse – et ce fut Cubitt qu'il trouva, un Cubitt désespérément ivre, d'une ivresse sinistre. Il avait un œil au beurre noir et l'haleine aigre ; ça lui troublait toujours la digestion, de boire.

Le sentiment de son triomphe envahit le Gamin ; il eut conscience d'une victoire incommensurable.

— J'ai laissé mes affaires ! répondit Cubitt. Je veux reprendre mes affaires.

— Entre et va les reprendre, dit le Gamin.

Cubitt se glissa de biais.

— Je ne pensais pas que je te verrais... dit-il.

— Va. Prends tes affaires et débarrasse le plancher.

— Où est Dallow ?

Le Gamin ne répondit pas.

— Et Frank ?

Cubitt se gratta la gorge ; son haleine acide arriva sur le Gamin.

— Écoute, Pinkie ! dit-il. Toi et moi, pourquoi qu'on ne serait pas amis ? Comme avant ?

— Nous n'avons jamais été amis ! répondit le Gamin.

Cubitt n'écouta pas la réponse. Il tournait le dos au téléphone et surveillait le Gamin avec des yeux d'ivrogne prudent.

— Toi et moi... dit-il.

Les renvois acides qui lui remontaient à la gorge épaississaient toutes ses paroles.

— Toi et moi, on peut pas se séparer. Même, ajouta-t-il, qu'on est comme des frères, on est attachés ensemble.

Adossé au mur d'en face, le Gamin le regardait.

— Toi et moi, voilà ce que j'ai dit. On peut pas se séparer ! répétait Cubitt.

— Je suppose, lui dit le Gamin, que Colleoni n'a pas voulu te toucher, même avec des pincettes ; mais je ne veux pas de ses déchets, Cubitt.

Cubitt se mit à pleurnicher ; il atteignait toujours cette phase ; le Gamin pouvait calculer le nombre de ses consommations à ses larmes. Elles sortaient difficilement, deux larmes roulèrent comme deux gouttes d'alcool des globes jaunes de ses yeux.

— Tu n'as pas le droit de me traiter comme ça, Pinkie.

— Va donc prendre tes affaires.

— Où est Dallow ?

— Il est sorti, dit le Gamin. Ils sont tous sortis.

De nouveau, le désir de s'amuser cruellement le saisit. Il regarda au bout du vestibule le morceau de linoléum neuf à l'endroit où Spicer était tombé. Mais les mots n'eurent aucun effet ; la phase larmoyante était transitoire. Elle fut suivie d'une colère morne...

— Je ne me laisserai pas traiter comme de la boue.

— C'est comme ça que Colleoni t'a traité ?

— Je suis venu ici en ami. Tu ne peux pas te passer de tes amis.

— Je peux me passer de beaucoup plus de choses que tu ne crois ! dit le Gamin.

Cubitt saisit la balle au bond :

— Prête-moi cinq livres.

Le Gamin secoua la tête. Une impatience, un orgueil brusques le traversèrent ; il valait plus que cela, que cette basse querelle, sur un linoléum usé, sous un globe cru et poussiéreux, avec... Cubitt.

— Pour l'amour de Dieu, dit-il, va chercher tes affaires et fous le camp !

— Il y a des choses que je pourrais raconter sur toi...

— Rien du tout.

— Fred.

— C'est toi qui serais pendu ! dit le Gamin en ricanant. Pas moi. Je suis trop jeune pour être pendu.

— Y a aussi Spicer.

— Spicer est tombé là.

— Je t'ai entendu...

— Toi, tu m'as entendu. Qui te croira ?

— Dallow aussi a entendu.

— Dallow est régulier ! dit le Gamin. Je peux me fier à Dallow. Voyons, Cubitt, poursuivit-il, si tu étais dangereux, je te réglerais ton compte. Mais remercie le Ciel, va, tu n'es pas dangereux.

Il tourna le dos à Cubitt et monta l'escalier. Il entendait derrière lui Cubitt qui haletait ; il avait le souffle très court.

— Je ne suis pas venu ici pour te dire des choses dures. Prête-moi deux ou trois livres, Pinkie, je suis fauché.

Le Gamin ne répondit pas.

— En souvenir du passé.

Il prit le tournant de l'escalier pour entrer dans sa chambre.

— Attends un peu et je vais te dire quelques vérités, espèce de petit salaud, dit Cubitt. Y a quelqu'un qui m'a proposé de l'argent – vingt billets. Toi, ah ! toi, je vais te dire, ce que tu es !

Le Gamin s'arrêta devant sa porte :

— Eh bien ! vas-y, dit-il, dis-moi tout !

Cubitt fit un effort pour parler ; les mots qu'il fallait ne lui venaient pas. Il cracha sa fureur et son ressentiment en phrases légères comme du papier.

— T'es rat... dit-il, et t'as la trouille. T'as tellement la trouille que tu tuerais ton meilleur ami pour sauver ta peau.

Il eut un rire gras :

— T'as même peur des filles ! Sylvie m'a tout raconté !...

Mais cette accusation venait trop tard. Il avait acquis ses brevets, désormais, dans la science de la dernière faiblesse humaine. Il écoutait avec amusement, avec une sorte d'orgueil infernal ; le portrait que traçait Cubitt n'avait plus aucun rapport avec lui ; c'était comme les images que les hommes font du Christ, l'image de leur propre sentimentalité. Cubitt ne pouvait pas le savoir. Il était semblable à un professeur qui décrit à un étranger un endroit qu'il ne connaît que par les livres, les statistiques d'importations et d'exportations, tonnage, ressources en minéraux, équilibre du budget, et qui parle d'un pays que l'étranger *connaît* pour y avoir eu soif dans le désert et avoir essuyé des coups de feu dans les collines.

— Radin, lâche, trouillard !

Il eut un petit rire de dérision ; il avait le sentiment de survoler d'une aile puissante toutes les nuits que Cubitt pouvait connaître. Il ouvrit sa porte, et, quand il fut entré, la referma et tourna la clé.

Rose était assise sur le lit, les jambes pendantes, comme une petite fille en classe qui attend la maîtresse pour lui réciter sa leçon. Dehors, Cubitt jurait et trépignait. Il secoua le bouton de la porte, puis s'éloigna. Elle dit avec un immense soulagement (elle avait l'habitude des ivrognes) :

— Oh ! alors, ce n'était pas la police.
— Pourquoi serait-ce la police ?
— Je ne sais pas. J'avais cru que peut-être...
— Peut-être quoi ?

À peine s'il put entendre sa réponse :
— Kolley Kibber.

Pendant un moment, il fut abasourdi. Puis il se mit à rire doucement, pris d'un mépris et d'une condescendance infinis pour un monde qui employait des mots comme le mot « innocence ».

— Eh bien ! dit-il, quelle bonne histoire ! Ainsi, tu as toujours su ce qui en était. Tu avais deviné. Et moi, je te croyais novice au point qu'il serait sorti du lait si on t'avait pressé le nez. Et pendant ce temps-là...

Il la reconstruisit dans son esprit, le jour de Peace-Haven, et cet autre jour, au milieu des vins d'origine, chez Snow...

— Pendant tout ce temps-là, tu savais.

Elle ne le nia pas ; assise, les mains jointes entre les genoux, elle acceptait tout.

— C'est impayable ! dit-il. Mais dis donc, quand on y réfléchit, tu n'es pas meilleure que moi.

Il traversa la pièce pour s'approcher d'elle et ajouta avec une sorte de respect :

— Il n'y a pas un cheveu de différence entre nous.

Elle leva vers lui des yeux d'enfant soumis, pleins d'adoration, et, solennellement, affirma :

— Pas un cheveu.

Il sentit une fois de plus comme une nausée le désir lui monter au ventre :

— Quelle nuit de noces ! dit-il. Est-ce que tu pensais que ta nuit de noces serait comme ça ?

La pièce d'or au creux de la main, l'agenouillement dans le sanctuaire, la bénédiction... des pas dans le couloir. Cubitt martela la porte, martela, puis partit en titubant ; les marches craquèrent, une porte se ferma violemment. Elle fit son serment une fois de plus, en le tenant dans ses bras, dans l'attitude du péché mortel :

— Pas un cheveu de différence.

Le Gamin était étendu sur le dos – en bras de chemise – et il rêvait. Il était dans une cour de récréation pavée d'asphalte où un platane dépérissait ; une cloche fêlée retentit, les enfants sortirent et s'approchèrent de lui. Il était nouveau ; il ne connaissait personne ; il était malade de peur – ils s'avançaient vers lui avec une intention précise. Alors, il sentit sur sa manche une main prudente, et dans un miroir accroché à l'arbre, il vit son propre reflet, avec Kite derrière lui – Kite vieillissant, jovial, la bouche saignante. « Ces nouveaux... » dit Kite en lui mettant un rasoir dans la main. Il sut alors ce qu'il avait à faire ; il s'agissait seulement de leur montrer une bonne fois qu'il ne s'arrêterait à rien, qu'aucune règle ne tenait.

Il lança le bras en avant, dans un geste d'attaque, fit à voix haute une remarque incompréhensible et se tourna sur le côté. Un morceau de couverture lui tomba sur la bouche, l'empêchant de respirer. Il était sur la Jetée et il pouvait voir que les piles croulaient. Un nuage noir arriva à toute vitesse de l'autre extrémité de la Manche et la mer monta ; la Jetée tout entière vacilla et s'installa plus bas. Il essaya de crier ; aucune mort n'est plus terrible que la noyade. Le pont de la Jetée était incliné à angle aigu comme le pont d'un paquebot au moment de son plongeon définitif ; le Gamin remonta à grand-peine la pente glissante pour s'éloigner de la mer et retomba plus bas, encore plus bas, jusque dans son lit de Nelson Place. Il gisait immobile et pensait : « Quel rêve ! » Et puis, il entendit les mouvements furtifs de ses parents dans l'autre lit. C'était samedi soir. Son père haletait comme un homme arrivé au bout d'une course et sa mère faisait un bruit terrifiant de souffrance délectable. Le Gamin était tout imprégné de haine, de dégoût et de solitude ; il était complètement abandonné ; il n'avait aucune place dans leurs pensées – durant quelques minutes, il fut mort, il fut comme une âme au purgatoire, témoin d'une action éhontée accomplie par un être bien-aimé.

Puis, tout à fait brusquement, il ouvrit les yeux ; comme si son cauchemar ne pouvait aller plus loin ; la nuit était noire, il ne voyait rien et, pendant quelques secondes, il crut qu'il était revenu à Nelson Place. Alors, une horloge sonna trois heures, avec un bruit de ferraille qui ressemblait à celui d'un couvercle de poubelle dans la cour, et il se rappela avec un soulagement immense qu'il était seul. Il sortit du lit dans son demi-sommeil (il avait la bouche pâteuse et pleine d'un mauvais goût) et alla à tâtons jusqu'à la toilette. Il prit son verre à dents, l'emplit d'eau et entendit une voix dire :

— Pinkie... Qu'est-ce qu'il y a, Pinkie ?

Il laissa tomber le verre et, tandis que l'eau lui éclaboussait les pieds, la mémoire lui revint avec l'amertume.

Prudemment il répondit, s'adressant à l'obscurité :

— Ça va, ça va. Dors.

Il avait perdu le sentiment de son triomphe et de sa supériorité. Il contemplait les heures qui venaient de s'écouler comme s'il les avait passées dans l'ivresse ou dans un rêve ; il avait ressenti une exaltation passagère à cause de l'étrangeté de son expérience. Maintenant, il n'arriverait plus rien d'étrange – il était éveillé. Il faut envisager ces choses avec bon sens – elle savait. Les ténèbres s'éclaircirent devant son regard lucide et calculateur ; il put voir le dessin des montants du lit et d'une chaise. Il avait perdu une partie et gagné une partie. On ne pouvait la forcer à témoigner, mais elle savait... Elle l'aimait, quel que fût le sens de ce mot, mais l'amour n'est pas une chose éternelle... comme la haine et le dégoût. Elles rencontrent une plus jolie figure, un costume plus élégant... La vérité le frappa d'horreur, il lui fallait garder l'amour de cette femme toute sa vie ; il ne pourrait jamais se débarrasser d'elle ; s'il s'élevait, il serait forcé d'emporter Nelson Place avec lui comme une cicatrice visible ; leur mariage civil était aussi irrévocable qu'un sacrement ; seule la mort pourrait jamais lui rendre la liberté.

Il fut saisi d'un grand besoin de respirer et marcha doucement vers la porte. Dans le couloir, il ne voyait rien ; l'air était plein de respirations – sortant de la chambre qu'il venait de quitter, de celle de Dallow. Il se sentait comme un aveugle que surveillent des gens qu'il ne peut pas voir. À tâtons, il trouva le haut de la rampe et descendit marche à marche, avec des craquements jusqu'au vestibule. Il avança la main et toucha le téléphone ; puis, le bras tendu, s'en alla vers la porte. Dans la rue, les réverbères étaient éteints, mais cette obscurité qui n'était plus enfermée entre quatre murs semblait perdre son opacité en s'étalant sur une grande ville. Il put voir les grilles des sous-sols, un chat qui passait et, reflétée sur le ciel noir, la lueur phosphorescente de la mer. C'était un monde bien étrange : il ne s'y était jamais trouvé seul. Il eut une fallacieuse sensation de liberté en marchant d'un pas léger vers la Manche.

Le long de Montpelier Road, les lampes brûlaient encore ; personne en vue ; une boîte à lait vide devant un magasin de phonos ; beaucoup plus bas, la tour de l'horloge éclairée et les cabinets publics ; l'air était frais comme à la campagne. Il pouvait s'imaginer qu'il s'était évadé. Il enfonça ses mains pour les réchauffer dans les poches de son pantalon et sentit un morceau de papier qui n'aurait pas dû y être. Il le sortit. C'était un feuillet arraché à un calepin, une grosse écriture, informe, qu'il ne connaissait pas. Il l'approcha de ses yeux dans le demi-jour et lut avec difficulté : « Je t'aime, Pinkie. Ça m'est bien égal ce que tu as fait. Je t'aime pour toujours. Tu as été très bon pour moi. Partout où tu iras, j'irai aussi. » Elle avait dû écrire ça au moment où il parlait à Cubitt et l'avait glissé dans sa poche pendant qu'il dormait. Il froissa le papier dans son poing ; une poubelle se dressait devant une poissonnerie, mais il se retint. Quelque chose d'obscur l'avertit qu'on ne sait jamais, que cela pourrait être utile un jour.

Il entendit chuchoter, se retourna vivement et remit le papier où il l'avait trouvé. Dans une ruelle, entre deux boutiques, une vieille femme était assise sur le sol ; il ne pouvait voir d'elle que son visage pourrissant et décoloré. C'était comme une vision de la damnation éternelle. Puis il entendit le murmure : « Vous êtes bénie entre toutes les femmes » et vit les doigts gris qui tripotaient un chapelet. Cette créature ne serait pas damnée ; il la regarda avec une fascination horrifiée : elle était parmi les élus.

Septième partie

I

Il ne sembla pas du tout étrange à Rose de s'éveiller seule ; elle était nouvelle venue au pays du péché mortel et décidée à trouver que tout y était naturel. Elle supposa qu'il était parti à ses affaires. Nul fracas de réveille-matin ne la forçait à sortir du lit, mais la lumière matinale l'éveilla, en l'inondant par les vitres sans rideaux. Elle entendit, à un certain moment, un bruit de pas dans le corridor et, une autre fois, une voix impérative qui criait :

— Judy !

Rose restait là à se demander ce qu'une épouse – ou plutôt une concubine – devait faire.

Mais elle ne resta pas couchée longtemps – c'était effrayant, cette passivité inaccoutumée. Ce n'était pas du tout la vie, de n'avoir rien à faire. Et si l'on s'attendait à ce qu'elle sût... Le poêle à allumer, la table à mettre, les miettes à balayer. Une pendule sonna sept heures : c'était une pendule inconnue (toute sa vie jusqu'à ce jour avait été réglée par le son de la même) et les coups lui parurent tomber plus lentement, plus harmonieusement, dans l'air de ce début d'été, qu'aucun son d'horloge qu'elle eût jamais entendu. Elle se sentait heureuse et effrayée : sept heures, c'est terriblement tard. Elle dégringola du lit et se préparait à murmurer rapidement ses « Notre Père... » et ses « Je vous salue, Marie... » tout en s'habillant, quand elle se rappela. À quoi bon prier, désormais ? Elle en avait fini de tout cela, elle avait choisi son côté ; si lui était damné, il faudrait bien qu'on la damnât aussi.

Dans le pot à eau, il ne restait qu'un pouce d'eau couverte d'une lourde couche grise et, quand elle souleva le couvercle du porte-savon, elle y trouva trois billets d'une livre qui enveloppaient deux demi-couronnes. Elle remit le couvercle : ce n'était qu'une coutume de plus à laquelle il fallait s'habituer. Elle fit le tour de la chambre, ouvrit une armoire où elle trouva une boîte de biscuits et une paire de chaussures ; quelques miettes s'écrasèrent sous ses pieds. Le disque de phonographe attira son regard, sur la chaise où elle l'avait posé ; elle le rangea dans le placard pour le mettre en sûreté. Puis elle ouvrit la porte ; aucun bruit, aucun signe de vie ; elle regarda par-dessus la rampe, le bois neuf grinça sous son poids. En bas, tout en dessous, il devait y avoir la cuisine, la salle à manger, les endroits où il lui faudrait travailler. Elle descendit prudemment – sept heures – quels visages furieux ? Dans le vestibule, une boule de papier roula sous son pied. Elle l'aplatit et lut un message au crayon : « Enfermez-vous à clé. Prenez du bon temps. » Elle ne comprit pas. Cela aurait pu être un code ; elle présuma que cela devait se rapporter à cet univers étrange où l'on se livre au péché dans un lit, où les gens perdent la vie brusquement et où des hommes inconnus martèlent votre porte et vous crient des invectives au milieu de la nuit.

Elle trouva l'escalier du sous-sol ; il était noir à l'endroit où il s'enfonçait sous le vestibule, mais elle ne savait pas où trouver l'interrupteur. Elle faillit manquer une marche et se retint au mur le plus rapproché, le cœur battant, en se rappelant ce qu'avaient dit les témoins à l'enquête sur la façon dont Spicer était tombé. Sa mort donnait à cette maison une atmosphère d'importance : elle n'avait jamais été sur le lieu d'une mort récente. Au bas des marches, elle ouvrit la première porte qu'elle trouva, prudemment, s'attendant à des injures ; c'était bien la cuisine, mais elle était vide. Elle ne ressemblait ni à l'une ni à l'autre des cuisines qu'elle connaissait ; celle de chez Snow, propre, luisante, pleine d'activité ; celle de ses parents, qui était simplement la pièce où l'on s'assoit, où les gens font les repas, mangent et ont leurs crises, se réchauffent les soirs glacés et somnolent sur des chaises. Ici, on aurait dit la cuisine d'une maison à vendre ; le poêle était bourré de coke froid ; sur le rebord de la fenêtre, il y avait deux boîtes à sardines vides ; sous la table était posée une soucoupe sale pour un chat qui n'y était pas ; un placard ouvert ne contenait que du vide.

Elle alla secouer le coke éteint ; le poêle, lorsqu'elle le toucha, était froid ; il n'y avait pas eu de feu depuis des heures ou des jours. La pensée lui vint qu'on l'avait abandonnée ; peut-être cela arrivait-il dans ce monde-ci, une fuite soudaine, où vous laissez tout derrière vous, vos bouteilles vides et votre maîtresse avec un message en code sur un chiffon de papier. Quand la porte s'ouvrit, elle s'attendait à voir surgir un agent de police.

C'était Dallow en pantalon de pyjama. Il regarda dans la pièce et dit :

— Où est Judy ?

Puis il parut apercevoir Rose.

— Vous êtes debout de bonne heure, dit-il.

— De bonne heure ?

Elle ne comprenait pas ce qu'il voulait dire.

— J'ai cru que c'était Judy qui fourgonnait par là. Vous vous souvenez de moi ? C'est moi, Dallow.

— Je pensais que je devrais peut-être allumer le poêle.

— Pour quoi faire ?

— Le petit déjeuner.

— Si cette pouffiasse a oublié… dit Dallow.

Il alla jusqu'au buffet de cuisine et tira un tiroir.

— Oh ! dites, hein ! fit-il. Qu'est-ce qui vous prend ? N'avez pas besoin d'un fourneau, y a tout ce qui faut ici.

Dans le tiroir, elle vit toute une série de boîtes de conserves : sardines, harengs...

— Mais le thé ? dit-elle.

Il la regarda d'un air bizarre.

— On dirait vraiment que vous réclamez du boulot. Personne ne boit de thé ici. Pourquoi vous en faire ? Il y a de la bière dans le placard, et Pinkie boit le lait à même la bouteille. (Il retourna vers la porte en traînant la savate.) Servez-vous, la gosse, si vous avez faim. Pinkie veut quelque chose ?

— Il est sorti.

— Bon Dieu ! qu'est-ce qui se passe dans cette cambuse ?

Il s'arrêta sur le seuil et examina une fois de plus la fille aux mains vides aux bras ballants qui se tenait près du poêle éteint. Il dit :

— Ce n'est pas que vous avez *envie* de travailler, tout de même ?

Elle répondit : « Non », sans conviction.

Il était intrigué.

— Je ne veux pas vous en empêcher. Vous êtes la femme de Pinkie. Allez-y ! allumez le poêle si ça vous dit. Si Judy gueule, je la lui ferai boucler, mais Dieu sait où vous trouverez du charbon. Ce poêle n'a pas été allumé depuis mars.

— Je ne veux prendre la place de personne, dit Rose. Je suis descendue... Je croyais... je croyais qu'il *fallait* que je l'allume.

— Vous n'avez pas besoin d'en fiche une secousse, dit Dallow. C'est moi qui vous le dis ; ici, chacun est libre.

Il ajouta :

— Vous n'avez pas vu une morue avec des cheveux rouges qui rôdait dans le voisinage, par hasard ?

— Je n'ai vu personne.

— Bon, dit Dallow, au plaisir !

Elle était seule de nouveau dans la cuisine froide. Pas besoin d'en fiche une secousse... Chacun est libre... Elle s'appuya au mur blanchi à la chaux et vit un vieux papier à mouches qui pendait au-dessus du buffet ; quelqu'un avait placé un piège à souris près d'un trou il y avait très longtemps, mais l'appât avait été volé et le piège s'était refermé sur rien du tout. C'est un mensonge quand les gens vous disent que de coucher avec un homme ça ne fait aucune différence : on sort de la souffrance physique pour émerger dans ceci : liberté, indépendance, dépaysement... Une exaltation qu'elle dominait bougea dans sa poitrine, une sorte d'orgueil. Elle ouvrit la porte de la cuisine hardiment et trouva, en haut de l'escalier du sous-sol, Dallow et la morue aux cheveux rouges, la femme qu'il avait appelée Judy. Ils étaient bouche à bouche, lèvres collées, dans une attitude de passion furieuse : ils auraient aussi bien pu être en train de s'administrer l'un à l'autre le plus terrible châtiment dont ils fussent capables tous les deux. La femme portait une robe de chambre mauve garnie d'un bouquet poussiéreux de coquelicots en papier, relique d'un lointain 11 Novembre. Pendant qu'ils luttaient bouche à bouche, l'horloge aux notes harmonieuses sonna la demie. Rose les regarda du bas de l'escalier. Elle avait vécu des années en une seule nuit. Elle connaissait tout cela maintenant.

La femme la vit et détacha sa bouche de celle de Dallow.

— Tiens, dit-elle, qui est-ce ?
— C'est la môme à Pinkie, dit Dallow.
— Vous vous êtes levée de bonne heure ! Faim ?
— Non ; seulement, j'ai pensé... peut-être qu'il faudrait que j'allume le feu...
— Nous n'allumons pas souvent, dit la femme, la vie est trop courte.

Elle avait de petits boutons autour de la bouche et un air d'ardente sociabilité. Elle aplatit de la main ses cheveux carotte et, descendant les marches, s'approcha et lui colla sur la joue une bouche humide et adhérente comme une anémone de mer. Elle répandait un parfum vague, éventé, de pavot de Californie.

— Alors, mon petit, dit-elle, vous êtes de la famille maintenant !

Et elle avait l'air de faire à Rose, en un geste généreux, présent de l'homme à moitié nu, de l'escalier vide et noir, de la cuisine sans ressources. Elle chuchota doucement pour que Dallow ne pût entendre :

— Ne dites à personne que vous nous avez vus, n'est-ce pas, mon chou ? Frank se ferait de la mousse et y a pas de quoi, vraiment pas de quoi.

Sans répondre, Rose secoua la tête : cette terre étrangère l'absorbait trop vite : vous n'aviez pas plus tôt franchi la douane qu'on vous signait des papiers de naturalisation et qu'on vous enrôlait dans l'armée...

— Vous êtes bien mignonne, dit la femme. Tous les amis de Pinkie sont nos amis. Vous allez connaître tous les copains, bientôt.

— Ça m'étonnerait, dit Dallow du haut de l'escalier.

— Qu'est-ce que tu...

— Il faut qu'on cause à Pinkie sérieusement.

— Est-ce que Cubitt est venu cette nuit ? demanda la femme.

— Je ne sais pas, répondit Rose, je ne sais pas qui sont les gens. Quelqu'un a sonné. Il a dit des tas de jurons et il a envoyé des coups de pied dans la porte.

— C'est sûrement Cubitt, expliqua doucement la femme.

— Faut qu'on cause à Pinkie sérieusement. Y a du danger, dit Dallow.

— Il faut que j'aille retrouver Frank, ma petite.

Elle s'arrêta juste une marche au-dessus de Rose.

— Si jamais vous avez besoin qu'on vous nettoie une robe, vous ne pouvez pas faire mieux que de la confier à Frank pour faire partir les taches de graisse, et les locataires, il leur prend presque rien.

Elle se pencha et posa sur l'épaule de Rose un doigt marqué de rousseurs :

— Un petit coup d'éponge lui ferait pas de mal, à celle-ci.

— Mais je n'ai rien d'autre à me mettre, je n'ai que celle-ci.

— Oh ! très bien, mon chou, dans ce cas-là...

Elle se pencha pour chuchoter confidentiellement :

— Dites à votre mari de vous en acheter une neuve.

Puis, ramassant autour d'elle le peignoir fané, elle monta l'escalier à longs pas élastiques. Rose put apercevoir une jambe d'un blanc mort, du blanc des choses qui ont vécu sous terre, couverte de poils roussâtres, une pantoufle flasque battit sur un talon nu. Rose pensa que tout le monde était très gentil ; il semblait régner une bonne camaraderie dans le péché mortel.

L'orgueil enflait son cœur lorsqu'elle remonta du sous-sol. Elle était acceptée. Elle avait autant d'expérience que n'importe quelle autre femme. Revenue dans la chambre, elle s'assit sur le lit et attendit. Huit heures sonnèrent à l'horloge. Elle n'avait pas faim ; elle avait conscience d'une immense liberté : pas d'emploi du temps à respecter, pas de travail à faire. Ça fait un peu mal, et aussitôt l'on arrive de l'autre côté, dans cette extraordinaire liberté. Elle n'avait plus envie que d'une chose : montrer aux autres son bonheur. Elle pouvait entrer chez Snow maintenant en cliente, taper sur la table avec une cuillère et appeler avec autorité pour se faire servir. Elle pouvait se vanter... c'était un rêve ; mais à mesure qu'elle laissait passer le temps, assise sur ce lit, cela devint une idée, quelque chose qu'il lui était vraiment possible de faire. Dans moins d'une demi-heure, ils allaient ouvrir pour le petit déjeuner. Si elle avait de l'argent... Elle réfléchit, les yeux posés sur le porte-savon. Elle pensa : « Après tout, nous sommes mariés – d'une façon ; il ne m'a rien donné que ce disque ; il ne me refuserait pas une demi-couronne. » Elle se leva et tendit l'oreille, puis s'approcha tout doucement de la table de toilette. Les doigts sur le couvercle du porte-savon, elle attendit – quelqu'un suivait le couloir : ce n'était pas Judy et ce n'était pas Dallow ; peut-être que c'était l'homme qu'ils appelaient Frank. Les bruits de pas s'éloignèrent, elle souleva le couvercle et sortit une pièce. Elle avait volé des biscuits, mais jamais volé d'argent. Elle s'attendait à ressentir de la honte, mais cela ne vint pas ; il n'y eut que cet étrange gonflement d'orgueil. Elle était comme un enfant arrivant dans une nouvelle école, qui s'aperçoit qu'il a pu comprendre les jeux ésotériques, les mots de passe en usage dans le préau cimenté, tout de suite, instinctivement.

Dans le monde extérieur, c'était dimanche ; elle l'avait oublié : les cloches des églises le lui rappelèrent en vibrant au-dessus de Brighton. Libre encore, dans le soleil matinal, libérée des prières silencieuses au pied de l'autel, des exigences terribles que vous subissez à la grille du sanctuaire. Elle s'était ralliée à tout jamais au parti adverse. La demi-couronne était comme une médaille pour services rendus. Les gens qui sortaient de la messe de sept heures et demie, les gens qui allaient aux matines de huit heures et demie, d'un œil d'espionne elle les regardait passer dans leurs vêtements noirs. Elle ne les enviait pas, elle ne les méprisait pas. Ils avaient leur salut ; elle avait Pinkie et la damnation.

Chez Snow, on venait tout juste de tirer les volets. Une fille qu'elle connaissait, Maisie, mettait le couvert sur quelques tables ; c'était la seule pour qui elle eût quelque sympathie, nouvelle comme elle et pas beaucoup plus vieille. Elle la regarda du trottoir – ainsi que Doris, la serveuse principale, avec son air méprisant, qui ne faisait rien du tout et se contentait d'agiter un plumeau aux endroits où Maisie était déjà passée. Rose serra plus fort dans sa main la demi-couronne ; voilà, elle n'avait qu'à entrer et s'asseoir, dire à Doris d'aller lui chercher une tasse de café et un petit pain, lui donner en pourboire un ou deux gros sous ; elle pouvait regarder de très haut toute la bande. Elle était mariée. Elle était une femme. Elle était heureuse. Que penseraient-elles quand elles la verraient passer la porte ?

Et elle n'entrait pas. Voilà l'ennui. Et si Doris se mettait à pleurer ? Comment Rose pourrait-elle se glorifier d'être libre ? À ce moment, par la vitre, son regard rencontra celui de Maisie ; elle était là, un chiffon à poussière à la main, et, maigre, osseuse, trop jeune, regardait fixement Rose, comme elle aurait regardé sa propre image dans un miroir. Et Rose, elle, se tenait là où Pinkie s'était tenu, dehors, pour regarder au-dedans. Voilà ce que voulaient dire les prêtres : la même chair. Et comme elle avait fait un signe ce jour-là, Maisie lui fit signe, un regard de côté, un mouvement de la tête imperceptible vers la porte de service. Il n'y avait aucune raison pour qu'elle évitât d'entrer par la façade, mais elle obéit à Maisie. C'était comme si elle faisait quelque chose qu'elle avait déjà fait.

La porte s'ouvrit et Maisie apparut.

— Rose, qu'est-ce qui ne va pas ?

Elle aurait dû avoir des blessures à montrer. Elle se sentit coupable de n'avoir à montrer que du bonheur :

— J'ai eu envie de venir te voir, dit-elle, je suis mariée.

— Mariée ?

— Ou tout comme.

— Oh ! Rose, comment est-ce ?

— Merveilleux.
— Tu as un logement ?
— Oui.
— Qu'est-ce que tu fais toute la journée ?
— Rien du tout. Je flâne.

En face d'elle, le visage enfantin prit l'expression ridée du chagrin :

— Que tu as de la chance, mon Dieu ! Où l'as-tu connu, Rosie ?
— Ici.

Une main plus osseuse que la sienne lui saisit le poignet :

— Oh ! Rosie, est-ce qu'il n'a pas un ami ?
— Non, dit Rose d'un ton léger, il n'a pas d'amis.
— Maisie ! appela une voix stridente de l'intérieur du café. Maisie !

Des larmes étaient montées aux yeux de la petite : aux yeux de Maisie, non de Rose ; elle n'avait pas eu l'intention de peiner son amie. Un élan de pitié lui fit dire :

— Ce n'est pas bon à ce point-là, Maisie.

Elle essaya de défigurer son propre bonheur.

— Quelquefois, il est méchant avec moi. Oh ! je peux te le dire, insista-t-elle, ce n'est pas toujours rose.

« Pas toujours rose, pensait-elle en retournant vers la Parade. Mais si ce n'est pas toujours rose, alors qu'est-ce que c'est ? » Et, mécaniquement, en retournant chez Frank sans avoir déjeuné, elle se mit à penser : « Qu'ai-je fait pour mériter d'avoir tant de bonheur ? » Elle avait commis un péché : voilà la réponse. Elle mangeait son pain blanc le premier, dans ce monde-ci, pas dans l'autre, et ça lui était égal. Il s'était gravé sur elle, comme il avait gravé sa voix sur la vulcanite.

À quelques portes de chez Frank, d'un magasin où l'on vendait les journaux du dimanche, Dallow l'appela :

— Hé ! la môme ?

Elle s'arrêta :

— Vous avez de la visite !

— Qui ?

— Votre mère.

Elle fut remuée par un sentiment de gratitude et de pitié ; sa mère n'avait jamais été heureuse comme elle.

— Donnez-moi *Nouvelles du Monde*, dit-elle ; maman aime bien regarder un journal du dimanche.

Dans l'arrière-boutique quelqu'un faisait marcher un phonographe. Elle dit à l'homme qui tenait la papeterie :

— Un jour, me permettrez-vous de venir ici pour me jouer un disque que j'ai ?

— Bien entendu qu'il permet, dit Dallow.

Elle traversa la rue et sonna à la porte de chez Frank. Judy vint ouvrir ; elle était encore en peignoir, mais maintenant elle avait son corset par-dessous.

— Vous avez une visite, dit-elle.

— Je sais.

Rose monta en courant. C'était le plus grand triomphe qu'on pouvait espérer : accueillir sa mère pour la première fois dans une maison à *soi*, lui demander de s'asseoir sur une chaise à soi ; se regarder l'une l'autre avec une égale expérience. Rose pensait qu'il n'y avait rien de ce que sa mère savait sur les hommes qu'elle-même ne sût ; c'était la récompense du rite douloureux du lit. Joyeuse, elle ouvrit la porte, la femme était là.

— Que faites-vous ?... commença-t-elle.

Puis elle ajouta :

— On m'a dit que c'était ma mère.

— Il fallait bien que je leur dise quelque chose, expliqua doucement la femme. Entrez, mon petit, et fermez la porte derrière vous, dit-elle, comme si cette chambre était la sienne.

— Je vais appeler Pinkie.

— J'aimerais lui parler un peu, à votre Pinkie.

Il n'y avait pas moyen d'avoir le dernier mot avec elle. Elle était là comme un mur au bout d'une impasse, sur lequel un ennemi aurait griffonné d'obscènes messages à la craie. Elle était l'explication, pensa Rose, de duretés soudaines, d'ongles s'enfonçant dans son poignet. Elle répliqua :

— Vous ne verrez pas Pinkie. Je ne laisserai personne ennuyer Pinkie.

— Il aura tout ce qu'il faut pour l'ennuyer dans peu de temps.

— Qui êtes-vous ? supplia Rose. Qu'avez-vous à nous tourmenter ? Vous n'êtes pas la police ?

— Je suis tout le monde. Il me faut la justice, dit la femme allégrement, comme elle eût commandé une livre de thé.

Son grand visage charnel et prospère se pavoisa de sourires. Elle ajouta :

— Je veux vous mettre hors de danger.

— Je ne demande pas d'aide, répliqua Rose.

— Vous devriez retourner chez vous.

Rose serra les poings, prête à défendre le lit de cuivre, la cruche d'eau poussiéreuse :

— C'est ici que je suis chez moi.

— Pas la peine de vous mettre en colère, mon enfant, continua la femme. Je ne vais plus me fâcher contre vous. Ce n'est pas votre faute. Vous ne comprenez pas du tout ce qui en est. Mais je vous plains, pauvre petite fille.

Et elle s'avança sur le linoléum comme si elle avait l'intention de prendre Rose dans ses bras.

Rose recula vers le lit :

— Restez où vous êtes.

— Ne vous agitez pas, mon petit. Ça n'avancera à rien. Vous le voyez, je suis déterminée.

— Je ne sais pas ce que vous voulez dire. Pourquoi ne parlez-vous pas clairement ?

— Il y a des choses qu'il faut que je vous révèle peu à peu, avec ménagement.

— Restez loin de moi ou je crie.

La femme s'arrêta :

— Allons, parlons tranquillement, mon enfant. Je suis ici pour votre bien. Il faut qu'on vous sauve, vraiment...

Elle sembla, pendant quelques minutes, ne pas pouvoir trouver ses mots, puis dit d'une voix étouffée :

— Votre vie est en danger.

— Si c'est tout, allez-vous-en !

— Tout ? (La femme était choquée.) Que voulez-vous dire par tout ?

Puis elle éclata de rire carrément.

— Vraiment, ma petite, vous m'avez coupé le sifflet sur le moment. Tout, vraiment ? Il me semble que ça suffit, n'est-ce pas ? Je ne plaisante plus maintenant. Si vous ne le savez pas, il faut que vous le sachiez. Rien ne peut l'arrêter.

— Et puis ? dit Rose sans se trahir.

Le chuchotement de la femme traversa doucement les quelques pas qui les séparaient.

— C'est un assassin.

— Est-ce que vous vous figurez que je ne le sais pas ? dit Rose.

— Grands dieux ! dit la femme, allez-vous prétendre...

— Vous ne pouvez rien m'apprendre de nouveau.

— Espèce de petite détraquée imbécile... vous l'avez épousé en sachant ça ? J'ai bien envie de vous laisser à votre sort.

— C'est tout ce que je vous demande, dit Rose.

La femme accrocha un nouveau sourire sur ses lèvres comme on accroche une guirlande.

— Je ne vais pas me mettre en colère, ma petite. Mais si je vous laissais tranquille, je ne dormirais plus la nuit. Ce serait mal. Écoutez-moi : vous ne savez peut-être pas ce qui est arrivé. J'ai tout reconstitué maintenant. Ils ont emmené Fred le long de l'Esplanade, dans un de ces petits magasins, et ils l'ont étranglé, du moins ils l'auraient étranglé si son cœur n'avait pas cédé.

Elle ajouta d'une voix terrifiée :

— C'est un mort qu'ils ont étranglé.

Puis d'un ton coupant :

— Vous n'écoutez pas.

— Je sais tout ça, mentit Rose.

Elle réfléchissait de toutes ses forces. Elle se rappelait l'avertissement de Pinkie.

— Ne te mêle pas...

Ses pensées étaient incohérentes ; elle se disait : « Il a fait ce qu'il pouvait pour moi ; maintenant, il faut que je l'aide. » Elle contempla la femme de près ; jamais elle n'oublierait ce visage bienveillant, grassouillet, mûrissant, dont les yeux la regardaient fixement comme ceux d'un idiot dans les ruines d'une maison bombardée.

— Et alors, si vous pensez que c'est comme ça que c'est arrivé, dit-elle, pourquoi n'allez-vous pas à la police ?

— Ah ! voilà que vous parlez avec bon sens, dit la femme. Tout ce que je veux, c'est tirer les choses au clair. C'est comme ça, petite. Il y a une certaine personne à qui j'ai donné de l'argent qui m'a raconté des choses. Et il y a des choses que j'ai découvertes toute seule. Mais cette personne ne viendra pas comme témoin. Pour certaines raisons. Et on a besoin d'un tas de témoignages, puisque les médecins en ont fait une mort naturelle. Alors, si vous...

— Pourquoi ne laissez-vous pas tomber ? demanda Rose. C'est fini et réglé, n'est-ce pas ? Pourquoi est-ce que nous ne resterions pas tous tranquilles ?

— Ça ne serait pas bien. En plus, Pinkie est dangereux. Voyez ce qui est arrivé ici l'autre jour. Vous n'allez pas me dire à moi que c'était un accident ?

— Vous ne savez pas, tout de même, dit Rose, pourquoi il l'aurait fait. On ne tue pas un homme sans raison.

— Eh bien ! pourquoi ?
— Je ne sais pas.
— Demandez-lui.
— Je n'ai pas besoin de savoir.

— Vous croyez qu'il est amoureux de vous ? dit la femme. Il ne l'est pas.

— Il m'a épousée.

— Et pourquoi ? Parce qu'on ne peut pas obliger la femme mariée à témoigner. Vous n'êtes qu'un témoin comme l'était cet homme. Ma chère petite (elle tenta de nouveau de combler le vide qui les séparait), mon seul désir est de vous sauver. Il vous tuerait sans hésitation s'il pensait que vous le mettez en danger.

Le dos appuyé au lit, Rose la regardait venir. Elle la laissa mettre sur ses épaules ses grandes et fraîches mains de pâtissier.

— On peut changer, dit-elle.

— Oh ! mais non, mais non. Regardez-moi. Je n'ai jamais changé. C'est comme ces bâtons de Rocher : mordez-les tout du long, vous lirez toujours Brighton. C'est la nature humaine.

Elle soufflait tristement au visage de Rose son haleine douce, qui sentait le vin.

— La confession... le repentir, murmura Rose.

— Ce n'est que de la religion, dit la femme. Croyez-moi. C'est au monde qu'il faut se mesurer.

Elle tapota l'épaule de Rose, la gorge un peu sifflante.

— Faites une valise et venez avec moi. Je prendrai soin de vous. Vous n'aurez aucune raison d'avoir peur.

— Pinkie...

— Je m'occuperai de Pinkie.

— Je ferai n'importe quoi, dit Rose, tout ce que vous me direz...

— Voilà qui est raisonnable, mon enfant.

— ... pourvu que vous nous laissiez tranquilles.

La femme recula. Un regard de fureur passager s'accrocha, discordant, au milieu des guirlandes.

— Entêtée... dit-elle. Si j'étais votre mère... une bonne fessée.

Le visage osseux et résolu lui renvoya son regard ; toute la lutte qui divise le monde était là ; des cuirassés appareillèrent pour le combat, des escadrilles de bombardement prirent le vol, entre les yeux fixes et la bouche obstinée. C'était comme la carte d'une campagne marquée de petits drapeaux.

— Sans compter, lança la femme comme un défi, qu'on peut vous mettre en prison. Parce que vous savez. C'est vous qui me l'avez dit. Complice, voilà ce que vous êtes, complice après coup.

— S'ils prenaient Pinkie, dit-elle avec surprise, croyez-vous que ça me ferait quelque chose d'être en prison ?

— Mon Dieu ! dit la femme, je ne suis venue ici que pour votre bien. Je ne me serais pas donné la peine de vous parler d'abord si je ne détestais pas voir souffrir les innocents. (L'aphorisme sortit en cliquetant comme un billet d'un distributeur automatique.)

Alors, vous ne bougerez pas un doigt pour l'empêcher de vous tuer ?

— Jamais il ne me ferait du mal.

— Vous êtes jeune. Vous ne savez pas tout ce que je sais.

— Il y a des choses que vous, vous ne savez pas.

L'air sombre, elle méditait près du lit, tandis que la femme continuait à plaider : un Dieu pleurait dans un jardin et poussait des clameurs sur une croix ; Molly Carthew se consumait dans les flammes éternelles.

— Je sais une chose que vous ne savez pas. Je sais la différence entre ce qui est juste et ce qui est injuste. On ne vous a pas appris ça à l'école ?

Rose ne répondit pas ; la femme avait tout à fait raison ; les deux mots ne signifiaient rien pour elle. Leur saveur était effacée par celle de mots plus forts ; le Bien et le Mal. Sur ceux-là, cette femme ne pouvait rien lui dire qu'elle ne sût déjà : elle savait par des preuves aussi limpides que les mathématiques, que Pinkie était le Mal ; qu'importait donc qu'il eût agi ou non selon les lois des hommes ?

— Vous êtes folle, dit la femme. Je ne crois pas que vous feriez le moindre petit geste pour vous défendre s'il vous tuait !

Rose revint lentement vers le monde extérieur : « l'homme ne connaît pas d'amour plus grand ».

— Peut-être que je ne bougerais pas, dit-elle. Je ne sais pas. Mais peut-être…

— Si je n'étais pas bonne, je vous abandonnerais. Mais j'ai le sentiment de ma responsabilité.

Ses sourires n'étaient pas très solidement accrochés quand elle s'arrêta à la porte.

— Vous pouvez avertir votre jeune mari, dit-elle, que je suis sur le point de réussir. J'ai mes plans.

Elle sortit et ferma la porte. Puis elle la rouvrit brusquement pour une dernière attaque :

— Faites bien attention, petite, ajouta-t-elle. Si vous ne voulez pas que votre enfant soit le fils d'un meurtrier. (Et son ricanement impitoyable traversa la chambre vide.) Tâchez de prendre des précautions.

Des précautions… Rose resta debout au pied du lit et pressa une main contre son corps, comme si sous cette pression elle pouvait découvrir… Cela ne lui était jamais venu à l'esprit, et la pensée de la chose à laquelle elle s'était exposée monta en elle comme le sentiment de son triomphe. Un enfant… et cet enfant aurait un enfant… C'était comme si elle eût levé toute une armée d'amis pour Pinkie. S'*ils* damnaient Pinkie et s'*ils* la damnaient *ils* seraient forcés de les damner aussi. Elle y veillerait. Il n'y avait pas de fin à la chose que, tous les deux, ils avaient faite sur le lit, la nuit dernière : c'était un acte éternel.

II

De la porte de la papeterie où il se tenait en retrait le Gamin vit sortir Ida Arnold. Elle avait l'air dédaigneux, le sang légèrement à la tête, et elle descendait la rue à grands pas ; elle s'arrêta pour donner deux sous à un petit garçon, qui fut si surpris qu'il les laissa tomber, tandis que ses yeux se fixaient sur la silhouette pesante et immaculée qui s'éloignait.

Le Gamin eut un rire brusque, rouillé, et sans joie ; il pensa : « Elle est soûle... »

— Tu l'as échappé belle, dit Dallow.
— Pourquoi ?
— Ta belle-mère.
— Elle... Comment le sais-tu ?
— Elle a demandé après Rose.

Le Gamin laissa retomber les *Nouvelles du Monde* sur le comptoir ; un titre lui sauta aux yeux : « Une écolière assaillie dans la forêt d'Epping. » Il traversa la rue pour rentrer chez Frank et, réfléchissant très activement, il monta l'escalier. À mi-chemin il s'arrêta : il y avait sur une marche une fleur tombée de son bouquet de violettes artificielles, elle l'avait perdue, il la ramassa ; elle était parfumée au pavot de Californie. Puis il entra en tenant la fleur cachée dans le creux de sa main et Rose vint à sa rencontre, pour lui dire bonjour. Il évita sa bouche.

— Alors, dit-il en essayant de donner à son visage une expression de rude et cordiale gaieté, j'ai appris que ta maman était venue te voir.

Et il attendit anxieusement sa réponse.

— Ah ! oui, dit Rose mollement. Elle est entrée en passant.

— Elle n'avait pas sa crise ?
— Non.

Il pétrissait furieusement la violette dans sa paume.

— Eh bien ! est-ce qu'elle a trouvé que ça te réussissait, le mariage ?

— Oui, je crois... Elle n'a pas dit grand-chose.

Le Gamin alla jusqu'au lit et enfila son veston. Il ajouta :

— Tu es sortie aussi, à ce qu'on m'a dit.
— J'ai eu envie d'aller voir des amies.
— Quelles amies ?
— Oh !... chez Snow.

— Tu appelles *ça* des amies ? demanda-t-il avec mépris. Et alors, tu les as vues ?

— Pas toutes. Rien qu'une : Maisie. Pendant une minute.

— Et ensuite, tu es revenue juste à temps pour recevoir ta maman. Est-ce que tu ne veux pas savoir ce que j'ai fait, moi ?

Elle le regarda d'un air stupide : ses façons l'épouvantaient :

— Si tu veux.

— Qu'est-ce que ça signifie : si tu veux ? Tu n'es pas aussi idiote que ça.

Le fil de fer qui soutenait l'anatomie de la fleur lui piquait le creux de la main. Il dit :

— Il faut que j'aille dire un mot à Dallow. Attends-moi ici.

Et il la quitta.

Il appela Dallow d'un côté à l'autre de la rue, et, quand Dallow le rejoignit, il lui demanda :

— Où est Judy ?

— En haut.

— Frank travaille ?

— Oui.

— Alors, viens dans la cuisine.

Il prit les devants et descendit les marches ; dans l'obscurité du sous-sol, ses pieds écrasèrent du mâchefer. Il s'assit sur le bord de la table de la cuisine :

— Bois quelque chose.

— Trop tôt ! répondit Dallow.

— Écoute ! dit le Gamin.

Une expression de douleur traversa son visage comme s'il allait se forcer à faire une épouvantable confession.

— J'ai confiance en toi ! dit-il.

— Alors, dit Dallow, qu'est-ce qui te chiffonne ?

— La situation n'est pas brillante, les gens sont trop bien renseignés sur un tas de choses. Mon Dieu, dit-il, j'ai tué Spicer et j'ai épousé cette fille. Est-ce que je ne pourrai pas éviter un autre massacre ?

— Cubitt est venu hier soir ?

— Oui, et je l'ai renvoyé. Il était venu mendier. Il voulait cinq livres.

— Tu les lui as données ?

— Jamais de la vie. Crois-tu que je permettrais à un être de son espèce de me faire chanter ?

— Tu aurais dû lui donner quelque chose.

— Ce n'est pas au sujet de Cubitt que je suis inquiet.

— Il y aurait pourtant de quoi.

— Tais-toi, veux-tu ! lui cria brusquement le Gamin d'une voix grêle et suraiguë.

Il montra du pouce le plafond d'un geste sec :

— C'est elle qui me fait faire des cheveux.

Il ouvrit la main et dit :

— Nom de Dieu, j'ai perdu cette fleur.

— Quelle fleur ?

— Tais-toi, veux-tu, et écoute, dit-il d'une voix basse et furibonde. Ce n'était pas sa vieille.

— Qui était-ce ?

— Cette garce qui pose toujours des questions... celle qui était dans le taxi avec Fred, le jour...

Il se tint la tête entre les mains pendant un instant dans l'attitude du chagrin ou du désespoir, mais ce n'était ni l'un ni l'autre : c'était une avalanche de souvenirs. Il dit :

— J'ai mal à la tête. Il faut que je m'éclaircisse les idées. Rose m'a dit que c'était sa vieille. Où veut-elle en venir ?

— Tu ne crois pas qu'elle a bavardé ?

— Il faut que je le sache.

— Moi, cette petite m'inspirait totalement confiance, dit Dallow.

— Il n'y a personne en qui j'aurais totalement confiance. Pas même en toi, Dallow.

— Mais si elle bavarde, pourquoi s'adresse-t-elle à cette femme-là, pourquoi pas à la police ?

— Pourquoi est-ce que personne ne parle à la police ?

Ses yeux immobiles et troubles étaient fixés sur le poêle froid. Il était halluciné par son ignorance.

— Je ne sais pas où ils veulent en venir.

Les sentiments d'autrui lui taraudaient le cerveau ; il n'avait pas éprouvé jusqu'à présent ce désir de comprendre. Il cria avec passion :

— J'ai une de ces envies de taillader toute la nom de Dieu de fournée !

— Après tout, dit Dallow, elle ne sait pas grand-chose. Elle sait simplement que ce n'est pas Fred qui a laissé la carte. Si tu veux mon avis, c'est une petite gourde. Affectueuse, peut-être, mais gourde.

— C'est toi qui es la gourde, Dallow. Elle sait beaucoup. Elle sait que j'ai tué Fred.

— Tu es sûr ?

— Elle me l'a dit.

— Et elle t'a épousé ? Du diable si je suis foutu de comprendre ce *qu'elles* cherchent.

— Si nous n'agissons pas *presto*, j'ai comme l'impression que tout Brighton va savoir que nous avons tué Fred. Toute l'Angleterre. La nom de Dieu de terre tout entière !

— Qu'est-ce que nous pouvons faire ?

Le Gamin alla jusqu'à la fenêtre du sous-sol en faisant craquer le coke sous ses pieds ; une petite cour asphaltée avec une vieille poubelle qui n'avait pas servi depuis des semaines ; une grille bouchée et une odeur aigre.

— Ça ne servirait à rien de s'arrêter maintenant, il faut continuer, dit-il.

Les gens passaient au-dessus de sa tête, le haut du corps invisible jusqu'à la taille ; une chaussure éculée heurta le pavé de son bout dont la semelle avait disparu, un visage barbu se penchant brusquement pour ramasser un mégot, apparut à ses yeux. Il dit avec lenteur :

— Ça devrait être facile de la faire taire. Nous avons fait taire Fred et Spicer, et elle, ce n'est qu'une gamine.

— Ne dis pas de folies, dit Dallow, tu ne peux pas continuer comme ça.

— Peut-être que je vais être forcé. Pas le choix. Peut-être que ça se passe toujours comme ça, on commence, et puis, on continue.

— Nous sommes en train de nous gourer, je te parie un grand format qu'elle est régulière. Mais voyons – tu me l'as dit toi-même – elle a le grand béguin pour toi.

— Alors pourquoi m'a-t-elle dit que c'était sa mère ?

Il regarda passer une femme ; jeune jusqu'aux cuisses ; on ne pouvait pas voir plus haut. Un spasme de dégoût le souleva ; il avait cédé ; il avait même été fier de *cela*, de ce qu'il aurait pu faire avec la poule de Spicer, Sylvie, dans une Lancia. Oh ! c'était très bien, supposait-il, de goûter au moins une fois de toutes les boissons, et l'on pouvait s'arrêter, dire « jamais plus » sans continuer – de continuer.

— D'ailleurs je le vois bien tout seul, dit Dallow. Clair comme le jour : elle en tient pour toi, c'est sûr !

Le grand béguin : des hauts talons tournés, des jambes nues qui s'éloignaient.

— Si elle a le béguin, ça facilite les choses. Elle fera ce que je lui dirai de faire, dit-il.

Un morceau de journal roula le long de la rue : le vent venait de la mer.

Dallow dit :

— Pinkie, je ne marche plus pour ce qui est de tuer.

Le Gamin tourna le dos à la fenêtre et sa bouche se tordit en une mauvaise imitation de rire.

— Et si elle se suicidait ? dit-il.

Un orgueil dément monta et descendit dans sa poitrine ; il se sentait inspiré ; c'était comme si l'amour de la vie était revenu dans son cœur vide ; le logis désert, et puis les sept démons pires que le premier...

Dallow protesta.

— Nom de Dieu ! Pinkie, tu penses à des choses...

— On verra bientôt, dit le Gamin.

Il remonta l'escalier qui menait au rez-de-chaussée, cherchant à droite et à gauche la fleur parfumée faite d'étoffe et de laiton. Il ne la vit nulle part. La voix de Rose appela : « Pinkie ! » par-dessus la rampe neuve ; elle l'attendait en haut, anxieuse, sur le palier.

— Pinkie, dit-elle, il faut que je te dise. J'ai voulu t'empêcher de te tourmenter, mais j'ai besoin de quelqu'un à qui je ne sois pas obligée de mentir. Ce n'était pas maman, Pinkie.

Il monta avec lenteur, sans la lâcher des yeux, en la jugeant :

— Qui était-ce ?

— C'était cette femme. Celle qui venait chez Snow me poser des questions.

— Qu'est-ce qu'elle voulait ?

— Elle voulait me faire partir d'ici.

— Pourquoi ?

— Pinkie, elle *sait*.

— Pourquoi as-tu prétendu que c'était ta mère ?

— Je te l'ai dit : je ne voulais pas que tu te fasses de soucis.

Il était tout près d'elle et l'examinait ; elle lui fit face à son tour avec une candeur tourmentée, et il s'aperçut qu'il la croyait, dans la mesure où il croyait quelqu'un ; son orgueil inquiet de coq se calma ; il fut envahi d'un étrange sentiment de paix comme si, pendant un moment, il n'avait pas besoin de faire de plans.

— Et puis après, poursuivit Rose angoissée, j'ai pensé que peut-être il valait mieux que tu te tourmentes.

— Ça va très bien, dit-il.

Et il lui mit la main sur l'épaule en un geste de maladroite tendresse.

— Elle a parlé vaguement de donner de l'argent à quelqu'un. Elle a dit qu'elle brûlait, qu'elle allait bientôt tout savoir.

— Je ne suis pas inquiet, dit-il en la repoussant en arrière.

Puis il s'arrêta pour regarder par-dessus l'épaule de Rose. Sur le seuil de la chambre gisait la fleur. Il l'avait laissée tomber en fermant la porte, et alors il se mit tout de suite à calculer : « Elle m'a suivi, et, naturellement, en voyant la fleur, elle a su que je savais. Cela explique tout : la confession. » Tout le temps qu'il avait été en bas, dans le sous-sol, avec Dallow, elle s'était demandé ce qu'elle pourrait faire pour réparer sa gaffe. Elle s'était déchargé la conscience ; la phrase le fit rire, une conscience de putain, le genre de conscience que Sylvie devait posséder et qui se déchargeait pour la commodité. Il se remit à rire ; l'horreur de l'humanité s'accrochait à sa gorge comme une gangrène.

— Qu'est-ce qu'il y a, Pinkie ?
— Cette fleur, dit-il.
— Quelle fleur ?
— Celle qu'elle a apportée, *elle*.
— Quoi ?... Où ?...

Peut-être alors qu'elle ne l'avait pas vue... Peut-être, après tout, était-elle sincère... Qui sait ? Qui, pensa-t-il, saura jamais ? Et avec une sorte d'excitation mélancolique : Quelle importance cela peut-il avoir ? Il avait été idiot de penser que cela ferait la moindre différence ; il ne pouvait pas se permettre de courir de risques. Si elle était honnête et sincère, si elle l'aimait, tout en serait facilité d'autant, et voilà tout. Il répéta : « Je ne m'en fais pas ; je n'ai pas besoin de m'en faire ; je sais comment il faut agir, même si elle parvient à tout savoir ; je sais ce qu'il faut faire. » Il la regarda d'un œil pénétrant. Il l'entoura de son bras et pressa de la main sa poitrine.

— Ça ne fera pas mal, dit-il.
— Qu'est-ce qui ne fera pas mal, Pinkie ?
— La façon dont je vais tout arranger... (Il s'évada adroitement de la nuit qu'il avait suscitée.) Tu veux pas me quitter, n'est-ce pas ?
— Jamais ! répondit Rose.
— C'est ce que je voulais dire. Tu l'as écrit, n'est-ce pas ? Aie confiance en moi ; si le pire se produisait, j'arrangerais tout pour que nous ne souffrions ni l'un ni l'autre. Tu peux avoir confiance en moi.

Il parlait sans s'arrêter, d'une voix égale et rapide, tandis qu'elle le regardait avec l'expression abasourdie, prise au piège, de quelqu'un qui a trop promis, trop vite.

— Je savais, dit-il, que tu me répondrais ça, sur ce qui est de nous séparer. C'est ce que tu as écrit.

Elle murmura, terrorisée :
— Péché mortel...
— Un de plus ou de moins, dit-il, quelle différence cela fait-il ? On ne peut pas être damné deux fois et nous sommes déjà damnés, selon eux. Et puis, n'est-ce pas, ce ne sera jamais que si le pire se produisait... si elle découvrait ce qui est arrivé à Spicer.

— Spicer, gémit Rose, tu ne veux pas dire que Spicer aussi...

— Je veux dire seulement, dit-il : si elle découvre que j'étais ici dans la maison... Mais, jusque-là, nous n'avons pas besoin de nous tourmenter.

— Mais Spicer ? demanda Rose.

— J'étais ici quand c'est arrivé. C'est tout. Je ne l'ai même pas vu tomber, mais mon notaire...

— Il y était aussi ?

— Oh ! oui.

— Je me rappelle maintenant, dit Rose ; naturellement, j'avais lu le journal. Ils n'ont pas pu croire, n'est-ce pas, qu'il couvrirait quelque chose de vraiment mal. Un notaire...

— Le vieux Prewitt, commença le Gamin, mais... (Le rire qui servait rarement fit entendre son grincement rouillé.) C'est l'honneur même.

Il lui pressa le sein de nouveau et répéta ses paroles d'encouragement tiède :

— Oh ! non. Aucune raison de s'en faire tant qu'elle n'a pas découvert ça. Et même, si ça arrive, il y aura *cette* manière-là d'en sortir. Mais peut-être qu'elle ne trouvera jamais. Et si elle ne trouve pas, eh bien ! (ses doigts la touchèrent avec une répugnance secrète) alors nous continuerons tout simplement, n'est-ce pas ? (et il essaya de donner à l'horreur l'aspect de l'amour) à vivre comme nous vivons.

III

Néanmoins, c'était, à dire vrai, l'« honneur même » qui lui causait le plus d'inquiétude. Si Cubitt avait donné à cette femme l'idée qu'il y avait aussi quelque chose de louche dans la mort de Spicer, qui irait-elle trouver si ce n'est Mr Prewit ? Elle ne tenterait rien auprès de Dallow, mais un homme de loi – fût-il aussi retors que Prewitt – a toujours peur de la loi. Prewitt était comme un homme qui élève un lionceau apprivoisé dans sa maison ; il ne pouvait jamais être tout à fait certain que la bête à laquelle il avait enseigné tant de tours, à faire le beau et à manger dans sa main, n'allait pas un beau jour devenir brusquement adulte et se retourner contre lui. Peut-être suffirait-il que Prewitt se coupât la joue en se rasant... et la loi sentirait le sang...

Au début de l'après-midi, il ne put plus attendre et se mit en route pour aller voir Prewitt. D'abord, il recommanda à Dallow de tenir la gosse à l'œil, en cas... Plus que jamais cependant, il avait le sentiment d'être poussé plus loin et plus profondément qu'il n'avait jamais eu l'intention d'aller. Un curieux et cruel plaisir le toucha : cela n'avait pas tellement d'importance réellement, cela se décidait pour lui, et tout ce qu'il avait à faire était de se laisser aller sans résister. Il savait ce que pourrait être l'issue et n'en était pas horrifié ; c'était plus facile que de vivre.

La maison de Mr Prewitt était dans une rue parallèle à la ligne de chemin de fer, au-delà du terminus ; les locomotives qui manœuvraient la faisaient trembler ; la suie descendait sans cesse sur les vitres et sur la plaque de cuivre. De la fenêtre du sous-sol, une femme à la tignasse ébouriffée regarda le Gamin d'un air soupçonneux ; elle ne quittait pas cet endroit et surveillait les visiteurs de son visage dur et amer ; Prewitt ne l'expliquait jamais ; le Gamin avait toujours cru que c'était la cuisinière, mais il semblait bien maintenant que ce fût là l'*épouse* – « vingt-cinq ans à ce jeu ». La porte fut ouverte par une fille dont la peau avait un fond de couleur grise ; visage inconnu.

— Où est Tilly ? dit le Gamin.

— Partie.

— Dites à Prewitt que c'est Pinkie.

— Il ne reçoit personne, dit la fille. C'est dimanche, non ?

— Moi, il me recevra.

Le Gamin entra dans le vestibule, ouvrit une porte, s'assit dans une pièce bondée de fichiers ; il connaissait le chemin.

— Allez le prévenir, dit-il. Je sais qu'il dort. Vous le réveillerez.

— Vous avez l'air d'être chez vous ici, dit la fille.

— J'y suis.

Il savait ce que contenaient ces fichiers marqués « Rex V.[1] Junes, Rex V. T. Collins » ; ils ne contenaient que de l'air. Un train se gara et les boîtes vides tremblèrent sur les rayons ; la fenêtre était à peine entrouverte, mais le bruit d'une TSF voisine pénétrait par la petite fente : Radio-Luxembourg.

— Fermez la fenêtre, dit-il.

Elle la ferma d'un air maussade. Cela ne changeait rien du tout, les murs étaient si minces qu'on pouvait entendre le voisin remuer derrière les rayonnages comme un rat. Il demanda :

— Est-ce que cette musique joue tout le temps ?

— Quand elle s'arrête, ça parle.

— Qu'est-ce que vous attendez ? Allez le réveiller !

— Il m'a dit de le laisser. Il a une indigestion.

De nouveau, la pièce trembla et les gémissements de la musique traversèrent les murs.

— Il en a toujours après le déjeuner. Allez le réveiller !

— C'est dimanche.

— Je vous conseille de vous presser.

---

1. V. : *versus :* contre ; terme légal consacré.

Sa voix contenait une obscure menace. Elle fit claquer la porte rageusement. Un peu de plâtre tomba. Sous les pieds du Gamin, dans le sous-sol, quelqu'un déménageait les meubles – l'épouse, pensa-t-il. Un train siffla et un nuage de fumée obscurcit la rue. Au-dessus de sa tête, Mr Prewitt se mit à parler : rien, nulle part, ne pouvait empêcher les sons de passer. Puis, des pas, le long du plafond et sur l'escalier.

Le sourire de Mr Prewitt se déclencha lorsqu'il ouvrit la porte.

— Quel bon vent amène notre jeune cavalier ?

— Simplement l'envie de vous voir, répondit le Gamin. Voir comment vous allez.

Un spasme de douleur chassa le sourire du visage de Mr Prewitt.

— Vous devriez faire plus attention à ce que vous mangez, dit le Gamin.

— Rien n'y fait plus rien, dit Mr Prewitt.

— Vous buvez trop.

— Mangez, buvez, car demain...

Mr Prewitt se tortilla, la main sur l'estomac.

— Vous avez un ulcère ? demanda le Gamin.

— Non, non, rien de semblable.

— Vous devriez faire photographier vos intérieurs.

— Je n'ai aucune confiance dans le bistouri, répliqua rapidement et nerveusement Mr Prewitt, comme s'il avait l'habitude d'entendre si constamment cette suggestion qu'il avait la réponse prête au bout de la langue.

— Est-ce que cette musique ne s'arrête jamais ?

— Quand j'en ai assez, dit Mr Prewitt, je cogne au mur.

Il ramassa un presse-papiers sur son bureau et frappa deux coups sur le mur ; la musique éclata en une plainte aiguë et tremblotante, puis cessa. Ils pouvaient entendre le voisin remuer comme un forcené derrière les rayonnages.

— « Qu'est-ce que ceci ? Un rat ? »[1] cita Mr Prewitt.

La maison branla parce qu'une lourde machine manœuvrait :

— Polonius, expliqua Mr Prewitt.

— Écoutez-moi, interrompit le Gamin avec impatience. Est-ce qu'une femme est venue par ici vous poser des questions ?

— Quelle sorte de questions ?

— Sur Spicer.

Avec un désespoir de malade, Mr Prewitt répondit :

— Les gens posent-ils des questions ? (Il s'assit très vite, plié en deux par l'indigestion.) Je m'y attendais.

— C'est pas la peine de vous affoler, dit le Gamin. Ils ne peuvent rien prouver. Vous n'avez qu'à vous en

---

1. *Hamlet.*

tenir à votre récit. (Il s'assit en face de Mr Prewitt et le considéra avec un mépris morose.) Vous ne voudriez pas vous ruiner ?

Mr Prewitt releva les yeux vivement :

— Ruiner ? dit-il ; je suis déjà ruiné.

Il vibra sur sa chaise en même temps que les locomotives, et, dans le sous-sol, quelqu'un frappa le plancher sous leurs pieds.

— « Que diantre ! vieille taupe... »[1] dit Mr Prewitt. L'épouse... vous n'avez jamais rencontré l'épouse ?

— Je l'ai aperçue, dit le Gamin.

— Vingt-cinq ans ! Et puis ça.

La fumée descendait comme un store noir à l'extérieur de la fenêtre.

— Avez-vous jamais remarqué, demanda Mr Prewitt, que vous avez de la chance ? Le pire qui puisse vous arriver, c'est d'être pendu. Moi, je vais probablement pourrir vivant.

— Qu'est-ce qui vous tourmente ? dit le Gamin.

Il était étonné comme si un homme lui avait rendu ses coups. Il n'avait pas l'habitude de cela : cette violation de la vie d'autrui. Se confesser est un acte qu'on accomplit – ou non – soi-même.

— Quand j'ai pris en charge votre affaire, dit Mr Prewitt, j'ai perdu l'autre travail que j'avais. Le Trust Bakely. Et maintenant je vous perds.

---

1. *Hamlet.*

— Vous avez tout ce qui dépend de moi.

— Il n'en restera bientôt plus rien. Colleoni va vous reprendre cette position et il a son avocat. Un type de Londres. Un miché.

— Je n'ai pas encore abandonné la partie.

Le Gamin renifla l'air empuanti par les gazomètres :

— Je sais ce qui ne va pas : vous êtes soûl, dit-il.

— Rien que du bourgogne impérial, dit Mr Prewitt. Il faut que je vous raconte quelque chose. Pinkie, j'ai besoin... (la phrase littéraire sortit facilement) de soulager ma conscience.

— Je n'ai aucune envie de vous écouter. Vos embêtements ne m'intéressent pas du tout.

— En me mariant, j'ai fait une mésalliance, dit Mr Prewitt. Ce fut une tragique erreur. J'étais jeune, Cas de passion insurmontable. J'étais un homme ardent... (Il se contorsionnait d'indigestion.) Vous l'avez vue, maintenant. Bon Dieu !...

Il se pencha en avant et chuchota :

— Je regarde passer les petites dactylos qui portent leurs petites valises. Je suis tout à fait inoffensif. Tout le monde a le droit de regarder. Mon Dieu ! que c'est propre et bien tourné... (Il se tut, la main vibrant sur l'accoudoir.) Écoutez la vieille taupe qui remue là-dessous. C'est elle qui m'a ruiné !...

Sa vieille figure ridée était en vacances ; elle s'était déchargée de la bonhomie, de la rouerie, des facéties du tribunal. C'était dimanche, et ce visage redevenait lui-même.

— Vous savez ce qu'a répondu Méphistophélès à Faust, dit Mr Prewitt, quand celui-ci a demandé où était l'enfer ? Il a répondu : « Mais c'est ici, l'enfer, et nous n'en sommes jamais sortis. »

Le Gamin le regardait, immobile de frayeur et de fascination.

— Elle est en train de nettoyer dans la cuisine, reprit Mr Prewitt, mais, tout à l'heure, elle va monter. Je voudrais que vous la voyiez, vous en seriez ébloui. La vieille peau ! Comme ce serait amusant, n'est-ce pas, de tout lui raconter, tout. Que je suis impliqué dans un meurtre... Qu'il y a des gens qui posent des questions. Faire crouler, comme Samson, cette foutue maison tout entière !

Il étira ses bras grands ouverts, puis les referma sur la douleur que lui causait l'indigestion.

— Vous avez raison, dit-il, j'ai un ulcère. Mais je ne veux pas passer sur le billard. J'aime mieux mourir. En plus, je suis soûl. Bourgogne impérial. Voyez-vous cette photo, là-bas, près de la porte ? Un groupe d'école, collège de Lancaster. Évidemment, ce n'est pas une des grandes écoles, mais vous la trouverez dans l'Annuaire universitaire. Vous me voyez ici, les jambes croisées, au premier rang. En chapeau de paille.

Il ajouta doucement :

— Nous faisions de l'entraînement au grand air avec Harrow. Une bande lamentable, ces types, pas d'*esprit de corps*[1].

Le Gamin ne se donna même pas la peine de tourner la tête pour regarder ; jamais il n'avait vu Prewitt dans cet état. C'était une exhibition effrayante et qui lui causait de l'extase. Un homme se mettait à vivre sous ses yeux ; il pouvait voir les nerfs fonctionner dans la chair tordue de douleur, la pensée naître dans le cerveau transparent.

— Imaginez ça... reprit Mr Prewitt, un ancien élève de Lancaster avoir pour épouse cette taupe qui s'agite dans la cave et pour unique client... (il donna à sa bouche une expression de profond dégoût) : vous. Qu'en dirait le vieux Manders, cet éminent proviseur ?

Il avait le mors solidement fixé entre les dents ; il avait l'air d'un homme déterminé à vivre avant de mourir ; toutes les insultes que les témoins fournis par la police lui avaient fait avaler, les critiques des magistrats, tout cela lui remontait à la gorge, rejeté par son estomac supplicié. Il n'était rien qu'il ne fût prêt à raconter à n'importe qui. De son humiliation germait une immense idée de lui-même et de son importance : sa femme, le bourgogne d'Empire, les fichiers vides et la vibration des locomotives sur la voie, tel était le décor pompeux de son grand drame.

---

1. En français dans le texte.

— Vous parlez trop facilement, dit le Gamin.

— Parler ? dit Mr Prewitt. Je pourrais ébranler le monde. Qu'ils me mettent au banc des accusés si cela leur plaît, je leur ferai... des révélations. Je suis descendu si bas que j'en rapporte... (il eut un sursaut d'énorme et verbeuse vanité et hoqueta à deux reprises)... que j'en rapporte les secrets de l'égout.

— Si j'avais su que vous buviez, dit le Gamin, je ne vous aurais jamais approché.

— Je bois... le dimanche. C'est le jour du repos.

Il frappa brusquement du pied sur le plancher et cria d'une voix furieuse :

— Silence là-dessous !

— Vous avez besoin de vacances, dit le Gamin.

— Je reste dans cette pièce, sans bouger, sans bouger : on sonne, mais ce n'est que le livreur de l'épicière, saumon en boîte – elle a une passion pour le saumon en boîte. Ensuite, c'est moi qui sonne, et ce visage stupide et plâtreux s'amène. Je regarde passer les dactylos. J'ai envie d'embrasser leurs petites machines portatives.

— Vous vous porteriez beaucoup mieux, dit le Gamin, intimidé et ému de sentir la conception d'une autre vie grandir dans son cerveau, si vous preniez des vacances.

— Quelquefois, dit Mr Prewitt, je suis terriblement tenté de m'exhiber – honteusement – dans un parc.

— Je vous donnerai de l'argent.

— Aucune somme d'argent ne peut guérir un esprit malade. L'enfer est ici, et nous n'en sortons jamais. Combien pourriez-vous me donner ?

— Vingt livres.

— Ça n'ira pas très loin.

— Boulogne... Pourquoi ne pas faire un bond de l'autre côté de la Manche prendre un peu de plaisir ? dit le Gamin avec un dégoût horrifié, sans quitter des yeux les ongles rongés et sales, les mains tremblantes qui étaient les instruments de ce plaisir.

— Pourriez-vous vraiment me passer cette petite somme, mon garçon ? Que je ne vous en dépouille pas ! Bien qu'en réalité « j'aie rendu à l'État quelques services[1] ».

— Vous les aurez demain, à cette condition : il faudra que vous partiez par le bateau du matin et que vous restiez là-bas aussi longtemps que possible. Peut-être que je vous en enverrai d'autres.

Il avait l'impression de placer une sangsue sur de la chair ; il se sentait défaillir d'écœurement.

— Dites-moi quand vous n'aurez plus d'argent et j'aviserai.

— Je partirai, Pinkie, quand vous le voudrez. Et vous ne direz rien à mon épouse ?

— Moi, je *sais* la boucler.

---

1. *Hamlet* (Polonius).

— Bien sûr. J'ai confiance en vous, Pinkie, et vous pouvez avoir confiance en moi. Régénéré par ces vacances, je reviendrai...

— Restez-y longtemps.

— Les brutes de la maréchaussée ne reconnaîtront plus mon astuce retrouvée. Pour la défense des opprimés.

— Je commencerai par vous envoyer l'argent. Jusqu'à ce que vous l'ayez reçu, ne voyez personne. Remettez-vous au lit. Votre indigestion vous torture. Si quelqu'un se présente, vous n'êtes pas chez vous.

— Exactement, Pinkie, exactement.

C'était tout ce qu'il pouvait faire. Il sortit de la maison sans escorte. À la fenêtre du sous-sol, son regard rencontra les yeux durs et soupçonneux de l'épouse de Mr Prewitt ; elle avait à la main un chiffon à poussière, et, de sa cave, des fondations mêmes de la maison, elle surveillait le Gamin comme un ennemi dangereux. Il traversa la route et jeta un dernier coup d'œil sur la villa ; à une fenêtre du premier étage, à moitié caché par les rideaux, se dressait Mr Prewitt. Il ne guettait pas le Gamin ; il regardait dehors, voilà tout ; dangereusement à l'affût de quelque chose qui pourrait se produire. Mais c'était dimanche et il n'y avait pas de dactylos.

IV

Il dit à Dallow :

— Il faut que tu surveilles cette maison. Je n'ai pas la moindre confiance en lui. Je l'imagine très bien regardant dehors comme ça, à attendre quelque chose et l'apercevant, *elle*...

— Il ne serait pas si crétin !

— Il est soûl ; il dit qu'il est en enfer.

Dallow éclata de rire :

— En enfer ? C'est marrant !

— Que tu es idiot, Dallow.

— Je ne crois qu'à ce que je vois.

— Alors, tu ne crois pas à grand-chose, dit le Gamin.

Il quitta Dallow, et monta. « Oh ! pensait-il, mais si c'est vraiment l'enfer, ce n'est pas si mal. » Le téléphone démodé, l'escalier étroit, l'ombre poussiéreuse et intime, c'était bien différent de la maison de Prewitt, tremblante, sans confort, avec cette vieille garce dans le sous-sol. Il ouvrit la porte de sa chambre et trouva là, selon lui, son ennemie. D'un regard déçu, furieux, il parcourut la chambre transformée : tous les objets qui avaient changé un peu de place et toute la pièce balayée, nettoyée et rangée. Il s'indigna :

— Je te l'avais interdit !

— J'ai seulement mis un peu d'ordre, Pinkie.

La chambre était à elle maintenant ; il n'était plus chez lui. L'armoire et la toilette étaient déplacées, et aussi le lit ; naturellement, elle n'avait eu garde d'oublier le lit. C'était son enfer à elle, désormais, et s'il appartenait à quelqu'un, le Gamin en rejetait la possession. Il se sentait chassé, mais changer encore serait pire. Il la regarda en ennemi, déguisant mal sa haine, essayant de voir l'effet des années sur ce visage, de l'imaginer un jour dans la cave, les yeux levés vers le sol. Il était revenu à la maison enveloppé dans le destin d'un autre homme – doubles ténèbres.

— Ça ne te plaît pas comme ça, Pinkie ?

Il n'était pas Prewitt ; il avait quelque chose dans le ventre ; il n'avait pas perdu sa bataille. Il répondit :

— Oh ! c'est... c'est épatant. Seulement, je ne m'y attendais pas, c'est tout.

Elle interpréta sa gêne de travers :

— Mauvaises nouvelles ?

— Pas encore. Il faut nous tenir prêts, naturellement. Moi, je suis prêt.

Il alla jusqu'à la fenêtre et regarda, à travers une forêt d'antennes de T S F, un ciel paisible et nuageux de dimanche, puis ses yeux revinrent à sa chambre transformée. Elle serait ainsi lorsqu'il serait parti et que d'autres locataires... Il regardait attentivement Rose en faisant son numéro d'illusionniste ; lui présenter l'idée qu'il avait eue comme venant d'elle :

— La voiture est toute prête. Nous pourrions aller en pleine campagne, là où personne n'entendra...

Il mesura soigneusement la terreur qui la secoua et, avant la fin du tour de passe-passe, il changea de ton.

— Ce n'est que si les choses en viennent au pire.

La phrase lui plut : il la répéta : le pire... C'était la grosse femme à l'œil vitreux, éprise de justice, remontant la rue noire de fumée, vers le pire – qui était un Mr Prewitt ivre et ruiné, guettant derrière ses rideaux le passage d'une unique dactylo.

— Ça n'arrivera pas, dit-il à Rose pour lui redonner du courage.

— Non, appuya-t-elle avec passion, ça n'arrivera pas, ça ne peut pas arriver.

Son immense certitude eut sur lui un curieux effet ; c'était comme si ce plan qu'il avait établi avait été balayé, épousseté, remis en place, de telle manière qu'il ne pouvait plus le reconnaître comme sien. Il avait envie de lui démontrer que cela *pouvait* arriver ; il découvrit en lui-même une étrange nostalgie pour le plus sombre de tous les actes.

— Je suis si heureuse, dit-elle. Il est impossible que ce soit si mal, après tout.

— Que veux-tu dire ? Si mal ? C'est un péché mortel !

Il lança un regard furieux et dégoûté sur le lit refait, comme s'il eût songé à répéter l'acte immédiatement, pour qu'elle comprît la leçon.

— Je sais, dit-elle, je sais, mais pourtant...

— Il n'y a qu'une chose qui soit encore pire, dit-il.

On eût dit qu'elle lui échappait ; déjà, elle domestiquait leur noire alliance.

— Je suis heureuse, répéta-t-elle, complètement perdue, tu es bon pour moi.

— Ça ne veut absolument rien dire.

— Écoute, dit-elle, qu'est-ce que c'est que ça ?

Un faible gémissement pénétrait par la fenêtre.

— Le môme d'à côté.

— Pourquoi est-ce qu'on ne le calme pas ?

— C'est dimanche. Peut-être qu'ils sont sortis... Tu veux qu'on fasse quelque chose ? Ciné ?

Elle ne l'écoutait pas. Le cri continu et malheureux l'absorbait ; elle avait pris un air de maturité et de responsabilité :

— Quelqu'un devrait s'inquiéter de ce qui lui manque, dit-elle.

— Il doit avoir faim, ou quelque chose comme ça.

— Peut-être qu'il est malade.

Elle écoutait avec une sorte de souffrance aiguë qu'une autre femme aurait dû ressentir.

— Il y a des choses terribles qui arrivent brusquement aux bébés. Ça pourrait être on ne sait quoi.

— Ce n'est pas ton bébé.

Elle tourna vers lui un regard hébété.

— Non, dit-elle, mais je pensais qu'il pourrait l'être. Jamais je ne le laisserais seul tout un après-midi.

Il répondit avec gêne :

— Eux non plus. Il s'est arrêté. Qu'est-ce que je t'avais dit ?

Mais les paroles qu'elle avait prononcées s'étaient logées dans son esprit : « Il pourrait l'être. » Il n'avait jamais pensé à cela ; il la regarda avec terreur et dégoût, comme s'il avait eu sous les yeux la laide vision de l'accouchement, immobilisé lui-même et déjà cloué par le rivet d'une autre vie, tandis qu'elle restait là, l'oreille aux aguets, soulagée et patiente, comme si déjà elle avait vécu des années de cette angoisse, comme si elle savait que le soulagement ne dure jamais longtemps et que l'angoisse revient toujours.

V

Neuf heures du matin ; fou furieux, le Gamin bondit dans le couloir ; en bas, le soleil matinal entrait par une fente au-dessus de la porte et tachait de ses gouttes de lumière le vieux téléphone. Il appela :

— Dallow ! Dallow !

Dallow, en bras de chemise, émergea lentement du sous-sol. Il répondit :

— Salut, Pinkie ! Tu as l'air de ne pas avoir dormi ?

— Tu m'évites ? dit le Gamin.

— Bien sûr que non, Pinkie. Seulement, tu es marié – alors j'ai pensé que tu préférerais rester seul.

— Tu appelles ça être seul ? dit le Gamin.

Il descendit l'escalier ; il portait à la main l'enveloppe mauve et parfumée que Judy avait glissée sous sa porte. Il ne l'avait pas ouverte. Ses yeux étaient injectés de sang. Il portait les marques de la fièvre – pouls battant, front brûlant, cervelle embrumée.

— Johnie m'a téléphoné de très bonne heure, dit Dallow. Il fait le guet depuis hier. Personne n'est venu voir Prewitt. Nous avons eu peur pour rien.

Le Gamin ne l'écoutait pas. Il lui dit :

— Dallow, j'ai besoin d'être seul, vraiment seul.

— Tu en fais trop pour ton âge, dit Dallow en se mettant à rire : deux nuits...

Le Gamin l'interrompit :

— Il faut qu'elle s'en aille avant que...

Il ne pouvait communiquer à personne l'étendue sans bornes ou la nature de ses appréhensions : c'était comme un secret infâme.

— Ce n'est pas prudent de se quereller, s'empressa de dire Dallow, pris de méfiance.

— Non, dit le Gamin, je le sais : cela ne sera jamais plus sans danger. Pas de divorce. Absolument rien que la mort. Tout de même... (il posa la main sur l'ébonite pour en sentir la fraîcheur) je te l'ai dit, j'avais un projet.

— C'était cinglé. Pourquoi est-ce que cette pauvre gosse aurait envie de mourir ?

Il répondit avec amertume :

— Elle m'aime. Elle dit qu'elle veut rester avec moi pour toujours. Et si, moi, je n'ai pas envie de vivre ?...

— Dally, appela une voix, Dally.

Le Gamin se retourna brusquement, comme surpris en flagrant délit ; il n'avait pas entendu Judy qui s'était approchée silencieusement au-dessus d'eux, nu-pieds et en corset. Il s'efforçait d'établir avec ordre, dans la confusion de son cerveau enfiévré, un plan encore tout embrouillé de complexité, et il ne savait plus qui devait mourir... lui ou elle ou tous les deux...

— Qu'est-ce que tu veux, Judy ? dit Dallow.

— Frank a fini ton veston.

— Laisse-le où il est, je vais le chercher dans une seconde.

Elle lui envoya un baiser parcimonieux, insatisfait, et puis s'en retourna dans sa chambre, accompagnée du tapotement mou de ses pieds nus.

— Alors, là, tu peux dire que je me suis embringué dans une histoire, dit Dallow. Quelquefois, je le regrette rudement. Je ne voudrais pas avoir d'ennuis avec ce pauvre vieux Frank et elle est si imprudente...

Le Gamin regarda Dallow méditativement ; peut-être, après sa longue pratique, savait-il ce qu'on pouvait faire.

— Et si vous aviez un gosse ? dit-il.

— Oh ! répondit Dallow, c'est elle que ça regarde. Qu'elle se débrouille.

Il ajouta :

— Tu as une lettre de Colleoni ?

— Mais qu'est-ce qu'elle fait ?

— Les trucs habituels, je suppose.

— Et si elle ne le fait pas ? Et si elle se trouve enceinte ?

— Il y a des pilules.

— Elles n'agissent pas toujours, n'est-ce pas ? dit le Gamin.

Il avait cru tout connaître désormais, mais voici qu'il retombait dans un état d'ignorance épouvantée.

— Elles n'agissent jamais, si tu veux mon avis, dit Dallow. Alors, Colleoni t'a écrit ?

— Si Prewitt jaspinait, il n'y aurait plus le moindre espoir, n'est-ce pas ?

— Il ne jaspinera pas. Et en tout cas, il sera à Boulogne ce soir.

— Mais s'il le faisait... Et même, vois-tu, si je m'imaginais qu'il l'a fait... Il ne me resterait plus qu'à me tuer, n'est-ce pas ? Et elle, elle ne voudrait plus vivre sans moi. Si elle pensait... Et peut-être que tout ça ne serait pas vrai. On appelle ça... comment ?... un pacte de suicide.

— Qu'est-ce qui te prend, Pinkie ? Tu vas tout de même pas abandonner la partie ?

— Moi, je pourrais ne pas mourir.

— C'est un meurtre, ça aussi.

— On ne vous pend pas.

— Tu es cinglé, Pinkie. Moi, je ne t'aiderai pas à faire un truc comme ça.

Il donna au Gamin une bourrade amicale et scandalisée.

— Tu plaisantes, Pinkie. On peut rien lui reprocher, à cette pauvre môme, sauf qu'elle t'aime.

Le Gamin ne répondait rien ; il avait l'air de transporter ses pensées comme de lourds ballots, de les entasser au-dedans de lui et de fermer la porte à clé pour empêcher le monde entier d'entrer.

— Tu as besoin de t'étendre un peu et de te reposer ! dit Dallow très mal à l'aise.

— Je veux aller m'étendre tout seul ! dit le Gamin.

Il monta lentement l'escalier ; il savait, en ouvrant la porte, ce qu'il allait voir ; il détourna les yeux comme pour écarter la tentation de son cerveau ascétique et empoisonné. Il l'entendit dire :

— Je sortais pour un moment, Pinkie. Est-ce qu'il y a quelque chose que je peux faire pour toi ?

Quelque chose... Son cerveau chancela sous le poids immense de ce qu'il pourrait exiger. Il répondit doucement :

— Rien.

Et forçant sa voix à rester sans rudesse, il ajouta :

— Reviens vite. Il faut que nous parlions de certaines choses.

— Inquiet ?

— Non. J'ai tout bien arrangé...

Il eut un geste d'un humour macabre vers sa tête :

— ... dans cette boîte-là.

Il sentait qu'elle était effrayée et tendue ; il entendit le souffle court, le silence, et puis la voix qui se cuirassait de désespoir :

— Pas de mauvaises nouvelles, Pinkie ?

Il éclata :

— Nom de Dieu ! vas-tu partir ?

Il l'entendit traverser la pièce pour s'approcher de lui, mais il refusa de lever les yeux ; ici, c'était sa chambre à lui, sa vie à lui, il avait l'impression que s'il pouvait se concentrer suffisamment, il pourrait éliminer tout signe de l'existence de Rose... Tout redeviendrait comme avant... avant qu'il fût entré chez Snow, et qu'il y eût cherché de la main, sous la nappe, une carte qui n'y était pas, avant le commencement du mensonge et de la honte. Toute l'origine des choses se perdait ; à peine s'il pouvait se rappeler Hale en tant que personne et son meurtre en tant que crime. Maintenant, ce n'était plus que lui et elle.

— S'il arrive quelque chose... tu peux me le dire... je n'ai pas peur. Il doit y avoir un moyen de ne pas... Pinkie ! implora-t-elle. Parlons-en avant.

Il lui dit :

— Tu t'agites pour rien du tout. Je veux que tu sortes. Ça va, tu peux partir ! continua-t-il sauvagement. Va-t'en au...

Mais il s'arrêta à temps, se fabriqua un sourire :

— Va-t'en et amuse-toi bien.

— Je ne resterai pas longtemps, Pinkie.

Il entendit la porte se fermer, mais il savait qu'elle s'attardait dans le corridor – toute la maison était à elle maintenant. Il enfonça la main dans sa poche et en tira le papier : « Peu importe ce que tu as fait...

partout où tu iras, j'irai. » Cela ressemblait à une de ces lettres qu'on lit au tribunal et qu'on imprime dans les journaux. Il entendit ses pas descendre l'escalier.

Dallow passa sa tête par la porte et dit :

— À cette heure-ci, Prewitt doit partir. Je me sentirai plus à l'aise quand il sera sur ce bateau. Tu ne crois pas, dis, qu'elle va mettre la police à ses trousses ?

— Elle n'a aucune preuve ! dit le Gamin. Quand il sera parti, tu seras à l'abri du danger.

Il parlait d'une voix morne, comme s'il ne s'intéressait plus du tout au départ de Prewitt : c'était une chose qui regardait d'autres gens, lui avait dépassé ce point.

— Toi aussi, dit Dallow, tu seras hors de danger.

Le Gamin ne répondit pas.

— J'ai dit à Johnie de veiller à ce qu'il monte bien sur le bateau et puis de nous passer un coup de fil. J'attends son appel à tout moment. Il faudra qu'on arrose ça ensemble, Pinkie. Bon Dieu ! Elle va en faire un nez, quand elle s'amènera et qu'elle verra qu'il est parti. (Il alla jusqu'à la fenêtre et regarda dans la rue.) Peut-être qu'on aura la paix à ce moment-là ? On s'en sera tirés à bon compte. Quand on y réfléchit. Hale et ce pauvre vieux Spicer. Je me demande où il est maintenant. (Il regarda dehors d'un air sentimental à travers la légère fumée des cheminées et les antennes de T S F.) Et si, toi et moi – avec la petite naturellement –

nous changions un peu de place ? Ça ne va plus être aussi intéressant ici, maintenant que Colleoni se fourre partout. (Il redescendit dans la pièce.) Cette lettre...

Le téléphone se mit à sonner. Il dit : « Ça doit être Johnie », et se précipita dehors.

Le Gamin pensa que ce n'était pas tant le bruit des pas sur l'escalier qu'il reconnaissait, mais plutôt le bruit de l'escalier lui-même ; cet escalier-là, il le reconnaissait, même sous le poids d'un étranger ; il y avait toujours un craquement à la troisième et à la septième marche en partant d'en haut. C'étaient ces marches qu'il avait montées lorsque Kite l'avait ramassé : il était en train de tousser dans un froid glacial, sur la Jetée-Palace, en écoutant le violon qui gémissait derrière la vitre ; Kite lui avait offert une tasse de café brûlant et il l'avait amené ici, Dieu sait pourquoi ! – peut-être parce qu'il l'avait vu misérable, mais non abattu ; peut-être parce qu'un homme comme Kite avait besoin d'un petit refuge sentimental, comme une putain qui élève un pékinois. Kite avait ouvert la porte du N° 63, et la première chose qu'il avait vue, c'était Dallow qui embrassait Judy dans l'escalier, et la première odeur qu'il avait sentie c'était le fer à repasser de Frank dans le sous-sol. Tout cela était d'un seul morceau ; rien n'avait vraiment changé ; Kite était mort, mais lui avait prolongé l'existence de Kite ; en refusant de boire une goutte d'alcool, en se rongeant les ongles à la manière de Kite, jusqu'à ce qu'*elle* survînt pour tout bousculer.

La voix de Dallow monta dans l'escalier :

— Oh ! j'sais pas... Envoyez des saucisses de porc ou une boîte de haricots.

Dallow entra dans la chambre :

— C'était pas Johnie, dit-il. Ce n'était que la Coopérative. On devrait avoir des nouvelles de Johnie.

Il s'assit sur le lit, inquiet, en disant :

— Une lettre de Colleoni. Qu'est-ce qu'il te dit ?

Le Gamin la lui lança.

— Comment, dit Dallow, tu ne l'as pas même ouverte !

Il commença à lire :

— Naturellement, c'est mauvais. C'est bien ce que je pensais. Et en même temps ça n'est pas si mauvais... Pas si on y réfléchit.

Par-dessus la feuille de papier mauve, son regard alla prudemment trouver le Gamin, qui réfléchissait, assis près de la toilette.

— Nous sommes hors du jeu de ce côté-là, voilà ce que ça signifie. Il a enrôlé à peu près tous nos types et certainement tous les books. Mais il ne veut pas d'histoires. C'est un homme d'affaires ; il dit qu'une bataille comme celle de l'autre jour ouvre la voie au discrédit. Au discrédit, répéta Dallow rêveusement.

— Il veut dire par là que ça empêche les poires de venir aux courses, dit le Gamin.

— Bon, comme ça, je comprends. Il dit aussi qu'il te donnera trois cents livres pour que tu lui cèdes la clientèle du fonds. La clientèle ?

— Il veut dire que je ne lui taillade pas ses zigues.

— C'est une offre honnête, dit Dallow. Ça revient à ce que je te disais tout à l'heure : nous pourrions filer au plus tôt de cette putain de ville et partir loin de cette tordue de pouffiasse qui passe tout son temps à poser des questions. Ou même nous retirer complètement : acheter un fonds de bistrot, toi et moi, avec la petite naturellement.

Il s'écria :

— Quand est-ce que Johnie va téléphoner, nom de Dieu ! Ça me rend nerveux !

Pendant un moment, le Gamin ne répondit pas et resta à contempler ses ongles rongés. Puis il dit :

— Bien sûr, toi, tu connais le monde, Dallow, tu as voyagé...

— Il n'y a pas beaucoup d'endroits que je ne connais pas, convint Dallow, entre ici et Leicester.

— Moi, je suis né ici ; je connais Goodwood et Hurst Park ; j'ai été à Newmarket. Mais loin d'ici, je me sentirais dépaysé.

Avec un orgueil morose, il plastronna : « Je suppose que je suis un vrai produit de Brighton », comme si, à lui tout seul, son cœur eût contenu tous les amusements vulgaires, les wagons Pullman, ces week-ends sans amour, dans des hôtels d'une élégance de pacotille, et la tristesse après le coït.

Une sonnette tinta :

— Écoute, dit Dallow, est-ce que c'est Johnie ?

Mais ce n'était que la porte d'entrée. Dallow regarda sa montre :

— Je ne peux pas imaginer pourquoi il est si en retard, dit-il. Prewitt devrait être monté sur le bateau à cette heure-ci !

— Bon, bon ! dit le Gamin, on change, n'est-ce pas ? C'est comme tu dis. Il faut qu'un homme voie le monde... Après tout, je me suis mis à boire, n'est-ce pas ? Je peux me mettre à bien d'autres choses.

— Et tu as une femme ! dit Dallow avec une jovialité qui sonnait faux. Tu grandis, Pinkie, comme père et mère.

Comme père... Le Gamin fut traversé une fois de plus par son vieux frisson de dégoût du samedi soir. Il ne pouvait plus désormais accuser son père... C'est à ça qu'on en arrive... On s'y trouve entraîné, et puis, pensa-t-il, l'habitude vous en vient, on s'abandonne par faiblesse. On ne peut même pas faire de reproches à la fille. C'est la vie qui vous attaque... Il y a les quelques secondes aveugles où l'on pense que c'est magnifique...

— Nous serions plus en sécurité sans elle, dit-il, et sa main tâtait dans la poche de son pantalon la petite lettre d'amour.

— Elle n'est déjà plus dangereuse. Elle est folle de toi.

— L'ennui en ce qui te concerne, dit le Gamin, c'est que tu ne peux rien prévoir. Les années passent... Un beau jour, elle peut se toquer d'une figure nouvelle, ou se fâcher, ou je ne sais quoi... Si je ne la fais pas marcher droit, nous ne sommes pas en sécurité...

La porte s'ouvrit ; elle était de retour ; il arrêta dans sa gorge la phrase commencée et lui fit un minable sourire d'accueil. Mais c'était facile : elle se laissait tromper avec une facilité si désespérante qu'il en arrivait à ressentir une sorte de tendresse pour sa stupidité et à trouver dans son absence de vice une fraternité ; chacun à sa manière, ils étaient condamnés tous les deux. Une fois de plus, il eut le sentiment qu'elle le complétait.

— Je n'avais pas de clé, dit-elle. Il a fallu que je sonne. Dès que j'ai été dehors, j'avais envie d'être ici, j'ai eu peur qu'il ne t'arrive quelque chose, Pinkie !

— Il ne m'est rien arrivé, dit-il.

Le téléphone se mit à sonner.

— Là, tu vois, c'est Johnie, dit-il à Dallow, sans joie ; tu as enfin ce que tu désires.

Ils entendirent au téléphone la voix de Dallow déformée par l'angoisse.

— C'est toi, Johnie ? Oui ?... Qu'est-ce que tu dis ?... Non, sans blague... Oh ! oui, viens nous voir un peu plus tard. Bien sûr, tu auras ton argent.

Il remonta l'escalier qui craqua (toujours les mêmes marches) ; son large, brutal et innocent visage surgit en signe de bonne nouvelle comme la tête de sanglier au festin.

— Tout va bien, dit-il, tout va bien. Je commençais à avoir la trouille, j'aime autant vous le dire. Mais, maintenant, il est sur le bateau et il a quitté le quai il y a dix minutes. Il faut qu'on arrose ça. Bon Dieu ! que tu es astucieux, Pinkie. Tu penses à tout !

VI

Ida Arnold en avait sifflé plus de deux. Elle chantonnait toute seule, doucement, en sirotant sa Guinness : *Un soir dans une ruelle, lord Rothschild me disait...* Le lourd mouvement des vagues sous la Jetée ressemblait au bruit d'une baignoire qui se remplit ; ça la mettait en train. Elle était là, solitaire et massive, et ne souhaitait de mal à nul être au monde, qu'à un seul ; le monde est un bon endroit si l'on ne faiblit pas ; elle était comme le char d'un défilé militaire ; derrière elle venaient les grosses troupes. Le droit est le droit, œil pour œil ! quand tu veux qu'une chose soit bien faite, fais-la toi-même. Phil Corkery se dirigeait vers elle ; derrière lui, par les longues baies vitrées du salon de thé, on apercevait les lumières de Hove ; les dômes de cuivre vert du Métropole s'estompaient dans la dernière bande de lumière, sous les lourds nuages nocturnes qui s'effondraient. L'embrun giclait contre les fenêtres comme une fine pluie. Ida Arnold s'arrêta de chanter et dit :

— Voyez-vous ce que je vois ?

Phil Corkery s'assit ; on ne se serait pas cru en été du tout dans cette verrière sur la Jetée ; il avait l'air frigorifié dans son pantalon de flanelle grise et son chandail, avec, sur la poche, les antiques armoiries de Dieu sait quoi : un peu pincé, comme ayant épuisé sa flamme.

— C'est eux, dit-il d'un air las. Comment saviez-vous qu'ils y seraient ?

— Je ne le savais pas. C'est le destin.

— J'en ai assez de les voir.

— Mais imaginez un peu à quel point eux doivent en avoir assez !

À travers un désert de tables vides, leurs regards allaient vers la France, vers le Gamin et Rose, assis auprès d'un homme et d'une femme qu'ils ne connaissaient pas. S'ils étaient venus, ainsi réunis pour fêter quelque chose, elle leur avait gâté leur plaisir. La Guinness remonta d'un flot tiède jusque dans sa gorge ; elle céda à un sentiment envahissant de bien-être, eut un hoquet et dit : « Pardon ! » en levant une main gantée de noir.

— Je suppose qu'il est parti aussi, dit-elle.

— Il est parti.

— Nous n'avons pas de veine avec nos témoins : d'abord Spicer, puis la petite, puis Prewitt et maintenant Cubitt.

— Il a pris le premier train du matin, avec votre argent.

— Ça ne fait rien. Ils sont vivants. Ils reviendront. Et moi, je peux attendre, grâce à *Black Boy*.

Phil Corkery lui lança un regard interrogateur ; c'était bien surprenant qu'il eût jamais eu l'audace de lui envoyer – d'envoyer à cette puissance implacable – des cartes postales de plages à la mode : de Hastings, un crabe dont le ventre laissait échapper toute une série de photographies ; de Eastbourne, un bébé assis sur un rocher qu'on soulevait pour trouver la Grand-Rue, la bibliothèque Boots et un jardin de fougères ; de Bournemouth (était-ce bien de là ?), une bouteille contenant des photos : la Promenade, la Grotte, la Nouvelle Piscine... C'est comme s'il avait offert une petite brioche à un éléphant d'Afrique. Il fut secoué par le sentiment d'une force formidable : quand elle avait envie de s'amuser, rien ne pouvait l'arrêter, et quand elle décidait de faire justice... Il dit avec nervosité :

— Ne croyez-vous pas, Ida, que nous en avons assez fait ?

Elle répondit, les yeux fixés sur le petit groupe des condamnés :

— Je n'ai pas fini. On ne sait jamais ; ils se croient en sécurité. Maintenant, ils vont faire quelque chose d'idiot.

Le Gamin, silencieux, était assis à côté de Rose ; il avait devant lui un verre plein auquel il n'avait pas encore goûté ; seuls, l'homme et la femme bavardaient de choses et d'autres.

— Nous avons fait tout ce que nous pouvions. Ça ne regarde plus que la police, dit Phil.

— Vous les avez entendus, les gens de la police, ce premier jour ?

Elle se mit à chanter :

— *Un soir, dans une ruelle...*

— Maintenant, ça ne vous regarde plus.

— *... lord Rothschild me disait...*

Elle s'arrêta pour le remettre avec douceur sur la bonne voie. On ne peut pas laisser un ami poursuivre une idée fausse :

— Ça regarde tous ceux qui comprennent la différence entre le droit et l'injustice.

— Mais vous êtes si terriblement certaine sur tous les sujets, Ida. Vous arrivez là en trombe... Oh ! je sais que vous avez de bonnes intentions, mais qui sait s'il n'avait pas aussi ses raisons ?... Et en plus (il se mit à l'accuser)... vous ne le faites que parce que ça vous amuse. Fred n'était pas un homme que vous aimiez.

Elle tourna vers lui comme deux phares ses grands yeux lumineux :

— Et puis après, dit-elle, je ne dis pas que ça ne m'a pas... distraite.

Elle était désolée que tout fût terminé. Où était le mal ?

— Il me plaît de faire ce qui est bien, voilà tout.

La révolte releva timidement la tête :

— Et ce qui est mal aussi.

Elle lui sourit avec une énorme et lointaine tendresse.

— Oh ! ça !... ce n'est pas mal !... Ça ne fait de tort à personne. Ce n'est pas comme un meurtre.

— Les prêtres disent que c'est mal.

— Les prêtres ? s'écria-t-elle avec dédain. Voyons, les catholiques eux-mêmes n'y croient pas. Sans ça, cette petite ne vivrait pas avec lui en ce moment.

Elle ajouta :

— Fiez-vous à moi. J'ai vu le monde. Je connais les humains.

Elle reporta pesamment son attention sur Rose.

— Vous ne voudriez pas que j'abandonne cette petite fille comme ça, à ce type ? Elle est agaçante, bien sûr ; elle est idiote, mais elle ne mérite pas cela.

— Comment savez-vous qu'elle ne désire pas qu'on la laisse avec lui ?

— Vous n'allez pas me raconter, n'est-ce pas, qu'elle a envie de mourir ? Personne n'a envie de mourir. Ah ! mais non... Je ne lâcherai prise que quand elle sera en sécurité. Offrez-moi une autre Guinness.

Très loin, derrière la West Pier, on apercevait les lumières de Worthing, signe de mauvais temps, et la marée qui montait en déroulements réguliers, en un gigantesque éclaboussement blanc, contre les môles, dans le noir, plus près du rivage. On entendait les vagues marteler les piles comme le poing d'un boxeur qui s'entraîne sur un ballon avant de frapper une mâchoire humaine. Et Ida Arnold, un tout petit peu éméchée, se mit à se rappeler doucement tous les gens qu'elle avait sauvés : un homme qu'elle avait retiré de la mer quand elle était jeune, l'argent donné au mendiant aveugle, et la bonne parole dite au moment opportun à une écolière désespérée, sur le Strand.

VII

— Pauvre vieux Spicer, disait Dallow ; lui aussi avait cette idée-là... Il pensait qu'un jour il serait bistrot quelque part.

Il donna une claque à la cuisse de Judy et dit :

— Et si toi et moi on s'installait avec le jeune couple ? Je vois ça d'ici. En pleine cambrousse, sur une de ces grandes routes où s'arrêtent les autocars : la grande route du Nord. *Ici, arrêt*, je ne serais pas surpris qu'à la longue on y fasse plus d'argent...

Il se tut, puis dit au Gamin :

— Qu'est-ce qui ne va pas ? Bois quelque chose ! Tu n'as plus aucun souci à te faire maintenant !

Le Gamin regardait fixement, de l'autre côté du salon de thé, par-dessus les tables vides, l'endroit où la femme était assise. Comme elle s'accrochait ! Elle lui rappelait un furet qu'il avait vu sur la dune, au milieu des trous crayeux, agrippé à la gorge d'un lièvre. Tout de même, ce lièvre s'était échappé ! Il n'avait plus désormais de raison de la craindre. Il dit d'une voix terne :

— La campagne, je ne sais pas grand-chose sur la campagne.

— C'est bon pour la santé, dit Dallow. Tu sais, tu vivras jusqu'à quatre-vingts ans avec ta bourgeoise !

— Encore soixante ans et quelques, dit le Gamin, ça fait beaucoup.

Derrière la tête de la femme, les lumières de Brighton s'égrenaient en collier dans la direction de Worthing. La dernière lueur du coucher de soleil glissait de plus en plus bas vers le ciel, et les lourds nuages indigo descendaient sur le Grand-Hôtel, le Métropole, le Cosmopolitain, sur les tours et sur les dômes. Soixante ans !... C'était comme une prophétie ; un avenir inéluctable ; une horreur sans fin.

— Eh bien ! vous deux, dit Dallow, qu'est-ce que vous avez donc ?

C'était dans ce salon de thé qu'ils étaient tous venus après la mort de Fred – Spicer et Dallow, et Cubitt. Dallow avait raison, bien sûr : il n'y avait plus aucun danger – Spicer mort, Prewitt disparu et Cubitt Dieu sait où. (On ne le ferait jamais venir, lui, à la barre des témoins ; il savait trop bien qu'il serait pendu – il avait joué un trop grand rôle – et, derrière lui, il y avait les rapports de prison de 1923.) Quant à Rose, elle était sa femme. Aussi en sécurité qu'il était possible de l'être. Ils avaient gagné la partie... enfin. Il avait – là aussi, Dallow avait raison – soixante ans devant lui. Ses pensées s'émiettèrent dans sa main : samedis soir, et puis la naissance, l'enfant, habitude et haine. Il regarda au-delà des tables : le rire de la femme résonnait comme une défaite.

Il dit :

— On étouffe ici. J'ai besoin d'air !

Il se tourna lentement vers Rose.

— Viens faire un tour, dit-il.

Entre la table et la porte, il ramassa, parmi ses pensées éparses, celle qui convenait et lorsqu'ils arrivèrent du côté de la digue que balayait le vent, il lui cria :

— Il faut que je m'en aille d'ici.

Il lui mit la main sur le bras et la guida jusqu'à un abri avec une tendresse inquiétante. Les vagues qui arrivaient de France se brisaient sous leurs pieds et frappaient la digue avec force. Une folie téméraire s'empara du Gamin : comme au moment où il avait vu Spicer penché sur sa valise ou Cubitt mendiant de l'argent dans le couloir. De l'autre côté des panneaux vitrés, Dallow buvait, assis près de Judy ; c'était comme la première semaine des soixante années : le contact, le tremblement sensuel, le sommeil souillé dont on ne s'éveille pas seul ; dans la nuit bruyante et déchaînée, tout l'avenir défilait à travers son esprit. C'était comme un distributeur automatique : deux sous dans la fente, la lumière s'éclaire, les portes s'ouvrent et les silhouettes s'animent. Il dit, exécutant une acrobatie de feinte tendresse :

— C'est ici que nous nous sommes rencontrés ce soir-là ; tu te rappelles ?

— Oui, dit-elle, en le regardant avec effroi.

— Nous n'avons pas besoin d'eux ; prenons la voiture et filons (il la regarda de très près) dans la campagne.

— Il fait froid.

— Il ne fera pas froid dans la voiture.

Il lui lâcha le bras et ajouta :

— D'ailleurs, si tu ne veux pas venir, j'irai seul.

— Mais où ça ?

Il dit avec une légèreté étudiée :

— Je te l'ai dit : à la campagne !

Il sortit un gros sou de sa poche et le fit entrer brutalement dans le distributeur automatique le plus proche. Sans regarder ce qu'il faisait, il tira une manette et, avec un bruit de dégringolade métallique, les paquets de bonbons aux fruits se mirent à sortir – une prime – un citron et pamplemousse, et acidulés de toute sorte.

— J'ai la main heureuse, dit-il.

— Est-ce qu'il y a quelque chose qui ne va pas ? demanda Rose.

Il répondit :

— Tu ne l'as pas vue, elle, peut-être ? Crois-moi, jamais elle ne lâchera prise. J'ai regardé un furet, un jour... près du sentier.

Comme il se retournait, une des lumières de la Jetée accrocha son regard : clarté, allégresse. Il ajouta :

— Je vais me promener en voiture. Reste ici si tu veux.

— Je viens, dit-elle.

— Rien ne te force.

— Je viens.

À la baraque de tir, il s'arrêta. Il était saisi d'un besoin absurde de mystifier.

— Vous avez l'heure ? demanda-t-il au patron.

— Vous le savez, l'heure qu'il est ! Je vous ai déjà dit que je ne supporterai pas...

— Pas la peine de tailler tant de bavettes, dit le Gamin, donnez-moi une carabine !

Il la souleva, fixa son œil fermement sur le centre du carton, puis se déplaça délibérément et fit feu. Il pensait : « Quelque chose avait fait trembler sa main, déclara le témoin. »

— Qu'est-ce que vous avez donc aujourd'hui ? s'écria l'homme, vous n'avez touché qu'un cercle extérieur.

Il posa la carabine.

— Besoin de me rafraîchir. On s'en va faire un tour à la campagne, en bagnole. Bonsoir !

Il avait planté son information d'un ton pédant, avec autant de soin qu'il leur avait fait déposer les cartes de Fred au long de l'itinéraire fixé – pour un usage ultérieur. Il alla jusqu'à se retourner pour dire :

— Nous allons du côté de Hastings.

— Je n'ai aucune envie de savoir où vous allez, dit l'homme.

La vieille Morris était rangée près de la Jetée. Le démarreur refusa de fonctionner. Le Gamin dut tourner la manivelle. Il resta un moment à regarder l'antique voiture avec une expression de grand dégoût : si c'était tout ce qu'on arrivait à faire produire à un racket !...

— Nous allons retourner là où nous étions l'autre jour. Tu te rappelles ? Par l'autobus...

De nouveau, il plantait le renseignement pour que le gardien du parc à voitures l'entendît :

— ... Peace-Haven. On boira quelque chose.

Ils sortirent en faisant le tour par l'Aquarium et passèrent en seconde bruyamment pour attaquer la colline. D'une main enfoncée dans sa poche, il tâtait le bout de papier sur lequel elle avait griffonné son message. Le capot claquait au vent, et la vitre fendue et décolorée du pare-brise l'empêchait de voir loin.

— Dans un moment, la pluie va tomber comme le tonnerre de Dieu, dit-il.

— Est-ce que la capote tiendra le coup ?

— Ça n'a pas d'importance, dit-il, les yeux fixés en avant ; nous ne serons pas mouillés.

Elle n'osa pas lui demander ce qu'il voulait dire ; elle n'était pas sûre, et, tant qu'elle n'était pas sûre, elle pouvait encore croire qu'ils étaient heureux, qu'ils n'étaient que des amoureux qui vont se promener à la campagne, car maintenant tous les ennuis ont pris fin. Elle posa sa main sur lui et sentit son recul instinctif ; pendant un moment, elle fut agitée par un doute horrible : si c'était là le plus noir cauchemar ; si, comme l'avait dit la femme, il ne l'aimait pas ?

À travers la déchirure, l'air humide et vif la frappait. Peu importe, elle l'aimait ; elle acceptait sa propre responsabilité. Ils croisaient des autobus qui descendaient en ville : de petites cages domestiques, bien éclairées, dans lesquelles les gens étaient assis avec des paniers et des livres ; un enfant aplatit son visage contre la vitre, et, pendant un arrêt de la circulation, ils se trouvèrent si rapprochés que le visage de l'enfant aurait pu être posé sur sa poitrine.

— À quoi penses-tu ? dit-il, la prenant par surprise.

— La vie n'est pas si mal.

— Ne crois pas ça ; je vais te dire ce que c'est : une prison. Ne pas savoir où trouver de l'argent... Vermine, cataracte et cancer... On les entend qui crient aux fenêtres des mansardes ; les gosses qui naissent... C'est la mort lente.

Maintenant, cela venait ; elle le savait ; la lumière du tablier éclairait les doigts osseux qui avaient pris leur décision ; le visage était dans l'ombre, mais elle pouvait en imaginer la joie délirante, l'exaltation amère, la flamme d'anarchie dans les yeux. Une voiture particulière d'homme riche – Daimler ou Bentley, Rose ne savait pas reconnaître les marques – les dépassa dans un glissement doux.

— Pourquoi se presser ? dit le Gamin.

Il sortit la main de sa poche et posa sur son genou un papier qu'elle reconnut.

— Tu le penses, ce qui est écrit là, n'est-ce pas ?

Il dut répéter :

— N'est-ce pas ?

Elle avait l'impression qu'elle engageait plus que sa vie, le Ciel, quel qu'il fût, et l'enfant dans l'autobus, et le bébé qui pleurait dans la maison voisine.

— Oui, dit-elle.

— Nous irons boire quelque chose, et puis tu verras, j'ai tout arrangé.

Il ajouta avec une désinvolture atroce :

— Ça ne durera même pas une minute !

Il lui mit un bras autour de la taille et rapprocha sa figure de la sienne ; elle pouvait le voir maintenant qui réfléchissait et réfléchissait ; sa peau sentait l'essence ; rien qui ne sentît l'essence dans cette petite bagnole périmée qui suintait de partout. Elle dit :

— Es-tu sûr ?... Ne pouvons-nous attendre... un seul jour ?

— À quoi bon ? Tu l'as vue là-bas, ce soir ? Elle s'accroche. Un de ces jours, elle aura des preuves. À quoi ça sert-il ?

— Pourquoi ne pas attendre *ce moment-là* ?

— Ce sera peut-être trop tard, *à ce moment-là*, dit-il à mots disjoints, entre les battements de la capote. On frappe à la porte et avant que tu saches où tu en es... les menottes... trop tard.

Il ajouta avec adresse :

— Et alors, nous ne serions pas ensemble...

Il appuya sur l'accélérateur et l'aiguille, en tremblotant, monta jusqu'à trente-cinq[1] ; la vieille bagnole ne pouvait dépasser quarante, mais elle donnait une impression de vitesse folle ; le vent martelait la vitre et fonçait dans la déchirure. Pinkie commença à fredonner très doucement :

— *Dona nobis pacem...*

— On ne nous la donnera pas.

— Quoi ?

— La paix.

Il pensait : « Il restera assez de temps, au cours des années qui viennent – soixante ans – pour se repentir. Aller trouver un prêtre, dire : « Mon père, j'ai tué deux fois. Et il y avait une fille, elle s'est suicidée. » Même si la mort vient brusquement, ce soir en revenant, l'écrasement contre un réverbère, il restait encore « entre l'étrier et le sol ». D'un côté, les maisons cessèrent complètement d'exister et la mer revint vers eux ; elle battait la route sous la falaise, à coups sombres et profonds. En réalité, il n'essayait pas de

---

1. 35 milles : 56 km.

s'illusionner : il avait appris, l'autre jour, que, lorsque le temps manque, il y a d'autres choses que la contrition, auxquelles il faut penser. De toute façon, ça n'avait pas d'importance... Il n'était pas fait pour la paix ; il n'arrivait pas à y croire. Le ciel n'est qu'un mot ; l'enfer, voilà une chose à laquelle on peut se fier. Un esprit n'est capable que de ce qu'il peut concevoir, et il ne peut concevoir ce qu'il n'a jamais expérimenté. Les cellules du Gamin étaient composées du préau d'école cimenté, de la salle d'attente de la gare de Saint-Pancras avec le feu éteint et l'homme mourant, de son lit chez Billy et du lit de ses parents. Un ressentiment terrible s'agitait en lui : pourquoi n'aurait-il pas eu sa chance comme tout le monde ? Pourquoi n'aurait-il pas aperçu une bribe de ciel, ne fût-ce que par une fissure dans les murailles de Brighton ?... Il tourna pour descendre vers Rottingdean, et il la regarda longuement, pour découvrir si, par hasard, ce ne serait pas elle... Mais l'esprit ne peut concevoir... Il vit une bouche qui appelait l'étreinte sexuelle, la forme de seins qui réclamaient un enfant. Oh ! elle avait des vertus, c'est sûr, mais pas assez de vertu puisqu'il l'avait avilie.

Au-dessus de Rottingdean commençaient les villas neuves : architecture en rêves de tuyauterie. Là-haut, sur la dune, l'obscur squelette d'une clinique avec des ailes comme un avion.

Il dit :

— En pleine campagne, personne ne nous entendra. Les lumières diminuaient et s'évanouissaient sur la route de Peace-Haven ; la craie d'une nouvelle percée apparaissait dans les phares comme des draps blancs qu'on secoue ; des voitures, en venant vers eux, les aveuglaient. Il dit encore :

— Les accus baissent.

Elle avait la sensation qu'il était à mille lieues d'elle.

Il avait des pensées qui dépassaient tellement l'acte, qu'elle n'aurait pu dire jusqu'où elles allaient ; il était plein de sagesse ; il prévoyait, pensa-t-elle, des choses qu'elle ne pouvait imaginer... Le châtiment éternel, les flammes... Elle connut la terreur, l'idée de la souffrance physique la fit trembler, leur fin se rua vers eux avec une rafale de pluie, contre le vieux pare-brise souillé. Cette route ne conduisait nulle part. On dit que c'est la plus mauvaise action de toutes, l'acte de désespoir, le péché « sans rémission » ; assise là, dans l'odeur d'essence, elle essaya de se figurer le désespoir, le péché mortel, mais elle ne pouvait y parvenir ; ce n'était pas du tout le désespoir. Il allait se damner, mais elle leur montrerait qu'ils ne pouvaient pas le damner sans la damner du même coup ; il n'y avait rien qu'elle ne pût faire, qu'elle n'acceptât de faire ; elle se sentait capable d'aider à un meurtre. Une lumière éclaira, puis quitta le visage du Gamin, un sourcil froncé, un pensif visage d'enfant ; elle sentit sa responsabilité monter jusqu'à ses mamelles ; elle ne le laisserait pas pénétrer seul dans ces ténèbres.

Les rues de Peace-Haven commencèrent, elles rayonnaient vers les falaises et les dunes ; des buissons épineux poussaient autour des écriteaux : « À louer » ; les rues se terminaient dans l'obscurité, par une flaque d'eau et de l'herbe salée. C'était comme le dernier effort de pionniers désespérés pour défricher un pays neuf. Le pays les avait brisés.

— Nous allons aller boire quelque chose à l'hôtel, dit-il, et puis je connais le bon endroit.

Une pluie hésitante se mit à tomber ; elle battait contre les portes d'un rouge fané du Pavillon des Illusions, et contre le panneau où étaient annoncés le match de whist de la semaine prochaine et le bal de la semaine dernière. Ils coururent de toutes leurs jambes jusqu'à l'entrée de l'hôtel ; dans le salon-vestibule, il n'y avait personne ; des statuettes en marbre blanc, et, sur les lambris verts au-dessus des murs revêtus de panneaux, la rose des Tudors et les lis rehaussés d'or. Çà et là, des siphons sur des tables à plateaux bleus, et, aux vitraux peints des fenêtres, des bateaux moyenâgeux qui tanguaient sur des vagues contournées de couleur terne. Quelqu'un avait brisé les mains d'une des statuettes, ou peut-être qu'elle avait été faite comme ça, quelque chose de classique dans une draperie blanche, symbole de victoire ou de désespoir. Le Gamin agita une sonnette et un jeune homme de son âge sortit du bar public pour prendre sa commande : ils étaient étrangement semblables, avec des différences subtiles : épaules étroites, mince visage ; ils se hérissèrent comme des chiens en s'apercevant.

— Piker, dit le Gamin.

— Et puis après ?

— Occupe-toi de nous, dit le Gamin.

Il s'avança d'un pas vers l'autre, qui recula, et Pinkie eut un ricanement.

— Apporte-nous deux brandys double, et vite !

Il ajouta doucement :

— Qui aurait pensé que j'allais retrouver Piker ici ?

Elle le contemplait, stupéfiée que quelque chose pût le distraire de leur projet ; elle entendait le vent sur les fenêtres d'en haut ; au tournant de l'escalier, une autre statuette tombale dressait ses membres mutilés.

Le Gamin dit :

— Nous étions à l'école ensemble. Qu'est-ce que je lui en ai fait voir, pendant les récréations !

L'autre revenait avec les brandys, et de sa démarche oblique, peureuse, méfiante, ramenait avec lui toute une enfance fumeuse. Elle sentit un pincement de jalousie contre le garçon, parce que ce soir elle aurait voulu posséder tout ce qui existait de Pinkie.

— Tu es domestique ? dit le Gamin.

— Je ne suis pas domestique : je suis garçon de bar.

— Tu veux que je te donne un pourboire ?

— Je ne veux pas de tes pourboires.

Le Gamin prit son brandy et le but d'un seul trait ; il toussa parce que l'alcool le saisissait à la gorge ; c'était comme la souillure du monde dans son estomac.

— Ça, c'est du courage en bouteille.

Puis, s'adressant à Piker :

— Quelle heure est-il ?

— Tu peux le voir sur la pendule, dit Piker, si tu sais lire l'heure.

— Est-ce que vous n'avez pas de musique ici ? demanda le Gamin. Nom de Dieu, nous avons besoin de nous égayer !

— Y a le piano et la T S F.

— Ouvre la T S F.

Le poste était caché derrière une plante en pot ; un gémissement de violon en sortit, les notes secouées par la friture atmosphérique. Le Gamin dit :

— Il me déteste. Il me hait jusqu'au trognon !

Et il se tourna pour se moquer de Piker, mais celui-ci était parti. Il dit à Rose :

— Tu ferais bien de boire ce brandy.

— J'en ai pas besoin.

Ils étaient debout, lui près de la T S F, elle devant la cheminée vide ; trois tables, trois siphons et une lampe du style Tudor, mauresque, Dieu sait foutre quoi, se dressaient entre eux ; ils étaient aux prises avec une atroce irréalité, un besoin de dire quelque

chose, de s'écrier : « Quel temps il fait ! » ou bien :
« C'est un froid surprenant pour la saison ! »

Elle dit :

— Alors, il allait à ton école ?

— Justement.

Ils regardèrent tous les deux la pendule ; il était presque neuf heures, et, derrière le violon, la pluie tapait aux fenêtres qui donnaient sur la mer. Il dit gauchement :

— Nous devrions nous mettre bientôt en route.

Elle se mit à prier tout bas : « Sainte Marie, Mère de Dieu... » mais elle s'arrêta : elle était en état de péché mortel ; il ne servait à rien de prier. Ses prières restaient sur terre, dans cette pièce, parmi les syphons et les statuettes ; elles n'avaient pas d'ailes. Elle attendait, près de la cheminée, avec une patience terrifiée. Il dit d'un air gêné :

— Nous devrions écrire quelque chose, pour que les gens sachent...

— Ça n'a pas d'importance. Pourquoi ?

— Mais si, répondit-il très vite, ça en a beaucoup. Il faut que nous fassions les choses dans les règles. C'est un pacte. On lit ça dans les journaux.

— Est-ce que beaucoup de gens... le font ?

— Ça arrive tout le temps.

Une terrible et fluide confiance le posséda pendant un moment ; le violon s'évanouit et le timbre perçant qui annonçait l'heure domina le bruit de la pluie. Une voix derrière la plante se mit à leur donner les nouvelles météorologiques – orages montant du continent, dépression sur l'Atlantique, prévisions pour demain. D'abord, elle écouta, puis se dit que le temps qu'il ferait demain n'avait pas du tout d'importance.

Il dit :

— Veux-tu autre chose à boire… ou quoi ?

Il chercha des yeux l'écriteau « Messieurs ».

— Il faut que je te laisse un moment… Me laver les mains.

Elle remarqua que l'une de ses poches était pesante, c'est comme ça que ça allait se passer. Il ajouta :

— Ajoute un bout de phrase à cette lettre pendant que je serai parti. Voici un crayon. Dis que tu ne peux pas vivre sans moi. Quelque chose comme ça. Il faut que nous fassions les choses bien, comme elles se font toujours.

Il partit dans le couloir, appela Piker, écouta ses indications, puis monta l'escalier. À la statuette, il se retourna et regarda le salon lambrissé. C'est le genre de moment qu'on s'imprime dans la mémoire : le vent au bout de la Jetée, le cabaret de Sherry avec les chanteurs, la lumière du réverbère sur le bourgogne d'année, la crise pendant que Cubitt martelait la porte. Il s'aperçut qu'il se rappelait tout sans répulsion ; il avait le sentiment que quelque part la tendresse frémissait comme un mendiant devant une maison aux volets fermés, mais l'habitude de la haine l'emprisonnait. Il tourna le dos et continua de monter l'escalier. Il se disait que bientôt il serait libre de nouveau : on trouverait la lettre ; il n'avait pas eu l'impression qu'elle était si malheureuse quand il lui avait appris qu'il leur fallait se séparer ; elle avait dû trouver le revolver dans la chambre de Dallow et l'apporter avec elle. Ils y chercheraient des empreintes, naturellement, et puis... Il regarda, par la fenêtre des cabinets, d'invisibles vagues pilonner la base de la falaise. La vie continuerait. Plus de contacts humains, plus d'émotions appartenant à d'autres gens pour inonder votre esprit ; il allait redevenir libre ; plus qu'à penser à lui-même. « Moi-même », le mot se répétait en échos hygiéniques parmi les lavabos de porcelaine, les robinets, les déversoirs, les tuyaux d'écoulement. Il sortit le revolver de sa poche et le chargea – deux cartouches. Dans le miroir au-dessus du lavabo, il pouvait voir sa main tourner autour de ce métal mortel, fixer le cran d'arrêt. En bas, les informations étaient terminées et la musique avait recommencé ; elle montait en lamentations semblables à celles d'un chien sur une tombe, et l'énorme nuit pressait sa bouche humide contre les vitres. Il rempocha le revolver et sortit dans le couloir. C'était la prochaine chose à faire. Une autre statuette exprimait un obscur symbole, avec des mains de cimetière et un chapelet de fleurs de marbre. Une fois encore, le Gamin sentit rôder la pitié comme une présence.

VIII

— Il y a bien longtemps qu'ils sont partis, dit Dallow ; qu'est-ce qu'ils fabriquent ?

— Et puis après ? dit Judy ; ils ont envie... (elle pressa comme des ventouses ses lèvres épaisses contre la joue de Dallow) ils ont envie d'être seuls... (Ses cheveux roux collaient à la bouche de Dallow.) Tu sais ce que c'est que d'être amoureux !

— Il ne l'est pas.

Il était mal à l'aise ; des bribes de conversations lui revenaient. Il dit :

— Il la déteste, il ne peut pas la souffrir.

Sans enthousiasme, il passa son bras autour de Judy ; ça ne sert à rien de gâter une soirée, mais il aurait bien voulu savoir ce que Pinkie avait dans la tête. Il but un bon coup dans le verre de Judy, tandis que, quelque part, vers Worthing, une sirène se lamentait. Par la fenêtre, il pouvait voir un couple enlacé au bout de la Jetée et un vieillard qui recevait une carte de bonne aventure des mains de la sorcière enfermée dans la cage de verre.

— Alors, pourquoi qu'il ne l'envoie pas promener ? demanda Judy.

Elle suivait des lèvres la mâchoire de Dallow pour trouver sa bouche. Elle se redressa, brusquement indignée, et dit :

— Qu'est-ce que c'est que cette poule, là-bas ? Qu'est-ce qu'elle a à nous reluquer tout le temps ? On est dans un pays libre, non ?

Dallow se tourna pour regarder. Son cerveau fonctionnait très lentement. D'abord il déclara :

— Je ne l'ai jamais vue...

Ensuite lui revint la mémoire.

— Mais c'est cette nom de Dieu de femelle qui a tellement agité Pinkie !

Il se mit pesamment sur ses pieds et passa à travers les tables en trébuchant un peu :

— Qui êtes-vous ? dit-il ; qui êtes-vous ?

— Ida Arnold, répondit-elle, si ça vous dit quelque chose. Mes amis m'appellent Ida.

— Je ne suis pas votre ami.

— C'est un tort, dit-elle avec douceur. Prenez quelque chose ! Où Pinkie est-il parti ? Et Rose ? Vous auriez dû les amener. Là, c'est Phil. Présentez-moi donc vos amis.

Elle continua d'une voix suave :

— Il est grand temps que nous nous réunissions. Comment vous appelez-vous ?

— Vous devriez savoir que les gens qui fourrent leur nez...

— Oh ! je sais, dit-elle, je sais très bien. J'étais avec Fred le jour où vous l'avez descendu.

— Ne dites pas de bêtises, dit-il. Qui diable êtes-vous ?

— Vous devriez le savoir. Vous nous avez suivis tout le long de l'Esplanade, dans cette vieille Morris que vous avez.

Elle lui sourit fort aimablement. Elle n'avait rien contre lui.

— On dirait qu'il y a un siècle de ça, n'est-ce pas ?

C'était tout à fait vrai : un siècle.

— Buvez quelque chose, dit Ida, ne vous gênez donc pas. Et où est donc Pinkie ? Il n'avait pas l'air content du tout de me voir ce soir ! Qu'est-ce que vous fêtiez ? Pas ce qui est arrivé à Mr Prewitt ? Vous ne le savez pas encore.

— Qu'est-ce que vous voulez dire ? demanda Dallow.

Le vent montait contre les verrières et les serveuses commençaient à bâiller.

— Vous verrez ça dans les journaux du matin. Je ne veux pas vous gâter le plaisir. Et, naturellement, s'il parle, vous le saurez encore plus vite.

— Il est à l'étranger.

— Il est au commissariat de police en ce moment, dit-elle avec une parfaite confiance ; on l'a ramené directement.

Elle continua en s'appliquant :

— Vous devriez mieux choisir vos hommes de loi, prendre les types qui peuvent s'offrir des vacances. On l'a chipé pour escroquerie. Arrêté sur le quai.

Il la regardait, très mal à l'aise. Il ne la croyait pas, mais tout de même...

— Vous savez beaucoup de choses, dit-il. Est-ce que vous dormez la nuit ?

— Et vous ?

La grosse figure brisée avait un air de grande innocence :

— Moi, dit-il, je ne sais absolument rien.

— C'est du gaspillage de lui avoir donné tout cet argent. De toute façon, il allait s'enfuir, et ça n'a pas fait bon effet. Quand j'ai entrepris Johnie, sur l'embarcadère...

Il la regarda, abasourdi de surprise :

— Vous avez entrepris Johnie ? Comment diable...

Elle dit avec simplicité :

— Les gens m'aiment bien.

Elle but un coup et ajouta :

— Sa mère l'a traité affreusement mal quand il était petit.

— La mère de qui ?

— De Johnie.

Dallow était agacé, intrigué, effrayé.

— Mais, nom de Dieu ! dit-il, qu'est-ce que vous savez de la mère de Johnie ?

— Ce qu'il m'a raconté lui-même.

Elle était là, tout à fait à son aise, sa grosse poitrine prête à recevoir tous les secrets. Elle déplaçait avec elle comme un parfum vulgaire et bon marché, un air de sympathie émue et de compréhension. Elle dit gentiment :

— Je n'ai rien contre vous. On pourrait être camarades ! Amenez donc votre amie.

Il lança un rapide coup d'œil par-dessus son épaule.

— Vaut mieux pas, dit-il.

Sa voix baissa. Lui aussi, automatiquement, se mettait à faire des confidences.

— Pour tout vous dire, cette garce-là est d'une jalousie !

— Sans blague ! Alors, et son vieux ?

— Oh ! son vieux, dit-il, il est brave. Ce que Frank ne voit pas, il s'en fout.

Il baissa la voix :

— Et il ne voit pas grand-chose : il est aveugle.

— Ça, je ne le savais pas, dit-elle.

— Rien d'étonnant. On ne le dirait pas, à son repassage et son pressing. Il a une poigne épatante sur le fer à repasser.

Puis brusquement il s'interrompit.

— Mais nom de Dieu ! dit-il, qu'est-ce que vous avez voulu dire ? Vous ne saviez pas *ça* ? Et qu'est-ce que vous saviez d'autre ?

497

— Il n'y a pas grand-chose, répondit-elle, que je n'aie pas récolté, çà et là. Vous ne pouvez empêcher les gens de bavarder.

Elle était toute bardée de fragments de sagesse populaire.

— Qui est-ce qui a bavardé ?

Judy s'interposait maintenant. Elle avait traversé la pièce pour venir les rejoindre.

— Et de quoi ont-ils pu parler, les gens ? Moi, si je voulais me servir de ma langue, y a quelques petites choses dans ce qu'ils font... Mais j'aime mieux pas.

Elle promena un regard vague autour de la pièce :

— Qu'est-ce qui leur est arrivé, à ces deux-là ?

— Peut-être que je leur ai fait peur, dit Ida Arnold.

— Vous !... peur de vous !... dit Dallow. Non, mais sans blague ! Pinkie n'a pas peur aussi facilement.

— Ce que je voudrais savoir, dit Judy, c'est qu'est-ce que les voisins peuvent dire ?

Quelqu'un tirait à la carabine dans la baraque ; quand la porte s'ouvrit pour laisser entrer un couple, ils entendirent les coups de feu – un, deux, trois.

— Ça doit être Pinkie, dit Dallow. Il est un as avec une arme à feu.

— Vous feriez bien d'y aller voir, remarqua Ida avec douceur, pour qu'il ne fasse rien de désespéré –

avec une arme à feu – quand il apprendra ce qu'il en est.

Dallow dit :

— Vous emballez pas. Nous n'avons pas de raison de craindre Mr Prewitt.

— Je suppose que vous lui avez donné de l'argent pour quelque chose.

— Bah ! dit-il, Johnie a raconté des blagues.

— Votre ami Cubitt avait l'air de penser...

— Cubitt ne sait absolument rien.

— Bien sûr, lui accorda-t-elle. Il n'y était pas, n'est-ce pas ? Je veux dire cette fois-là. Mais vous... ajouta-t-elle, est-ce que vingt livres ne vous seraient pas utiles ? Après tout, vous n'avez pas envie d'avoir des embêtements !... Que Pinkie porte le poids de ses propres crimes.

— Vous me faites mal, dit-il. Vous croyez savoir un tas de trucs, vous ne savez rien du tout.

Il s'adressa à Judy :

— Je m'en vais pisser. Tâche de tenir ta trappe fermée, parce que sans ça, cette poule...

Il fit un grand geste d'impuissance ; il était incapable d'exprimer tout ce que cette poule pourrait faire avaler à Judy. Il sortit d'un pas hésitant, et, dehors, le vent le saisit si fort qu'il dut s'accrocher à son vieux chapeau graisseux pour l'empêcher de s'envoler. Descendre les marches qui menaient aux « messieurs » vous faisait l'effet de descendre dans les machines d'un bateau pendant une tempête. Tout l'édifice tremblait un peu sous ses pieds chaque fois que la houle montait à l'assaut des piles pour aller se briser plus loin sur le rivage. Il pensa : « Faudra que je prévienne Pinkie pour Prewitt, si c'est vrai... » Lui aussi avait des soucis en tête, d'autres que la pensée du vieux Spicer. Il remonta l'échelle et parcourut des yeux la surface du pont : pas de Pinkie à l'horizon. Il alla plus loin que les baraques des kinéramas. Rien en vue. C'était quelqu'un d'autre qui s'exerçait au tir.

Il demanda au patron :

— Vu Pinkie ?

— Où voulez-vous en venir ? dit l'homme. Vous le savez bien que je l'ai vu. Et même qu'il est parti faire une virée à la campagne, avec sa môme, pour prendre l'air, du côté de Hastings. Et je suppose que vous voulez aussi que je vous dise l'heure... Je vous avertis, ajouta l'homme, que je ne servirai pas de témoin. Vous pouvez chercher quelqu'un d'autre pour vos alibis à la noix !

— Vous êtes cinglé, dit Dallow.

Il s'éloigna ; de l'autre côté de la mer tumultueuse, l'heure se mit à sonner dans les églises de Brighton ; il compta : un, deux, trois, quatre et s'arrêta. Il avait peur. Et si c'était vrai, si Pinkie savait, si ce projet insensé... Mais, nom de Dieu, pourquoi diable emmener quelqu'un se promener à la campagne, à une heure semblable, sauf pour aller dans un beuglant au bord de la route – et Pinkie n'allait pas dans ces machins-là. Il dit tout doucement, mais à voix haute :

— Je n'en suis pas !

Il avait la tête brouillée ; il regrettait d'avoir bu toute cette bière ; c'était une brave petite femme. Il se la rappelait dans la cuisine, quand elle se préparait à allumer le poêle. « Et pourquoi pas ? » pensa-t-il en regardant la mer d'un air sinistre ; il était saisi d'un brusque besoin sentimental que Judy ne pouvait satisfaire ; le désir d'avoir son journal avec le petit déjeuner et de sentir la chaleur du feu. Il se mit à marcher à pas rapides vers les tourniquets, au bout de la jetée. Il y avait des choses dont il ne se ferait pas le complice.

Il savait d'avance que la Morris ne serait pas dans la file, mais tout de même il fallait qu'il aille s'en assurer. L'absence de la voiture fut comme une voix qui parlait très clairement à son oreille : « Et si elle se tue... Un pacte peut être considéré comme un meurtre, mais on ne vous pend pas. » Il restait là, inutile, ne sachant que faire. La bière embrumait son cerveau ; il passa sur son visage une main harassée. Il dit au surveillant :

— Vous avez vu partir cette Morris ?

— Votre ami l'a prise, avec sa femme ! répondit l'homme en sautillant entre une Talbot et une Austin.

Il avait une jambe estropiée ; il la remuait à l'aide d'un mécanisme qu'il faisait fonctionner de sa poche.

Il parut faire un énorme effort pour s'avancer en claudiquant et empocher six pence.

— Quelle belle nuit ! dit-il.

Il avait l'air épuisé par le terrible labeur de ce geste banal. Il ajouta :

— Ils sont partis boire un coup à Peace-Haven. Dieu sait pourquoi !

La main en poche, il tira sur l'invisible fil de fer et se dirigea de travers, clopin-clopant, vers une Ford. Sa voix revint en arrière :

— Il ne va pas tarder à pleuvoir.

Et puis :

— Merci, monsieur !

Et puis, de nouveau, le dur travail de se mouvoir parce qu'une Morris-Oxford reculait : le fil de fer qu'on tire...

Dallow resta là, absolument perdu. Il y avait des autobus... mais tout serait fini longtemps avant que l'autobus arrive. Mieux valait se laver les mains de toute cette histoire... Après tout, il ne savait pas ; peut-être que, dans une demi-heure, il verrait la vieille voiture revenir le long de l'Aquarium, avec Pinkie au volant et la petite à côté de lui, mais au fond du cœur il savait bien qu'elle ne reviendrait pas, pas de cette manière, pas avec tous les deux dedans. Le Gamin avait laissé trop de traces derrière lui : le message à la baraque de tir, au parc des voitures ; il désirait qu'on le suivît à l'heure qu'il fallait, à son heure, afin que son histoire tînt debout. L'homme revint en faisant des embardées. Il dit :

— J'ai eu l'impression que votre ami était bizarre ce soir... L'air éméché.

On aurait dit qu'il parlait à la barre des témoins, qu'il attestait les faits qu'il devait attester.

Dallow s'en revint désespérément indécis... Aller chercher Judy, rentrer à la maison, attendre. Et voilà que la femme était toujours là, tout près. Elle le suivit et écouta. Il dit :

— Bon Dieu de bon Dieu ! c'est de votre faute. C'est vous qui l'avez forcé à l'épouser, c'est vous qui...

— Procurez-vous une auto ! dit-elle. Vite.

— Je n'ai pas d'argent.

— J'en ai. Dépêchez-vous.

— Y a pas de raison de s'affoler ! dit-il faiblement. Ils sont simplement allés boire quelque part.

— Vous le savez, pourquoi ils sont partis ? dit-elle. Moi pas. Mais si vous ne voulez pas être compromis là-dedans vous-même, dépêchez-vous de trouver une voiture.

Le début de l'averse fouettait déjà la Promenade qu'il discutait encore, l'air minable :

— Je ne sais rien du tout, du tout.

— Ça va ! dit-elle Vous m'emmenez faire une balade, rien de plus.

Elle eut une brusque explosion de colère.

— Ne faites pas l'idiot ! Je vous conseille de m'avoir comme amie...

Et ajouta :

— Vous voyez où il en est, Pinkie.

Malgré cela, il ne se pressait pas. À quoi bon ? Pinkie avait arrangé sa piste. Pinkie pensait à tout, c'est lui qui avait décidé qu'ils le suivraient à un moment donné et qu'ils trouveraient... Il n'avait pas assez d'imagination pour voir d'avance ce qu'ils trouveraient.

IX

Le Gamin s'arrêta en haut de l'escalier et regarda en bas. Deux hommes étaient entrés dans le vestibule de l'hôtel : de bonne humeur, trempés dans leurs pardessus en poil de chameau, ils secouaient la pluie comme des chiens et buvaient en parlant bruyamment. Ils commandèrent :

— Deux demis... dans des chopes.

Ils se turent brusquement en apercevant une jeune femme dans la pièce. Ils étaient très chics, ils avaient appris ce truc des chopes dans les hôtels de michés ; le Gamin surveillait leurs ébats du haut de l'escalier, avec exécration. N'importe quoi de femelle valait mieux que rien, fût-ce Rose ; mais il sentait bien qu'ils n'y allaient pas de bon cœur. Elle ne valait guère plus que quelques phrases d'esbroufe lancées de biais.

— Je crois qu'on a approché le cent vingt.
— Moi, j'ai vu cent trente.
— C'est un bon tacot.
— Ils t'ont piqué combien ?
— Deux cents billets... C'est donné, à ce prix-là.

Puis ils se turent et lancèrent un regard arrogant sur la fille près de la statuette. Elle ne valait pas un seul effort réel, mais si elle voulait marcher comme ça, sans qu'on s'en fasse... L'un d'eux dit à l'autre quelques mots à voix basse et l'autre rit. Ils buvaient à longs traits le bitter de leurs chopes.

Une houle de tendresse monta jusqu'à la fenêtre même, et regarda à l'intérieur. Quel droit ces salauds avaient-ils de faire des épates et de rire... du moment qu'elle était assez bien pour lui ? Il descendit dans le vestibule ; ils levèrent les yeux et firent la moue en se regardant, comme pour dire : « Ah ! bien ! elle n'en valait même pas la peine. »

L'un d'eux dit :

— Finis ton verre. Nous avons de la bonne besogne qui nous attend. Tu ne crois pas que Zoé sera sortie ?

— Oh ! non, j'ai prévenu que j'entrerais peut-être en passant.

— Son amie, elle est bien ?

— Ardente.

— Allons-y, alors.

Ils vidèrent leur bitter et gagnèrent la porte d'un air poseur avec, en passant, un rapide regard sur Rose. Le Gamin put les entendre rire dehors. C'est de lui qu'ils riaient. Il fit quelques pas vers le milieu de la pièce ; ils se retrouvaient seuls, emprisonnés dans une gêne glaciale. Il se sentit brusquement tenté d'envoyer promener toute cette affaire, de monter dans la voiture, de retourner à la maison et de la laisser vivre. C'était moins un élan de pitié que de la fatigue. Il y avait tant de choses à faire et à penser, bon Dieu de malheur ! Il y aurait à répondre à tant de questions ! À peine s'il pouvait croire que la liberté était au bout et même cette liberté allait se trouver dans un pays inconnu.

— La pluie redouble, dit-il.

Il restait là à attendre ; elle ne pouvait pas répondre ; elle respirait bruyamment comme si elle avait couru très longtemps et elle avait l'air vieux. Elle n'avait que seize ans, mais c'était l'aspect qu'elle aurait eu sans doute après des années de mariage, après la naissance d'enfants et les querelles quotidiennes ; ils étaient arrivés devant la mort et ils en étaient comme vieillis.

Elle lui dit :

— J'ai écrit ce que tu désirais.

Elle attendait qu'il prît le bout de papier et qu'il écrivît son propre message à l'officier de police, aux lecteurs du *Daily Express*, à ce que l'on appelle le monde. L'autre garçon entra prudemment dans la pièce et dit :

— Vous n'avez pas payé.

Pendant que Pinkie cherchait l'argent, elle fut la proie d'une révolte presque insurmontable : elle n'avait qu'à sortir, à le quitter, à refuser de jouer. Il ne pouvait pas l'obliger à se tuer : la vie n'est pas aussi mauvaise que cela. Cela lui vint comme une révélation, comme si quelqu'un lui avait chuchoté qu'elle était un être, une créature isolée – et non la même chair que lui. Elle pouvait toujours s'échapper s'il ne changeait pas d'idée. Rien n'était décidé. Ils pouvaient monter dans la voiture et aller là où Pinkie voudrait. Elle pourrait lui ôter le revolver et même alors, au dernier moment, elle n'avait pas besoin de tirer. Rien n'était décidé, il y avait toujours un espoir.

— Voilà ton pourboire ! dit le Gamin. Je donne toujours un pourboire aux garçons.

La haine renaissait. Il ajouta :

— Tu es un bon catholique, Piker ? Vas-tu à la messe le dimanche, comme on te l'a appris ?

Piker répondit, avec un air de défi timide :

— Pourquoi pas, Pinkie ?

— Tu as peur ! dit le Gamin. Tu as peur de brûler.

— Qui n'aurait pas peur ?
— Moi.

Il se pencha avec haine et dégoût sur le passé – une cloche fêlée qui sonne, un enfant qui pleure sous les coups de canne. Et il répéta :

— Moi, je n'ai pas peur.

Puis à Rose :

— Nous partons.

Il s'approcha d'elle d'un air engageant et lui posa un ongle sur la joue – moitié caresse, moitié menace – en disant :

— Tu m'aurais toujours aimé, n'est-ce pas ?
— Oui.

Il lui donna une chance de plus :

— Tu serais toujours restée de mon côté ?

Et quand elle acquiesça de la tête, il commença, plein de lassitude, la longue série de gestes qui devaient lui rendre la liberté.

Dehors, sous la pluie, le démarreur refusa de fonctionner ; il descendit et, le col de son pardessus relevé, tourna la manivelle. Elle avait envie de lui dire de ne pas rester là debout à se mouiller, parce qu'elle avait changé d'idée ; ils allaient vivre tant bien que mal ; mais elle n'osa pas. Elle repoussa l'espoir dans un coin jusqu'au dernier moment possible. Quand ils démarrèrent, elle lui dit :

— Hier soir... la nuit d'avant, tu ne m'as pas détestée, dis-moi, à cause de ce que nous avons fait ?

— Non, répondit-il, je ne t'ai pas détestée.

— Même si c'est un péché mortel ?

C'était tout à fait vrai : il ne l'avait pas détestée ; il n'avait même pas haï l'acte. Il y avait pris une espèce de plaisir, une espèce d'orgueil, une espèce... d'autre chose. La voiture brimbalante retrouva la grand-route ; il tourna le capot vers Brighton. Une énorme émotion le martelait comme une chose qui essaie d'entrer ; la pression d'ailes gigantesques contre la vitre. *Dona nobis pacem.* Il en soutint l'assaut avec toute la force amère issue du banc de l'école, du préau cimenté, de la salle d'attente de Saint-Pancras, de la luxure secrète de Dallow et de Judy et du moment glacé, malheureux, sur la Jetée. Si la vitre se brisait, si la bête, quelle qu'elle fût, parvenait à entrer, Dieu sait ce qu'elle ferait. Il avait le sentiment d'une immense confusion – la confession, la pénitence, le sacrement – une folie horrible. Et, conduisant en aveugle, il s'enfonça dans la pluie. Il ne pouvait rien voir à travers le pare-brise fendu et taché. Un autobus fonça sur eux et freina juste à temps – le Gamin était du mauvais côté. Il déclara brusquement sans raison :

— On s'arrête ici.

Une rue mal bâtie s'en allait se perdre dans la falaise : bungalows de toutes formes, de tous modèles, terrain vague couvert d'herbe salée, buissons épineux mouillés qui ressemblaient à des volailles crottées, aucune lumière sauf à trois des fenêtres. Une T S F qui jouait et, dans un garage, un homme qui faisait quelque chose à sa motocyclette rugissant et crachotant dans le noir. Le Gamin avança de quelques mètres, éteignit les phares, coupa le contact. La pluie entrait à grand bruit par la déchirure de la capote et ils pouvaient entendre la mer frapper la falaise de ses coups répétés :

— Voilà. Jette un coup d'œil, dit-il, c'est le monde.

Une autre lumière s'éteignit derrière une porte en verre de couleurs (le « Cavalier riant » entre les roses des Tudors) et, regardant au-dehors comme si c'était lui qui devait dire une espèce d'adieu à la motocyclette, aux pavillons, à la rue noyée de pluie, il pensa aux paroles de la messe : « Il était dans le monde et le monde fut fait par Lui et le monde ne Le connaissait pas. »

C'était à peu près la limite au-delà de laquelle ne pouvait se prolonger l'espérance ; Rose était contrainte de dire oui ou non pour toujours : « Je ne veux pas faire ça. Je n'ai jamais eu l'intention de le faire. » C'était comme une aventure romanesque : vous faites le projet d'aller vous battre en Espagne et puis, avant même que vous le sachiez, quelqu'un a pris votre billet, on vous glisse vos lettres d'introduction dans la main, on vient vous accompagner à la gare, tout est réel. Il mit la main dans sa poche et sortit le revolver.

— Je l'ai pris dans la chambre de Dallow, dit-il.

Elle voulait répondre qu'elle ne savait pas s'en servir, pour lui donner une excuse quelconque, mais il semblait avoir pensé à tout. Il expliqua :

— J'ai enlevé le cran d'arrêt. Tout ce qu'il te reste à faire, c'est de tirer là-dessus. Ce n'est pas dur. Mets-le dans ton oreille, ça le fixera bien.

Sa jeunesse ressortait dans la crudité de ses explications ; il était comme un petit garçon qui joue sur un tas de cendres.

— Allons, dit-il, prends-le.

C'est extraordinaire jusqu'où l'espoir peut s'étendre. Elle pensait : « Je n'ai pas encore besoin de le dire. Je peux prendre le revolver et puis le jeter loin de la voiture, partir en courant, fuir, faire quelque chose pour tout arrêter. » Mais, dans le même temps, elle sentait peser sur elle la ferme volonté du Gamin. *Lui* avait pris la décision. Elle accepta le revolver ; c'était comme une trahison. « Que fera-t-il, pensa-t-elle, si je ne tire pas ? » Est-ce qu'il allait se suicider, seul, sans elle ? Alors, il serait damné et elle perdrait l'occasion d'être damnée avec lui, de leur montrer, à eux, qu'il ne leur était pas permis de choisir comme ils l'entendaient. Continuer à vivre pendant des années. Comment savoir ce que la vie peut vous faire, pour vous rendre douce, bonne, repentante ? La foi avait dans son esprit la brillante limpidité des images saintes, de la crèche de Noël ; ici se terminait la vertu, passé la vache et le mouton, et là commençait le vice. Parti de son donjon crénelé, Hérode cherche la place où naît l'enfant. Si *lui* y était, elle voulait être avec Hérode ; on peut passer du côté du vice brusquement, dans un moment de désespoir ou de colère, mais au lent cours d'une longue vie, les anges gardiens vous poussent inlassablement vers la crèche, vers la « bonne mort ».

Il dit :

— Nous n'avons pas besoin d'attendre plus longtemps. Veux-tu que je commence ?

— Non ! dit-elle. Non !

— Bon, très bien. Alors promène-toi un peu... ou, mieux que ça, c'est moi qui m'éloignerai et toi reste ici... Quand ce sera fini, je reviendrai et je ferai pareil.

De nouveau, il donnait l'impression d'un petit garçon qui joue à un jeu, à un jeu dans lequel on peut parler froidement de tous les détails, du couteau à scalper, de la blessure faite par une baïonnette, et puis revenir à la maison à quatre heures pour le goûter. Il dit :

— Il fait trop sombre, je ne verrai pas grand-chose.

Il ouvrit la portière de la voiture. Rose resta immobile, assise, le revolver sur les genoux. Derrière elle, sur la route principale, une auto passa lentement, dans la direction de Peace-Haven. Il demanda gauchement :

— Tu as compris ce que tu dois faire ?

Il parut penser qu'elle attendait de lui quelque geste de tendresse. Il avança la bouche et la baisa sur la joue ; il avait peur de la bouche – les pensées voyagent trop facilement de lèvre à lèvre. Il dit encore :

— Ça ne fera pas mal.

Il commença à faire quelques pas vers la grand-route. L'espoir s'étirait maintenant jusqu'à son extrême limite. La radio s'était tue ; la motocyclette fit deux explosions dans le garage, des pieds bougèrent sur le gravier et, sur la route, elle entendit une voiture qui changeait de vitesse.

Si c'était un ange gardien qui lui parlait maintenant, il parlait comme un démon ; il lui donnait la tentation de la vertu, comme si la vertu était le péché. Jeter le revolver loin d'elle était une trahison ; ce serait un acte lâche ; cela signifierait qu'elle choisissait de ne jamais plus le revoir. Des maximes morales revêtues des accents pédants du prêtre en chaire, souvenirs de vieux sermons, instructions, confessions : « Vous pouvez plaider pour lui devant le trône de Grâce », lui revenaient à l'esprit en insinuations peu convaincantes. L'acte mauvais était l'acte honnête, hardi, loyal. Ce n'était que son manque de courage, pensait-elle, qui lui parlait si vertueusement. Elle plaça le canon du revolver dans son oreille, puis le laissa retomber avec une sensation de nausée – quel pitoyable amour que celui qui a peur de la mort ! Elle n'avait pas eu peur de commettre un péché mortel – c'était la mort qui l'effrayait, non l'enfer. Pinkie avait dit que ça ne ferait pas mal. Elle sentait sa main poussée par la volonté du Gamin, elle pouvait se fier à lui. Elle remit le revolver tout près de sa tête.

Une voix brève appela : « Pinkie ! » et elle entendit quelqu'un courir en pataugeant dans les flaques. Des bruits de pas se hâtaient... elle ne pouvait distinguer où ils allaient. Il lui sembla que des nouvelles étaient en route, qui pourraient tout changer.

Elle ne pouvait pas se tuer, alors que c'était peut-être l'annonce de quelque chose d'heureux. Il lui sembla que quelque part dans les ténèbres la volonté qui avait fait agir sa main se relâchait, et toutes les forces affreuses de l'instinct de conservation lui revinrent en masse. Cela ne semblait pas vrai qu'elle ait eu vraiment l'intention de demeurer là et de presser la détente.

— Pinkie ! appela de nouveau la voix.

Et le clapotement des pas se rapprocha. Elle ouvrit violemment la portière et lança le revolver très loin d'elle dans la direction des broussailles ruisselantes.

Dans la lumière de la vitre tachée, elle vit Dallow et la femme et un agent de police qui avait l'air embarrassé comme s'il ne savait pas très bien ce qui se passait. Quelqu'un fit doucement le tour de la voiture derrière elle et dit :

— Où est le revolver ? Pourquoi ne tires-tu pas ? Donne-le-moi.

Elle répondit :

— Je l'ai jeté.

Les autres s'approchaient avec prudence, comme en députation. Pinkie se mit brusquement à crier d'une voix d'enfant qui mue.

— Dallow ! C'est toi qui m'as donné, crapule !

— Pinkie ! dit Dallow. Y a plus rien à faire. Ils ont épinglé Prewitt.

L'agent de police avait l'air mal à l'aise, comme un étranger dans une réunion de famille.

— Où est ce revolver ? répéta Pinkie.

Il hurlait de haine et de peur :

— Mon Dieu, faut-il que je tue tout le monde ?

Elle répéta :

— Je l'ai jeté.

Elle distingua vaguement son visage qui se penchait vers la petite lumière du tableau de manœuvres. C'était le visage d'un enfant harcelé, troublé, trahi ; les années qu'il s'était données lui échappaient ; il était revenu d'un seul coup au douloureux préau de l'école. Il dit :

— Espèce de petite...

Mais il ne put terminer : la députation approchait. Il la quitta, plongea la main dans sa poche pour y prendre quelque chose.

— Arrive ici, Dallow ! dit-il. Charogne de mouchard !

Et il leva la main.

Rose ne put comprendre ce qui se passa alors : du verre, quelque part, se brisa ; le Gamin poussa un hurlement et elle vit son visage fumer. Il hurlait, hurlait, les mains sur les yeux ; il tourna le dos et se mit à courir, elle vit à ses pieds un bâton de policier et du verre cassé. Il avait l'air diminué de moitié, plié en deux par une torture effroyable ; on eût dit que les flammes, littéralement, le dévoraient, et il rapetissait, devenait un écolier pris de panique et de douleur, qui s'enfuit, se faufile à travers une haie, poursuit éperdument sa course.

— Arrêtez-le ! cria Dallow.

Mais c'était inutile : il était au bord, il avait disparu. Ils n'entendirent même pas le bruit de sa chute dans l'eau. On aurait dit qu'en un éclair une main l'avait à jamais escamoté, retranché de toute existence, présente ou passée, précipité d'un trait dans le vide, le néant.

X

— C'est la preuve, déclara Ida Arnold, qu'il suffit d'avoir de la persévérance.

Elle vida son verre de bière et le posa sur la barrique retournée, chez Henneky.

— Et Prewitt ? demanda Clarence.

— Que vous êtes lent, mon vieux fantôme ! Ça, je l'avais inventé. Je ne pouvais tout de même pas courir après lui en France, et la police – vous connaissez la police – il lui faut toujours des preuves.

— Ils avaient Cubitt.

— Cubitt refusait de parler quand il n'était pas soûl. Et on n'arrive jamais à le rendre assez soûl pour qu'il parle. Alors, ce que je viens de vous raconter, c'est de la diffamation. Du moins, ça serait de la diffamation, s'il vivait encore.

— Ça m'étonne que vous preniez ça si bien, Ida.

— Quelqu'un d'autre serait mort si nous n'étions pas arrivés.

— Elle avait fait son choix.

Mais Ida avait réponse à tout :

— Elle ne comprenait pas. C'est une pauvre gosse. Elle se figurait qu'il l'aimait.

— Et qu'est-ce qu'elle en pense, maintenant ?

— Je n'en sais rien. J'ai fait de mon mieux. Je l'ai ramenée chez elle. À un moment semblable, une fille a besoin de son papa et de sa maman. En tout cas, si elle n'est pas morte, c'est bien à moi qu'elle le doit.

— Comment avez-vous décidé l'agent de police à aller avec vous ?

— Nous lui avons dit qu'ils avaient volé la voiture, Le pauvre type ne savait pas de quoi il s'agissait, mais il a eu le geste rapide quand Pinkie a sorti le vitriol.

— Et Phil Corkery ?

— Il parle de Hastings, dit-elle, pour l'an prochain, mais j'ai vaguement l'impression qu'il n'y aura plus de cartes postales pour moi après cette histoire.

— Vous êtes une femme terrible, répéta Clarence.

Il soupira profondément et regarda fixement l'intérieur de son verre :

— Un autre ?

— Non, merci, Clarence, je vais rentrer à la maison.

— Vous êtes une femme terrible, répéta Clarence (il était un peu ivre). Mais je dois dire en votre honneur que vous agissez pour le mieux.

— En tout cas, il ne pèse pas sur ma conscience.

— Comme vous le dites : c'était lui ou elle.

— On n'avait pas le choix, dit Ida Arnold.

Elle se leva ; elle avait l'air d'une figure de proue pour le vaisseau *Victoire*. En passant devant le bar, elle fit un signe de tête à Harry.

— Vous avez été absente, Ida ?
— Une semaine ou deux, pas plus.
— Ça ne m'a pas paru si long, dit Harry.
— Allons, bonsoir tout le monde !
— Bonsoir, bonsoir !

Elle prit le métro jusqu'à Russel Square et continua à pied en portant sa valise. Elle ouvrit sa porte, entra, et chercha ses lettres dans le vestibule. Il n'y en avait qu'une : de Tom. Elle savait d'avance de quoi il s'agissait, et son grand cœur chaud s'amollit tandis qu'elle pensait : « En somme, au bout du compte, Tom et moi, nous savons ce que c'est que l'amour. » Elle ouvrit la porte de l'escalier qui menait au sous-sol :

— Vieux Crowe, hé ! vieux Crowe !
— C'est vous, Ida ?
— Montez bavarder, et nous pourrons voir ce que raconte la planchette.

Les rideaux étaient tirés comme elle les avait laissés ; personne n'avait touché les tasses sur la cheminée, mais Warwick Deeping n'était pas sur l'étagère et les *Bons Compagnons* gisaient sur le flanc. Ida pouvait voir que la femme de ménage était venue et avait... fait des emprunts. Elle sortit une boîte de biscuits au chocolat pour le vieux Crowe ; le couvercle n'avait pas été bien vissé et les biscuits étaient un peu mous et rassis. Alors, avec grand soin, elle souleva la planchette et, ayant débarrassé la table, la posa au centre. « SUICINŒIL, pensa-t-elle, je sais maintenant ce que ça veut dire. » La planchette avait tout prévu – c'était le mot qu'elle avait trouvé pour le cri, la souffrance horrible, le saut. Elle médita doucement, les doigts sur la planchette. Quand on y pensait bien, la planchette avait sauvé Rose, et une multitude de dictons populaires commencèrent à défiler en cortège dans son esprit. C'est alors que l'aiguille se déplace, que le signal descend, que la lampe rouge devient verte et que la grande locomotive s'engage sur les rails habituels. C'est un monde étrange, il y a plus de choses dans le ciel et sur la terre...

Le vieux Crowe passa son nez par la porte :

— Qu'est-ce que ça va être, Ida ?

— Je veux lui demander un conseil, dit Ida. Je veux lui demander si je ne ferais pas mieux de me remettre avec Tom.

XI

Rose pouvait tout juste entrevoir la vieille tête penchée vers le grillage. Le prêtre avait la respiration sifflante. Il écouta patiemment en sifflant, tandis que, laborieusement, elle mettait à nu toute sa souffrance. Elle entendait au-dehors les femmes exaspérées qui faisaient craquer leurs chaises, impatientes de se confesser. Elle disait :

— C'est de *ça* que je me repens : de ne pas être partie avec lui.

Elle était sans larmes et parlait sur un ton de défi dans le confessionnal étouffant ; le vieux prêtre avait un rhume et sentait l'eucalyptus. Il dit, d'une voix douce, en parlant du nez :

— Continuez, mon enfant.

— Je regrette, dit-elle, de ne pas m'être tuée. J'aurais dû me tuer.

Le vieillard commença à parler, mais elle l'interrompit :

— Je ne demande pas l'absolution. Je ne veux pas de l'absolution. Je veux être comme lui : damnée.

Le vieil homme sifflota en ravalant son souffle ; elle était sûre qu'il ne comprenait rien du tout. Elle répéta avec monotonie :

— Je regrette de ne pas m'être tuée.

Elle appuyait ses mains contre ses seins dans l'excès de la souffrance ; elle n'était pas venue pour se confesser, elle était venue pour réfléchir ; elle ne pouvait pas réfléchir à la maison, où le poêle ne brûlait pas, où son père avait sa crise, et où sa mère, on pouvait le deviner à ses questions indirectes, se demandait combien d'argent Pinkie... Maintenant, elle aurait trouvé le courage de se tuer si elle n'avait craint que, l'on ne sait où, dans cette obscure rase campagne de la mort, ils ne finissent par se manquer – si la clémence opérait mystérieusement pour l'un et non pour l'autre. Elle dit d'une voix brisée :

— Cette femme, c'est elle qui devrait être damnée. Elle a dit qu'il voulait se débarrasser de moi. Elle ne sait pas ce que c'est, l'amour.

— Peut-être avait-elle raison, dit le vieux prêtre.

— Et vous non plus, vous ne savez pas, cria-t-elle avec colère, en appuyant son visage enfantin contre la grille.

Le vieil homme se mit brusquement à parler – avec des sifflements de temps en temps et envoyant son haleine à l'eucalyptus à travers la grille. Il disait :

— Il y a eu un homme, un Français, vous ne pouvez pas en avoir entendu parler, mon enfant – qui avait la même idée que vous. C'était un homme très vertueux, un saint homme, et il a vécu dans le péché toute sa vie, parce qu'il ne pouvait souffrir l'idée qu'une seule âme pût être damnée.

Elle écoutait dans l'étonnement.

— Cet homme, poursuivit-il, décida que si une seule âme était damnée, il fallait que lui-même fût damné aussi. Il n'approchait jamais de la Sainte Table, il n'épousa jamais sa femme à l'église. Je ne sais pas, mon enfant, mais certaines gens pensent qu'il fut... qu'il fut, ma foi, un saint. Je crois qu'il est mort en état de péché mortel, comme nous disons. Je ne suis pas sûr ; c'était pendant la guerre ; peut-être...

Il soupira, sifflota, inclina sa vieille tête. Il conclut :

— Mon enfant, vous ne pouvez concevoir, ni moi, ni personne... l'étrangeté terrifiante de la miséricorde de Dieu.

Au-dehors, les chaises se remirent à craquer avec insistance. Les gens étaient impatients de voir s'achever leur repentir, leur absolution, leur pénitence de la semaine. Il ajouta :

— Il s'agissait de cet amour plus grand que tous : de l'homme qui donne son âme pour son ami. (Il frissonna et éternua.) Il nous faut espérer et prier, espérer et prier. L'Église n'exige pas de nous de croire que le pardon est refusé à une seule âme.

Elle répondit avec une conviction triste :

— Il est damné. Il savait très bien ce qu'il faisait. Il était catholique, lui aussi.

Il dit avec douceur :

— *Corruptio optimi est pessima.*

— C'est-à-dire, mon père ?

— Je veux dire : un catholique est plus capable que quiconque de faire le mal. Je crois que peut-être – parce que nous croyons en lui – nous sommes plus facilement en contact avec le diable que les autres gens. Mais nous avons l'espérance, ajouta-t-il mécaniquement, l'espérance et la prière.

— Je voudrais espérer, mais je ne sais pas comment.

— S'il vous aimait, dit le vieillard, cela montre assurément qu'il y avait du bon...

— Même cet amour-là ?

— Oui.

Elle s'attarda sur cette pensée dans la petite boîte obscure.

— Et revenez bientôt, dit le prêtre. Je ne peux pas vous donner dès maintenant l'absolution, mais revenez... demain.

Elle dit d'une voix faible :

— Oui, mon père... Et s'il y a un bébé ?...

Il répondit :

— En réunissant votre candeur et sa force... faites-en un saint... qui priera pour son père.

Un brusque sentiment d'immense gratitude se fraya un chemin à travers sa douleur ; on eût dit qu'on lui avait fait entrevoir toute une longue route de vie qui allait se poursuivre.

— Priez pour moi, mon enfant, lui dit le prêtre.
— Oui, oh ! oui, répondit-elle.

En sortant, elle leva les yeux pour lire le nom sur le confessionnal : ce n'était pas un nom qu'elle se rappelât. Les prêtres vont et viennent.

Elle se retrouva dans la rue ; sa souffrance était toujours là ; on ne peut s'en débarrasser avec des paroles ; mais la pire horreur, croyait-elle, était franchie : l'horreur du cercle accompli, du retour à la maison, du retour chez Snow – ils allaient la reprendre – exactement comme si le Gamin n'avait jamais existé. Il avait existé et existerait toujours. Elle eut brusquement la conviction qu'elle allait être mère, et elle pensa avec fierté : « Qu'ils arrivent à se débarrasser de cela, s'ils le peuvent, qu'ils effacent cela ! » Elle tourna, pour suivre l'Esplanade en face de la Palace Pier, et prit résolument la direction opposée à celle de sa maison, pour aller chez Frank. Il y avait quelque chose à recueillir dans cette maison, dans cette chambre, une chose de plus qu'ils ne parviendraient pas à effacer ; une voix qui lui apportait, à elle, un message : s'il y avait un enfant, c'est à lui que cette voix parlerait. « S'il vous aimait, avait dit le prêtre, cela montre... » Et d'un pas rapide elle s'en alla, dans le clair soleil de juin, vers la pire horreur qui fût.

(Édition originale 1938.)

Pavillons Poche

Titres parus

Peter Ackroyd
Un puritain au paradis

Woody Allen
Destins tordus

Niccolò Ammaniti
Et je t'emmène

Sherwood Anderson
Le Triomphe de l'œuf

Margaret Atwood
Faire surface
La Femme comestible
Mort en lisière
Œil de chat
La Servante écarlate
La Vie avant l'homme

Dorothy Baker
Cassandra au mariage

Nicholson Baker
À servir chambré
La Mezzanine

Ulrich Becher
La Chasse à la marmotte

Saul Bellow
La Bellarosa connection
Le Cœur à bout de souffle
Un larcin

Robert Benchley
Le Supplice des week-ends

Adolfo Bioy Casares
Journal de la guerre au cochon
Le Héros des femmes
Un champion fragile

William Peter Blatty
L'Exorciste

Jorge Luis Borges, Adolfo Bioy Casares
Chroniques de Bustos Domecq
Nouveaux Contes de Bustos Domecq
Six problèmes pour Don Isidro Parodi

Mikhaïl Boulgakov
Le Maître et Marguerite
Le Roman théâtral
La Garde blanche

Vitaliano Brancati
Le Bel Antonio

Anthony Burgess
L'Orange mécanique
Le Testament de l'orange
Les Puissances des ténèbres

Dino Buzzati
Bestiaire magique
Le régiment part à l'aube
Nous sommes au regret de…
Un amour
En ce moment précis
Bàrnabo des montagnes
Panique à la Scala

Lewis Carroll
Les Aventures d'Alice sous terre

Michael Chabon
Les Mystères de Pittsburgh
Les Loups-garous dans leur jeunesse
La Solution finale

Upamanyu Chatterjee
Les Après-midi d'un fonctionnaire très déjanté

John Collier
Le Mari de la guenon

Sir Arthur Conan Doyle
Sherlock Holmes : son dernier coup d'archet

William Corlett
Deux garçons bien sous tous rapports

Avery Corman
Kramer contre Kramer

Helen DeWitt
Le Dernier Samouraï

Joan Didion
Maria avec et sans rien
Un livre de raison
Démocratie

E. L. Doctorow
Ragtime

Roddy Doyle
La Femme qui se cognait dans les portes
The Commitments
The Snapper
The Van

Andre Dubus III
La Maison des sables et des brumes

Lawrence Durrell
Affaires urgentes

F. Scott Fitzgerald
Un diamant gros comme le Ritz

Zelda Fitzgerald
Accordez-moi cette valse

E. M. Forster
Avec vue sur l'Arno

Carlo Fruttero
Des femmes bien informées

Carlo Fruttero et Franco Lucentini
L'Amant sans domicile fixe

Graham Greene
Les Comédiens
La Saison des pluies
Le Capitaine et l'Ennemi

Rocher de Brighton ✓
Dr Fischer de Genève
Tueur à gages
Monsignor Quichotte
Mr Lever court sa chance, nouvelles complètes 1
L'Homme qui vola la tour Eiffel, nouvelles complètes 2
Un Américain bien tranquille ✓

Kent Haruf
Colorado Blues
Le Chant des plaines
Les Gens de Holt County

Jerry Hopkins et Daniel Sugerman
Personne ne sortira d'ici vivant

Bohumil Hrabal
Une trop bruyante solitude
Moi qui ai servi le roi d'Angleterre
Rencontres et visites

Henry James
Voyage en France

Thomas Keneally
La Liste de Schindler

Janusz Korczak
Journal du ghetto

Jaan Kross
Le Fou du Tzar

D. H. Lawrence
Le Serpent à plumes

John Lennon
En flagrant délire

Siegfried Lenz
La Leçon d'allemand
Le Dernier Bateau
Une minute de Silence

Ira Levin
Le Fils de Rosemary
Rosemary's Baby

Norman Mailer
Le Chant du bourreau
Bivouac sur la Lune
Les vrais durs ne dansent pas
Mémoires imaginaires de Marilyn
Morceaux de bravoure
Prisonnier du sexe

Dacia Maraini
La Vie silencieuse de Marianna Ucrìa

Guillermo Martínez
Mathématique du crime
La Mort lente de Luciana B
La Vérité sur Gustavo Roderer

Tomás Eloy Martínez
Santa Evita
Le Roman de Péron

Richard Mason
17 Kingsley Gardens

Somerset Maugham
Les Trois Grosses Dames d'Antibes
Madame la Colonelle
Mr Ashenden, agent secret
Les Quatre Hollandais

James A. Michener
La Source

Arthur Miller
Ils étaient tous mes fils
Les Sorcières de Salem
Mort d'un commis voyageur
Les Misfits
Focus
Enchanté de vous connaître
Une fille quelconque
Vu du pont *suivi de* Je me souviens de deux lundis

Pamela Moore
Chocolates for breakfast

Daniel Moyano
Le Livre des navires et bourrasques

Vítězslav Nezval
Valérie ou la Semaine des merveilles

Geoff Nicholson
Comment j'ai raté mes vacances

Joseph O'Connor
À l'irlandaise

Pa Kin
Le Jardin du repos

Katherine Anne Porter
L'Arbre de Judée

Mario Puzo
Le Parrain
La Famille Corleone

Mario Rigoni Stern
Les Saisons de Giacomo

Saki
Le Cheval impossible
L'Insupportable Bassington

J. D. Salinger
Dressez haut la poutre maîtresse, charpentiers, suivi de Seymour, une introduction
Franny et Zooey
L'Attrape-cœurs

Roberto Saviano
Le Contraire de la mort (bilingue)

Sam Shepard
Balades au paradis

Johannes Mario Simmel
On n'a pas toujours du caviar

Alexandre Soljenitsyne
Le Premier Cercle
Zacharie l'Escarcelle
La Maison de Matriona
Une journée d'Ivan Denissovitch
Le Pavillon des cancéreux

Robert Louis Stevenson
L'Étrange cas du Dr Jekyll et de Mr Hyde

Quentin Tarantino
Inglourious Basterds

Edith Templeton
Gordon

James Thurber
La Vie secrète de Walter Mitty

John Kennedy Toole
La Bible de néon

John Updike
Jour de fête à l'hospice

Alice Walker
La Couleur pourpre

Evelyn Waugh
Retour à Brideshead
Grandeur et décadence
Le Cher Disparu
Scoop
Une poignée de cendres
Ces corps vils
Hommes en armes
Officiers et gentlemen
La Capitulation

Tennessee Williams
Le Boxeur manchot
Sucre d'orge
Le Poulet tueur et la folle honteuse

Tom Wolfe
Embuscade à Fort Bragg

Virginia Woolf
Lectures intimes

Richard Yates
La Fenêtre panoramique
Onze histoires de solitude
Easter Parade

Un été à Cold Spring
Menteurs amoureux
Un dernier moment de folie

Stefan Zweig
Lettre d'une inconnue *suivi de* Trois nouvelles de jeunesse

Titres à paraître

Graham Greene
La Fin d'une liaison

Composition et mise en pages
Nord Compo à Villeneuve-d'Ascq

Imprimé en Espagne par
Liberdúplex
à Sant Llorenç d'Hortons (Barcelone)
en mai 2016

N° d'édition : 55165/01 – N° d'impression: 52429
Dépôt légal : juin 2016